FORD MADOX FORD

DIE ALLERTRAURIGSTE GESCHICHTE

5.65

DIE ANDERE BIBLIOTHEK

Herausgegeben von Hans Magnus Enzensberger

FORD MADOX FORD

DIE ALLERTRAURIGSTE GESCHICHTE

ROMAN

Aus dem Englischen
von Fritz Lorch
und Helene Henze

EICHBORN VERLAG
Frankfurt am Main
2000

Erfolgsausgabe

ISBN 3-8218-4705-0

Umschlagfoto: Uta Kimling

Verlagsverzeichnis schickt gern:
Eichborn Verlag, Kaiserstraße 66, 60329 Frankfurt
www.eichborn.de

ERSTER TEIL

I

Dies ist die traurigste Geschichte, die ich je gehört habe. Neun Jahre hindurch hatten wir während der Kursaison in Bad Nauheim mit den Ashburnhams in der größten Vertrautheit verkehrt – oder vielmehr in einem Verhältnis zu ihnen gestanden, das so lose und unbeschwert und doch so eng war wie das eines guten Handschuhs mit Ihrer Hand. Meine Frau und ich kannten Hauptmann und Mrs. Ashburnham so gut, wie man jemanden nur kennen kann, und doch wußten wir andererseits auch wieder gar nichts von ihnen. Das ist, glaube ich, ein Zustand, wie er nur bei Engländern möglich ist, die mir bis zum heutigen Tag, da ich mich hinsetze, um herauszutüfteln, was ich von dieser traurigen Affäre weiß, völlig fremd sind. Bis vor sechs Monaten war ich nie in England gewesen, und natürlich hatte ich nie die Tiefen eines englischen Herzens ausgelotet. Ich kannte nur seine Untiefen.

Ich will nicht sagen, wir hätten nicht mit vielen Engländern Bekanntschaft gemacht. Da wir nun einmal notgedrungen in Europa lebten und notgedrungen unbeschäftigte Amerikaner, also unamerikanisch waren, wurden wir sehr viel in die Gesellschaft feinerer Engländer gezogen. Paris, wissen Sie, war unser Wohnsitz. Ein Ort irgendwo zwischen Nizza und Bordighera bot uns jährlich Winterquartier, und Nauheim sah uns immer von Juli bis September. Sie werden hieraus entnehmen, daß einer von uns, wie man so sagt, es am Herzen hatte, und aus der weiteren Angabe, daß meine Frau tot ist, schließen, daß sie die Leidende war.

Hauptmann Ashburnham hatte es ebenfalls am Herzen. Aber während ihn ungefähr ein Monat in Nauheim jeden Sommer für den Rest des Jahres genau auf die richtige Tonhöhe stimmte, reichten die zwei Monate, die wir dort verbrachten, gerade nur aus, um die arme Florence von Jahr zu Jahr am Leben zu erhalten. Daß er sein Herz spürte, lag vermutlich am Polo oder an viel zu hartem Sport in seiner Jugend. An den verwüsteten Jahren der armen Florence war ein Sturm auf unserer ersten Überfahrt nach Europa schuld, und die unmittelbaren Gründe für unsere Gefangenschaft auf diesem Kontinent waren die Anordnungen der Ärzte. Sie sagten, schon die kurze Fahrt über den Kanal könnte das arme Ding das Leben kosten.

Als wir uns zum erstenmal begegneten, war Hauptmann Ashburnham, der auf Erholungsurlaub von Indien gekommen war, wohin er nie wieder zurückkehren sollte, dreiunddreißig Jahre alt; Mrs. Ashburnham – Leonora – war einunddreißig. Ich war sechsunddreißig und die arme Florence dreißig. Heute wäre Florence also neununddreißig Jahre alt und Hauptmann Ashburnham zweiundvierzig; während ich fünfundvierzig bin und Leonora vierzig. Sie sehen also, unsere Freundschaft war eine Angelegenheit des jungen mittleren Alters, denn wir waren alle von recht beschaulicher Gemütsart, die Ashburnhams insonderheit waren das, was man in England gewöhnlich »ganz ordentliche Leute« nennt.

Sie stammten, wie Sie wahrscheinlich erwartet haben, von den Ashburnhams ab, die Karl I. auf das Schafott begleiteten, und wie Sie ebenfalls bei dieser Klasse Engländer erwarten müssen, hätten Sie ihnen das nie angemerkt. Mrs. Ashburnham war eine Powys; Florence war eine Hurlbird aus Stamford, Connecticut, wo sie, wie Sie wissen, altmodischer sind, als selbst die Einwohner von Cranford in England es je sein könnten. Ich selbst bin ein Dowell aus Philadelphia, Pennsylvania, wo es, wie historisch verbürgt ist, mehr alte englische Familien gibt, als man in sechs englischen Grafschaften zusammengenommen finden würde. Tatsächlich trage ich – als wäre dies das einzige Ding, das mich unsichtbar an irgendeinen Punkt des Erdballs festkettet – die Besitzurkunden meiner Farm bei mir, die früher einmal einige Blocks zwischen Chestnut Street und Walnut Street umfaßte. Diese Besitzurkunden sind aus Wampum und das Geschenk eines indianischen Häuptlings an den ersten Dowell, der von Farnham in Surrey als Begleiter William Penns aufbrach. Florence' Familie, wie das so oft bei den Einwohnern von Connecticut der Fall ist, stammte aus der Nachbarschaft von Fordingbridge, wo auch der Besitz der Ashburnhams liegt. Und von hier aus schreibe ich gegenwärtig.

Sie mögen wohl fragen, warum ich schreibe. Und doch habe ich recht viele Gründe hierfür. Denn es ist nichts Ungewöhnliches, daß Menschen, die der Plünderung einer Stadt beiwohnten oder dem Verfall eines Volkes, das Bedürfnis haben, niederzuschreiben, was sie erlebten – zum Nutzen unbekannter Erben und unendlich ferner Generationen, oder wenn Sie wollen, einfach um das Bild aus dem Kopf zu bekommen.

Irgend jemand hat gesagt, der Krebstod einer Maus sei ein Ereignis von der Größe der Plünderung Roms durch die Vandalen, und ich schwöre Ihnen, der Zusammenbruch unseres kleinen Viereckverhältnisses war ein ebenso unausdenkbares Ereignis. Angenommen, Sie wären uns begegnet, wie wir an einem der kleinen Tische vor dem Klubhaus, sagen wir, in Bad Homburg, bei unserem Nachmittagstee saßen und dem Miniaturgolf zusahen, dann hätten Sie gesagt, allem menschlichen Dafürhalten nach wären wir eine außerordentlich feste Burg. Wir waren, wenn Sie wollen, eines jener mächtigen Schiffe mit weißen Segeln auf blauer See, eines der Dinge, die uns als die stolzesten und sichersten all der schönen und sicheren Dinge erscheinen, die Gott den Menschengeist ersinnen ließ. Wo hätte man besser Zuflucht finden können? Wo besser?

Dauer? Beständigkeit? Ich kann nicht glauben, daß sie dahin ist. Ich kann nicht glauben, daß jenes lange, friedliche Leben, das sich wie die Figuren eines Menuetts bewegte, nach neun Jahren und sechs Wochen innerhalb von vier zerschmetternden Tagen verschwunden sein soll. Ja, mein Wort, unser vertrauter Umgang glich einem Menuett, einfach weil wir bei jeder Gelegenheit und unter allen Umständen wußten, wohin wir gehen, wo wir sitzen, welchen Tisch wir in Einmütigkeit wählen würden; und wir konnten uns alle vier erheben und weitergehen, ohne daß einer von uns ein Zeichen dazu gegeben hätte, immer nach der Musik des Kurorchesters, immer in dem milden Sonnenschein oder, wenn es regnete, im Schutz der Wandelgänge. Nein, wahrlich, es kann nicht dahin sein. Man kann ein *menuet de la cour* nicht töten. Man kann das Notenbuch zuschlagen, das Klavizimbel schließen; in Kleiderschrank und Wäschebord mögen Ratten die weißen Atlasschleifen zerfressen. Der Pöbel mag Versailles plündern, das Trianon mag fallen, das Menuett aber – das Menuett aber tanzt sich allein weiter bis zu den fernsten Sternen, und so wird auch unser Menuett aus den hessischen Bädern seine Figuren immer noch weiterschreiten. Gibt es keinen Himmel, in dem alte schöne Tänze, alte schöne Vertrautheit fortdauern? Gibt es nicht irgendein Nirwana, das erfüllt ist von dem leisen Rauschen der Instrumente, die in den Staub der Bitternis gesunken sind, aber doch von zarten, bebenden, unsterblichen Seelen bewohnt waren?

Nein, bei Gott, es ist falsch! Es war kein Menuett, das wir tanzten; es war ein Gefängnis – ein Gefängnis voll schreiender Hysterien, die geknebelt lagen, damit sie nicht das Räderrollen unserer Kaleschen auf den schattigen Alleen des Taunus übertönten.

Und doch schwöre ich beim heiligen Namen meines Schöpfers, es war die Wahrheit. Es war wahrer Sonnenschein, wahre Musik, und wahr auch das Plätschern der Fontänen aus dem Mund der steinernen Delphine. Denn wenn wir in meinen Augen vier Leute mit demselben Geschmack, mit denselben Wünschen waren,

Leute, die einmütig handelten – oder nein, nicht handelten –, die einmütig hier und dort beisammensaßen, so soll das nicht die Wahrheit sein? Wenn ich neun Jahre lang einen schönen Apfel habe, der im Innern faul ist, und seine Fäulnis erst nach neun Jahren und sechs Monaten weniger vier Tage entdecke, darf ich dann nicht sagen, ich hätte neun Jahre lang einen schönen Apfel gehabt? So mag es sich wohl auch mit Edward Ashburnham verhalten, mit Leonora, seiner Frau, und der armen lieben Florence. Und ist es nicht, wenn man darüber nachdenkt, ein wenig sonderbar, daß ich die physische Morschheit wenigstens zweier Säulen unseres viereckigen Hauses niemals als eine Bedrohung seiner Sicherheit empfand? Auch jetzt empfinde ich es nicht so, obwohl die beiden doch tot sind. Ich weiß nicht...

Ich weiß nichts – wahrhaftig nichts – von den Herzen der Menschen. Ich weiß nur, daß ich allein bin – furchtbar allein. Kein Kaminfeuer wird für mich je wieder Zeuge freundschaftlichen Umgangs sein. Nie mehr werde ich ein Rauchzimmer anders sehen als mit unberechenbaren rauchumkränzten Schatten bevölkert. Aber, in Gottes Namen, was sollte ich anderes kennenlernen als das Leben am Kaminfeuer und im Rauchzimmer, da ich doch mein ganzes Leben an solchen Orten verbrachte? Das warme Kaminfeuer! – Nun, da war Florence: Ich glaube, in den zwölf Jahren, die ihr Leben noch währte, nachdem der Sturm ihr Herz, wie es schien, unheilbar geschwächt hatte – ich glaube, ich habe sie während dieser Zeit nie länger als eine Minute aus den Augen gelassen, außer wenn sie sicher im Bett eingepackt war und ich vielleicht unten mit dem einen oder anderen guten Kerl mich im Gesellschaftsraum oder Rauchzimmer unterhielt oder mit einer Zigarre noch einen letzten Rundgang machte, ehe ich zu Bett ging. Verstehen Sie mich recht, ich tadle Florence nicht. Aber woher kann sie gewußt haben, was sie wußte? Wie kam sie nur dazu, es zu wissen? Es so umfassend zu wissen. Himmel! Mir scheint, sie hatte doch gar keine Zeit dazu. Es muß geschehen sein, wenn ich mein Bad nahm und meine Schwedischen Übungen machte, wenn ich manikürt wurde. Bei dem Leben einer emsigen, überanstrengten Krankenschwester, das ich führte, mußte ich etwas tun, um mich in Form zu halten. Es muß bei diesen Gelegenheiten geschehen sein! Aber auch sie können ihr nicht Zeit genug gelassen haben für die entsetzlich langen Gespräche voller Weltklugheit, von denen mir Leonora seit dem Tod der beiden berichtet hat. Und kann man sich vorstellen, daß sie während unserer vorgeschriebenen Spaziergänge in Bad Nauheim und Umgebung Zeit genug fand für die langwierigen Verhandlungen, die sie zwischen Edward Ashburnham und dessen Frau führte? Und ist es nicht unwahrscheinlich, daß Edward und Leonora diese ganze Zeit über nicht ein Wort im Vertrauen miteinander sprachen? Was soll man nur von der Menschheit denken?

Denn ich schwöre Ihnen, sie waren ein Musterpaar. Er war ihr so ergeben, wie man nur sein kann, ohne albern zu wirken. Ein so ausgeglichener Mensch mit ehrlichen blauen Augen und einem Anflug von Dummheit und so warmer Gutherzigkeit! Und sie – so groß, so herrlich im Sattel, so blond! Ja, Leonora war außerordentlich blond und die Vollendung in Person – fast zu schön, um wahr zu sein. Ich meine, man findet in der Regel nicht alles so superlativisch beisammen. Die erste Familie in der Grafschaft zu sein, wie die erste Familie der Grafschaft auszusehen, und entsprechend reich, auch das in der Vollendung; so vollendete Manieren – sogar bis zu der befreienden Spur von Anmaßung, die offenbar unerläßlich ist. All das zu haben und all das zu sein! Nein, es war zu schön, um wahr zu sein. Und doch sagte sie erst heute nachmittag zu mir, als sie über die ganze Angelegenheit sprach: »Einmal versuchte ich es mit einem Liebhaber, aber mir war so elend ums Herz, ich war so erschöpft, daß ich ihn wegschicken mußte.« Nie hatte ich etwas so Überraschendes gehört. Sie sagte: »Ich lag buchstäblich einem Mann in den Armen. So ein netter Kerl! So ein lieber Junge! Und ich sagte mir verbissen, ich zischte es durch die Zähne, wie sie es in den Romanen tun – ich biß sie wirklich zusammen –, ich sagte mir: ›Nun hat's mich gepackt, und nun will ich auch einmal meine Freude haben – einmal im Leben!‹ Es war dunkel, in einer Kutsche auf dem Heimweg von einem Jagdfest. Wir mußten elf Meilen fahren! Und dann plötzlich die Bitterkeit der ewigen Armut, des ewigen Theaters – es fiel wie ein Fluch auf mich, es verdarb mir alles. Ja, ich mußte einsehen, daß ich sogar für die Freude verdorben war, als sie wirklich kam. Und ich brach in Weinen aus und schluchzte und schluchzte die ganzen elf Meilen lang. Stellen Sie sich nur *mich* schluchzend vor! Und stellen Sie sich nur vor, wie ich diesen armen lieben Kerl zum Narren hielt. Es war natürlich gegen die Spielregel, nicht wahr?«

Ich weiß nicht; ich weiß nicht; war ihre letzte Bemerkung nicht die einer Dirne, oder ist es das, was jede anständige Frau – erste Familie der Grafschaft oder nicht – im Grunde ihres Herzens denkt? Oder, was das anbetrifft, immerzu denkt? Wer weiß?

Ja, wenn man das nicht weiß, zu dieser Stunde des Tages, auf dieser Höhe der Zivilisation, die wir erreicht haben, nach all den Predigten aller Moralisten und nach all den Lehren, die Mütter ihren Töchtern erteilen *in saecula saeculorum*... aber vielleicht ist es dies, was die Mütter ihre Töchter lehren, nicht mit den Lippen, sondern mit den Augen oder mit einem Flüstern von Herz zu Herz. Und wenn man nicht einmal soviel weiß von dem Wichtigsten in der Welt, was weiß man dann überhaupt, und wozu ist man da?

Ich fragte Mrs. Ashburnham, ob sie das auch Florence erzählt und was Florence dazu gesagt habe, und sie antwortete: »Florence gab keinerlei Kommentar. Was hätte sie auch sagen sollen? Es gab nichts zu sagen. Bei der zermürbenden Armut, mit der wir zurechtkommen mußten, um den Schein zu wahren, und bei den Umständen, unter denen es zu dieser Armut kam – *Sie* wissen, was ich meine –, wäre jede Frau berechtigt gewesen, sich einen Liebhaber zu nehmen und Geschenke obendrein. Florence sagte einmal von einer sehr ähnlichen Lage – sie war ein wenig zu gut erzogen, zu amerikanisch, um über meine Lage zu sprechen –, es sei ein vollkommen offenes Spiel gewesen, und eine Frau dürfe sich wohl dem Augenblick hingeben. Sie sagte es natürlich auf amerikanisch, aber das war der Sinn. Ich glaube, ihre Worte waren: ›Es stand ihr völlig frei, sich darauf einzulassen oder nicht …‹«

Sie dürfen nicht denken, ich wollte Teddy Ashburnham als ein Scheusal hinstellen. Ich glaube nicht, daß er eines war. Gott mag es wissen, vielleicht sind alle Menschen so. Denn, wie gesagt, was weiß ich schon, selbst wenn ich nur ans Rauchzimmer denke. Da kommen Burschen herein und erzählen höchst unflätige Geschichten – so unflätig, daß sie Ihnen geradezu weh tun. Und doch wären sie beleidigt, wenn Sie durchblicken ließen, sie seien nicht die Sorte Menschen, denen Sie Ihre Frau anvertrauen würden. Und wahrscheinlich wären sie mit Recht beleidigt – das heißt, wenn man überhaupt irgend jemand irgend jemandem anvertrauen kann. Aber Burschen dieser Art macht es offensichtlich mehr Vergnügen, unflätige Geschichten anzuhören oder zu erzählen, als alles andere auf der Welt. Sie gehen gelangweilt zur Jagd und ziehen sich gelangweilt um und essen gelangweilt und arbeiten ohne Begeisterung und finden es lästig, sich drei Minuten lang über was Sie auch wollen zu unterhalten, und doch, wenn die andere Art der Unterhaltung beginnt, dann lachen sie und wachen auf und werfen sich in ihren Sesseln herum. Nun, wenn sie sich an derlei Erzählungen so ergötzen, wie ist es dann möglich, daß sie sich beleidigt fühlen – und zwar ehrlich beleidigt fühlen –, wenn Sie andeuten, Sie hielten sie für fähig, sich an der Ehre Ihrer Frau zu vergehen? Und Edward Ashburnham dagegen – niemand hätte einen anständigeren Eindruck machen können als er; ein ausgezeichneter Friedensrichter, ein hervorragender Soldat, einer der besten Gutsbesitzer in Hampshire, England, sagt man. Den Armen und den hoffnungslosen Trunkenbolden war er ein gewissenhafter Hüter. Und in all den neun Jahren, die ich ihn kannte, erzählte er kaum ein- oder zweimal eine Geschichte, die nicht in den Spalten des *Field* hätte stehen können. Er hörte sie sich nicht einmal gerne an; er wurde unruhig, stand auf und ging hinaus, um eine Zigarre zu kaufen oder sonst etwas zu tun. Sie hätten gemeint, er sei ganz der Bursche, dem Sie Ihre Frau anvertrauen dürften.

Und ich vertraute ihm meine an – und es war Wahnsinn.

Und dann sehen Sie wieder mich an. Wenn der arme Edward wegen der Keuschheit im Reden gefährlich war – und sie soll immer ein Zeichen für Lüstlinge sein –, wie steht es dann mit mir? Denn ich schwöre feierlich, ich habe in meinem ganzen Leben in meiner Unterhaltung nie auch nur auf etwas Unanständiges angespielt; und mehr noch, auch für die Reinheit meiner Gedanken und die völlige Keuschheit meines Lebenswandels will ich einstehen.

Und worauf läuft es dann hinaus? Ist das Ganze Narretei und loses Possenspiel? Bin ich nicht besser als ein Eunuch, oder ist ein richtiger Mann – der Mann mit Daseinsrecht – ein wütiger Hengst, der ewig nach den Frauen seines Nächsten wiehert?

Ich weiß es nicht. Es gibt nichts, das uns hier leiten kann. Und wenn alles derart undurchsichtig ist um eine so grundlegende Sache wie die der Geschlechtsmoral, was soll uns dann in der höherentwickelten

Moral all unserer persönlichen Kontakte, Beziehungen und Tätigkeiten leiten? Oder sind wir dazu ausersehen, allein dem Impuls zu gehorchen? Es ist alles ein einziges Dunkel.

II

Ich weiß nicht, wie ich die Sache am besten niederschreibe – ob es besser ist, zu versuchen, die Geschichte von Anfang an zu erzählen, als wäre sie eine Geschichte; oder ob ich sie aus diesem zeitlichen Abstand erzählen soll, so wie ich sie von den Lippen Leonoras oder Edwards vernahm.

Ich stelle mir also vor, ich säße während der nächsten vierzehn Tage neben dem Kaminfeuer eines Landhauses und hätte eine mitfühlende Seele mir gegenüber. Und ich werde mit leiser Stimme weitersprechen, während das Meer in der Ferne rauscht und über uns die große schwarze Flut des Sturms an den glänzenden Sternen hinstreicht. Von Zeit zu Zeit werden wir aufstehen und an die Tür treten und auf den großen Mond hinausblicken und sagen: »Nun, er ist beinahe so strahlend wie in der Provence!« Und dann werden wir ans Kaminfeuer zurückkehren, mit einem ganz leisen Seufzer, weil wir nicht in der Provence sind, in der noch die traurigsten Geschichten fröhlich sind. Denken Sie nur an die traurige Historie von Peire Vidal. Vor zwei Jahren fuhren Florence und ich mit dem Auto von Biarritz nach Las Tours, das in den Schwarzen Bergen liegt. Inmitten eines türkisfarbenen Tales erhebt sich eine riesige Bergspitze, und auf der Bergspitze sind vier Schlösser – Las Tours, die Türme. Und der mächtige Mistral blies das Tal hinunter, das einst der Weg von Frankreich in die Provence war, blies, daß die silbergrauen Blätter der Oliven wie Haar aussahen, das im Winde flog, und die Rosmarinbüschel sich an die eisernen Felsen duckten, um nicht mit den Wurzeln ausgerissen zu werden.

Es war natürlich die arme Florence gewesen, die nach Las Tours gehen wollte. Obwohl dieses strahlende Wesen aus Stamford, Connecticut, stammte, hatte sie doch in Vassar ihr Examen gemacht, stellen Sie sich das vor! Ich habe nie verstanden, wie sie das fertigbrachte – wunderliche, schwatzhafte Person, die sie war. Sie sprach mit einem schweifenden Blick in ihren Augen – der jedoch nicht im geringsten romantisch war (ich meine, sie sah nicht aus, als hätte sie poetische Träume oder schaute durch einen hindurch, denn sie sah einen kaum je an!) – und ihre eine Hand emporhaltend, als wollte sie jeden Einwand zum Schweigen bringen – oder auch jede Stellungnahme. Sie sprach über Wilhelm den Schweigsamen oder Gustav den Redseligen, über Pariser Röcke, über die Art, wie sich die Armen im Jahre 1337 kleideten, über Fantin-Latour, über den *train de luxe* Paris–Lyon–Mediterranée, über die Frage, ob es sich lohne, in Tarascon auszusteigen, um von der im Wind schwingenden Hängebrücke über die Rhone noch einen Blick auf Beaucaire zu werfen.

Wir warfen natürlich nie wieder einen Blick auf Beaucaire – zauberhaftes Beaucaire, mit dem hohen dreieckigen weißen Turm, der so dünn wie eine Nadel und so hoch wie das Flatiron zwischen der Fifth Avenue und dem Broadway ist – Beaucaire mit den grauen Mauern oben auf dem Gipfel, die anderthalb Morgen blauer Iris umschließen, unter den mächtigen Zirbelkiefern. Wie schön so eine Zirbelkiefer ist! ...

Nein, wir kehrten nie an irgendeinen Ort zurück. Nicht nach Heidelberg, nicht nach Hameln, nicht nach Verona, nicht nach Montmajour – nicht einmal nach Carcassonne. Natürlich hatten wir davon gesprochen, aber ich glaube, Florence holte sich alles, was sie wollte, mit einem Blick. Sie hatte das sehende Auge.

Ich habe es, unglücklicherweise, nicht, so daß die Erde für mich mit Orten übersät ist, an die ich zurückkehren möchte – Städte in blendendweißem Sonnenlicht; Zirbelkiefern vor dem Blau des Himmels; Giebelkanten, über und über geschnitzt und mit Hirschen und scharlachroten Blumen bemalt, und gestufte Giebel mit dem kleinen Heiligen auf der Spitze; und graue und rosa Palazzi und von Mauern umgebene Städte am Mittelmeer, etwa eine Meile landeinwärts, zwischen Livorno und Neapel. Nicht eines davon sahen wir mehr als einmal, so daß für mich die Welt wie ein Gestöber von Farbflecken auf einer riesigen Leinwand ist. Wenn es nicht so wäre, dann hätte ich vielleicht jetzt etwas, woran ich mich halten könnte.

Ist das alles nun eine Abschweifung, oder ist es keine Abschweifung? Wieder einmal weiß ich es nicht. Sie, der Zuhörer, sitzen mir gegenüber. Aber Sie sind so still. Sie sagen nichts. Ich versuche jedenfalls, Ihnen klarzumachen, was es für ein Leben war, das ich mit

Florence führte, und wie Florence war. Nun, sie war heiter, und sie tanzte. Sie schien über das Parkett von Schlössern und über Seen und immer wieder durch die Salons der Modistinnen und über die *plages* der Riviera dahinzutanzen wie ein lustiger, zitternder Strahl, der vom Wasser auf die Decke geworfen wird. Und meine Lebensaufgabe bestand darin, dieses glänzende Ding am Leben zu erhalten. Das war fast so schwierig, wie das tanzende Spiegelbild mit der Hand zu fangen. Und die Aufgabe währte Jahre.

Florence' Tanten pflegten zu sagen, ich müßte der faulste Mann von Philadelphia sein. Sie waren nie in Philadelphia gewesen, und sie hatten das Neuengland-Gewissen. Wissen Sie, das erste, was sie zu mir sagten, als ich Florence in dem kleinen alten Kolonistenholzhaus unter den hohen, zartblättrigen Ulmen besuchte – das erste, was sie mich fragten, war nicht, wie es mir geht, sondern was ich tue. Und ich tat nichts. Ich nehme an, ich hätte etwas tun sollen, aber ich sah keinerlei Veranlassung dazu. Warum tut man etwas? Ich schneite einfach herein und wollte Florence. Zum erstenmal war ich ihr auf einem Tee von Robert-Browning-Enthusiasten, oder dergleichen, in der Vierzehnten Straße, die damals noch eine Wohngegend war, über den Weg gelaufen. Ich weiß nicht, warum ich nach New York gegangen war; ich weiß nicht, warum ich zum Tee gegangen war. Ich sehe keinen Grund, weshalb Florence in ein solches Lesekränzchen ging. Es war ein Ort, an dem man schon damals gewärtigen mußte, einer Graduierten von Poughkeepsie zu begegnen. Ich nehme an, Florence wollte die Kultur der Stuyvesant-Leute heben, und sie tat es so, wie sie sich der Wohltätigkeit in den Elendsvierteln gewidmet hätte. Geistiger Wohltätigkeitsdienst, das war es.

Sie wollte immer die Welt ein wenig erhabener zurücklassen, als sie sie angetroffen hatte. Das arme Ding. Ich habe gehört, wie sie Teddy Ashburnham stundenlange Vorträge über den Unterschied zwischen einem Frans Hals und einem Wouwerman hielt und ihm erklärte, warum die prämykenischen Statuen kubisch waren mit Knöpfen obendrauf. Ich frage mich, was er sich dabei gedacht hat. Vielleicht war er ihr dankbar.

Ich weiß, ich war es. Denn Sie müssen verstehen, all meine Sorge, mein ganzes Streben war darauf gerichtet, die arme liebe Florence bei Themen wie die Funde von Knossos und die Spiritualität Walter Paters festzuhalten. Ich mußte sie damit fesseln, verstehen Sie, es wäre sonst ihr Tod gewesen. Denn mir wurde feierlich erklärt, ihr kleines Herz könnte aufhören zu schlagen, wenn sie sich über irgend etwas aufregte oder ihre Gefühle richtig in Wallung gerieten. Zwölf Jahre lang mußte ich jedes Wort jedes Menschen überwachen, das in einem Gespräch geäußert wurde, und es von dem ablenken, was die Engländer »Sachen« nennen – von Liebe, Armut, Verbrechen, Religion und was sonst noch alles. Ja, der erste Arzt, den wir aufsuchten, nachdem man sie in Le Havre vom Schiff getragen hatte, versicherte mir, dies müsse geschehen. Gütiger Gott, sind denn all diese Kerls ungeheuerliche Dummköpfe, oder besteht eine geheime Bruderschaft zwischen ihnen allen von einem Ende der Welt zum anderen? … Das ist es, was mich an jenen Peire Vidal denken läßt.

Denn natürlich gehört seine Geschichte zur Kultur, und ich mußte sie ja auf die Kultur lenken; und dabei ist die Geschichte so komisch, und sie durfte doch nicht lachen, und so voller Liebe, und sie durfte doch nicht an Liebe denken. Kennen Sie die Geschichte? Auf Las Tours mit den vier Burgen saß als Burgherrin Blanche Soundso, die wie zur Empfehlung La Louve – die Wölfin – genannt wurde. Und Peire Vidal, der Troubadour, machte La Louve, der Wölfin, den Hof. Und sie wollte nichts von ihm wissen. So hüllte er sich ihr zuliebe – was Leute nicht alles tun, wenn sie verliebt sind! – in eine Wolfshaut und ging in die Schwarzen Berge hinauf. Die Hirten der Montagne Noire und ihre Hunde hielten ihn für einen Wolf, und er wurde von Zähnen zerfleischt und mit Knüppeln geschlagen. Dann trugen sie ihn nach Las Tours zurück, und La Louve war nicht im geringsten beeindruckt. Sie putzten ihn wieder heraus, und ihr Gemahl machte ihr ernstlich Vorwürfe. Vidal war, wissen Sie, ein großer Dichter, und es gehört sich nicht, einen großen Dichter mit Gleichgültigkeit zu behandeln.

So erklärte Peire Vidal, er sei Kaiser von Jerusalem oder sonst einem Ort, und der Gemahl mußte niederknien und ihm die Füße küssen, was ihm La Louve freilich nicht nachtat. Und Peire stach in einem Ruderboot mit vier Gefährten in See, um das Heilige Grab zu retten. Und sie fuhren irgendwo auf ein Riff, und der Gemahl mußte mit großen Kosten eine Expedition ausrüsten, um sie zu bergen. Und Peire Vidal fiel, so lang er war, auf das Bett der Dame, während ihr Gemahl, der ein äußerst grimmiger Krieger war, sie abermals zur Höflichkeit ermahnte, die man großen Dichtern schuldig sei. Aber ich glaube, La Louve war die grimmigere von den beiden. Jedenfalls ist das alles, was daraus wurde. Und ist das etwa keine Geschichte?

Sie machen sich gar keinen Begriff von der wunderlich altmodischen Art der Tanten Florences' – der Misses Hurlbird –, geschweige denn von ihrem Onkel. Ein außerordentlich liebenswerter Mann, dieser Onkel John. Er war dünn und zart, und da er es auch am Herzen hatte, lebte er ganz ähnlich wie später Florence. Er wohnte nicht in Stamford; sein Haus stand in Waterbury, woher die Uhren kommen. Er hatte dort eine Fabrik, die nach unserer sonderbaren amerikanischen Art fast alljährlich ihre Produktion wechselte. Neun Monate zum Beispiel stellte sie Knöpfe aus Knochen her. Dann produzierte sie plötzlich Messingknöpfe für Kutscher-Livreen. Dann befaßte sie sich für kurze Zeit mit geprägten Blechdeckeln für Konfektdosen. Tatsache ist, daß der arme alte Herr mit seinem schwachen, flatternden Herzen seine Fabrik am liebsten hätte stillstehen lassen. Er wollte sich zurückziehen. Und er zog sich zurück, als er siebzig war. Aber er fürchtete so sehr, die Straßenjungen der Stadt könnten hinter ihm herrufen: »Seht, da geht der faulste Mann von Waterbury!«, daß er eine Reise um die Welt unternahm. Und Florence, zusammen mit einem jungen Mann namens Jimmy, begleitete ihn. Nach dem, was Florence mir erzählte, war es Jimmys Aufgabe im Dienste Mr. Hurlbirds, alle aufregenden Themen zu umgehen. Er mußte ihn zum Beispiel von allen politischen Diskussionen fernhalten. Denn der arme alte Mann war ein leidenschaftlicher Anhänger der Demokraten, und das zu Zeiten, da man die Welt absuchen konnte, ohne etwas anderes als Republikaner zu finden. Wie dem auch sei, sie fuhren um die Welt.

Ich denke, eine Anekdote ist am besten geeignet, Ihnen eine Vorstellung von dem alten Herrn zu geben. Denn vielleicht ist es wichtig, daß Sie erfahren, wie der alte Herr war; er hatte großen Einfluß auf die Entwicklung des Charakters meiner armen lieben kleinen Frau.

Kurz bevor sie von San Francisco aus nach der Südsee aufbrachen, sagte Mr. Hurlbird, er müsse etwas mitnehmen, um den Leuten, die er auf der Reise träfe, kleine Geschenke machen zu können. Er kam auf den Gedanken, am besten geeignet für diesen Zweck seien Orangen – weil Kalifornien das Land der Orangen ist – und bequeme Liegestühle. So kaufte er ich weiß nicht wie viele Kisten Orangen – die großen, gekühlten kalifornischen Orangen – und ein halbes Dutzend Liegestühle in einem besonderen Koffer, den er immer bei sich in der Kabine stehen hatte. Es muß eine halbe Schiffsladung Obst gewesen sein.

Denn jeder Person an Bord der verschiedenen Dampfer, die er benutzte, jedem, mit dem er auch nur ein Kopfnicken als Gruß tauschte, gab er jeden Morgen eine Orange. Und sie reichten ihm rund um den Gürtel unseres mächtigen Erdballs. Ja, noch als sie am Nordkap anlangten, sah er, der arme liebe hagere Mann, am Horizont einen Leuchtturm. »Herrje«, sagte er sich, »die armen Kerls müssen sehr einsam sein. Wollen ihnen doch ein paar Orangen bringen.« So ließ er einige Kisten seiner Früchte ausladen und sich nach dem Leuchtturm am Horizont rudern. Die Liegestühle lieh er allen Damen, denen er auf dem Schiff begegnete und die ihm gefielen oder müde und kränklich schienen. Und so fuhr er, wohlachtend auf sein Herz und mit seiner Nichte an der Seite, um die Erde …

Er machte nicht viel Aufhebens von seinem Herzen. Man hätte ihm nicht angemerkt, daß es ihm zu schaffen machte. Er hinterließ es nur dem anatomischen Laboratorium von Waterbury zum Nutzen der Wissenschaft, da er meinte, es müsse ein ganz absonderliches Herz sein. Und der Witz dabei war, daß sich nicht der geringste Fehler an seinem Herzen feststellen ließ, als er im Alter von vierundachtzig Jahren, gerade fünf Tage vor der armen Florence, an einer Bronchitis starb. Gewiß hatte es gezuckt und geächzt oder sonst etwas getan, was hinreichte, um die Ärzte irrezuführen, aber anscheinend rührte das von einer seltsamen Gestaltung der Lunge her. Ich verstehe nicht viel von diesen Dingen. Ich erbte sein Geld, weil Florence fünf Tage nach ihm starb. Ich wünschte, ich hätte es nicht geerbt. Es war eine große Plage. Gleich nach Florence' Tod mußte ich nach Waterbury fahren, weil der arme liebe alte Kerl eine Menge wohltätiger Legate hinterlassen hatte, und ich mußte Treuhänder ernennen. Der Gedanke, irgend etwas könnte nicht richtig ausgeführt werden, wäre mir unangenehm gewesen.

Ja, es war eine große Plage. Und gerade als ich die Dinge in großen Zügen geregelt hatte, erhielt ich das überraschende Telegramm von Ashburnham, der mich bat, zurückzukommen und mit ihm zu reden. Und unmittelbar darauf traf eins von Leonora ein, in dem es hieß: »Ja, kommen Sie bitte. Sie könnten eine solche Hilfe sein.« Es war, als hätte er das Kabelgramm geschickt, ohne sie zu fragen, und ihr erst hinterher davon erzählt. So ungefähr hatte es sich auch zugetragen, nur daß er es dem Mädchen sagte und dieses es seiner Frau mitteilte. Ich kam jedoch zu spät, um noch von irgendwelchem Nutzen zu sein, wenn ich ihnen überhaupt hätte von Nutzen sein können. Und dabei bekam ich zum erstenmal eine Ahnung von englischem Leben. Es war höchst erstaunlich. Es war überwältigend. Ich werde nie das glänzend gestriegelte Halbblut vergessen, das Edward neben mir lenkte, die Bewegungen des Tieres, seinen hochtrabenden Gang, sein Fell, das wie Seide war. Und den Frieden! Und die roten Backen! Und das schöne, schöne alte Haus.

Wir waren in der Nähe von Branshaw Teleragh angelangt und fuhren von der hohen, klaren, sturmdurchbrausten Öde von New Forest zu ihm hinunter. Ich sage es Ihnen, es war ungeheuerlich, von Waterbury dorthin zu kommen. Und es kam einem ganz unglaublich vor – denn Teddy Ashburnham hatte mir doch, wie Sie sich erinnern werden, telegrafiert, »herüberzukommen und mit ihm zu reden« –, daß diesem Ort und diesen Menschen etwas wirklich Unheilvolles zustoßen könnte. Ich sage Ihnen, es war der Inbegriff des Friedens. Und Leonora stand schön und lächelnd in ihren blonden Locken auf der obersten Stufe vor dem Haus, mit Butler und Lakai und Hausmädchen hinter sich. Und sie sagte nur: »Freut mich, daß Sie gekommen sind«, als wäre ich bloß von einer zehn Meilen entfernten Stadt zum Mittagessen herübergekommen und nicht auf den Ruf zweier dringender Telegramme hin um die halbe Erde gereist.

Das junge Mädchen war mit den Hunden fort, glaube ich. Und der arme Teufel neben mir litt Qualen. Tiefste, hoffnungslose, stumme Qualen, wie sie kein Mensch sich vorstellen kann.

III

Es war sehr heiß damals im August 1904; und Florence hatte schon einen Monat lang ihre Bäder genommen. Ich weiß nicht, wie es ist, Patient an solch einem Ort zu sein. Ich bin nie irgendwo Patient gewesen. Vermutlich werden die Patienten an dem Ort rasch heimisch und finden dort eine Art Ankergrund. Sie scheinen die Badewärter mit ihren aufmunternden Gesichtern, ihrer Herrschermiene, ihrem weißen Leinen sehr gern zu haben. Aber was mich betrifft, gab mir Bad Nauheim ein Gefühl – wie soll ich sagen? – fast ein Gefühl der Nacktheit – einer Nacktheit, wie man sie an einer Meeresküste oder in einem weiten, offenen Raum empfindet. Hier hatte ich zu nichts Beziehung, nichts hatte sich angesammelt. Zu Hause ist es, als ob angeborene kleine Sympathien einen zu besonderen Sesseln zögen, die einen wie in eine Umarmung aufnehmen; oder uns bestimmte Straßen hinunterführten, die uns freundlich scheinen, während andere uns vielleicht feindselig anmuten. Und, glauben Sie mir: dieses Gefühl spielt im Leben eine sehr wichtige Rolle. Ich weiß ein Lied davon zu singen, nachdem ich so lange durch öffentliche Kurorte gewandert bin. Und man ist zu sehr herausgeputzt. Ich bin weiß Gott nie ein unordentlicher Mann gewesen. Aber was ich empfand, wenn ich morgens, während die arme Florence ihre Bäder nahm, auf den sorgfältig gefegten Stufen vor dem Englischen Hof stand und auf die sorgfältig angeordneten Bäume in Kübeln an den sorgfältig geharkten Kieswegen blickte, über die sorgfältig gekleidete Menschen in sorgfältig abgemessener Fröhlichkeit zu sorgfältig abgemessenen Zeiten dahinschritten, während die hohen Bäume des Kurparks zur Rechten aufragten... wenn ich den rötlichen Stein der Badehäuser sah – oder waren es weiße Fachwerkvillen? Auf mein Wort, ich habe es vergessen, ich, der so oft dort war. Das wird Ihnen einen Begriff davon geben, wie gut ich mich in der Landschaft auskannte. Ich hätte blind meinen Weg zu den Ruhesälen, den Duschräumen, zu dem Sprudel mit dem rostigen Wasser in der Mitte des quadratischen Platzes gefunden. Ja, ich hätte blind meinen Weg gefunden. Ich weiß noch genau die Entfernungen. Vom Hotel Regina ging man hundertsiebenundachtzig Schritte, und dann brachten einen nach einer scharfen Linkswendung vierhundertundzwanzig Schritte direkt zum Sprudel. Vom *Englischen Hof* aus waren es, wenn man auf dem Bürgersteig begann, ebenfalls vierhundertundzwanzig Schritte, nur mußte man sich diesmal rechts halten.

Und nun werden Sie verstehen, daß ich mir, da ich nichts auf der Welt zu tun hatte – rein gar nichts –, angewöhnte, meine Schritte zu zählen. Ich ging mit Florence zu den Badehäusern. Und natürlich ergötzte ich mich an ihrer Unterhaltung. Es war, wie ich schon sagte, erstaunlich, woraus sie eine Unterhaltung zu machen verstand. Sie schritt sehr behend dahin, und ihr Haar war sehr hübsch frisiert, und sie kleidete sich reizend und sehr teuer. Natürlich hatte sie eigenes Geld, aber ich hätte auch sonst nichts dagegen gehabt. Und doch, wissen Sie, kann ich mich an kein einziges ihrer Kleider erinnern. Oder nur an eines, ein sehr schlichtes, aus blaubedruckter Seide – ein chinesisches Muster – mit sehr weitem Rock und betonten Schultern. Und ihr Haar war kupferfarben, und die Absätze ihrer Schuhe waren außerordentlich hoch, so daß sie fast auf ihren Zehenspitzen trippelte. Und wenn sie an die Tür des Badehauses kam und diese sich öffnete, um sie einzulassen, dann pflegte sie mit einem leichten, koketten Lächeln zu mir zurückzublicken, so daß ihre Wange die Schulter zu streicheln schien.

Ich glaube mich zu erinnern, daß sie zu jenem Kleid einen ungeheuer großen Hut aus Livorno trug – wie der *Chapeau de Paille* von Rubens, nur sehr weiß. Der Hut wurde mit einem locker geschlungenen Schal aus demselben Stoff wie ihr Kleid festgehalten. Und um ihren Nacken trug sie einfache hellrote Korallen. Und ihr Teint war von vollkommener Reinheit, vollkommener Glätte. Ja, so sehe ich sie am deutlichsten vor mir;

in diesem Kleid, in diesem Hut, wie sie mich über die Schulter hinweg ansah, so daß ihre Augen sehr blau aufleuchteten – in dunklem Kieselblau.

Aber Teufel auch! Wem zuliebe tat sie es? Den Badewärtern zuliebe? oder den Passanten? Ich weiß es nicht. Jedenfalls kann es nicht mir gegolten haben, denn niemals in all den Jahren, bei keiner Gelegenheit und an keinem anderen Ort lächelte sie mir so zu, so spöttisch, so lockend. Ah, sie war ein Rätsel; aber sind nicht alle Frauen Rätsel? Und mir fällt ein, daß ich irgendwo zuvor einen Satz begann, den ich nicht zu Ende führte... Er berichtete von dem Gefühl, das ich jeden Morgen hatte, wenn ich auf den Stufen vor meinem Hotel stand, ehe ich aufbrach, um Florence vom Badehaus abzuholen. Schmuck, korrekt, sauber gebürstet und wohl wissend, daß ich ziemlich klein war unter den langen Engländern, den dürren Amerikanern, den rundlichen Deutschen und russischen Jüdinnen, stand ich da, klopfte eine Zigarette auf die Außenseite meines Etuis und ließ einen Augenblick lang meinen Blick über die Welt im Sonnenschein schweifen. Aber ein Tag sollte kommen, da ich das alles nie mehr allein zu tun brauchte. Sie können sich deshalb vorstellen, was die Ankunft der Ashburnhams für mich bedeutete.

Ich habe den Anblick vieler Dinge vergessen, aber ich werde nie den Anblick des Speisesaals im *Hotel Excelsior* an jenem Abend – und an so vielen anderen Abenden – vergessen. Ganze Schlösser sind meinem Gedächtnis entschwunden, ganze Städte, die ich nie wieder aufgesucht habe, aber jenen weißen Saal mit den Girlanden aus Papiermaché-Früchten und -Blumen; die hohen Fenster; die vielen Tische; den schwarzen Wandschirm vor der Tür mit den drei goldenen Kranichen, die auf jedem der Felder aufwärts flogen; die Palme in der Mitte des Saales; die umherhuschenden Kellner; die kalte, teure Eleganz; die Mienen der Gäste, wenn sie abends hereinkamen – ihre ernsten Gesichter, als müßten sie eine Mahlzeit durchstehen, die ihnen von den Kurautoritäten persönlich vorgeschrieben worden war, und ihren Ausdruck strenger Enthaltsamkeit, als dürften sie unter keinen Umständen versuchen, ihr Mahl zu genießen – all diese Dinge werde ich nicht so schnell vergessen. Und dann sah ich eines Abends im Zwielicht, wie Edward Ashburnham an dem Wandschirm vorbei in den Saal schlenderte. Der Oberkellner, ein Mann mit einem ganz grauen Gesicht – in welchen unterirdischen Winkeln und Klüften legen sich diese Leute nur eine so gleichmäßig graue Gesichtsfarbe zu? –, ging mit der furchtsamen Gönnerhaftigkeit dieser Kreaturen auf ihn zu und hielt ihm sein graues Ohr hin, damit er hineinflüsterte. Es war für die neuen Gäste im allgemeinen eine höchst lästige Prüfung, aber Edward Ashburnham bestand sie wie ein Engländer und ein Gentleman. Ich konnte sehen, daß seine Lippen ein dreisilbiges Wort formten – vergessen Sie nicht, daß ich nichts auf der Welt zu tun hatte, als diese Feinheiten zu bemerken –, und sogleich wußte ich, daß er Edward Ashburnham, Hauptmann, Vierzehntes Husarenregiment, von Branshaw House, Branshaw Teleragh, sein mußte. Ich wußte es, weil ich jeden Abend vor dem Essen, während ich in der Halle wartete, mit der höflichen Erlaubnis von Monsieur Schontz, dem Besitzer, die kleinen Anmeldeformulare durchzusehen pflegte, die jeder Gast ausfüllen mußte, wenn er ein Zimmer nahm.

Der Oberkellner führte ihn sogleich zu einem leeren Tisch, dem dritten von meinem aus gesehen – dem Tisch, den die Grenfalls von Falls River, New Jersey, gerade verlassen hatten. Mir fiel ein, daß dies kein schöner Tisch für Neuankömmlinge war, da die Sonne, so tief sie auch stand, direkt darauf schien. Derselbe Gedanke mußte im selben Augenblick auch Hauptmann Ashburnham gekommen sein. Bisher hatte sein Gesicht nach der wundervollen englischen Art überhaupt nichts ausgedrückt. Nichts. Es spiegelte weder Freude noch Verzagtheit; weder Hoffnung noch Furcht; weder Langeweile noch Befriedigung. Er schien kein einziges Wesen in diesem überfüllten Raum zu bemerken; er hätte ebensogut durch den Dschungel wandern können. Ich war nie zuvor einem so vollendeten Gesichtsausdruck begegnet und werde ihm auch nie wieder begegnen. Es war Arroganz und doch nicht Arroganz; es war Bescheidenheit und doch nicht Bescheidenheit. Sein Haar war blond, außerordentlich blond, und in eine Welle gelegt, die von der linken Schläfe zur rechten lief. Sein Gesicht war von einem hellen Ziegelrot, das völlig gleichmäßig im Ton bis zum Haaransatz ging; sein gelber Schnurrbart war starr wie eine Zahnbürste, und ich glaube wahrhaftig, er hatte sich den Rock seines schwarzen Smokings ein wenig über den Schulterblättern auspolstern lassen, um sich den Anschein einer leicht gebückten Haltung zu geben.

Das hätte ihm ähnlich gesehen, solche Dinge waren es, denen er in Gedanken nachhing. Sprungriemen, Chiffney-Gebisse, Schuhe; wo man die beste Seife bekam, den besten Cognac; der Name des Burschen, der ein Rennpferd die Khyber-Felsen hinunterritt; die Streuung von Schrot Nummer drei in der Patrone vor einer Ladung Pulver Nummer vier ... Bei Gott, ich habe ihn nie von etwas anderem reden hören. Während all der Jahre, die wir uns kannten, hörte ich ihn über nichts anderes als diese Dinge reden. O ja, einmal sagte er mir, ich könnte meinen Lieblingsfarbton blauer Krawatten billiger von einer Firma in den Burlington-Arkaden als von meinem Lieferanten in New York bekommen. Und ich habe meine Krawatten seither stets von dieser Firma bezogen. Sonst würde ich mich nicht an den Namen der Burlington-Arkaden erinnern. Ich fragte mich, wie sie aussehen. Ich habe sie nie gesehen. Ich stelle sie mir wie zwei mächtige Säulenreihen vor, gleich jenen auf dem Forum in Rom, und Edward Ashburnham zwischen ihnen dahinschreitend. Aber wahrscheinlich sehen sie nicht im geringsten so aus. Einmal riet er mir, auch kaledonische Schuldverschreibungen zu kaufen, weil eine Kurssteigerung zu erwarten sei. Und ich kaufte sie, und sie stiegen wirklich im Kurs. Aber ich habe nicht die geringste Ahnung, woher er diese Kenntnis nahm. Sie schien ihm aus heiterem Himmel zuzufallen.

Und das war absolut alles, was ich bis vor einem Monat von ihm wußte – dies und den Überfluß an Koffern, alle aus Schweinsleder und mit seinen Initialen E. F. A. bedruckt. Da waren Gewehrkoffer und Kragenkoffer und Hemdenkoffer und Briefkoffer und Etuis, die jeweils vier Flaschen Medizin enthielten; und Hutkoffer und Helmkoffer. Eine ganze Herde Gadarene-Schweine muß für seine Ausrüstung hergehalten haben. Und wenn ich je in sein Privatzimmer eingedrungen wäre, so nur, um ihn zu sehen, wie er ohne Rock und Weste dastand, mit der ungeheuer langen Linie seiner vollendet elegant geschnittenen Hose von der Hüfte bis zu den Absätzen. Und dann hätte er sicher gerade mit leicht nachdenklicher Miene einen Koffer geöffnet und einen anderen geschlossen.

Gütiger Gott, was sahen sie nur alle in ihm? – denn ich schwöre, da war nichts sonst, weder innen noch außen; wenn sie auch behaupteten, er sei ein guter Soldat. Doch Leonora verehrte ihn mit einer Leidenschaft, die qualvoll war, und haßte ihn mit einer Qual, die bitter war wie das Meer. Wie konnte er nur irgendeinem Menschen ein derartiges Gefühl einflößen?

Worüber sprach er eigentlich mit ihnen – wenn sie unter vier Augen waren? Ach ja, plötzlich, wie durch einen Blitz der Erleuchtung, weiß ich es. Denn alle guten Soldaten sind sentimental – alle guten Soldaten dieses Typs. Schon ihr Beruf ist voller großer Worte – »Mut«, »Ergebenheit«, »Ehre«, »Treue«. Und ich habe einen falschen Eindruck von Edward Ashburnham gegeben, wenn Sie nun glauben, er habe buchstäblich niemals im Verlauf der neun Jahre unserer Vertrautheit über das gesprochen, was er »die ernsteren Dinge« nannte. Auch schon ehe es zu seinem letzten Ausbruch vor mir kam, ist er zuweilen, sehr spät abends, sagen wir, mit etwas herausgeplatzt, das einen tieferen

Einblick in die empfindsame Weltanschauung geben konnte, der er huldigte. Er sagte dann, wie sehr die Gesellschaft einer edlen Frau zur Erlösung eines Menschen beitragen könne; er pflegte auch zu sagen, Treue sei die vornehmste aller Tugenden. Natürlich sagte er es sehr steif, aber doch immer so, als ließe die Feststellung keinen Zweifel zu.

Treue! Ist das nicht ein verschrobener Gedanke? Doch muß ich hinzufügen, der arme Edward war ein großer Leser – stundenlang konnte er sich in die Lektüre empfindsamer Romane versenken – Romane, in denen das Schreibmaschinenfräulein einen Marquis und die Gouvernante einen Grafen heiratet. Fast immer floß in seinen Büchern die treue Liebe so glatt dahin wie Honig auf Butterbrot. Er liebte eine gewisse Art Gedichte, er konnte sogar eine tieftragische Liebesgeschichte lesen. Ich habe erlebt, wie seine Augen sich bei der Schilderung eines hoffnungslosen Abschieds mit Tränen füllten. Und schwärmerisch liebte er Kinder, junge Hunde und die Schwachen allesamt...

Sie sehen, es gab genug, was er einer Frau vorgurren konnte – wozu noch seine gesunde Ansicht über Sprungriemen und seine – ebenfalls empfindsame – Erfahrung als Friedensrichter seiner Grafschaft kam sowie der inbrünstige optimistische Glaube, die Frau, die er im Augenblick liebte, sei endlich diejenige, der ewig treu zu bleiben ihm vom Schicksal bestimmt sei ... Jedenfalls möchte ich glauben, daß er ganz nett was zusammenreden konnte, wenn kein Mann in der Nähe war, der ihn einschüchterte. Und ich war sehr erstaunt, bei jenem letzten Ausbruch mir gegenüber – als alles aus war, das arme Mädchen schon auf dem Wege nach dem fatalen Brindisi, und er sich selber und mir einzureden suchte, er habe sich eigentlich nie sehr viel aus ihr gemacht –, ich war damals sehr erstaunt, zu bemerken, wie literarisch und wie gewandt er sich ausdrückte. Er redete wie ein ganz gutes Buch – ein durchaus nicht billig-sentimentales Buch. Wissen Sie, ich glaube, er betrachtete mich nicht eigentlich als Mann. Ich muß in seinen Augen etwas wie eine Frau oder ein Anwalt gewesen sein. Jedenfalls brach es in jener fürchterlichen Nacht aus ihm heraus. Und dann nahm er mich am nächsten Morgen zu der Gerichtssitzung mit, und ich sah, wie er vollkommen ruhig und sachlich auf einen Freispruch für ein armes Mädchen hinarbeitete, das die Tochter eines seiner Pächter und des Mordes an ihrem kleinen Kinde angeklagt war. Er gab zweihundert Pfund für ihre Verteidigung aus ... Das also war Edward Ashburnham.

Ich habe vergessen, von seinen Augen zu sprechen. Sie waren so blau wie die Seiten gewisser Zündholzschachteln. Wenn man sie sich genau betrachtete, sah man, sie waren vollkommen ehrlich, vollkommen aufrichtig und vollkommen, vollkommen dumm. Aber das Ziegelrot seiner Gesichtsfarbe, das vollkommen mit dem Ziegelrot seiner inneren Augenlider übereinstimmte, verlieh ihnen einen seltsamen, unheimlichen Ausdruck – wie ein Mosaik aus blauer Emaille in rosa Porzellan. Und damit fing dieser Bursche, wenn er in ein Zimmer trat, die Blicke aller Frauen – so geschickt, wie ein Taschenspieler Billardkugeln einsteckt. Es war höchst erstaunlich. Sie kennen den Mann auf der

Bühne, der sechzehn Bälle auf einmal in die Luft wirft und sie dann wieder in Taschen auffängt, die über seinen ganzen Körper verstreut sind, an den Schultern, an den Fersen, in seinen Ärmeln; und er steht vollkommen still und tut überhaupt nichts. Nun, so ähnlich war es. Er hatte eine ziemlich rauhe, heisere Stimme.

Und da stand er nun neben dem Tisch. Ich sah ihn an, meinen Rücken dem Wandschirm zugekehrt. Und plötzlich sah ich zwei klar unterschiedene Regungen über seine unbeweglichen Augen flackern. Wie, zum Teufel, stellten sie es an, diese unbeweglichen blauen Augen mit dem geraden Blick? Denn die Augen selber regten sich nicht, während sie über meine Schultern hinweg nach dem Schirm blickten. Und der Blick war vollkommen gleichgültig und vollkommen offen und vollkommen unveränderlich. Doch müssen sich wohl die Lider etwas gerundet haben, vielleicht bewegten sich auch die Lippen ein wenig, als wollte er sagen: »Da hast du es, meine Liebe.« Auf jeden Fall war es ein Ausdruck des Stolzes, der Befriedigung des Besitzenden. Ich sah ihn später einmal, wie er seinen Blick über die sonnigen Felder von Branshaw schweifen ließ und sagte: »Dies alles ist mein Land!«

Und dann wurde der Blick vielleicht noch direkter, wenn möglich noch härter – verwegen gar. Es war ein abschätzender Blick, ein herausfordernder Blick. Als wir ihm einmal in Wiesbaden bei einem Polo-Wettspiel gegen die Bonner Husaren zuschauten, sah ich, wie derselbe Blick in seine Augen trat und, die Möglichkeiten abwägend, über den Platz ging. Der Führer der deutschen Mannschaft, Graf Idigon von Lelöffel, hatte schon fast ihren Torbalken erreicht, in kurzem, leichtem Galopp kam er mit dem Ball heran – in der hinterhältigen deutschen Manier. Die übrigen Spieler waren irgendwo verstreut. Es war nur eine improvisierte Sache. Ashburnham stand sehr dicht am Zaun, keine fünf Meter von uns entfernt, und ich hörte, wie er zu sich sagte: »Läßt sich vielleicht gerade noch schaffen!« Und er schaffte es. Gütiger Gott! Er riß das Pony herum, daß ihm die vier Beine hochflogen wie bei einer Katze, die vom Dach fällt…

Nun, es war eben jener Blick, den ich in seinen Augen bemerkte: »Läßt sich« – mir ist wieder, als hörte ich es ihn vor sich hinmurmeln – »vielleicht gerade noch schaffen.«

Ich blickte über meine Schulter und sah groß, lächelnd, strahlend und lebhaft – Leonora. Und klein und blond, leuchtend wie der Streifen Sonnenlicht auf dem Meer – meine Frau.

Der arme Kerl! wenn man bedenkt, in welcher verteufelten Lage er sich in dem Augenblick befand! Und da stand er und sagte sich im stillen: »Läßt sich vielleicht gerade noch schaffen.« Wie wenn sich einer mitten in einem Vulkanausbruch sagte, er könnte sich vielleicht noch gerade in den Aufruhr stürzen und einen Heuschober in Flammen setzen. Wahnsinn? Verhängnis? Wer zum Teufel weiß das?

Mrs. Ashburnham zeigte sich in jenem Augenblick fröhlicher, als ich sie je wieder gesehen habe. Es gibt eine bestimmte Klasse von Engländern – die vornehmeren, wenn sie in vielen mondänen Bädern gewesen sind –, die es sich angelegen sein lassen, lebhafter als gewöhnlich zu werden, sobald sie Landsleuten von mir vorgestellt werden. Ich habe das oft bemerkt. Natürlich müssen sie die Amerikaner akzeptiert haben. Aber wenn das einmal geschehen ist, scheinen sie sich zu sagen: »Holla, diese Frauen sind so temperamentvoll. Wir werden uns an Temperament doch nicht von ihnen ausstechen lassen!« Und eine Zeitlang werden sie es auch nicht. Aber das nutzt sich ab. So war es auch mit Leonora – zumindest ehe sie mich bemerkte. Sie begann damit – und vielleicht war es das, was mich auf den Gedanken brachte, eine Spur Unverschämtheit gehörte zu ihrem Charakter, denn sie tat nie wieder etwas Ähnliches –, wirklich, Leonora begann, indem sie mit ziemlich lauter Stimme aus beträchtlicher Entfernung sagte:

»Bleib doch nicht an dem muffigen alten Tisch stehen, Teddy. Komm und setz dich zu diesen netten Leuten!« Und das zu sagen war außerordentlich. Ganz außerordentlich. Nicht um mein Leben hätte ich von völlig Unbekannten als von netten Leuten gesprochen. Aber natürlich hatte sie ihren eigenen Kurs eingeschlagen, bei dem ich jedenfalls – ebenso wie die übrigen in dem Saal, denn auch sie hatte sich die Mühe gemacht, die Gästeliste durchzusehen – nicht mehr zählte als ein gepflegter Bullterrier. Und sie setzte sich recht selbstherrlich an einen leeren Tisch neben dem unseren – einen Tisch, der für die Guggenheimers reserviert war. Und sie blieb einfach sitzen, absolut taub gegen die Vorstellungen des Oberkellners mit dem Gesicht eines grauen Steinbocks. Dieser arme Kerl erfüllte ebenso standhaft seine Pflicht. Er wußte, daß die Guggenheimers aus Chicago ihm, nachdem sie einen Monat im Hotel gewohnt und ihm die Seele aus dem Leib geplagt hätten, zwei Dollar fünfzig geben und noch über das Trinkgeldsystem murren würden. Und er wußte, daß Teddy Ashburnham und dessen Frau ihm nicht die geringsten Schwierigkeiten machen würden – abgesehen von dem, was Leonoras Lächeln in seinem anscheinend unrührbaren Busen anrichten könnte, obwohl man ja nie weiß, was selbst hinter einem gar nicht ganz makellosen Hemdeinsatz vorgehen mag! ... Und jede Woche würde ihm Edward Ashburnham ein massives, anständiges englisches Goldstück geben. Trotzdem war der standhafte Bursche entschlossen, diesen Tisch den Guggenheimers aus Chicago zu sichern. Es endete damit, daß Florence sagte:

»Warum sollten wir nicht alle aus einem Trog essen – das ist eine häßliche New Yorker Redensart. Aber ich bin sicher, wir sind alle nette, ruhige Leute, und unser Tisch wäre für vier Stühle groß genug. Er ist ja rund.« Darauf ließ der Hauptmann etwas wie ein zustimmendes Gegurgel vernehmen, und deutlich gewahrte ich bei Mrs. Ashburnham ein leichtes Zögern – eine rasche, ruckartige Bewegung, als hätte ihr Pferd gebockt. Aber sie brachte es immerhin richtig an die Hürde, erhob sich von ihrem Stuhl und ließ sich mir gegenüber nieder – alles in einer Bewegung.

Ich fand immer, daß Leonora in Abendkleidern nicht am vorteilhaftesten aussah. Sie ließ sie sich wohl in zu strengen Linien machen; es gab nichts Lockeres daran. Sie hatte immer eine Vorliebe für Schwarz, und ihre Schultern waren zu klassisch. Sie ragten aus ihrem schwarzen Mieder etwa wie eine weiße Marmorbüste aus einer schwarzen Wedgewood-Vase. Ich weiß nicht. Ich habe Leonora stets geliebt, und noch heute würde ich ihr zuliebe mit Freuden mein Leben lassen, oder was davon übrig ist. Aber ich bin sicher, daß ich niemals auch nur die leiseste Regung dessen, was man den Geschlechtsinstinkt nennt, für sie empfunden habe. Und ich vermute – nein, ich bin überzeugt, auch sie hat dies nie für mich empfunden. Was mich betrifft, waren es, glaube ich, ihre Schultern, die das bewirkten. Wenn ich sie ansah, hatte ich das Gefühl, diese Schultern müßten, sollte ich je meine Lippen darauf drücken, kühl sein – nicht eisig, nicht ohne eine Spur menschlicher Wärme, aber, wie man von Bädern sagt, erfrischend.

Ich fühlte auf meinen Lippen eine leichte Kühle, wenn ich sie ansah...

Nein, am schönsten erschien mir Leonora immer in einem blauen Tailleur. Dann wurde ihr prächtiges Haar nicht von ihren schneeweißen Schultern übertönt. Die Linien mancher Frauen lenken den Blick zu ihrem Nacken, ihren Augenlidern, ihrem Munde, ihren Brüsten. Aber Leonoras Linien schienen den Blick immer zu ihren Handgelenken zu führen. Und ihre Handgelenke kamen am besten in schwarzen oder Hundslederhandschuhen zur Geltung; und immer war ein goldener Reif darum mit einem Kettchen, an dem der winzige goldene Schlüssel zu einer Depeschenkapsel hing. Vielleicht war es die Kapsel, in die sie ihr Herz und ihre Gefühle einschloß.

Jedenfalls setzte sie sich mir gegenüber, und dann schenkte sie meiner Existenz zum erstenmal Beachtung. Plötzlich, doch mit vollem Bedacht, schaute sie mich an. Auch ihre Augen waren blau und dunkel, und die Lider waren so gewölbt, daß sie das ganze Rund der Iris freigaben. Es war ein höchst eindrucksvoller, ein höchst bewegender Blick, als hätte mich für einen Augenblick ein Leuchtturm angesehen. Mir war, als sähe ich die raschen Fragen in dem Hirn hinter diesen Augen einander jagen. Mir war, als hörte ich, wie das Hirn fragte und die Augen antworteten mit der ganzen Einfachheit einer Frau, die sich darauf versteht, die Eigenschaften eines Pferdes abzuschätzen – das konnte sie wirklich. »Steht gut; hat hinter dem Gurt reichlich Platz für den Hafer. Schultern nicht so gut« und so weiter. Und so fragten ihre Augen: »Ist dieser Mann vertrauenswürdig in Geldangelegenheiten? Ist anzunehmen, daß er anzubändeln sucht? Daß er seine Frauen Unfug machen läßt? Vor allem, sieht er so aus, als würde er über meine Angelegenheiten schwatzen?«

Und plötzlich kam in diese kalten, ein wenig mißtrauischen, fast ablehnenden porzellanblauen Augen eine Wärme, eine Zartheit, ein freundliches Erkennen … oh, es war sehr zauberhaft und sehr rührend – und recht demütigend. So sieht eine Mutter ihren Sohn an, eine Schwester ihren Bruder. Vertrauen sprach aus diesem Blick, die Einsicht, es sei unnötig, Schranken zu errichten. Bei Gott, sie sah mich an, als wäre ich ein Krüppel – sie sah mich an, wie jede gütige Frau einen armen Kerl in einem Rollstuhl ansieht. Und wirklich, von jenem Tag an behandelte sie mich, als wäre ich der

Kranke und nicht Florence. Ja, an kühlen Tagen lief sie mir oft mit einer Decke nach. Ich vermute deshalb, daß ihre Augen eine günstige Antwort gegeben hatten. Und dann sagte Florence: »Und somit hat die Tafelrunde begonnen.« Abermals kam ein gurgelndes Geräusch aus Edward Ashburnhams Kehle; doch Leonora erschauerte ein wenig, als wäre eine Gans über ihr Grab gegangen. Und ich reichte ihr den Nickelsilberkorb mit Brötchen. Avanti! …

IV

Und so begannen diese neun Jahre ununterbrochener Ruhe. Sie wurden durch einen erstaunlichen Mangel an jeglichem Mitteilungsbedürfnis von seiten der Ashburnhams bestimmt, den wir damit erwiderten, daß wir in ebenso erstaunlicher Weise und beinahe ebenso vollständig einen persönlichen Ton vermieden. Wahrlich, Sie dürfen mir glauben, unser Verhältnis war durch eine Atmosphäre gekennzeichnet, in der alles als selbstverständlich genommen wurde. Als schweigende Voraussetzung galt, daß wir »ordentliche Leute« waren. Wir nahmen als selbstverständlich an, daß wir alle das Rindfleisch wenig durchgebraten, aber nicht zu wenig durchgebraten mochten; daß die beiden Männer nach dem Mittagessen gern einen guten Cognac zu sich nahmen, daß die Frauen einen sehr leichten Rheinwein mit Fachinger

Wasser vermischt tranken – solche Dinge. Es wurde ebenfalls als selbstverständlich angenommen, daß wir beide vermögend genug waren, uns alles zu leisten, was wir uns nur an Vergnügungen, die mit unserer Kur vereinbar waren, wünschen mochten: daß wir uns Automobile und Kutschen für ganze Tage mieteten, uns gegenseitig zum Essen einladen, unseren Freunden Diners geben und uns auch erlauben konnten zu sparen, wo es uns paßte. So hatte zum Beispiel Florence die Gewohnheit, sich den *Daily Telegraph* täglich aus London schicken zu lassen. Sie war in alles Englische vernarrt, die gute Florence; mir genügte die Pariser Ausgabe des *New York Herald* vollauf. Aber als wir entdeckten, daß den Ashburnhams ebenfalls ein Exemplar des Londoner Blattes von England nachgesandt wurde, vereinbarten Leonora und Florence, das eine Abonnement im einen Jahr und im nächsten das andere abzubestellen. Ähnlich hielten wir es mit der Gepflogenheit des Großherzogs von Nassau-Schwerin bei seinem alljährlichen Aufenthalt in Bad Nauheim, einmal mit jeder der ungefähr achtzehn Familien regelmäßiger Kurgäste zu speisen. Als Erwiderung pflegte er dann allen achtzehn Familien auf einmal ein Essen zu geben. Und da diese Diners recht kostspielig waren (man mußte mit dem Großherzog einen beträchtlichen Teil seines Gefolges einladen sowie sämtliche Mitglieder des diplomatischen Korps, die sich in Nauheim aufhielten), sahen Florence und Leonora, ihre Köpfe zusammensteckend, nicht ein, warum sie dem Großherzog nicht gemeinsam das Essen geben sollten. Und so geschah es. Ich glaube nicht, daß Seine Durchlaucht diese Sparsamkeit mißbilligte oder auch nur bemerkte. Jedenfalls wurde unser gemeinsames Diner zu Ehren des Fürsten mit der Zeit zu einem alljährlich wiederkehrenden Ereignis. Die Gäste wurden sogar immer zahlreicher, bis es schließlich etwas wie ein Schlußfest der Saison wurde, wenigstens für uns.

Ich will damit nicht sagen, daß wir zu den Leuten gehörten, deren Ehrgeiz es ist, »mit Fürstlichkeiten« zu verkehren. Daran lag uns nicht; wir erhoben keinerlei Ansprüche; wir waren einfach »ordentliche Leute«. Aber der Großherzog war ein freundlicher, leutseliger Fürst, wie der verstorbene König Eduard VII., und es war vergnüglich, ihm zuzuhören, wenn er von Pferderennen erzählte und gelegentlich einmal als *bonne bouche* seinen Neffen, den Kaiser, erwähnte; wir hatten es auch gern, wenn er auf seinem Spaziergang zuweilen für einen Augenblick stehenblieb, sich nach dem Fortschritt unserer Kur erkundigte oder sich huldvoll für die Summe interessierte, die wir bei dem Frankfurter Weltergewichtsrennen auf Lelöffels Pferd gesetzt hatten.

Aber auf mein Wort, ich weiß nicht, wie wir unsere Zeit hinbrachten. Wie bringt man seine Zeit hin? Wie ist es nur möglich, neun Jahre zu verleben, ohne irgend etwas daraus vorweisen zu können? Gar nichts, verstehen Sie. Nicht einmal einen beinernen Federhalter, der wie eine Schachfigur geschnitzt ist und ein Loch in der Spitze hat, durch das man vier Ansichten von Nauheim sehen kann. Und an Erfahrungen, an Kenntnis seiner Mitmenschen – ebenfalls nichts. Weiß Gott, ich könnte Ihnen nicht ohne weiteres sagen, ob die

Frau, die mir unten auf der Bahnhofstraße so teure Veilchen verkaufte, mich betrog; ich kann nicht sagen, ob der Gepäckträger, der unsere Siebensachen durch den Bahnhof von Livorno schleppte, uns begaunerte, als er behauptete, der reguläre Tarif sei eine Lira je Gepäckstück. Die Beispiele von Ehrlichkeit, denen man in dieser Welt begegnet, sind ebenso erstaunlich wie die Beispiele von Unehrlichkeit. Nach fünfundvierzigjährigem Umgang mit seinesgleichen sollte man einige Menschenkenntnis erworben haben. Aber man weiß nichts.

Ich glaube, die moderne zivilisierte Gepflogenheit – die moderne englische Gepflogenheit –, jeden als selbstverständlich zu nehmen, ist zum guten Teil daran schuld. Ich habe sie lange genug beobachtet, um zu wissen, wie absonderlich und wie geschickt diese Gepflogenheit ist; und wie einen diese Fähigkeit, was immer sie wert sein mag, niemals enttäuscht.

Ich leugne gar nicht, daß dies die wünschenswerteste Art ist, in dieser Welt zu leben, und ein fast unvernünftig hoher Standard. Denn eigentlich ist es ja zum Speiübelwerden, täglich mehrere Scheiben dünnen, lauwarmen, rosaroten Radiergummis essen zu müssen, wenn es einem zuwider ist; es ist unangenehm, Branntwein trinken zu müssen, wenn man sich lieber durch einen warmen, süßen Kümmel aufmuntern ließe. Es ist gräßlich, jeden Morgen ein kaltes Bad nehmen zu müssen, wenn man in Wirklichkeit das Verlangen nach einem heißen Bad am Abend hat. Und es rührt ein wenig den Glauben der Väter auf, der tief in einem schlummert, wenn es als selbstverständlich betrachtet wird, daß man zur Episkopalkirche gehört, obwohl man tatsächlich ein altmodischer Philadelphia-Quäker ist.

Man muß es tun; es ist der Hahn, den die ganze Gesellschaft dem Äskulap schuldet.

Und das Vertrackte, das Komische dabei ist, daß die ganze Sammlung von Vorschriften für jedermann gilt – für alle die Jedermanns, die man in Hotels trifft, in Eisenbahnzügen, in geringerem Maße vielleicht für die auf den Dampfern, doch am Ende gelten sie auch auf Dampfern. Sie begegnen einem Mann oder einer Frau, und an winzigen, vertraulichen Lauten, an den leisesten Bewegungen erkennen Sie sogleich, ob Sie es mit ordentlichen Leuten zu tun haben oder mit solchen, die nicht in Frage kommen. Sie wissen, heißt das, ob die anderen sich strikt an das ganze Programm halten, angefangen von halb gargebratenem Rindfleisch bis zum Anglikanismus, oder nicht. Es ist gleichgültig, ob sie groß oder klein sind, ob einer wie eine Marionette kreischt oder wie ein Dorfbulle brüllt; es spielt keine Rolle, ob sie Deutsche, Österreicher, Franzosen, Spanier oder sogar Brasilianer sind – es sind dann eben die Deutschen und die Brasilianer, die jeden Morgen ein Bad nehmen und die, grob gesagt, in diplomatischen Kreisen verkehren.

Aber das Unbequeme – oder, hol's der Teufel, ich will es beim Namen nennen – die verdammte Plage bei der ganzen Sache ist, daß man mit all diesem Fürselbstverständlich-Nehmen keinen Zentimeter tiefer dringt als zu den Dingen, die ich aufgezählt habe.

Ich kann Ihnen ein außerordentliches Beispiel hierfür geben. Ich erinnere mich nicht, ob es in unserem ersten Jahr war – unserem ersten Jahr zu viert in Nauheim, denn natürlich wäre dies das vierte gemeinsame Jahr von Florence und mir gewesen –, aber es muß im ersten oder zweiten Jahr gewesen sein. Und daran können Sie zugleich ermessen, was für ungewöhnliche Gespräche wir führten und wie rasch wir miteinander vertraut geworden waren. Andrerseits brachen wir zu dieser Exkursion so selbstverständlich und mit so wenig Vorbereitungen auf, daß es war, als hätten wir schon viele solcher Ausflüge miteinander gemacht; und unsere Vertrautheit schien so tief...

Der Ort jedoch, zu dem wir uns aufmachten, war offensichtlich einer, zu dem uns Florence gern schon längst geführt hätte, so daß man denken sollte, wir wären gleich zu Anfang unserer Freundschaft hingefahren. Florence war eine ausnehmend kundige Führerin zu archäologischen Sehenswürdigkeiten, und nichts machte ihr größere Freude als einen durch eine Ruine zu führen und das Fenster zu zeigen, von dem aus irgend jemand irgendeinem Mord zugeschaut hatte. Sie tat es nur einmal, aber sie machte es ganz hervorragend. Sie fand sich einzig mit der Hilfe des Baedeker in jedem altem Bauwerk so leicht zurecht wie in einer amerikanischen Stadt, in der die Blocks alle rechteckig und die Straßen alle numeriert sind, so daß man ohne jede Schwierigkeiten von der Vierundzwanzigsten zur Dreißigsten Straße gelangt.

Die alte Stadt M... liegt, von Nauheim mit einem guten Zug in fünfzig Minuten zu erreichen, auf einer großen Basaltkuppe, um deren Flanken sich eine Straße dreifach wie ein Schal hinaufwindet. Auf dem Gipfel steht ein Schloß – kein breit angelegtes Schloß wie Windsor –, sondern ein Schloß, das ganz aus schiefergedeckten Giebeldächern und Turmspitzen mit goldenen, kühn blitzenden Wetterhähnen besteht – das Schloß der heiligen Elisabeth, Landgräfin von Thüringen. Die Stadt hat den Nachteil, daß sie in Preußen liegt, und es ist immer unangenehm, in dieses Land zu fahren; aber sie ist sehr alt und hat viele zweitürmige Kirchen und ragt wie eine Pyramide aus dem grünen Tal der Lahn. Ich glaube nicht, daß die Ashburnhams besonders gern dorthin gingen, mir selber lag auch nicht sonderlich daran. Aber, Sie verstehen, es wurden keine Einwände gemacht. Es gehörte zur Kur, daß man drei- oder viermal in der Woche einen Ausflug machte, und wir alle waren Florence einmütig dankbar, daß sie den Anstoß dazu gab. Florence hatte natürlich ihren eigenen Beweggrund. Sie war zu jener Zeit darauf aus, Hauptmann Ashburnham zu bilden – oh, natürlich, ganz *pour le bon motif!* Sie pflegte zu Leonora zu sagen: »Ich kann einfach nicht verstehen, wie sie ihn so unwissend neben sich herleben lassen können!« Leonora verblüffte mich immer durch ihre erstaunliche Bildung. Jedenfalls wußte sie schon vorher alles, was Florence ihr zu sagen hatte. Vielleicht holte sie es sich aus dem Baedeker, wenn Florence noch schlief. Ich will nicht sagen, Leonora hätte sich anmerken lassen, daß sie irgend etwas wußte; aber wenn Florence uns zu erzählen begann, wie Ludwig der Kühne drei Frauen zugleich haben wollte – worin er sich von Heinrich VIII. unterschied, der sie nacheinander haben wollte, was sehr viel Verdruß zur Folge hatte –, wenn Florence anfing, uns dies zu erzählen, nickte Leonora bloß mit dem Kopf, und zwar in einer Art, die meine arme Frau ganz nett in Harnisch brachte.

Sie rief dann gewöhnlich aus: »Wenn Sie es wissen, warum haben Sie dann Hauptmann Ashburnham nicht schon längst alles erzählt? Sicher findet er es interessant!« Und Leonora blickte nachdenklich zu ihrem Mann hinüber und sagte: »Ich bilde mir ein, es könnte seiner Hand schaden – der Hand, wissen Sie, die er beim Umgang mit Pferdemäulern braucht...« Und der arme Ashburnham wurde rot und murmelte: »Schon gut. Mach dir keine Sorge um mich!«

Ich glaube, die Ironie seiner Frau machte dem armen Teddy ziemlich zu schaffen, denn eines Abends fragte er mich ernsthaft im Rauchzimmer, ob ich der Ansicht sei, zu viel im Kopf zu haben könnte wirklich die Wendigkeit beim Polo beeinträchtigen. Ihm fiele auf, sagte er, daß übergescheite Burschen im allgemeinen ziemliche Stümper seien, wenn sie vier Beine unter sich hätten.

Ich beruhigte ihn, so gut ich konnte. Ich sagte ihm, er sei wohl kaum der Mann, der so viel in sich aufnimmt, daß es ihn aus dem Gleichgewicht bringt. Damals machte es dem Hauptmann sichtlich Freude, von Florence belehrt zu werden. Sie tat es etwa drei- oder viermal in der Woche unter Leonoras und meinen beifälligen Blicken. Sie ging nicht systematisch vor, können Sie sich denken, sondern wie es sie gerade überkam. Sie suchte wieder einmal eine der dunklen Stellen der Erde zu erhellen und die Welt ein wenig lichter zurückzulassen, als sie sie vorgefunden. Sie erzählte ihm zum Beispiel die Geschichte von Hamlet, erklärte ihm den Aufbau einer Sinfonie, summte ihm das erste und zweite Thema vor und so fort; sie setzte ihm den Unterschied zwischen Arminianern und Erastianern auseinander oder gab ihm einen kurzen Unterricht in der Frühgeschichte der Vereinigten Staaten. Und es geschah in einer Weise, die wohl darauf berechnet war, die Aufmerksamkeit eines jungen Mannes zu fesseln. Haben Sie je Mrs. Markham gelesen? Nun, so war es …

Aber unser Ausflug nach M… war eine weit größere, eine Gala-Angelegenheit. Wissen Sie, dort befand sich ein Schloßarchiv, ein Dokument, das Florence, wie sie hoffte, endlich Gelegenheit geben würde, uns allen ein Licht aufzustecken. Es ärgerte sie wirklich, daß sie, was Bildung anbetraf, Leonora nie übertrumpfen konnte. Ich weiß nicht, was Leonora wußte und was sie nicht wußte, jedenfalls war sie immer zugegen, wenn Florence uns über etwas Auskunft gab. Und irgendwie hatte man den Eindruck, daß sie wirklich wußte, was Florence offenbar nur eben aufgelesen hatte. Ich kann es nicht genau erklären. Es war fast ein körperlicher Vorgang. Haben Sie je einen Apportierhund gesehen, der im Spiel einem Windhund nachsetzt? Sie sehen die beiden über ein grünes Feld rennen, fast Seite an Seite, und plötzlich schnappt der Apportierhund zum Spaß nach dem andern. Aber der Windhund ist einfach nicht mehr da. Sie haben nicht bemerkt, daß er seine Geschwindigkeit erhöht oder auch nur einen Muskel angespannt hätte; und da saust er hin, gerade drei Meter vor der ausgestreckten Schnauze des Apportierhundes. So war es mit Florence und Leonora in puncto Bildung.

Aber diesmal wußte ich, daß sich etwas vorbereitete. Schon Tage vorher fand ich Florence in Bücher vertieft wie Rankes *Geschichte der Päpste*, Symonds' *Renaissance*, Motleys *Entstehung der Niederländischen Republik* und Luthers *Tischgespräche*.

Ich muß sagen, daß mir, bis die Überraschung kam, der kleine Ausflug nur Vergnügen machte. Ich fahre gerne mit dem Zug um zwei Uhr vierzig; ich liebe das langsame, sanfte Rollen der herrlichen großen Züge – und es sind die besten Züge der Welt! Ich liebe es, durch das grüne Land dahingetragen zu werden und es durch die blanken Scheiben der großen Fenster zu betrachten. Doch das Land ist ja nicht eigentlich grün. Die Sonne scheint, die Erde ist blutrot und purpurn und rot und grün und rot. Die Ochsen auf dem Acker sind von einem lackglänzenden Braun und Schwarz und schwärzlichem Purpurrot; und die Bauern sind schwarz und weiß angezogen wie Elstern, und große Schwärme von Elstern gibt es auch. Oder auf einem anderen Feld, wo kleine Heuhaufen liegen, die auf der Sonnenseite graugrün und im Schatten purpurn sind, die Leute in ihrer Bauerntracht, zinnoberrot mit smaragdgrünen Bändern, und purpurrote Röcke und weiße Hemden und schwarze Samtwesten. Dennoch bleibt der Eindruck, als fahre man durch leuchtendgrüne Wiesen, die sich auf beiden Seiten bis zu den dunkelvioletten Fichtengehölzen, den Basaltkuppen und den unermeßlichen Wäldern hinziehen. Und da stehen Spiräen am Rand der Bäche, und Rinder. Ja, ich erinnere mich, ich sah an jenem Nachmittag, wie eine braune Kuh ein schwarz-weiß geschecktes Tier auf die Hörner nahm und wie das schwarz-weiße Tier mitten in einen schmalen Bach geschleudert wurde. Ich brach in Lachen aus. Aber Florence erteilte gerade so fleißig Unterricht, und Leonora hörte so aufmerksam zu, daß niemand auf mich achtete. Was mich betrifft, war ich sehr froh, von meinem Dienst entbunden zu sein; ich war froh, daß Florence im Augenblick offensichtlich außer Gefahr war – denn sie sprach über Ludwig den Kühnen (ich glaube wenigstens, es war Ludwig der Kühne, aber ich bin kein Historiker), über Ludwig den Kühnen, Landgraf von Hessen, der drei Frauen auf einmal haben wollte und Luther protegierte – oder so ähnlich –; ich war so erleichtert, außer Dienst zu sein, denn sie konnte kaum etwas anstellen, bei dem sie sich aufregte oder ihr Herz ins Flattern geriet, daß der Zwischenfall mit der Kuh für mich eine wahre Freude war. Den ganzen Tag über kam mir noch ab und zu das Lachen. Es sieht auch zu komisch aus, wissen Sie, wenn eine schwarz-weiße Kuh auf ihrem Rücken mitten in einem Bach landet. Es ist das letzte, was man von einer Kuh erwartet.

Ich hätte das arme Tier wohl bedauern sollen, aber ich tat es einfach nicht. Ich wollte den Tag genießen, und ich genoß ihn. Es ist ein Vergnügen, das prächtige Bild einer solchen Stadt mit ihrem spitzigen Schloß und den vielen zweitürmigen Kirchen an sich vorüberziehen zu lassen. Wenn die Sonne scheint, blinkt es von dort herüber – die Fensterscheiben, die vergoldeten Apothekerschilder, die Wappen der Studentenkorps hoch auf dem Berge und die Helme der komischen kleinen Soldaten, die ihre steifen kleinen Beine in weißen Leinenhosen bewegen. Und es war ein Vergnügen, in dem großen, prächtigen preußischen Bahnhof mit den gehämmerten Bronzeornamenten und den Wandmalereien, auf denen Bauern und Blumen und Kühe zu sehen waren, auszusteigen; und zu hören, wie Florence energisch mit dem Kutscher einer altertümlichen Droschke mit zwei mageren Pferden feilschte. Natürlich sprach ich viel korrekter Deutsch als Florence, wenn ich mich auch nie ganz von dem Akzent des Pennsylvania-Duitsch meiner Kindheit frei machen konnte. Jedenfalls fuhren wir wie im Triumph für fünf Mark ohne jedes Trinkgeld bis zum Schloß hinauf. Und wir wurden durch das Museum geführt und sahen die Musketen, das alte Glas, die alten Schwerter und die alten mechanischen Erfindungen. Und wir stiegen Wendeltreppen hinauf und gingen durch den Rittersaal, die große ausgemalte Halle, wo der Reformator und seine Freunde zum erstenmal unter dem Schutz des Mannes, der drei Frauen auf einmal hatte, zusammenkamen und einen Bund mit dem Manne schlossen, der sechs Frauen nacheinander hatte. (Diese Dinge interessieren mich eigentlich nicht, aber sie spielen eine bedeutende Rolle in meiner Geschichte.) Und wir gingen durch Kapellen und Musikzimmer und weiter ungeheuer hoch nach oben, bis zu einem großen alten Zimmer voller Drucke, dessen Fenster ringsherum mit schweren Läden verschlossen waren. Florence war wie elektrisiert. Sie sagte dem müden, verdrossenen Wärter, welche Läden er öffnen sollte, so daß der helle

Sonnenschein in greifbaren Strahlenbündeln in das düstere alte Zimmer floß. Sie erklärte, dies sei Luthers Schlafzimmer gewesen, und gerade dort, wo jetzt das Licht hinfiel, habe sein Bett gestanden. Übrigens glaube ich, sie irrte sich, und Luther machte sozusagen nur zum Mittagessen halt, um der Verfolgung zu entgehen. Aber zweifellos wäre dies hier sein Schlafzimmer gewesen, wenn man ihn hätte bewegen können, die Nacht über zu bleiben. Und dann warf sie trotz des Protests des Wärters einen weiteren Fensterladen auf und trippelte zurück zu einem großen Glaskasten.

»Da!« rief sie, und Fröhlichkeit, Triumph, Keckheit klangen aus ihrer Stimme. Sie wies auf ein Stück Papier, das wie ein halber Briefbogen aussah und mit blassem Bleistiftgekritzel bedeckt war; es hätten Notizen über unsere Ausgaben an diesem Tag sein können. Ich war äußerst glücklich über ihre Fröhlichkeit, ihren Triumph und ihre Keckheit. Hauptmann Ashburnham stützte sich mit den Händen auf den Glaskasten. »Da ist er – der Protest.« Und dann, als wir alle gebührend unsere Verblüffung an den Tag legten, fuhr sie fort: »Wißt ihr denn nicht, daß wir darum alle Protestanten heißen? Das ist der Bleistiftentwurf des Protests, den sie aufsetzten. Ihr seht die Unterschriften von Martin Luther und Martin Bucer und Zwingli und Ludwig dem Kühnen ...«

Vielleicht habe ich einige Namen falsch verstanden, aber ich weiß, daß die von Luther und Bucer darunter waren. Und ihre Munterkeit hielt an, und ich war froh. Es ging ihr besser, und sie war außer Gefahr. Sie fuhr fort und blickte Hauptmann Ashburnham in die

Augen: »Diesem Stück Papier ist es zu verdanken, daß Sie ehrlich, mäßig, fleißig, fürsorglich sind und ein sauberes Leben führen. Wenn dieses Stück Papier nicht wäre, dann wären Sie wie die Iren oder die Italiener oder die Polen, aber besonders wie die Iren ...«

Und sie legte einen Finger auf Hauptmann Ashburnhams Handgelenk.

Plötzlich spürte ich etwas Hinterhältiges in diesem Tag, etwas Erschreckendes, etwas Unheilvolles. Ich kann es nicht genauer beschreiben, ich weiß nicht, womit ich es vergleichen soll. Es war nicht, als hätte ich eine Schlange in ihrem Loch lauern sehen. Nein, mir war, als hätte mein Herz einen Schlag ausgesetzt. Mir war, als müßten wir alle laut schreiend auseinanderstürzen, alle vier in verschiedene Himmelsrichtungen, mit abgewandtem Gesicht. Ich weiß noch, Ashburnhams Gesicht verriet reine Panik. Ich war furchtbar entsetzt, und dann entdeckte ich, der Schmerz an meinem linken Handgelenk rührte daher, daß Leonora es fest umklammert hielt.

»Ich halte das nicht aus«, sagte sie in ganz außergewöhnlichem, leidenschaftlichem Ton, »ich muß hier heraus.« Ich erschrak furchtbar. Einen Augenblick überkam mich das Gefühl, obwohl ich keine Zeit hatte, darüber nachzudenken, sie müsse eine wahnsinnig eifersüchtige Frau sein – eifersüchtig auf Florence und Hauptmann Ashburnham. Wir flohen in heller Panik! Wir liefen schnurstracks die Wendeltreppe hinunter, durch den Rittersaal und auf eine kleine Terrasse, von der man über die Lahn blickt, über das breite Tal und die weite Ebene hinaus, in die es sich öffnet.

»Sehen Sie denn nicht?« fragte sie. »Sehen Sie denn nicht, was vorgeht?« Abermals stockte mir vor Schreck das Herz. Ich murmelte, ich stotterte – ich weiß nicht, wie ich die Worte herausbrachte:

»Nein! Was ist los? Was ist denn los?«

Sie sah mir direkt in die Augen; und eine Sekunde lang hatte ich das Gefühl, als wären diese beiden blauen Kreise grenzenlos und überwältigend, wie eine Wand aus Blau, die mich von der übrigen Welt ausschloß. Ich weiß, es klingt absurd; aber das war meine Empfindung. »Sehen Sie denn nicht«, sagte sie mit einer wahrhaft erschreckenden Bitterkeit, mit einer wahrhaft erschreckenden Klage in der Stimme, »sehen Sie denn nicht, daß dies an dem ganzen Elend schuld ist, an allem Kummer? Daß wir darum ewig verdammt sind, Sie und ich und die beiden …«

Ich weiß nicht mehr, wie sie fortfuhr, ich war zu entsetzt; ich war zu bestürzt. Ich glaube, ich dachte daran, wegzulaufen und Hilfe zu holen – einen Arzt vielleicht oder Hauptmann Ashburnham. Oder vielleicht brauchte sie Florence' zärtliche Pflege, wenn es natürlich auch für Florence' Herz sehr schlecht gewesen wäre. Aber ich weiß noch, wie sie sagte, als ich aus dieser Überlegung zurückkehrte: »Oh, wo sind denn alle die strahlenden, glücklichen Wesen in der Welt? Wo gibt es denn Glück? Nur in Büchern liest man davon!«

Sie fuhr sich mit einer eigentümlich krallenden Bewegung über die Stirn. Ihre Augen waren weit aufgerissen; ihr Gesicht war ganz das eines Menschen, der in den Abgrund der Hölle blickt und Schrecken über

Schrecken sieht. Und dann verstummte sie plötzlich. Sie wurde, es war höchst erstaunlich anzusehen, einfach wieder Mrs. Ashburnham. Ihr Gesicht war völlig klar, scharf und bestimmt; ihr Haar war prachtvoll mit seinen goldenen Locken. Ihre Nasenflügel zogen sich mit einem Ausdruck von Verachtung zusammen. Sie schien mit Interesse eine Zigeunerkarawane zu betrachten, die tief unter uns über eine schmale Brücke zog.

»Wissen Sie nicht«, sagte sie mit ihrer klaren, harten Stimme, »wissen Sie nicht, daß ich eine irische Katholikin bin?«

V

Diese Worte gaben mir die größte Erleichterung, die ich je in meinem Leben empfunden habe. Ich glaube, sie sagten mir mehr, als ich je zuvor in einem einzigen Augenblick begriffen habe – über mich selber. Mir scheint, bis zu jenem Tage hatte ich nach nichts besonderes Verlangen gehabt, außer nach Florence. Natürlich hatten mich zuweilen Begierden überkommen, Erregungen ... Ja, manchmal, wenn an einer Table d'hôte, sagen wir, Kaviar herumgereicht wurde, war ich geradezu aufgeregt vor Angst, die anderen Gäste würden, bis die Platte zu mir käme, keine befriedigende Portion übriglassen. Es regte mich über die Maßen auf, wenn ich einen Zug verpaßte. Die Belgische Staatseisenbahn macht sich einen Spaß daraus, in Brüssel nicht auf die französischen Züge zu warten. Das hat mich immer rasend gemacht. Ich habe darüber Briefe an die *Times* geschrieben, die nie gedruckt wurden; die ich an die Pariser Ausgabe des *New York Herald* schrieb, wurden immer gedruckt, aber sie befriedigten mich nicht, wenn ich sie las. Nun, das war so eine Verrücktheit von mir.

Es war eine Verrücktheit, die ich jetzt kaum noch begreifen kann. Verstandesmäßig vermag ich sie mir zwar zu erklären. Sehen Sie, damals ging es mir um Menschen, die es am Herzen hatten. Da war Florence, da war Edward Ashburnham – oder vielleicht ging es mir noch mehr um Leonora. Ich will nicht sagen, daß ich sie liebte. Aber, sehen Sie, wir hatten beide dasselbe Amt – jedenfalls sah ich es so. Unser Amt war es, Herzkranke am Leben zu erhalten.

Sie ahnen nicht, wie man von diesem Amt besessen sein kann. So wie der Schmied sagt: »Hammer und Hand allein läßt alle Kunst gedeihn«, wie der Bäcker meint, daß sich das ganze Sonnensystem um sein morgendliches Brötchenaustragen dreht, wie der Postminister glaubt, er allein bewahre die menschliche Gesellschaft davor, zugrunde zu gehen – und sicher, sicher sind solche Illusionen notwendig, um uns in Trab zu halten –, so stellten ich und, wie ich glaubte, auch Leonora uns vor, die ganze Welt müßte so eingerichtet sein, daß das Leben Herzkranker gesichert ist. Sie ahnen nicht, wie man von solch einem Amt besessen sein kann – wie einem im Vollgefühl seiner Wichtigkeit manche Fürsten, Republiken und Stadtverwaltungen ganz blödsinnig vorkommen. Ein holpriges Straßenstück unter den Reifen des Automobils, ein paar aufeinanderfolgende Schlaglöcher und die jähen Sprünge, die sie verursachten, genügten, daß ich, zu Leonora gewandt, auf den Fürsten oder Großherzog oder die Freie Reichsstadt schimpfte, durch deren Gebiet wir gerade fuhren. Ich murrte wie ein Börsenmakler, wenn das Glockengeläut einer Kirche seine Telefongespräche stört. Ich sprach von Überbleibseln aus dem Mittelalter, meinte, die Steuern seien ohnehin hoch genug. Übrigens, was die schlechten Anschlüsse an den aus Calais kommenden Zug in Brüssel angeht, so ist dabei der springende Punkt, daß eine möglichst kurze Seereise häufig von größter Wichtigkeit für Herzleidende ist. Nun gibt es auf dem Kontinent zwei besondere Kurorte für Herzleiden, Bad Nauheim und Spa, und um die beiden zu erreichen, muß man, von England kommend und – auf die kürzeste Überfahrt bedacht – den Weg über Calais wählend, in Brüssel umsteigen. Und die belgischen Züge warten auch nicht den Bruchteil einer Sekunde auf den Zug aus Calais oder aus Paris. Und selbst wenn die französischen Züge ganz pünktlich sind, muß man über die ungewohnten Wege des Brüsseler Bahnhofs rennen – stellen Sie sich einen Herzkranken rennend vor! – und die hohen Stufen des anfahrenden Zuges hinaufklettern. Oder wenn Sie den Anschluß verpassen, müssen Sie fünf oder sechs Stunden warten … Ich blieb oft ganze Nächte wach und verfluchte diese Schinderei.

Meine Frau pflegte zu rennen – nie versuchte sie, wie sie mich auch sonst getäuscht haben mag, bei mir den

Eindruck zu erwecken, sie sei nicht eine unerschrokkene Seele. Aber saß sie dann im Deutschland-Expreß, so lehnte sie sich zurück mit einer Hand auf der Brust und geschlossenen Augen. Ja, sie war eine gute Schauspielerin. Und für mich war es die Hölle. Die Hölle, sage ich Ihnen. Denn an Florence hatte ich zugleich eine Frau und eine unberührte Mätresse – darauf läuft es hinaus –, und sie in der Welt zurückzuhalten war meine Beschäftigung, meine Laufbahn, mein Ehrgeiz. Es kommt nicht oft vor, daß diese Dinge in einem Leib vereinigt sind. Leonora war ebenfalls eine gute Schauspielerin. Weiß Gott, ja, sie war es! Ich sage Ihnen, sie hörte mir oft stundenlang zu, wenn ich ihr meinen Plan einer stoßsicheren Welt entwickelte. Zwar bemerkte ich zuweilen in ihrem Gesicht einen Ausdruck von Unaufmerksamkeit, als höre sie zu, wie eine Mutter dem Kind auf ihren Knien zuhört, oder genauer, als wäre ich selbst der Patient.

Sie müssen verstehen, mit Edward Ashburnhams Herz hatte es nichts auf sich – er hatte seinen Dienst quittiert und Indien verlassen und war um die halbe Welt gefahren, um einer Frau nach Bad Nauheim zu folgen, die es wirklich am Herzen hatte. So ein sentimentaler Esel war er. Denn, auch das müssen Sie wissen, eigentlich hätten sie in Indien leben müssen, um zu sparen, um das Haus in Branshaw Teleragh zu vermieten.

Natürlich hatte ich zu jener Zeit noch nichts von dem Fall Kilsyte gehört. Ashburnham hatte nämlich in der Eisenbahn ein Dienstmädchen geküßt, und nur der Gnade Gottes, dem prompten Funktionieren des

Telegrafen und der hilfsbereiten Sympathie dessen, was man, glaube ich, die Richterbank von Hampshire nennt, war es zu verdanken, daß der arme Teufel nicht für Jahre ins Gefängnis von Winchester wanderte. Erst ganz am Ende von Leonoras Eröffnungen hörte ich von dieser Geschichte...

Aber denken Sie doch nur an dieses arme Luder... ich, der ich doch gewiß das Recht dazu habe, bitte Sie, denken Sie an das arme Luder. Wie ist es möglich, daß ein solcher Unglücksrabe derart von dem blinden und unerforschlichen Schicksal gequält wird? Denn ich wüßte nicht, wie man sonst darüber denken sollte. Nein. Ich habe das Recht, dies zu sagen, da er jahrelang der Liebhaber meiner Frau gewesen ist, da er sie getötet, da er alles, was es in meinem Leben Freundliches gab, zunichte gemacht hat. Welcher Priester hätte das Recht, mir zu sagen, ich dürfte nicht Erbarmen für ihn fordern – von Ihnen, mein stiller Zuhörer auf der anderen Seite des Kamins, von der Welt oder von Gott, der ihn mit solchen Begierden, mit solchen Narrheiten geschaffen hat... Natürlich sollte ich von dem Fall Kilsyte nichts wissen. Ich kannte keinen ihrer Freunde; sie waren für mich einfach ordentliche Leute – glückliche Menschen mit weitläufigen, sonnigen Äckern in einer südlichen Grafschaft. Einfach ordentliche Leute! Weiß der Himmel, zuweilen denke ich, es wäre besser gewesen für ihn, den armen lieben Kerl, wenn der Fall so beschaffen gewesen wäre, daß ich davon hätte hören müssen – einer, von denen Dienstmädchen und Laufjungen und andere Kurgäste noch jahrelang flüstern, bis er allmählich in dem Mitleid, das sich hier und da auf der Welt noch regt, versickert. Angenommen, er hätte im Gefängnis von Winchester seine sieben Jahre abgesessen – oder wie hoch immer die Strafe sein mag, welche die unerforschliche und blinde Gerechtigkeit einem Menschen darüber auferlegt, daß er seinen natürlichen, aber unangebrachten Neigungen folgt –, dann wäre es dahin gekommen, daß die auf der Kurhausterrasse einander zunickenden Klatschbasen im Gedanken an seine zerstörte Laufbahn gesagt hätten: »Der arme Kerl!« Er wäre der brave Soldat gewesen, dem nun der Nacken gebeugt war ... Besser wär's für den armen Teufel gewesen, wenn es ihm früher den Nacken gebeugt hätte.

Ja, es wäre tausendmal besser gewesen ... Denn natürlich versetzte ihm der Fall Kilsyte, der gerade in die Zeit fiel, als er anfing, Leonora kalt und gefühllos zu finden, einen schweren Schlag. Er ließ die Dienstmädchen von da an in Ruhe.

Das machte ihn begreiflicherweise gegenüber Frauen seiner eigenen Klasse um so zügelloser. Ja, Leonora erzählte mir, Mrs. Maidan, die Frau, der er von Burma nach Bad Nauheim folgte, habe ihr versichert, er hätte ihre Zuneigung dadurch geweckt, daß er ihr schwor, er sei, als er das Mädchen in der Eisenbahn küßte, dazu getrieben worden. Ich glaube gern, daß er dazu getrieben wurde, und zwar durch das wahnsinnige Verlangen, eine bis ins tiefste befriedigende Frau zu finden. Gewiß war er darin aufrichtig. Weiß der Himmel, ich glaube, in seiner Liebe zu Mrs. Maidan war er aufrichtig. Sie war ein hübsches kleines Ding, ein liebes, dunkelhaariges Frauchen mit langen Wimpern, und

Florence gewann sie recht lieb. Sie lispelte und hatte so ein glückliches Lächeln. Wir waren in dem ersten Monat unserer Bekanntschaft viel mit ihr zusammen, dann starb sie ganz still, an ihrem Herzleiden.

Aber wissen Sie, die arme kleine Mrs. Maidan – sie war so sanft, so jung. Sie kann nicht mehr als dreiundzwanzig Jahre alt gewesen sein, und sie hatte drüben in Chitral einen jungenhaften Mann von nicht mehr als vierundzwanzig, glaube ich. So junge Dinger hätte man in Ruhe lassen sollen. Natürlich konnte Ashburnham sie nicht in Ruhe lassen. Ich glaube, er konnte es einfach nicht. Ja, sogar ich muß aus dieser zeitlichen Ferne gestehen, daß ich ein wenig in die Erinnerung an sie verliebt bin. Ich kann nicht umhin zu lächeln, wenn ich plötzlich einmal an sie denke – so wie man lächeln mag bei dem Gedanken an etwas, das sorgfältig in Lavendel verpackt in einer Kommode liegt, in einem alten Hause, das man vor langer Zeit verlassen hat. Sie war so – so ergeben. Ja, selbst mir gegenüber machte sie den Eindruck der Ergebenheit – mir, dem nicht einmal das kleinste Kind je Beachtung schenkt. Wahrlich, das ist die allertraurigste Geschichte ...

Ich kann mir nicht helfen, mir wäre lieber gewesen, Florence hätte sie in Ruhe gelassen – bei ihrem Spiel mit dem Ehebruch. Ich glaube, weiter war es nichts; obwohl sie ein solches Kind war, daß man den Eindruck gewann, sie hätte kaum gewußt, wie man das Wort buchstabiert. Nein, es war einfach Ergebenheit – in die Zudringlichkeiten, in die stürmische Macht, die den armseligen Burschen ins Verderben trieb. Und ich glaube nicht, daß Florence wirklich etwas an der

Sache änderte. Hätte Ashburnham nicht ihretwegen von Mrs. Maidan gelassen, so um einer anderen Frau willen. Aber dennoch – ich weiß nicht. Vielleicht wäre das arme Ding gestorben – sie war ohnehin dazu verurteilt, sehr bald zu sterben –, ohne bei der Mittagsruhe ihr Kissen mit Tränen netzen zu müssen, während Florence sich unter ihrem Fenster mit Hauptmann Ashburnham über die Verfassung der Vereinigten Staaten unterhielt... Ja, es hätte einen besseren Geschmack im Munde hinterlassen, wenn Florence ihr vergönnt hätte, in Frieden zu sterben.

Leonora benahm sich in gewisser Weise besser. Sie gab Mrs. Maidan einfach eine Ohrfeige – ja, sie schlug sie in einem unbezwinglichen Wutanfall hart auf die Wange – im Korridor des Hotels, vor Edwards Zimmer. Diesem Vorfall, wissen Sie, war die plötzliche, merkwürdige Vertraulichkeit zu verdanken, die zwischen Florence und Mrs. Ashburnham entstand.

Denn sie war doch merkwürdig, diese Intimität. Wenn Sie es als Außenstehender betrachten, konnte nichts unwahrscheinlicher sein, als daß Leonora, das stolzeste Wesen auf Gottes Erdboden, Bekanntschaft mit zwei beliebigen Yankees schloß, die in ihren Augen eigentlich nicht viel mehr sein konnten als ein Teppich unter ihren Füßen. Sie mögen mich fragen, worauf sie stolz war. Nun, sie war eine Powys und mit einem Ashburnham verheiratet – ich nehme an, das gab ihr das Recht, hergelaufene Amerikaner zu verachten, solange sie es nicht zeigte. Ich wüßte nicht, worauf ein Mensch stolz sein sollte. Sie hätte stolz darauf sein können, daß sie mit ihrem Mann soviel Geduld hatte und ihn vor dem Konkursgericht bewahrte. Vielleicht war sie es.

Jedenfalls machte Florence so ihre Bekanntschaft. Sie kam kurz vor dem Abendessen um einen Wandschirm an der Ecke des Hotelkorridors und stieß auf Leonora, die sich mit dem goldenen Schlüssel an ihrem Handgelenk in Mrs. Maidans Haar verfangen hatte. Es wurde kein Wort gesprochen. Die kleine Mrs. Maidan war sehr blaß und hatte ein rotes Mal auf der linken Wange, und der Schlüssel wollte sich nicht aus ihrem schwarzen Haar lösen. Es war Florence, die ihn herausnesteln mußte, denn Leonora war in einer Verfassung, daß sie es nicht über sich gebracht hätte, Mrs. Maidan zu berühren, ohne daß ihr übel wurde.

Nicht ein Wort wurde gesprochen. Sehen Sie, unter vier Augen – ihren eigenen und Mrs. Maidans – konnte sich Leonora so weit gehen lassen, Mrs. Maidan eine Ohrfeige zu geben. Aber im Augenblick, da ein Fremder auftauchte, nahm sie sich wundervoll zusammen. Sie schwieg zunächst, und gleich als Florence den Schlüssel losgemacht hatte, vermochte sie zu sagen: »Wie ungeschickt von mir... ich wollte Mrs. Maidan nur den Kamm im Haar feststecken...«

Mrs. Maidan jedoch war nicht eine Powys, mit einem Ashburnham verheiratet; sie war eine arme kleine O'Flaherty, deren junger Mann aus einem Landpfarrhaus stammte. So war ihr Schluchzen, als sie verzweifelt den Korridor entlangging, nicht mißzuverstehen. Aber Leonora spielte ihre Rolle weiter. Sie öffnete ostentativ die Tür zu Ashburnhams Zimmer, damit Florence hörte, wie vertraulich und liebevoll sie Edward anredete. »Edward!« rief sie. Aber es war kein Edward da.

Sie verstehen, es war kein Edward da. Und dies war das einzige Mal in ihrer Karriere, daß Leonora sich wirklich verriet – sie rief: »Wie entsetzlich! ... Die arme kleine Maisi! ...«

Dann faßte sie sich, aber es war natürlich schon zu spät. Eine seltsame Geschichte ...

Ich möchte Leonora alle Gerechtigkeit widerfahren lassen. Ich liebe sie sehr herzlich, und in dieser Angelegenheit, die freilich der winzigen Nußschale meines Ehestandes zum Verderben wurde, hat sie sich gewiß nur vergaloppiert. Ich glaube nicht – und Leonora glaubt es selber nicht –, daß die arme kleine Mrs. Maidan je Edwards Mätresse war. Ihr Herz war ja so schwach, daß sie jeder leidenschaftlichen Umarmung erlegen wäre. So war es, mit einfachen Worten gesagt, und ich meine, je einfacher man es sagt, desto besser. Sie war wirklich das, was die beiden anderen zu sein nur vorgaben – sie mochten wissen warum. Seltsam, nicht wahr? Wie einer jener unheilvollen Streiche, die uns die Vorsehung gern spielt. Kommt noch hinzu, daß Leonora sich zu einem anderen Zeitpunkt wohl nicht viel daraus gemacht hätte, wenn Mrs. Maidan die Geliebte ihres Mannes gewesen wäre. Es hätte eine Erlösung von Edwards gefühlvollem Gegurre über die Dame und deren ehrerbietiger Hinnahme dieser Töne bedeutet. Nein, sie hätte sich nichts daraus gemacht.

Aber indem sie Mrs. Maidan ohrfeigte, schlug Leonora nur einem unerträglichen Universum ins Gesicht.

Denn an jenem Nachmittag hatte sie eine schrecklich quälende Auseinandersetzung mit Edward gehabt.

Was seine Briefe betraf, beanspruchte sie das Recht, sie zu öffnen, wenn es ihr beliebte. Sie maßte sich dieses Recht an, weil sich Edwards Angelegenheiten in einem so haarsträubenden Zustand befanden und er sie darüber so belog, daß sie sich Einblick in seine Geheimnisse verschaffen mußte. Es gab tatsächlich keinen anderen Weg; denn der arme Tropf schämte sich seiner Verirrungen zu sehr, um sich etwas vom Herzen zu reden. Sie mußte diese Dinge aus ihm herausziehen.

Es muß eine recht erbauliche Beschäftigung für sie gewesen sein. Aber an jenem Nachmittag hatte sie, während Edward die von den Kurautoritäten verordneten anderthalb Stunden im Bett verbrachte, einen Brief geöffnet, von dem sie glaubte, er stamme von Oberst Hervey. Sie sollten den September bei ihm in Linlithgowshire verbringen, und sie wußte nicht, ob ihre Ankunft auf den elften oder achtzehnten festgesetzt war. Die Handschrift auf dem Umschlag war der Oberst Herveys so ähnlich wie ein Grashalm dem anderen. So glaubte sie diesmal nicht in seine Geheimnisse einzudringen.

Doch so war es. Denn sie entdeckte, daß Edward Ashburnham einem Erpresser, von dem sie noch nie gehört hatte, jährlich etwa dreihundert Pfund zahlte ... Es war ein teuflischer Schlag; ihr wurde schwarz vor Augen, denn sie bildete sich damals ein, sie sei den Verbindlichkeiten ihres Mannes wirklich auf den Grund gekommen. Sie waren ziemlich hoch gewesen, wissen Sie. Was sie vor allem in die Höhe getrieben hatte, war eine ganz gewöhnliche Affäre in Monte Carlo gewesen – eine Affäre mit einer kosmopolitischen Harpyie, die als Mätresse eines russischen Großfürsten galt. Sie verlangte von ihm eine Perlentiara für zwanzigtausend Pfund als Preis für die Gunst, die sie ihm etwa eine Woche lang gewährte. Es hätte ihm ganz schön zu schaffen gemacht, die Summe aufzutreiben, und er war sonst kein Spieler. Tatsächlich hätte er die zwanzigtausend und die nicht geringen Hotelkosten einer Woche zusammen mit dem schönen Geschöpf eben noch aufbringen können. Er muß damals gut fünfhunderttausend Dollar wert gewesen sein.

Nun, er mußte sich unbedingt an den Spieltisch setzen und vierzigtausend Pfund verlieren… Vierzigtausend solide Pfund, die er sich von Haien borgte. Und danach mußte er noch – es war eine herrische Leidenschaft – die Gunst der Dame genießen. Er erhielt sie natürlich, als es auf einen reinen Handel hinauslief, für viel weniger als zwanzigtausend, und das hätte er zweifellos von Anfang an erreichen können. Ich möchte sagen, mit zehntausend Dollar wäre es auch zu machen gewesen.

Wie dem auch sei, es riß ein beträchtliches Loch in ein Vermögen von ungefähr hunderttausend Pfund. Und Leonora mußte Rat schaffen; er wäre sonst von einem Geldverleiher zum anderen gelaufen. Und das alles geschah in einem ziemlich frühen Stadium ihrer Entdeckung seiner Treulosigkeiten – wenn man sie Treulosigkeiten nennen will. Und diese erfuhr sie aus öffentlichen Quellen. Gott weiß, was geschehen wäre, wenn sie nicht durch öffentliche Quellen dahintergekommen wäre. Er hätte es ihr wahrscheinlich verheimlicht, bis sie keinen roten Heller mehr besaß. Aber durch Gottes Gnade gelang es ihr, die wirklichen Geldverleiher ausfindig zu machen und die genaue Summe zu erfahren, die benötigt wurde. Und sie reiste nach England ab.

Ja, sie reiste schnurstracks zu ihrem und seinem Anwalt nach England, während er noch in den Armen seiner Circe lag – in Antibes, wohin sie sich zurückgezogen hatten. Er wurde die Dame ziemlich rasch leid, doch nicht ehe Leonora von ihrem Anwalt über geschäftliche Dinge genug gelernt hatte, um ihren Plan so säuberlich auszuarbeiten, wie der General Trochu seinen Plan, die Preußen im Jahre 1870 aus Paris herauszuhalten. Er war anfangs ungefähr ebenso wirkungsvoll, oder schien es wenigstens.

Das muß 1895 gewesen sein, etwa neun Jahre vor dem Datum, von dem ich spreche, jenem Tage, an dem Florence sich Leonoras bemächtigte, denn darauf lief es hinaus …

Nun, Mrs. Ashburnham hatte Edward einfach gezwungen, seinen ganzen Besitz auf sie zu überschreiben. Sie konnte ihn zu allem zwingen; in seiner dumpfen, gutmütigen, verschwommenen Art fürchtete er sie wie den Leibhaftigen. Und er bewunderte sie ungemein und liebte sie so zärtlich, wie ein Mann eine Frau nur lieben kann. Sie machte sich das zunutze und behandelte ihn wie jemanden, dessen Besitz vom Konkursgericht verwaltet wird. Ich glaube, es war wirklich das beste für ihn.

Jedenfalls hatte sie die ersten drei Jahre keine ruhige Minute. Immer wieder schossen unvorhergesehene Verbindlichkeiten aus dem Boden – und dieser trostlose Dummkopf machte es ihr nicht leichter. Sehen Sie, bei aller Jagdleidenschaft war er außerordentlich schamhaft. Sie mögen es nicht glauben, aber er respektierte die Keuschheit ihrer Vorstellung so sehr, daß der Gedanke, sie könnte erfahren, daß es solche Dinge, wie er sie tat, auf der Welt überhaupt gab, ihm höchst peinlich war, ja ihn geradezu empörte. So verwahrte er sich heftig gegen jegliche Anschuldigung, er hätte sich etwas zuschulden kommen lassen. Er wollte ihr die Jungfräulichkeit der Phantasie erhalten. Das sagte er mir selber im Lauf der langen Gespräche, die wir schließlich miteinander führten – während das Mädchen auf dem Weg nach Brindisi war. So hatte Leonora natürlich in diesen drei Jahren mancherlei Aufregungen. Und damals haben sie sich richtig gezankt.

Ja, sie zankten sich erbittert. Das klingt fast unglaublich. Eher hätte man gedacht, Leonora wäre einfach stumm vor Abscheu gewesen und er voller tränenreicher Zerknirschung. Doch so war es keineswegs ... Zu Edwards Passionen und der Scham, die er um ihretwillen empfand, kamen noch sehr bestimmte Anschauungen darüber, was er seinem Stande schuldig war – Anschauungen, die ganz unsinnig kostspielig waren. Was ich über seine Schulden sagte, hat hoffentlich nicht den Eindruck erweckt, der arme Edward sei ein wahlloser Lüstling gewesen. Das war er nicht; er war ein empfindsamer Mensch. Das Dienstmädchen in dem Fall Kilsyte hatte er mit seinen Küssen vor allem trösten wollen. Und wenn sie für seine Liebkosungen empfänglich gewesen wäre, hätte er ihr vermutlich ein kleines Haus in Portsmouth oder Winchester eingerichtet und wäre ihr vier oder fünf Jahre lang treu geblieben. Dazu war er durchaus imstande.

Nein, die beiden einzigen Herzensgeschichten, die ihn Geld kosteten, waren die mit der Mätresse des Großfürsten und jene, um die es sich in dem Erpressungsbrief handelte, den Leonora öffnete. Das war ein recht leidenschaftlicher Roman mit einer ganz anständigen Frau. Sie war die Nachfolgerin der großfürstlichen Geliebten. Die Dame war die Frau eines Offizierskameraden, und Leonora hatte alles gewußt, es war eine wirkliche Leidenschaft gewesen, die mehrere Jahre dauerte. Sie sehen, mit den Liebschaften des armen Edward ging es stetig aufwärts. Sie begannen mit einem Dienstmädchen, gingen zu einer Kurtisane über und von ihr zu einer ganz anständigen Frau, die allerdings schlecht verheiratet war. Denn sie hatte einen niederträchtigen Mann, der Edward mit Briefen und anderen Dingen um einen Betrag von drei- bis vierhundert Pfund im Jahr erpreßte – wobei er dem armen Edward mit einem Scheidungsprozeß drohte. Und nach dieser Dame kam Maisie Maidan, und nach der armen Maisie nur noch eine Liebschaft, und dann – die große Leidenschaft seines Lebens. Seine Ehe mit Leonora war von seinen Eltern eingefädelt worden, und obwohl er sie stets ungeheuer bewunderte, hatte er ihr eigentlich nie vorgespiegelt, er hegte mehr als Zärtlichkeit für sie, wenn er auch verzweifelt ihre moralische Stütze brauchte …

p47

Aber seine wirklich beängstigenden Verbindlichkeiten hingen vor allem mit der Großzügigkeit zusammen, die er seinem Stande schuldig zu sein glaubte. Wie Leonora sagte, erließ er seinen Pächtern ständig einen Teil der Pacht und gab ihnen obendrein zu verstehen, das gelte ein für allemal; er kaufte stets die Trunkenbolde frei, die ihm als Friedensrichter vorgeführt wurden; immer wieder versuchte er Prostituierte in anständigen Stellen unterzubringen – und er war geradezu vernarrt in Kinder. Ich weiß nicht, wie viele Gestrandete er auflas, denen er Arbeit verschaffte – Leonora hat es mir gesagt, aber sie hat bestimmt übertrieben. Die Zahl erscheint mir so unsinnig, daß ich sie gar nicht niederschreiben will. Alles dies zu tun und fortzuführen, sah er als seine Pflicht an – und daneben stiftete er unmögliche Summen für Hospitäler und Pfadfinder, als Preise auf Viehausstellungen und zur Unterstützung von Gesellschaften gegen die Vivisektion …

Nun, Leonora sorgte dafür, daß die meisten dieser Dinge nicht fortgesetzt wurden. Sie konnten Branshaw Manor schlecht in diesem Stil weiterführen, nachdem das Geld in die Hände der großfürstlichen Mätresse gewandert war. Sie setzte die Pachtbeträge wieder in ihrer ursprünglichen Höhe fest, trieb die Trunkenbolde aus ihren Häusern und teilte allen Gesellschaften mit, sie hätten mit keinen weiteren Zuschüssen zu rechnen. Die Kinder behandelte sie milder. Sie unterhielt sie fast alle, bis sie eine Lehre antraten oder in einem Haushalt dienen konnten. Sie verstehen, sie selbst war kinderlos.

Sie war kinderlos, und sie gab sich selbst die Schuld daran. Sie stammte von einem mittellosen Zweig der Powys ab, und man hatte sie dem armen Edward aufgezwungen, ohne die Bedingung zu stellen, daß ihre Kinder katholisch erzogen würden. Und das hieß natürlich für Leonora, sie seelisch töten. Ich habe Ihnen eine falsche Vorstellung von Leonora gegeben, wenn ich Ihnen nicht gezeigt habe, daß sie eine Frau mit einem unerschütterlichen, kalten Gewissen war, wie alle englischen Katholiken. (Ich kann mir nicht helfen, aber ich mag diese Religion nicht; trotz Leonora fühle ich im tiefsten Herzen immer noch den Schauder vor dem Weib auf dem scharlachrotem Tier, der mich in der Stille des kleinen alten Versammlungshauses der Freunde in der Arch Street, Philadelphia, durchdrang.) So mache ich für die falsche Behandlung, die Leonora Edward angedeihen ließ, zum guten Teil die besondere englische Ausprägung ihrer Religion verantwortlich. Denn das einzig Richtige in Edwards Fall wäre natürlich gewesen, ihn tiefer und tiefer sinken zu lassen, bis er ein Landstreicher mit den Manieren eines Gentleman geworden wäre, der seine zufälligen Liebschaften auf der Landstraße hat. Er hätte viel weniger Unheil angerichtet; er wäre selbst auch viel weniger gequält worden. Jedenfalls hätte er bedeutend weniger Gelegenheit zu Verführungen und Gewissensbissen gehabt. Denn Edward war groß in Gewissensbissen.

Leonoras englisch-katholisches Gewissen jedoch, ihre starren Grundsätze, ihre Kälte, sogar ihre Geduld waren, ich kann mir nicht helfen, in diesem besonderen Falle fehl am Platze. Sie stellte sich ganz ernsthaft und naiv vor, die Kirche von Rom mißbillige die Ehescheidung; sie glaubte ernsthaft und naiv, ihre Kirche sei eine so ungeheuerliche und törichte Institution, daß sie ihr, Leonora, die unmögliche Aufgabe aufbürde, aus Edward Ashburnham einen treuen Ehemann zu machen. Sie hatte, wie die Engländer sagen würden, das Temperament der Nonkonformisten. In den Vereinigten Staaten von Nordamerika nennen wir es das Neuengland-Gewissen. Denn natürlich ist diese Geisteshaltung den englischen Katholiken aufgezwungen worden. Die Jahrhunderte, die sie durchgestanden haben – Jahrhunderte blinder und bösartiger Unterdrückung, der Verbannung aus allen öffentlichen Diensten, Jahrhunderte, in denen sie kaum etwas anderes als eine kleine belagerte Garnison in feindlichem Gebiet waren, weshalb sie sehr streng leben mußten –, alle diese Dinge wirkten zusammen, um dieses Zauberkunststück zustande zu bringen. Und ich nehme an, daß die Papisten in England sogar auch im formalen Sinne Nonkonformisten sind.

Die Papisten auf dem Kontinent sind eine schmutzige, gutmütige und skrupellose Bande. Aber dabei sind sie wenigstens Opportunisten. Sie hätten den armen lieben Edward gut untergebracht. (Verzeihen Sie mir, daß ich von diesen ungeheuerlichen Dingen in so frivoler Weise schreibe.) In Mailand, sagen wir, oder in Paris hätte Leonora ihre Ehe innerhalb von sechs Monaten für zweihundert Dollar, an der richtigen Stelle hinterlegt, lösen lassen können. Und Edward hätte sich weitertreiben lassen, bis er ein Landstreicher von der Sorte geworden wäre, wie ich sie geschildert habe; oder er hätte ein Barmädchen geheiratet, und die hätte ihm so furchtbare Szenen in der Öffentlichkeit gemacht, ihm den Schnurrbart zerrauft und sichtbare Male auf seinem Gesicht zurückgelassen, daß er ihr für den Rest seiner Tage treu geblieben wäre. Das war es, wodurch er errettet werden wollte…

Denn zu seinen Leidenschaften und seinem Schamgefühl kam noch die Furcht vor Szenen in der Öffentlichkeit, vor Geschrei, vor heftigen Tätlichkeiten; kurz, vor dem Publikum. Ja, das Barfräulein hätte ihn kuriert. Und das beste wäre gewesen, wenn sie auch noch getrunken hätte. Er hätte dann genug damit zu tun gehabt, sich um sie zu kümmern.

Ich weiß, daß ich hierin recht habe. Ich sehe es an dem Fall Kilsyte. Wissen Sie, das Mädchen, das er damals küßte, war Kindermädchen in der Familie des nonkonformistischen Oberhauptes der Grafschaft – wie immer der Posten benannt werden mag. Und dieser Herr war so entschlossen, Edward, der Vorsitzender des Tory-Ausschusses war, oder wie das heißt, zu ruinieren, daß der liebe arme Märtyrer in Teufels Küche kam. Seinetwegen wurden Anfragen im Unterhaus gestellt; sie versuchten, das Richterkollegium von Hampshire zu degradieren; sie wiesen im Kriegsministerium darauf hin, Edward sei zum Offizier des Königs nicht geeignet. Ja, er bekam sein gerüttelt Maß.

Das Ergebnis haben Sie gehört. Von Liebeleien in den unteren Klassen war er ein für allemal geheilt. Und das erschien Leonora wie ein wahrer Segen. Sie fand es weniger empörend, mit Leuten wie Mrs. Maidan in Verbindung zu stehen – denn es ist in gewissem Sinne eine Verbindung – als mit einem kleinen Küchenmädchen.

In einem dunklen Winkel ihres Herzens war Leonora an jenem Abend, als sie in Nauheim eintraf, fast zufrieden …

Sie hatte die Dinge beinahe ins reine gebracht während der langen Jahre, die sie sich in kleinen Garnisonen in Chitral und Burma ärmlich durchschlugen – Stationen, wo das Leben billig war, verglichen mit der Lebenshaltung eines großen Herrn der Grafschaft, und wo überdies Liebschaften der einen oder anderen Art normal und wenig kostspielig waren. So daß, als Mrs. Maidan auftauchte – die Maidan-Affäre hätte dort draußen wegen des jugendlichen Alters des Mannes zu Unannehmlichkeiten führen können –, Leonora sich gerade bereit gefunden hatte, nach Hause zurückzukehren. Mit Energie und Knauserei, mit der Vermietung von Branshaw Teleragh und dem Verkauf eines Gemäldes und eines Erinnerungsstückes an Karl I. oder etwas Ähnlichem – und das liebe arme Ding hatte all diese Jahre lang nie ein anständiges Kleid auf dem Leibe –, mit alledem glaubte sie die Vermögensverhältnisse ihres armen lieben Ehegemahls wieder auf den Stand gebracht zu haben wie damals, bevor die Mätresse des Großfürsten ihm über den Weg gelaufen war. Und Edward hatte ihr natürlich in den finanziellen Dingen ein wenig geholfen. Er war ein Mensch, den alle Welt gern hatte. Er sah so gut aus und war immer bereit, einem mit einem Zigarrenabschneider auszuhelfen und dergleichen mehr. So kam es vor, daß ihm dann und wann ein Finanzmann, dem er begegnete, einen guten, soliden und einträglichen Tip gab, und Leonora schreckte nie davor zurück, ein bißchen ihr Glück im Spiel zu probieren – was bei englischen Papisten auch selten ist, ich weiß nicht warum.

So erwiesen sich fast alle ihre Investitionen als Treffer, und Edward war wirklich in der Lage, Branshaw Manor wieder zu beziehen und von neuem seine Stellung in der Grafschaft einzunehmen. Leonora hatte also Maisie Maidan fast resigniert hingenommen – fast mit einem Seufzer der Erleichterung. Sie hatte das arme Kind wirklich lieb – sie mußte jemanden liebhaben. Und sie fühlte, daß sie Maisie trauen konnte – sie konnte sich darauf verlassen, daß sie Edward nicht um mehrere tausend Pfund in der Woche prellen würde, denn Maisie hatte sich geweigert, auch nur einen lächerlichen Ring von ihm anzunehmen. Zwar umgurrte und umschwärmte Edward das Mädchen in einer Weise, wie sie es bisher noch nicht erlebt hatte, aber auch das war fast eine Erleichterung. Ich glaube, sie hätte es wirklich begrüßt, wenn er der Liebe seines Lebens begegnet wäre. Sie hätte dann Ruhe gehabt.

Und niemand wäre besser dazu geeignet gewesen als die arme kleine Mrs. Maidan; sie war so krank, daß sie kein Verlangen nach kostspieligen Lustpartien haben konnte ... Leonora selbst zahlte Maisies Aufenthalt in Nauheim. Sie hatte das Geld dem Jünglingsgemahl gegeben, denn Maisie hätte es nie angenommen; aber ihr Mann litt Qualen der Angst. Der arme Teufel!

Ich glaube, Leonora war auf der Reise von Indien so glücklich wie nur irgendwann in ihrem Leben. Edward ging völlig in seinem Mädchen auf – er war fast wie ein

Vater mit seinem Kinde, trabte mit Decken und Arzneien und sonstigen Dingen von Deck zu Deck. Er benahm sich jedoch sehr vorsichtig, so daß nichts zu den anderen Passagieren durchsickerte. Und Leonora hatte Mrs. Maidan gegenüber fast zu der Haltung einer Mutter gefunden. So hatte alles sehr schön ausgesehen – das wohlwollende, vermögende Paar aus besten Kreisen, das an dem armen, dunkeläugigen, sterbenden Kinde wie Erlöser handelte.

Und gewiß war dieser Haltung Leonoras Mrs. Maidan gegenüber zum Teil der Schlag ins Gesicht zuzuschreiben. Sie schlug ein ungezogenes Kind, das in einem ungünstigen Augenblick Schokolade gestohlen hatte. Es war allerdings ein ungünstiger Augenblick. Denn als Leonora den Erpressungsbrief jenes betrogenen Offizierskameraden gelesen hatte, waren all die alten Schrecknisse wieder über sie hergefallen. Wieder schien sich die Straße endlos vor ihr zu dehnen: Vielleicht, dachte sie, gab es hundert und aber hundert solcher Dinge, die Edward vor ihr geheimhielt; vielleicht hieß es nun wieder Hypotheken aufnehmen, Armbänder verpfänden – Greuel über Greuel: Sie hatte einen qualvollen Nachmittag verbracht. Diesmal drohte ein Scheidungsprozeß, und ihr lag nicht weniger als Edward daran, zu vermeiden, daß die Sache ruchbar wurde; so sah sie die Notwendigkeit, die Zahlungen fortzusetzen, ein. Und sie machte sich deshalb nicht allzu viele Gedanken. Sie würden schon noch dreihundert im Jahr aufbringen. Aber sie hatte Angst, es könnte noch mehr solcher Verpflichtungen geben.

Seit Jahren hatte sie kein Gespräch mehr mit Edward gehabt – keins, das über die Erörterung von Zugverbindungen und Einstellung von Dienstboten hinausging. Und er war genau wie früher. Es war, wie wenn man ein Buch nach einem Jahrzehnt wieder aufschlägt und die Worte unverändert findet. Er führte dieselben Gründe für sein Verschweigen an. Er hatte ihr nichts von dem Fall sagen wollen, um ihr Gemüt nicht mit der Vorstellung zu besudeln, daß es so etwas gab: einen Offizier und Kameraden, der ein Erpresser war – und er hatte den guten Ruf seiner ehemaligen Flamme schützen wollen. Die Dame hatte bestimmt nichts mit dem Mann zu tun. Er schwor und schwor, sonst habe er auf der Welt nichts zu fürchten. Sie glaubte ihm nicht.

Er hatte es einmal zu oft getrieben – und zum erstenmal war sie im Unrecht, wie er ihr glaubwürdig beweisen konnte. Denn er begab sich sogleich aufs Postamt und brachte einige Stunden damit zu, ein Telegramm an seinen Anwalt zu chiffrieren, in dem er den dickschädeligen Mann beauftragte, dem Kerl, der ihn mit seinen Erpressungen verfolgte, unverzüglich mit einer Anklage zu drohen. Er fügte später noch hinzu, es sei wirklich ein bißchen zuviel für die arme alte Leonora, daß man ihr wieder einen solchen Schrecken einjagte. Das sei wirklich die letzte seiner noch unbeglichenen Rechnungen, und er sei bereit, das Risiko eines Scheidungsprozesses auf sich zu nehmen, wenn der Erpresser unverschämt werden sollte. Er würde sich stellen – der Öffentlichkeit, der Presse, dem ganzen widerlichen Theater. Das waren seine einfachen Worte …

Er hatte jedoch den Fehler gemacht, ihr nicht zu sagen, wohin er ging, so daß Leonora, die gesehen hatte, wie er auf sein Zimmer ging, um den Code für sein Telegramm zu holen, und zwei Stunden später Maisie Maidan aus seinem Zimmer kommen sah, glauben mußte, Edward habe die zwei Stunden, die sie in stiller Verzweiflung verbrachte, in Maisie Maidans Armen gelegen. Sie fand, das war zuviel.

Daß Maisie Edwards Zimmer betreten hatte, war eine Folge teils ihrer Armut, teils ihres Stolzes, teils reiner Arglosigkeit. Zunächst einmal konnte sie sich keine Zofe leisten; sie versagte es sich so oft wie möglich, die Hotelbediensteten auf Besorgungen zu schikken, weil jeder Pfennig für sie von Wichtigkeit war und weil sie fürchtete, sie müsse sonst am Ende ihres Aufenthalts hohe Trinkgelder zahlen. Edward hatte ihr eines seiner faszinierenden Etuis geliehen, das Scheren in fünfzehn verschiedenen Größen enthielt, und nachdem sie von ihrem Fenster aus beobachtet hatte, wie er zum Postamt ging, hatte sie die Gelegenheit ergriffen, das Etui zurückzubringen. Sie sah keinen Grund, warum sie es nicht hätte tun sollen, wenn sie auch ein etwas schlechtes Gewissen hatte, weil sie die Kopfkissen auf seinem Bett geküßt hatte. Das war ihre Art, ihn zu lieben.

Leonora war sich aber ohne den leisesten Zweifel darüber klar, daß sie durch diesen Vorfall in eine gewisse Abhängigkeit von Florence geraten war. Sie hatte sich vor Florence eine Blöße gegeben, und Florence war nun das einzige Wesen, dem der Gedanke kommen konnte, die Ashburnhams seien nicht einfach ordentliche Leute, die nichts auf dem Kerbholz hatten. Sie entschloß sich sogleich, Florence nicht gerade das Recht auf Vertraulichkeit einzuräumen – womit sie auf eine Art Erpressung eingegangen wäre –, sondern Florence im Auge zu behalten, bis sie ihr beweisen konnte, daß sie auf die arme Maisie nicht im geringsten eifersüchtig war. Das war also der Grund, weshalb sie Arm in Arm mit meiner Frau in den Speisesaal getreten war und sich so betont an unserem Tisch aufgestellt hatte. Sie ließ uns an jenem Abend wahrhaftig nicht eine Minute allein, außer einmal, als sie zu Mrs. Maidan hinauflief, um sich bei ihr zu entschuldigen und sie zu bitten, sich an diesem Abend möglichst auffällig von Edward in den Kurgarten begleiten zu lassen. Sie sagte selber, als Mrs. Maidan sehr nachdenklich in die Halle herunterkam, in der wir alle saßen: »Nun, Edward, steh auf und nimm Maisie ins Kasino mit. Ich möchte, daß mir Mrs. Dowell von den Familien in Connecticut erzählt, die aus Fordingbridge stammen.« Denn man hatte entdeckt, daß Florence von einer Linie abstammte, die tatsächlich Branshaw Teleragh zwei Jahrhunderte lang besessen hatte, ehe die Ashburnhams dorthin gekommen waren. Und dann blieb sie noch mit mir in der Halle sitzen, als Florence längst zu Bett gegangen war, damit ich Zeuge sei, wie fröhlich sie das Paar empfing. Sie spielte wirklich gut Theater.

Und das ermöglichte es mir, genau den Tag unseres Ausflugs nach M... festzustellen. Denn an jenem Tag starb die arme Mrs. Maidan. Wir fanden sie tot, als wir zurückkehrten – ziemlich entsetzlich, wenn man bedenkt, was es alles bedeutet...

Jedenfalls können Sie an meiner Erleichterung, als Leonora sagte, sie sei eine irische Katholikin, ermessen, wie groß meine Zuneigung zu ihr und ihrem Manne war. Es war eine so innige Zuneigung, daß ich bis auf den heutigen Tag an Edward nicht anders denken kann als mit einem Seufzer. Ich glaube, ohne sie hätte ich nicht weiterleben können. Ich wurde zu müde. Und ich bin auch fest überzeugt, daß ich mich, falls mein Verdacht, Leonora sei eifersüchtig auf Florence, von ihr bestätigt worden wäre, wie wahnsinnig auf Florence gestürzt hätte. Die Eifersucht wäre unheilbar gewesen. Aber Florence' alberne Sticheleien gegen die Iren und die Katholiken konnten durch Entschuldigungen aus der Welt geschafft werden. Und das hatte ich in etwa zwei Minuten bewirkt.

Sie blickte mich lange ziemlich starr und seltsam an, während ich mich entschuldigte. Und schließlich brachte ich mich dazu, zu sagen:

»Akzeptieren Sie die Situation. Ich gestehe, daß ich Ihre Religion nicht liebe. Aber Sie habe ich herzlich lieb. Ich scheue mich nicht, Ihnen zu sagen, daß ich nie einen Menschen gehabt habe, den ich wirklich gern haben konnte, und wahrscheinlich hat mich nie jemand gern gehabt, wie Sie es, glaube ich, doch tun.«

»Oh, ich habe Sie schon gern«, sagte sie. »So gern, daß ich Ihnen sagen kann, ich möchte, jeder Mann wäre wie Sie. Aber es gibt andere, an die man denken muß.« Sie dachte wahrhaftig an die arme Maisie. Sie pflückte einen Zweig Kamillenkraut von der brusthohen Mauer vor uns. Eine Weile rieb sie das Kraut zwischen Daumen und Zeigefinger hin und her und warf es dann über die Mauerkappe.

»Oh, ich akzeptiere die Situation«, sagte sie schließlich, »wenn Sie es können.«

VI

Ich weiß noch, daß ich lachte über die Worte »ich akzeptiere die Situation«, die sie, wie mir schien, mit allzu heftigem Ernst wiederholte. Ich sagte etwa folgendes zu ihr:

»Damit ist eigentlich schon zu viel gesagt. Ich meine, daß ich mir die Freiheit eines unabhängigen amerikanischen Bürgers herausnehmen muß, über Ihre Glaubensgenossen zu denken, was mir beliebt. Und ich meine auch, Florence muß die Freiheit haben, zu denken, was ihr gefällt, und zu sagen, was die Höflichkeit ihr zu sagen erlaubt.«

»Sie sollte sich lieber hüten«, antwortete Leonora, »noch ein einziges Wort gegen mein Volk oder gegen meinen Glauben zu sagen.«

Mir fiel damals auf, daß eine ungewöhnliche, ja bedrohliche Schärfe in ihre Stimme trat. Es war fast, als versuche sie, Florence durch mich wissen zu lassen, daß sie ihr ernstlich Schaden zufügen würde, wenn Florence zu weit ginge. Ja, ich weiß noch, wie ich damals dachte, es sei beinahe, als sagte Leonora durch mich zu Florence: »Du magst mir Schimpf antun, soviel du willst; du magst mir alles nehmen, was ich persönlich besitze, aber wage nicht – angesichts der Situation, die dadurch entstünde –, auch nur ein einziges Wort gegen den Glauben zu sagen, der mich zur Türmatte unter deinen Füßen macht.«

Aber offensichtlich konnte sie es nicht so meinen, wenigstens nach meinem Gefühl. Ordentliche Leute, wie verschiedenen Glaubens sie auch sein mögen, drohen einander nicht. So daß ich in Leonoras Worten nicht mehr las als:

»Es wäre besser, wenn Florence überhaupt nichts über meine Glaubensgenossen sagte, denn dies ist ein Punkt, in dem ich sehr empfindlich bin.«

In diesem Sinne gab ich den Wink an Florence weiter, als sie kurz darauf mit Edward von dem Turm herabkam. Und Sie müssen verstehen, von jenem Augenblick an bis zu der Zeit, da Edward und das Mädchen und Florence allesamt ausgelöscht waren, hatte ich nicht die leiseste Ahnung, nicht den Schatten von einem Verdacht, daß da irgendwas nicht stimmte, wie man so sagt. Fünf Minuten lang hegte ich den Verdacht, Leonora könnte eifersüchtig sein; aber es kam nie wieder zu einem Flackern in diesem flammenhaften Wesen. Wie in aller Welt hätte ich also darauf kommen sollen?

Denn diese ganze Zeit über war ich einfach eine männliche Krankenschwester. Und welche Aussichten hatte ich gegen diese drei abgefeimten Spieler, die sich miteinander verbündet hatten, ihre Hände vor mir verborgen zu halten? Welche Aussichten? Sie waren drei gegen einen – und sie machten mich glücklich. O Gott, sie machten mich so glücklich, daß ich bezweifle, selbst im Paradies, das alle zeitliche Unbill ausgleichen soll, könnte mir etwas Ähnliches zuteil werden. Und was hätten sie Besseres tun können, oder was hätten sie tun können, das schlimmer gewesen wäre? Ich weiß nicht.

Vermutlich war ich während all dieser Zeit ein betrogener Ehemann, und Leonora leistete für Edward Kupplerinnendienste. Das war das Kreuz, das sie auf sich nehmen mußte, auf dem langen Kalvarienberg ihres Lebens.

Sie fragen, wie man sich als betrogener Ehemann fühlt. Du lieber Himmel, ich weiß es nicht. Man fühlt überhaupt nichts. Es ist nicht Hölle, und es ist gewiß nicht unbedingt der Himmel. So ist es wohl ein Zwischenstadium. Wie nennt man es doch? Die Vorhölle. Nein, ich verspürte überhaupt nichts dabei. Sie sind tot; sie sind vor ihren Richter getreten, der ihnen, wie ich hoffe, den Quell Seines Erbarmens öffnen wird. Es ist nicht meine Sache, darüber nachzudenken. Ich kann nur sagen, wie Leonoras Leute sagen: »*Requiem aeternam dona eis, domine, et lux perpetua luceat eis. In memoriam aeternam erit* …« Aber was waren sie? Gerechte? Ungerechte? Gott mag es wissen! Ich glaube, daß sie beide nur armselige Würmer waren, die im Schatten eines ewigen Zornes über diese Erde krochen. Es ist wahrhaft fürchterlich …

Es ist fast zu fürchterlich, das Bild jenes Gerichts, wie es mir zuweilen nachts vor Augen steht. Es ist wahrscheinlich der Nachklang eines Bildes, das ich irgendwo einmal gesehen habe. Auf einer unermeßlichen Ebene, die in freier Luft schwebt, meine ich drei

Figuren zu sehen, von denen sich zwei in einer ungestümen Umarmung umklammern und eine unerträglich einsam dasteht. Es ist schwarz-weiß, mein Bild dieses Gerichts, eine Radierung vielleicht? Nur kann ich eine Radierung nicht von einer photographischen Wiedergabe unterscheiden. Und die riesige Ebene ist vielleicht die Hand Gottes, die sich über Meilen und aber Meilen ausstreckt mit einem weiten Raum über und unter ihr. Und sie stehen im Angesicht Gottes, und es ist Florence, die allein ist...

Und wissen Sie, daß ich bei dem Gedanken an diese höchste Einsamkeit das überwältigende Verlangen habe, zu ihr zu eilen und sie zu trösten? Sehen Sie, man kann nicht zwölf Jahre ein Menschenkind wie eine Krankenschwester umhegt haben, ohne den Wunsch zu verspüren, es auch weiterhin zu pflegen, selbst wenn Sie es hassen mit dem Haß einer Viper, und selbst in Gottes Hand. Aber in den Nächten, vor jener Vision des Gerichts, weiß ich mich zurückzuhalten. Denn ich hasse Florence. Ich hasse Florence mit einem solchen Haß, daß ich ihr nicht eine Ewigkeit der Verlassenheit ersparen würde. Sie hätte nicht zu tun brauchen, was sie tat.

Sie war eine Amerikanerin, eine Neuengländerin. Sie hatte nicht die heißen Leidenschaften dieser Europäer, sie suchte sich diesen armen Dummkopf von einem Edward aus – und ich flehe zu Gott, er möge wirklich Frieden gefunden haben, umschlungen von den Armen jenes armen, armen Mädchens! Und zweifellos wird Maisie Maidan ihren jungen Mann wiederfinden, und Leonora wird brennen, klar und rein, ein Nordlicht und einer der Erzengel Gottes. Und ich ... Nun, vielleicht findet sich für mich ein Aufzug, den ich bedienen könnte ... Aber Florence ...

Sie hätte es nicht tun sollen. Sie hätte es nicht tun sollen. Es war zu gemein von ihr. Sie annektierte den armen lieben Edward aus reiner Eitelkeit; sie drängte sich zwischen ihn und Leonora einzig aus einem blödsinnigen Hang, den Weltverbesserer zu spielen. Wissen Sie, daß sie, während sie Edwards Mätresse war, ständig versuchte, ihn zu seiner Frau zurückzubringen? Sie plapperte Leonora stets etwas von Vergebung vor – behandelte das Thema von dem aufgeweckten amerikanischen Standpunkt aus. Und Leonora behandelte sie als Hure, die sie war. Einmal sagte sie am frühen Morgen zu Florence:

»Sie kommen geradewegs aus seinem Bett, um mir zu sagen, dort sei der mir gebührende Platz. Ich weiß es, danke schön.«

Aber selbst das konnte Florence nicht zum Schweigen bringen. Sie blieb dabei, es sei ihr Ehrgeiz, diese Welt nach der kurzen Wanderung ihres Lebens ein wenig heller zurückzulassen – und wie dankbar sie von Edward scheiden würde, dem sie, wie sie meinte, zu einer rechten Geistesverfassung verholfen habe, wenn nur Leonora ihm eine Chance geben wollte. Er brauchte, sagte sie, vor allem Zärtlichkeit.

Und Leonora antwortete dann – sie ertrug diesen Schimpf jahrelang –, Leonora, soviel ich weiß, gab dann etwa zur Antwort:

»Ja, Sie würden ihn aufgeben. Und dann würdet ihr euch weiter heimlich schreiben und in gemieteten Zimmern Ehebruch treiben. Ich kenne euch, wissen Sie. Nein, ich ziehe die Situation, so wie sie ist, vor.«

Die Hälfte der Zeit versuchte Florence, Leonoras Bemerkungen zu überhören. Sie fand sie recht unpassend für eine Dame. Die andere Hälfte der Zeit versuchte sie, Leonora einzureden, ihre Liebe zu Edward sei rein geistig – wegen ihres Herzens. Einmal sagte sie: »Wenn Sie das von Maisie Maidan glauben, wie Sie behaupten, warum glauben Sie es nicht von mir?«

Leonora kämmte sich, soviel ich weiß, gerade vor dem Spiegel in ihrem Schlafzimmer die Haare. Und sie sah sich nach Florence um, der sie gewöhnlich keinen Blick gönnte – sie blickte sich kühl und ruhig nach ihr um und sagte:

»Hüten Sie sich, Mrs. Maidans Namen je wieder zu erwähnen. Sie haben sie gemordet. Sie und ich haben sie gemeinsam gemordet. Ich bin ein ebensolches Luder wie Sie. Ich möchte nicht daran erinnert werden.«

Florence plapperte sogleich drauflos, wie sie einen Menschen habe verletzen können, den sie kaum kannte, einen Menschen, den sie, von den besten Absichten beseelt und wie immer bemüht, die Welt ein wenig heller zurückzulassen, vor Edward habe retten wollen. So hatte sie es sich selbst zurechtgelegt. Sie dachte wirklich so ... Und Leonora sagte geduldig:

»Also schön, behaupten Sie getrost, ich hätte sie getötet, aber das ist ein schmerzliches Thema. Man denkt nicht gern daran, daß man einen Menschen umgebracht hat. Verständlicherweise. Ich hätte sie nie von Indien mitbringen sollen.«

Und so dachte Leonora wirklich darüber. Die Behauptung war freilich ein wenig kühn, aber Leonora war immer groß in kühnen Behauptungen.

Was an dem Tag unseres Ausflugs nach der alten Stadt M... geschah, war folgendes:

Leonora, die selber damals um des armen Kindes willen voller Reue und Mitleid war, hatte sich bei der Rückkehr ins Hotel sogleich in Mrs. Maidans Zimmer begeben, nur um sie ans Herz zu drücken. Und sie hatte zunächst nur auf dem leeren runden Tisch, auf dem eine rote Samtdecke lag, einen Brief bemerkt, der an sie gerichtet war. Er lautete etwa so:

»Oh, Mrs. Ashburnham, wie konnten Sie das tun? Ich vertraute Ihnen so sehr. Sie sprachen mit mir nie von Edward und mir, aber ich vertraute Ihnen. Wie konnten Sie mich meinem Mann abkaufen? Ich habe soeben gehört, wie Sie es taten – in der Halle sprachen sie darüber, Edward und die amerikanische Dame. Sie bezahlten das Geld, damit ich hierherkam. Oh, wie konnten Sie das tun? Wie konnten Sie nur? Ich gehe sofort zurück zu Bunny...«

Bunny war Mrs. Maidans Mann.

Und Leonora sagte, während sie den Brief weiterlas, habe sie, ohne sich umzusehen, das Gefühl gehabt, das Hotelzimmer sei schon verlassen, es lägen keine Papiere mehr auf dem Tisch, es hingen keine Kleider mehr an den Haken und es herrsche eine gespannte Stille – eine Stille, sagte sie, als sei etwas im Zimmer, das alle Geräusche aufschluckte. Sie mußte sich gegen dieses Gefühl wehren, während sie die Nachschrift zu dem Brief las.

»Ich wußte nicht, daß Sie mich als Ehebrecherin haben wollten«, begann die Nachschrift. Das arme Kind war nicht sehr sprachgewandt. »Das war doch nicht recht von Ihnen, ich wollte niemals eine sein. Und ich hörte, wie Edward mich der amerikanischen Dame gegenüber eine arme kleine Ratte nannte. Er nannte mich immer eine kleine Ratte, wenn wir unter uns waren, und ich hatte nichts dagegen. Aber wenn er mich ihr gegenüber so nennt, dann, glaube ich, liebt er mich nicht mehr. Oh, Mrs. Ashburnham, Sie kannten die Welt, und ich war ahnungslos. Ich dachte, es wäre alles in Ordnung, wenn Sie es für richtig hielten, und ich dachte, Sie hätten mich nie mitgenommen, wenn Sie das nicht für richtig gehalten hätten. Sie hätten es nicht tun dürfen, wo wir aus demselben Kloster kommen ...«

Leonora sagte, sie habe aufgeschrien, als sie das las.

Und dann sah sie, daß Maisies Koffer alle gepackt waren, und sie begann nach Mrs. Maidan selbst zu suchen – im ganzen Hotel. Der Hoteldirektor sagte, Mrs. Maidan habe ihre Rechnung bezahlt und sei zum Bahnhof gegangen, um das Reisebüro zu bitten, ihr einen Platz für ihre sofortige Rückkehr nach Chitral auszuarbeiten. Er meinte, er habe sie zurückkommen sehen, war aber nicht sicher. Niemand in dem großen Hotel hatte sich sonderlich um das Kind gekümmert, und Maisie war dann wohl einsam durch die Halle gewandert und hatte sich an einen Wandschirm gesetzt, auf dessen anderer Seite sich Edward und Florence befanden. Ich habe weder damals noch später erfahren, was sich zwischen dem teuren Paar abspielte.

Ich könnte mir vorstellen, daß Florence sich gerade des armen guten Edward zu bemächtigen suchte, indem sie ihn mit freundlichen Worten vor den Verheerungen warnte, die er in dem Herzen des Kindes anrichten könnte. So mag sie es angefangen haben. Und Edward wird ihr gefühlvoll versichert haben, es sei nichts daran; Maisie sei eine arme kleine Ratte, deren Überfahrt nach Nauheim seine Frau aus ihrer eigenen Tasche bezahlt habe. Mehr brauchte es wohl nicht, um den Stein ins Rollen zu bringen.

Denn es erwies sich als sehr verhängnisvoll. Leonora, von Panik ergriffen und das Herz voller Reue, suchte alle öffentlichen Räume des Hotels ab – den Speisesaal, das Gesellschaftszimmer, das Schreibzimmer, den Wintergarten. Gott mag wissen, wozu sie einen Wintergarten brauchten in einem Hotel, das nur von Mai bis Oktober geöffnet war. Aber es gab einen. Und dann rannte Leonora – ja, sie rannte die Treppe hinauf –, um nachzusehen, ob Maisie nicht in ihr Zimmer zurückgekehrt war. Sie war entschlossen, das Kind sogleich von diesem gräßlichen Ort fortzunehmen. Mit einemmal empfand sie das alles als ein namenloses Unrecht. Ich will nicht sagen, sie sei nicht völlig kühl dabei gewesen. Leonora blieb Leonora. Aber die kalte Gerechtigkeit forderte, daß sie sich dieses Kindes, das aus demselben Kloster kam wie sie, wie eine Mutter annahm. So legte sie es sich zurecht. Sie würde Edward Florence überlassen – und mir – und all ihre Zeit der Aufgabe widmen, das Kind mit Liebe zu umgeben, bis sie es zu ihrem armen jungen Mann zurückschicken konnte. Es war natürlich zu spät. Sie hatte zunächst nicht daran gedacht, sich in Maisies Zimmer umzusehen. Jetzt fiel ihr Blick, gleich als sie eintrat, auf zwei kleine Füße in hochhackigen Schuhen, die hinter dem Bett hervorstaken. Bei der Anstrengung, die Riemen in einem großen Koffer anzuziehen, hatte Maisie der Tod ereilt – so grotesk, daß ihr kleiner Körper nach vorne in den Koffer fiel, der über ihr wie die Kiefer eines riesigen Krokodils zuschnappte. Den Schlüssel hielt sie noch in der Hand. Ihr dunkles Haar, das dem Haar einer Japanerin glich, hatte sich gelöst und bedeckte ihren Körper und ihr Gesicht.

Leonora hob sie auf – sie war leicht wie eine Feder – und legte sie aufs Bett, mit dem Haar um sie her. Sie lächelte, als hätte sie soeben ein Tor im Hockeyspiel geschlagen. Sie verstehen, sie hatte sich nicht das Leben genommen. Ihr Herz war einfach stehengeblieben.

Ich sah sie mit den langen Wimpern über ihren Wangen, mit dem Lächeln auf den Lippen, mit den Blumen um sie her. Der Stiel einer weißen Lilie lag in ihrer Hand, und die Blütendolde ruhte an ihrer Schulter. Sie sah wie eine Braut aus in dem Sonnenlicht der Trauerkerzen, die rings um sie brannten; und die weißen Hauben der beiden Nonnen, die mit verborgenen Gesichtern zu ihren Füßen knieten, hätten zwei Schwäne sein können, die sie forttragen sollten in das Land der Liebe oder wo immer sonst hin.

Leonora zeigte sie mir. Keiner der beiden andern durfte sie sehen. Sie verstehen, sie wollte die Gefühle des armen guten Edward schonen. Er konnte nie den Anblick einer Leiche ertragen. Und da sie ihm nie etwas davon sagte, daß Maisie ihr geschrieben hatte, hielt er ihren Tod für die natürlichste Sache der Welt. Er kam bald darüber hinweg. Ja, es war die einzige seiner Liebesgeschichten, über die er nie viel Reue empfand.

ZWEITER TEIL

I

Der Tod von Mrs. Maidan fiel auf den 4. August 1904. Und dann geschah nichts bis zum 4. August 1913. Seltsam, diese Koinzidenz der Daten; aber ich weiß nicht, ob das eine jener finsteren, wie halb scherzhaften und ganz und gar erbarmungslosen Machenschaften einer grausamen Vorsehung war, die wir Koinzidenz nennen. Denn es hätte ebensogut das abergläubische Gemüt Florence' sein können, das sie wie eine Hypnotisierte zu gewissen Handlungen trieb. Fest steht, daß sich der 4. August stets als ein bedeutsames Datum für sie erwies. Erstens war sie am 4. August geboren. Dann brach sie an diesem Datum im Jahre 1899 mit ihrem Onkel und in Gesellschaft eines jungen Mannes namens Jimmy zu der Reise um die Welt auf. Aber das war kein reiner Zufall. Ihr gütiger alter Onkel mit dem vermeintlich angegriffenen Herzen wollte ihr auf seine feinsinnige Art mit dieser Reise ein Geburtstagsgeschenk machen, um ihre Mündigkeit zu feiern. Ferner ließ sie sich am 4. August 1900 auf etwas ein, das gewiß ihr ganzes Leben bestimmte – wie auch das meine. Sie hatte kein Glück. Sie machte sich damit wahrscheinlich ein Geburtstagsgeschenk an jenem Morgen …

Am 4. August 1901 heiratete sie mich und schiffte sich bei einem heftigen Sturm nach Europa ein – dem Sturm, der ihr Herz angriff. Und zweifellos machte sie sich auch damals ein Geburtstagsgeschenk – das Geburtstagsgeschenk meines elenden Lebens. Mir fällt ein, ich habe Ihnen nie etwas von meiner Hochzeit erzählt. Das war so: Wie ich wohl schon sagte, begegnete ich Florence zum erstenmal bei den Stuyvesants in der Vierzehnten Straße. Und seit diesem Augenblick war ich mit der ganzen Beharrlichkeit einer möglicherweise schwachen Natur entschlossen, sie wenn nicht zu der Meinen zu machen, so doch zu heiraten. Ich hatte keinen Beruf – ich hatte keinerlei geschäftliche Pflichten. Ich schlug einfach meine Zelte in einem miserablen Hotel dort unten in Stamford auf und verbrachte meine Tage in dem Hause und auf der Veranda der Misses Hurlbird. Die Misses Hurlbird nahmen in einer seltsam eigensinnigen Weise an meiner Gegenwart Anstoß. Doch dank der heimischen Gepflogenheit in diesen Dingen waren ihnen die Hände gebunden.

Florence hatte ihr eigenes Wohnzimmer. Sie konnte dort einladen, wen sie wollte, und ich begab mich einfach in dieses Zimmer. Ich war so schüchtern, wie man sich nur denken kann, aber in dieser Sache benahm ich mich wie ein Huhn, das entschlossen ist, vor einem Auto über die Straße zu kommen. Ich trat in Florence' hübsches kleines, altmodisches Zimmer, nahm meinen Hut ab und setzte mich.

Florence hatte natürlich noch mehrere andere Freunde – stämmige junge Neuengländer, die den Tag über in New York arbeiteten und nur die Abende in ihrem Heimatdorf verbrachten. An den Abenden marschierten sie mit ebensoviel Entschlossenheit zu Florence herein, wie ich sie zeigte. Und ich muß gestehen, sie wurden von den Misses Hurlbird mit derselben Abneigung empfangen, wie sie mir beschieden war.

Sonderbare alte Wesen waren diese beiden. Es war fast, als gehörten sie zu einer alten Familie, die unter einem Fluch stand – sie waren so damenhaft, so wohlgesittet, und sie seufzten so viel. Manchmal sah ich Tränen in ihren Augen. Ich bezweifle, daß mein Werben um Florence anfangs große Fortschritte machte. Vielleicht weil es sich fast ausschließlich am Tage abspielte, an heißen Nachmittagen, an denen die Staubwolken wie Nebelschwaden bis zu den Wipfeln der dünnbelaubten Ulmen hinaufreichten. Die Nacht, glaube ich, ist eher geeignet für die süßen Heldentaten der Liebe, nicht die Julinachmittage in Connecticut, wenn Nähe jeder Art ein greulicher Gedanke ist. Aber obwohl ich Florence nie auch nur einen Kuß gab, ließ sie mich doch im Lauf von vierzehn Tagen sehr leicht ihre einfachen Wünsche erraten. Und diese Wünsche konnte ich erfüllen ...

Sie wollte einen wohlhabenden Gentleman heiraten; sie wollte ein Haus in Europa. Ihr Mann sollte einen englischen Akzent haben, ein Einkommen aus Grundbesitz von fünfzigtausend Dollar im Jahr und keinen Ehrgeiz, dieses Einkommen zu vergrößern. Und – so deutete sie leise an – es sollte nicht viel Leidenschaft dabei im Spiele sein. Amerikaner, wissen Sie, können solche Verbindungen ins Auge fassen, ohne mit der Wimper zu zucken.

Sie gab mir diese Winke in einem Schwall von glänzendem Geplauder – ein wenig ließ sie in Bemerkungen über eine Ansicht des Rialto in Venedig einfließen, und während sie lebhaft Schloß Balmoral beschrieb, sagte sie, der wäre der ideale Ehemann für sie, der ihr ermöglichte, am englischen Hof empfangen zu werden. Sie hatte offenbar zwei Monate in Großbritannien verbracht – sieben Wochen auf einer Rundreise von Stratford nach Strathpeffer und eine als *paying guest* in einer alten englischen Familie in der Nähe von Ledbury, einer verarmten, aber noch immer ansehnlichen Familie namens Bagshawe. Eigentlich sollten sie noch zwei weitere Monate im stillen Schoß dieser Familie zubringen, aber ungünstige Ereignisse, anscheinend in dem Geschäft ihres Onkels, hatten die ziemlich hastige Rückkehr nach Stamford notwendig gemacht. Der junge Mann namens Jimmy war in Europa geblieben, um sein Wissen von diesem Kontinent zu vervollständigen. Das tat er allerdings: er war uns später noch von größtem Nutzen.

Doch das Wesentliche war, wie sich dabei herausstellte – es war nicht mißzuverstehen –, daß Florence kühl und ruhig entschlossen war, keinen Mann eines Blickes zu würdigen, der ihr nicht ein Haus in Europa bieten konnte. Ihr Einblick in das häusliche Leben Englands hatte das bewirkt. Sie gedachte nach ihrer Hochzeit ein Jahr in Paris zu verbringen, und dann sollte ihr Mann Grundbesitz in der Umgebung von Fordingbridge erwerben, von welchem Ort die Hurlbirds im Jahre 1688 aufgebrochen waren. Auf Grund dieser Tatsache wollte sie sodann ihren Platz in der englischen

Gesellschaft der Grafschaft einnehmen. Das war abgemacht.

Ich fühlte mich mächtig ermuntert, als ich diese Einzelheiten erwog, denn ich konnte mir nicht vorstellen, daß sich unter ihren Bekannten in Stamford ein Bursche fand, der diesen Anforderungen genügte. Die meisten von ihnen waren nicht so wohlhabend wie ich, und die es waren, gehörten nicht zu dem Typ, der, selbst für eine dauernde Gemeinschaft mit Florence, auf die Reize der Wallstreet verzichtet hätte. Aber es kam zu nichts Entscheidendem im Lauf des Juli. Am 1. August hat Florence dann anscheinend ihren Tanten erklärt, sie gedenke mich zu heiraten.

Mir hatte sie nichts davon gesagt, aber was die Tanten betraf, bestand kein Zweifel, denn an jenem Nachmittag fing mich Miss Florence Hurlbird senior auf meinem Weg zu Florence' Wohnzimmer ab und führte mich aufgeregt in den Salon. Es war ein absonderliches Gespräch in dem altmodischen, in Kolonialstil eingerichteten Zimmer mit den spindelbeinigen Möbeln, den Schattenrissen, den Miniaturen, dem Porträt von General Braddock und dem Lavendelduft. Sehen Sie, die beiden armen Jüngferchen litten Qualen – und sie konnten nichts rundheraus sagen. Sie rangen die Hände und fragten mich, ob ich so etwas wie verschiedene Temperamente bedacht habe. Ich versichere Ihnen, sie waren selbst um mich fast zärtlich besorgt, als wäre Florence ein gar zu glänzendes Wesen für meine soliden, ernsthaften Eigenschaften.

Denn sie hatten solide und ernsthafte Eigenschaften in mir entdeckt. Vielleicht weil ich einmal die Bemerkung fallenließ, General Braddock sei mir lieber als General Washington. Denn die Hurlbirds hatten im Unabhängigkeitskrieg zu den Verlierern gehalten und waren aus diesem Grund sehr verarmt und gründlich unterdrückt worden. Die Misses Hurlbird konnten das nie vergessen.

Dennoch schauderten sie bei dem Gedanken an ein Leben in Europa für mich und Florence. Sie stimmten beide ein Wehgeschrei an, als sie hörten, ich hoffte, ihrer Nichte das bieten zu können. Und das vielleicht deshalb, weil sie Europa für einen Sündenpfuhl hielten, wo befremdlich lockere Sitten herrschten. Sie fanden ihr Mutterland ebenso erastianisch wie alle andern Länder. Und sie dehnten ihre Proteste zu einer für sie außerordentlichen Länge aus.

Sie gingen beinah so weit, zu sagen, die Ehe sei ein Sakrament. Aber weder Miss Florence noch Miss Emily konnten sich ganz dazu überwinden, das Wort auszusprechen. Und sie brachten es beinah über sich, zu sagen, Florence' Vorleben sei durch allerhand Flirts gekennzeichnet – oder dergleichen.

Ich weiß noch, ich machte der Unterhaltung ein Ende, indem ich sagte: »Das ist mir gleichgültig. Auch wenn Florence eine Bank ausgeraubt hätte, würde ich sie heiraten und mit nach Europa nehmen.«

Da stieß Miss Emily einen Jammerlaut aus und fiel in Ohnmacht. Aber Miss Florence warf sich mir, unbekümmert um den Zustand ihrer Schwester, an den Hals und rief aus:

»Tun Sie es nicht, John! Tun Sie es nicht! Sie sind ein guter junger Mann«, und sie fügte hinzu, während ich aus dem Zimmer lief, um Florence ihrer Tante Emily zu Hilfe zu schicken:

»Wir sollten Ihnen eigentlich noch mehr sagen. Aber sie ist das Kind unserer lieben Schwester.«

Florence, erinnere ich mich noch, empfing mich mit kreidebleichem Gesicht und rief:

»Haben diese alten Katzen etwas gegen mich gesagt?« Aber ich versicherte ihr, sie hätten nichts gesagt, und schickte sie eiligst in das Zimmer ihrer rätselhaft bekümmerten Verwandten. Ich hatte jenen Ausruf von Florence bis zum heutigen Tage ganz vergessen. Sie behandelte mich so gut – mit so viel Takt –, daß ich ihn, wenn ich je später daran dachte, ihrer innigen Liebe für mich zugute hielt.

Und als ich sie an jenem Abend zu einer Kutschfahrt abholen wollte, war sie verschwunden. Ich verlor keinen Augenblick. Ich fuhr nach New York und belegte Kabinen auf der Pocahontas, die am 4. desselben Monats in See stechen sollte; und wieder in Stamford, fand ich innerhalb eines Tages heraus, daß man Florence nach Rye Station gebracht hatte. Und dort entdeckte ich, daß sie den Wagen nach Waterbury genommen hatte. Sie war natürlich zu ihrem Onkel gefahren. Der alte Mann empfing mich mit steinernem, verschlossenem Gesicht. Ich durfte Florence nicht sehen; sie war krank; sie blieb auf ihrem Zimmer. Und aus einem Wort, das er fallenließ – ein seltsames Bibelwort, das ich vergessen habe –, entnahm ich, daß die ganze Familie gewillt war, sie nie zu verheiraten.

Ich verschaffte mir sogleich den Namen des nächsten Geistlichen und eine Strickleiter – Sie haben keine

Ahnung, wie primitiv diese Dinge damals in den Vereinigten Staaten gehandhabt wurden. Freilich mag es auch heute noch so zugehen. Und am 4. August stand ich um ein Uhr nachts in Florence' Schlafzimmer. Ich war so besessen von meinem Vorhaben, daß mir nie in den Sinn gekommen wäre, es sei vielleicht ungehörig, um ein Uhr nachts in Florence' Schlafzimmer zu erscheinen. Ich wollte sie nur wecken. Sie schlief jedoch nicht. Sie erwartete mich, ihre Verwandten hatten sie soeben verlassen. Sie empfing mich mit einer so warmen Umarmung ... Nun, es war das erstemal, daß ich von einer Frau umarmt wurde – und es war das letztemal, daß ich in der Umarmung einer Frau etwas von Wärme verspürte.

Ich vermute, ich war selber schuld an dem, was folgte. Jedenfalls hatte ich es so eilig, die Hochzeit hinter mich zu bringen, und hatte solche Angst, ihre Verwandten könnten mich hier finden, daß ich ihre Avancen mit einer gewissen Geistesabwesenheit aufnahm. In einer knappen halben Minute war ich wieder aus dem Zimmer und die Leiter hinuntergeklettert. Sie ließ mich unverantwortlich lange dort unten warten – es wurde jedenfalls drei Uhr, ehe wir den Geistlichen weckten. Und ich glaube, Florence bewies mit diesem Wartenlassen das einzige Mal, daß sie ein Gewissen hatte, soweit es sich um mich handelte – es sei denn, auch der Augenblick, den sie in meinen Armen lag, wäre ein Zeichen des Gewissens gewesen. Ich glaube, wenn ich damals feurig gewesen wäre, hätte sie mir das sittsame Weib vorgespielt oder mich abgewiesen. Weil ich mich aber wie ein Gentleman aus Philadelphia benahm, ließ sie mich, vermute ich, die Rolle einer männlichen Krankenschwester spielen. Vielleicht dachte sie, es mache mir nichts aus.

Danach hatte sie, soviel ich sehe, keine Gewissensbisse mehr. Ihr war nur noch darum zu tun, ihre Pläne auszuführen. Denn kurz ehe sie die Leiter herabkam, rief sie mich an das obere Ende dieses lächerlichen Geräts, an dem ich wie ein Hampelmann leise hinauf- und hinunterkletterte. Ich war ganz gefaßt. Sie sagte zu mir mit einer gewissen Strenge:

»Ist es abgemacht, daß wir heute nachmittag um vier Uhr fahren? Es ist also nicht gelogen, daß du Schiffsplätze bestellt hast?«

Mir leuchtete ein, sie wollte möglichst schnell aus der Nähe ihrer offensichtlich verrückten Verwandten verschwinden, und ich verzieh ihr deshalb gern den Gedanken, ich wäre zu einer solchen Lüge fähig. So machte ich ihr klar, es sei meine feste Absicht, mit der Pocahontas zu reisen. Dann sagte sie – es war eine mondhelle Nacht, und sie flüsterte mir ins Ohr, während ich auf der Leiter stand. Die Hügel um Waterbury lagen in tiefer Stille da. Sie sagte fast kalt:

»Ich wollte es nur wissen, damit ich meine Koffer packe.« Und sie fügte hinzu: »Ich könnte krank werden, weißt du. Ich glaube, mir geht es mit dem Herzen ein wenig wie Onkel Hurlbird. Das ist manchmal erblich.« Ich flüsterte, die Pocahontas sei ein außerordentlich seetüchtiges Schiff.

Jetzt frage ich mich, was Florence durch den Kopf ging, während sie mich zwei Stunden am Fuß der Leiter warten ließ. Ich gäbe etwas darum, das zu wissen. Vielleicht hatte sie bis dahin noch keinen fertigen Plan im Kopf. Jedenfalls hat sie vorher nie ihr Herz erwähnt. Vielleicht war sie erst bei dem neuerlichen Anblick ihres Onkels Hurlbird auf die Idee gekommen. Gewiß hatte ihr Tante Emily, die mit ihr nach Waterbury gekommen war, stundenlang eingeschärft, jede heftige Auseinandersetzung würde den alten Herrn töten. Das rief ihr vielleicht all die Vorsichtsmaßregeln gegen Aufregungen ins Gedächtnis, mit denen man den armen einfältigen Alten während seiner Weltreise umgeben hatte. So mag sie auf den Gedanken gekommen sein. Dennoch glaube ich, daß sie auch Gewissensbisse meinetwegen hatte. Leonora erzählte mir, Florence habe ihr das gesagt – denn Leonora kannte die ganze Geschichte und ging einmal so weit, Florence zu fragen, wie sie nur etwas so Schändliches habe tun können. Florence entschuldigte sich mit einer überwältigenden Leidenschaft. Nun, ich sage immer, eine überwältigende Leidenschaft ist eine gute Entschuldigung für Gefühle. Man kann sich ihrer nicht erwehren. Und sie ist eine gute Entschuldigung für kurzentschlossene Handlungen – sie hätte mit dem Kerl durchbrennen können, bevor oder nachdem sie mich heiratete. Und wenn sie nicht genug Geld gehabt hätten, um davon zu leben, hätten sie sich die Kehlen durchschneiden oder ihre Familie ausplündern können, aber Florence stellte ja so hohe Ansprüche, daß es ihr schlecht gepaßt hätte, einen Angestellten in einem Textilgeschäft zum Manne zu haben, was der alte Hurlbird zweifellos aus dem Kerl gemacht hätte. Er haßte ihn. Nein, ich glaube nicht, daß es viele Entschuldigungen für Florence gibt.

Gott mag es wissen. Sie war ein Angsthase, und sie war eine Phantastin, und ich nehme an, daß sie sich zu jener Zeit wirklich etwas aus dem Esel machte. Er machte sich sicherlich nichts aus ihr. Armes Ding... Jedenfalls, nachdem ich ihr versichert hatte, die Pocahontas sei ein seetüchtiges Schiff, sagte sie nur:

»Du wirst mich ein bißchen umsorgen müssen – so wie Onkel Hurlbird umsorgt wird. Ich werde dir noch sagen, was zu tun ist.« Und dann kletterte sie über den Fenstersims, als klettere sie an Bord eines Schiffes. Vermutlich hatte sie das ihre hinter sich verbrannt!

Gewiß gab es genug, was mir die Augen hätte öffnen können. Als wir um acht Uhr in Hurlbirds Haus zurückkehrten, waren sie vollkommen erschöpft. Florence legte ein hartes, triumphierendes Benehmen an den Tag. Wir waren morgens gegen vier Uhr getraut worden und hatten dann in den Wäldern über der Stadt gesessen und zugehört, wie eine Spottdrossel einen alten Kater nachmachte. So kann ich mir vorstellen, daß Florence unsere Verehelichung nicht allzu begeisternd fand. Mir war auch nichts Anregenderes eingefallen als ihr, mit einigen Variationen, zu wiederholen, ich sei glücklich. Ich glaube, ich war zu benommen. Nun, die Hurlbirds waren auch zu benommen, um viel zu sagen. Wir frühstückten zusammen, und dann ging Florence hinauf, um ihre Reisetaschen zu packen. Der alte Hurlbird nahm die Gelegenheit wahr, um mir im echt amerikanischen Stil einen glutvollen Vortrag über die Gefahren zu halten, die dem Mädchentum junger Amerikanerinnen im europäischen Dschungel auflauerten. Er sagte, in Paris lägen überall

Schlangen im Grase, er habe mit ihnen bittere Erfahrungen gemacht. Er schloß, wie sie es immer tun, die armen lieben Alten, mit dem Wunsch, alle amerikanischen Frauen würden eines Tages geschlechtslos – wenn er es auch nicht so ausdrückte.

Nun, wir erreichten das Schiff um ein Uhr dreißig; es stürmte. Das half Florence beträchtlich. Denn wir waren noch keine zehn Minuten über Sandy Hook hinaus, als Florence in ihre Kabine ging und ihr Herz ihr zu schaffen machte. Eine erregte Stewardess kam zu mir heraufgerannt, und ich rannte hinunter. Ich erhielt meine Anweisungen, wie ich meine Frau behandeln müsse. Das meiste kam von ihr, wenn es auch der Schiffsarzt war, der mir diskret zu verstehen gab, daß ich von Beweisen meiner Zärtlichkeit lieber Abstand nehmen sollte. Ich war gern dazu bereit.

Ich war natürlich voller Gewissensbisse. Mir ging auf, daß ihr Herz der Grund war für den geheimnisvollen Wunsch der Hurlbirds, ihr Jüngstes und Liebstes nicht heiraten zu lassen. Natürlich waren sie zu zartfühlend, dieses Motiv in Worte zu fassen. Sie waren Neuengländer vom alten Schlag. Es wäre ihnen peinlich gewesen, andeuten zu müssen, ein Ehemann dürfe seine Frau nicht auf den Nacken küssen. Sie hätten nicht gerne angedeutet, daß er überhaupt so etwas tun könnte. Ich frage mich zwar, wie Florence den Arzt dazu brachte, sich der Verschwörung anzuschließen – die vielen Ärzte. Natürlich quietschte ihr Herz ein wenig – die Lunge lag bei ihr ebenso wie bei ihrem Onkel Hurlbird. Und in seiner Gesellschaft muß sie viel Gerede von Spezialisten über das Herz mitangehört haben. Jedenfalls wickelten sie und die Ärzte mich hübsch ein – und natürlich auch Jimmy – dieser trübsinnige Bursche; was in aller Welt fand sie nur an ihm? Er war bedrückt, schweigsam, mürrisch, hatte kein Talent zum Maler. Er war sehr bleich und dunkelhaarig und rasierte sich nie richtig. Er holte uns in Le Havre ab und machte sich uns auch weiter nützlich während der nächsten zwei Jahre, in denen er in unserer Wohnung in Paris hauste, ob wir anwesend waren oder nicht. Er studierte Malerei bei Julian oder sonstwo …

Dieser Kerl hatte seine Hände immer in den Taschen eines seiner abscheulichen amerikanischen Mäntel mit den ausladenden Schultern und den weiten Hüften, und seine dunklen Augen blickten stets unheilverkündend drein. Er war, nebenbei bemerkt, zu dick. Ja, da war ich ein ganz anderer Mann …

Und ich will meinen, Florence hätte mir den Vorzug gegeben. Ich schließe das aus gewissen Anzeichen. Vielleicht war das rätselhafte Lächeln, mit dem sie mich über die Schulter anzusehen pflegte, wenn sie ins Badehaus ging, etwas wie eine Einladung. Ich habe es schon erwähnt. Es war, als ob sie sagte: »Ich gehe jetzt hier hinein. Und dann stehe ich nackt und weiß und straff da, und du bist doch ein Mann …« Vielleicht war es das … Nein, sie kann diesen Kerl nicht lange geliebt haben. Er sah wie gelblicher Glaserkitt aus. Zur Zeit ihres ersten Fehltritts soll er schlank und dunkel und sehr graziös gewesen sein. Aber bei dem Herumlungern in Paris mit ihrem Taschengeld und dem Wechsel, den der alte Hurlbird ihm ausgesetzt hatte, um ihn von Amerika fernzuhalten, hatte er einen Bauch bekommen wie ein Mann von vierzig und litt obendrein an Verdauungsstörungen.

Mein Gott, wie sie mich in Trab hielten! In Wirklichkeit waren es diese beiden, die miteinander die Regeln absprachen, nach denen wir lebten. Ich habe Ihnen schon einiges davon erzählt – wie ich diese ganzen elf Jahre lang die Gespräche von Themen wie Liebe, Armut, Verbrechen und so weiter ablenken mußte. Aber wenn ich überblicke, was ich geschrieben habe, dann sehe ich, daß ich Sie unwillkürlich irregeführt habe, als ich sagte, ich hätte Florence nie aus den Augen gelassen. Doch hatte ich selber diesen Eindruck bis eben jetzt. Wenn ich es mir aber überlege, war sie die längste Zeit für mich unsichtbar.

Wissen Sie, dieser Kerl schärfte mir ein, Florence brauche vor allem Schlaf und Alleinsein. Ich dürfe nie ohne anzuklopfen in ihr Zimmer treten, sonst könne ihr armes kleines Herz davonflattern in sein Verderben. Er sagte dies in seinem düster krächzenden Ton, und seine schwarzen Augen erinnerten mich an eine Krähe, so daß ich die arme Florence zehnmal am Tage sterben sah – ein kleiner, blasser, zerbrechlicher Leichnam. Nun, mir wäre eher in den Sinn gekommen, eine Kirche zu plündern, als ohne ihre Erlaubnis in ihr Zimmer zu treten. Ja, ich hätte eher ein solches Verbrechen begangen. Bestimmt, ich hätte es getan, wenn ich geglaubt hätte, der Zustand ihres Herzens fordere diesen Frevel.

Um zehn Uhr abends schloß sich also die Tür hinter Florence, die sanft und wie widerstrebend die Ermahnungen dieses Burschen bestätigt hatte, und sie wünschte mir gute Nacht, als wäre sie eine Italienerin des *Cinquecento*, die ihrem Liebsten Lebewohl sagt. Und um zehn Uhr am nächsten Morgen kam sie aus der Tür ihres Zimmers so frisch wie Venus, wenn sie sich von einem der Lager erhebt, von denen die griechischen Sagen erzählen.

Ihre Zimmertür wurde verschlossen, weil sie sich vor Einbrechern fürchtete. Aber angeblich war eine elektrische Vorrichtung mit einer Schnur an ihrem schmalen Handgelenk befestigt. Sie brauchte nur auf einen Knopf zu drücken, um das ganze Haus zu wecken. Und ich wurde mit einer Axt ausgerüstet – einer Axt! –, gütiger Gott, mit der ich ihre Tür einschlagen sollte, falls sie auf mein Klopfen nicht antwortete, nachdem ich mehrere Male ganz laut geklopft hätte. Es war sehr fein ausgetüftelt, wie Sie sehen.

Nicht so fein hatten sie die letzten Konsequenzen bedacht – daß wir nämlich an Europa gekettet blieben. Denn der junge Mann schärfte mir so gründlich ein, Florence würde sterben, wenn sie den Kanal überquerte – er prägte es mir so fest ins Gedächtnis, daß ich, als Florence später nach Fordingbridge wollte, ihr kurz und bündig das Wort abschnitt mit einem knappen Nein. Damit war sie gefangen. Sie erschrak. Ich wurde hierin sogar von allen Ärzten unterstützt. Ich muß endlose Gespräche mit einem Arzt nach dem andern geführt haben, kühlen, gelassenen Männern, die in sachlichem Tone fragten, ob es irgendeinen Grund für unsere Reise nach England gebe – irgendeinen triftigen Grund. Und da ich keinen triftigen

Grund sah, fällten sie das Urteil: »Dann lieber nicht.« Gewiß meinten sie es ehrlich, wie die Dinge nun einmal lagen. Sie dachten wahrscheinlich, die bloße Vorstellung eines Dampfers könnte Florence auf die Nerven schlagen.

Das genügte ihnen, das und der billige Wunsch, unser Geld auf dem Kontinent festzuhalten.

Es muß die arme Florence beträchtlich erschüttert haben, denn sehen Sie, die große Sehnsucht – die einzige Sehnsucht ihres im übrigen kalten Herzens war, nach Fordingbridge zu kommen und die Landherrin im Haus ihrer Vorfahren zu spielen. Aber Jimmy machte ihr einen Strich durch die Rechnung. Er schlug ihr sozusagen die Tore des Kanals vor der Nase zu; auch an dem heitersten Tag, unter blauestem Himmel, wenn die Klippen Englands wie Perlmutter in voller Sicht nach Calais herüberschimmerten, hätte ich sie nicht einmal, um ihr Leben zu retten, den Laufsteg eines Dampfers betreten lassen. Ich sage Ihnen, sie saß fest.

Sie saß hübsch fest, denn sie konnte nicht auf einmal verkünden, sie sei kuriert, weil das dem verschlossenen Schlafzimmer ein Ende gemacht hätte. Und als sie Jimmy leid war – das war im Jahre 1903 –, hatte sie Edward Ashburnham gewonnen. Ja, sie saß scheußlich in der Falle, denn Edward hätte sie nach Fordingbridge bringen können, und wenn er ihr auch nicht Branshaw Manor geben konnte, da dieser Sitz ihrer Vorfahren seiner Frau überschrieben war, so hätte sie wenigstens dort oder in der Umgebung ganz prächtig die Königin spielen können mit unserem Geld und der Unterstützung der Ashburnhams. Ihr Onkel vermachte ihr, sobald ihn dünkte, sie habe sich endgültig an mich gebunden – und ich sandte ihm nur die glühendsten Berichte über ihre Tugend und Treue –, einen sehr ansehnlichen Teil seines Vermögens, für das er keine Verwendung hatte. Ich glaube, wir hatten damals zusammen fünfundsiebzigtausend Dollar im Jahr, wenn ich auch nie genau wußte, wieviel von ihrem Geld in Jimmys Taschen wanderte. Jedenfalls hätten wir in Fordingbridge glänzen können. Ich bekam nie heraus, wie sie und Edward Jimmy los wurden. Ich vermute, Edward schlug diesem feisten, schändlichen Schmarotzer die sechs goldenen Vorderzähne ein, während ich eines Morgens ausgegangen war, um in der Rue de la Paix Blumen zu kaufen, und Florence und die Wohnung den beiden Männern anvertraut hatte. Und es geschah ihm recht, kann ich nur sagen. Er war ein Erpresser von der finstersten Sorte; ich hoffe, Florence bekommt ihn nicht auch in der anderen Welt zur Gesellschaft.

So wahr Gott mein Richter ist, ich glaube nicht, daß ich die beiden getrennt hätte, wenn ich überzeugt gewesen wäre, daß sie sich wirklich leidenschaftlich liebten. Ich weiß nicht, wie die öffentliche Moral hierüber denkt, und natürlich kann kein Mensch sicher sagen, was er in einem gegebenen Fall getan hätte. Aber ich glaube aufrichtig, ich hätte sie zusammengeführt und die anständigsten Mittel und Wege dazu gesucht. Ich glaube, ich hätte ihnen Geld gegeben, damit sie leben konnten, und hätte mich irgendwie getröstet. Damals hätte ich noch ein junges Ding finden können wie Maisie Maidan oder das arme Mädchen, und ich wäre zur Ruhe gekommen. Denn Ruhe hatte ich mit Florence nie, und ich glaube kaum, daß ich nach ein oder zwei Jahren noch etwas wie Liebe für sie empfand. Sie wurde für mich zu einem seltenen und zerbrechlichen Gegenstand, einer Bürde, aber einer sehr zarten. Ja, es war, als hätte man mich damit betraut, ein dünnschaliges Junghennenei auf meiner flachen Hand von Äquatorialafrika nach Hoboken zu tragen. Wirklich, sie wurde für mich zu einer Art Wetteinsatz – ein Preis für die Leistungen eines Athleten, eine Petersilienkrone, Symbol seiner Keuschheit, Nüchternheit, Enthaltsamkeit und eines unbeugsamen Willens. Mir scheint, als Frau bedeutete sie mir gar nichts mehr. Ich war nicht einmal mehr stolz auf die Art, wie sie sich kleidete.

Aber ihre Leidenschaft für Jimmy war wohl kaum eine Leidenschaft, und, wie verrückt es auch klingen mag, sie fürchtete für ihr Leben. Ja, sie fürchtete sich vor mir. Ich will Ihnen erzählen, wie es dazu kam.

Ich hatte früher einen schwarzen Diener namens Julius, der für mich sorgte und mir aufwartete, der liebte mich wie seinen Augapfel. Als wir nun Waterbury verließen, um an Bord der Pocahontas zu gehen, vertraute mir Florence eine ganz besondere und sehr kostbare Ledertasche an. Sie erklärte mir, ihr Leben könnte von der Tasche abhängen, denn sie enthielt ihre Medikamente gegen Herzanfälle. Und da ich nie sehr geschickt war im Tragen, vertraute ich wiederum die Tasche Julius an, der ein grauhaariger Kerl von etwa sechzig war und dabei sehr malerisch aussah: Er machte so großen Eindruck auf Florence, daß sie ihn als ein väterliches Wesen betrachtete und absolut nicht dulden wollte, daß ich ihn mit nach Paris nahm. Er wäre ihr lästig gefallen.

Julius war nun so überwältigt von dem Schmerz, zurückgelassen zu werden, daß er unbedingt hingehen und die kostbare Tasche fallen lassen mußte. Ich sah rot, ich sah purpur. Ich stürzte mich auf Julius. Auf der Fähre war das, ich schlug ihm ein Auge blau, ich drohte, ihn zu erwürgen. Und da ein Neger, der sich nicht zur Wehr setzt und klägliche Laute ausstößt, ein klägliches Schauspiel bieten kann und da es Florence' erstes Abenteuer im Ehestand war, bekam sie einen netten Eindruck von meinem Charakter. Es befestigte in ihr den verzweifelten Entschluß, vor mir zu verheimlichen, daß sie nicht war, was sie »eine unberührte Frau« genannt hätte. Denn das war in Wirklichkeit der Hauptgrund für ihre phantasievollen Machenschaften. Sie hatte Angst, ich würde sie ermorden ...

So täuschte sie bei der ersten Gelegenheit an Bord ihren Herzanfall vor. Vielleicht war sie nicht allzu sehr zu tadeln. Sie müssen bedenken, sie kam aus Neuengland, und Neuengland idealisierte damals die Schwarzen viel mehr als heute. Wäre sie aus einer nur etwas weiter südlich gelegenen Stadt, wie Philadelphia, und einer ein wenig altmodischen Familie gekommen, dann hätte sie eingesehen, daß es keine so schlimme Kränkung war, den alten Julius zu prügeln, wie wenn ihr Vetter Reggie Hurlbird zu seinem Diener sagte – was ich ihn zu seinem englischen Butler sagen hörte –, er werde ihm den Hosenboden versohlen. Übrigens hatte die Medizintasche in ihren Augen keine so ungeheure

Bedeutung wie in den meinen, die in ihr das Sinnbild des Lebens einer angebeteten, seit einem Tage mir angetrauten Frau sahen. Für sie war es einfach eine nützliche Lüge.

Da haben Sie also die Situation, so deutlich, wie ich sie Ihnen nur schildern kann – der Ehemann ein unwissender Narr, die Frau ein kaltes, sinnliches Geschöpf voll törichter Ängste – denn ich war ein solcher Narr, daß ich nicht erkannte, was sie war und was nicht – und der erpresserische Liebhaber. Und dann tauchte der andere Liebhaber auf.

Nun, Edward Ashburnham war ein begehrenswerter Mann. Habe ich Ihnen einen Begriff davon gegeben, was für ein prächtiger Kerl er war – der anständige Soldat, der hervorragende Gutsherr, der außerordentlich redliche, anständig handelnde, anständig denkende Mensch im öffentlichen Leben? Davon habe ich Ihnen wohl nicht die rechte Vorstellung gegeben. Die Wahrheit ist, daß ich selbst nichts davon wußte, bis das arme Mädchen auftauchte – das arme Mädchen, das ebenso rechtschaffen, so prächtig und so aufrecht war wie er. Ich schwöre Ihnen, sie war es. Ich meine, ich müßte es wissen. Denn das war es ja wohl, weshalb ich ihn so gern hatte – so unendlich gern. Wenn ich jetzt darüber nachdenke, fallen mir tausend kleine Freundlichkeiten und Aufmerksamkeiten gegen seine Untergebenen ein, sogar auf dem Kontinent. Sehen Sie, ich weiß von zwei Familien, schmutzigen, durchaus nicht malerischen hessischen Armen, die dieser Mann mit unendlicher Geduld aus dem Dreck zog; er besorgte sich Polizeiberichte über sie, half ihnen wieder auf die Beine oder beförderte sie nach meinem geduldigen Heimatland. Und er tat es ganz unauffällig, schon ein Kind, das er auf der Straße weinen sah, bewegte ihn. Dann plagte er sich mit Wörterbüchern in dieser ungeläufigen Sprache. Nein, er konnte es nicht ertragen, ein Kind weinen zu sehen. Vielleicht konnte er auch den Anblick einer Frau nicht ertragen, ohne sie mit seinen körperlichen Reizen zu trösten.

Aber obwohl ich ihn so herzlich liebte, war ich doch geneigt, dies alles für selbstverständlich zu halten. Es war der Grund, warum ich mich mit ihm wohl fühlte und ihm gut war; es flößte mir Vertrauen zu ihm ein. Aber vermutlich bildete ich mir ein, dies gehöre zum Charakter jedes englischen Gentlemans. Eines Tages ging es ihm nach, daß der Oberkellner im Excelsior geweint hatte – der Kerl mit dem grauen Gesicht und dem grauen Backenbart. Und dann brachte er den größten Teil der Woche mit Briefschreiben und Besuchen bei dem britischen Konsul zu, um die Frau des Alten samt seinem Töchterchen aus London zurückzubringen. Sie war mit einem schweizerischen Küchenjungen durchgebrannt. Wenn sie nicht innerhalb einer Woche nach Hause gekommen wäre, hätte er sich selbst nach London begeben, um sie zu holen. So war er.

So war Edward Ashburnham, und ich dachte, das gehöre nur zu den Pflichten seines Ranges und Standes. Vielleicht war es auch nicht mehr als das – aber ich bete zu Gott, er möge mich die meinen ebenso erfüllen lassen. Und wäre nicht das arme Mädchen gewesen, dann wäre mir das alles wohl nie recht bewußt geworden, wie sehr es auch mein Gefühl für ihn bestimmte.

Sie war so begeistert von ihm, daß ich, obwohl ich selbst jetzt die Gepflogenheiten des englischen Lebens noch nicht verstehe, genug daraus entnehmen kann. Sie begleitete die Ashburnhams während unseres letzten Aufenthaltes in Nauheim.

Nancy Rufford war ihr Name; sie war das einzige Kind von Leonoras einziger Freundin, und Leonora war ihr Vormund, wenn das der richtige Ausdruck ist. Sie hatte seit ihrem dreizehnten Jahr bei den Ashburnhams gelebt, nachdem ihre Mutter angeblich wegen der Brutalität ihres Vaters Selbstmord begangen hatte. Ja, es ist eine erfreuliche Geschichte …

Edward nannte sie immer »das Mädchen«, und die Zuneigung, die er für sie empfand und sie für ihn, war reizend anzusehen. Leonora hätte sie geradezu die Füße geküßt – die beiden waren für sie der beste Mann und die beste Frau auf Erden, und im Himmel. Ich glaube, sie wäre nie auf einen bösen Gedanken gekommen – das arme Kind …

Nun, jedenfalls sang sie mir stundenlang Edwards Lob. Aber wie ich schon bemerkte, sagte es mir wenig. Es kam heraus, daß er den D.S.O. hatte. Seine Leute, hieß es, gingen für ihn durchs Feuer; eine Truppe wie die seine gebe es nicht noch einmal. Und er hatte die Medaille der Royal Humane Society an einer Spange. Offenbar war er zweimal vom Deck eines Truppentransporters gesprungen, um »Tommies«, wie das Mädchen sie nannte, zu retten, die im Roten Meer und dortherum über Bord gefallen waren. Zweimal hatte man ihn für das V.C. vorgeschlagen, was immer das sein mag, und obwohl ihm aus irgendwelchen Gründen des

Reglements dieser anscheinend sehr begehrte Orden nicht verliehen worden war, hatte er doch einen besonderen Platz in der Umgebung seines Souveräns bei dessen Krönung. Vielleicht war es auch ein Posten bei den *Beefeaters*, den königlichen Leibgardisten. Sie machte aus ihm eine Kreuzung aus Lohengrin und dem Chevalier Bayard, dem Ritter ohne Furcht und Tadel. Vielleicht war er es. Aber er war zu schweigsam, als daß diese Seite seines Wesens recht zur Geltung gekommen wäre. Ich weiß noch, wie er, als ich ihn fragte, was der D.S.O. sei, brummte:

»Das ist so ein Ding, das man Krämern gibt, die in Kriegszeiten die Truppe anständig mit verdorbenem Kaffee versorgt haben« – oder so ähnlich. Er konnte mich damit nicht recht überzeugen, und so wandte ich mich schließlich direkt an Leonora. Ich fragte sie rundheraus – meine Frage mit einer Bemerkung einleitend, wie ich sie Ihnen gegenüber schon gemacht habe, nämlich welche Schwierigkeiten man habe, etwas über einen Menschen zu erfahren, wenn die Freundschaft mit ihm sich in englischen Formen abspielt –, ich fragte sie, ob ihr Gemahl wirklich so ein prächtiger Kerl sei, zumindest auf der Ebene seiner öffentlichen Dienste. Sie sah mich mit einem leicht beunruhigten Ausdruck an – fast mit einem Ausdruck der Bestürzung, wenn Leonora je hätte bestürzt sein können.

»Wußten Sie das denn nicht?« fragte sie. »Wenn ich es bedenke, gibt es weit und breit keinen prächtigeren Menschen, wo Sie auch hinsehen – auf dieser Ebene.« Und sie fügte hinzu, nachdem sie mich, wie mir vorkam, lange nachdenklich angesehen hatte:

»Um meinem Manne gerecht zu werden, muß ich sagen, daß es keinen besseren Menschen auf Erden geben könnte. Es wäre nicht Raum genug – auf dieser Ebene.«

»Nun«, sagte ich, »dann muß er also wirklich Lohengrin und der Cid in einer Person sein, denn es gibt keine anderen Ebenen, die zählen.«

Abermals blickte sie mich lange an.

»Ist das wirklich Ihre Meinung, daß es keine anderen Ebenen gibt, die zählen?« fragte sie langsam.

»Nun«, antwortete ich vergnügt, »Sie werden doch nicht behaupten wollen, er sei kein guter Ehemann oder kein guter Beschützer Ihres Mündels?«

Sie sprach darauf sehr langsam, wie jemand, der auf die Geräusche in einer Seemuschel lauscht, die er sich ans Ohr hält, und – ist es zu fassen? – sie sagte mir später, ihr sei bei meinen Worten zum erstenmal eine dunkle Ahnung von der Tragödie aufgestiegen, die so bald folgen sollte – obwohl das Mädchen schon seit ungefähr acht Jahren bei ihnen lebte:

»Oh, ich denke nicht daran, zu sagen, er sei nicht der beste Ehemann oder er habe das Kind nicht sehr gern.«

Und ich entgegnete darauf etwa: »Nun, Leonora, ein Mann sieht in diesen Dingen klarer als selbst eine Ehefrau. Und lassen Sie mich Ihnen versichern, während all der Jahre, die ich ihn kenne, hat Edward in Ihrer Abwesenheit auch nicht die geringste Notiz von einer anderen Frau genommen – nicht mit dem leisesten Augenzwinkern. Ich hätte es bemerkt. Und er spricht von Ihnen, als wären Sie ein Engel Gottes.«

»Oh«, sie wich nicht aus, Leonora wich nie aus, dessen können Sie gewiß sein, »ich bin vollkommen überzeugt, daß er immer sehr nett von mir spricht.«

Wahrlich, sie muß Erfahrung in solchen Szenen gehabt haben – man beglückwünschte sie wohl ständig zu der Treue und Verehrung ihres Gemahls. Denn die halbe Welt – alle Welt, die Edward und Leonora kannte – glaubte, seine Überführung in der Kilsyte-Affäre sei eine Rechtsbeugung gewesen – eine Verschwörung falscher Zeugen, die von nonkonformistischen Gegnern zusammengebracht worden waren. Aber denken Sie nur, was für ein Dummkopf ich war …

II

Nun lassen Sie mich nachdenken, wo wir stehengeblieben waren. Ach ja … diese Unterhaltung fand am 4. August 1913 statt. Ich weiß noch, ich sagte zu ihr, an diesem Tag vor genau neun Jahren hätte ich ihre Bekanntschaft gemacht, so daß es ganz angebracht sei, gleichsam eine Geburtstagsrede, wenn ich so ein wenig für meinen Freund Edward zeuge. Ich könne ihr ganz im Vertrauen sagen, ich hätte mich, obwohl wir vier während dieser ganzen Zeit an allen möglichen Orten zusammengewesen seien, von meiner Seite über keinen von ihnen im geringsten zu beklagen. Und ich fügte hinzu, dies sei eine recht ungewöhnliche Bilanz bei Leuten, die soviel

Zeit miteinander verbringen. Sie dürfen nicht denken, wir hätten uns nur in Nauheim getroffen. Das hätte Florence nicht gepaßt. Wenn ich meine Tagebücher durchblättere, sehe ich, daß Edward am 4. September Florence und mich nach Paris begleitete, wo wir ihn bis zum 21. jenes Monats bei uns beherbergten. Er machte uns einen weiteren kurzen Besuch im Dezember desselben Jahres – es war das erste Jahr unserer Bekanntschaft. Es muß während dieses Besuchs gewesen sein, daß er Jimmy die Schneidezähne einschlug. Gewiß hatte Florence ihn zu diesem Zweck hergebeten. 1905 war er dreimal in Paris, einmal mit Leonora, die ein paar neue Kleider brauchte. 1906 verbrachten wir nahezu sechs Wochen zusammen in Mentone, und auf seinem Rückweg nach London blieb Edward eine Weile bei uns in Paris. So standen die Dinge. Tatsache ist, daß der arme Teufel in Florence an eine Tatarin geraten war, mit der verglichen Leonora ein Säugling war. Es muß die Hölle für ihn gewesen sein. Leonora wollte ihn halten, um – wie soll ich sagen? – um ihrer Kirche willen, um zu zeigen, daß katholische Frauen ihre Männer nicht verlieren. Wir wollen es im Augenblick dabei belassen. Vielleicht schreibe ich später mehr über ihre Beweggründe. Aber Florence klammerte sich an den Besitzer des Hauses ihrer Vorfahren. Ohne Zweifel war auch er ein leidenschaftlicher Liebhaber. Aber ich bin überzeugt, daß er schon nach drei Jahren einer nur unterbrochenen Gemeinschaft Florence und das Leben, zu dem sie ihn zwang, satt hatte …

Wenn Leonora in einem Brief auch nur erwähnte, sie hätten eine Frau zu Gast, oder wenn sie bloß den

Namen einer Frau in einem Brief an mich nannte, dann ging ein verzweifeltes Telegramm in Geheimschrift an den armen Teufel in Branshaw, in welchem Florence ihm bei Strafe unverzüglicher und schrecklicher Enthüllung befahl, herüberzukommen und sie seiner Treue zu versichern. Ich bin überzeugt, er hätte Florence fahrenlassen und die Gefahr einer Bloßstellung auf sich genommen. Aber da bekam er es mit Leonora zu tun. Und Leonora versicherte ihm, wenn mir auch nur das geringste von der wirklichen Situation zu Ohren käme, würde sie die fürchterlichste Rache an ihm nehmen, die sich nur denken ließe. Er hatte es nicht leicht. Florence verlangte mit der Zeit immer mehr Aufmerksamkeit von ihm. Von früh bis spät verlangte sie, daß er sie küßte; und nur indem er ihr klarmachte, eine geschiedene Dame könne niemals eine gesellschaftliche Stellung in der Grafschaft Hampshire einnehmen, gelang es ihm, zu verhüten, daß sie mit ihm durchbrannte. Ach ja, er hatte es schwer mit ihr.

Denn Florence, die mit der Zeit die Dinge gelassener zu betrachten begann und von ihrer gewohnten Schwatzhaftigkeit befallen wurde, geriet in eine Verfassung, in der es ihr fast notwendig schien, mir alles zu gestehen – nichts Geringeres als das, ich bitte Sie! Sie meinte, ihre Situation mir gegenüber sei geradezu unhaltbar geworden.

Sie schlug vor, mir alles zu sagen, meine Einwilligung in die Scheidung zu erwirken, mit Edward nach Kalifornien zu gehen und sich dort niederzulassen … Ich glaube nicht, daß es ihr damit wirklich Ernst war. Es wäre die Preisgabe all ihrer Hoffnung auf Branshaw

Manor gewesen. Übrigens hatte sie die fixe Idee, Leonora, die kerngesund war, leide an Schwindsucht. Immer wieder bat sie in meiner Gegenwart Leonora, einen Arzt aufzusuchen. Aber dennoch scheint Edward an ihre Entschlossenheit, mit ihm durchzugehen, geglaubt zu haben. Er wäre nicht gegangen; er hing zu sehr an seiner Frau. Aber wenn Florence ihn dazu gebracht hätte, so hätte das bedeutet, daß ich alles erfuhr und daß er sich damit Leonoras Rache aussetzte. Und sie hätte ihm auf zehn oder zwölf verschiedene Weisen die Hölle heiß machen können. Ja, sie versicherte mir, sie hätte sie alle angewandt. Sie war entschlossen, meine Gefühle zu schonen. Und sie wußte damals sehr wohl, daß sie ihm die Hölle am heißesten machen konnte, wenn sie sich weigerte, ihn je wiederzusehen.

Ich glaube, ich habe es deutlich genug dargestellt. Lassen Sie mich nun auf den 4. August 1913 zurückkommen, den letzten Tag meiner völligen Ahnungslosigkeit – und, ich versichere Ihnen, meiner vollkommenen Glückseligkeit. Denn die Ankunft dieses lieben Mädchens trug noch dazu bei.

An jenem 4. August saß ich in der Halle mit einem ziemlich unangenehmen Engländer namens Bagshawe, der am Abend nach dem Essen eingetroffen war. Leonora war gerade zu Bett gegangen, und ich wartete noch auf Florence und Edward und das Mädchen, die ein Konzert im Kasino besuchten. Sie waren nicht alle zusammen gegangen. Florence, erinnere ich mich, hatte zunächst gesagt, sie wolle bei Leonora und mir bleiben, und Edward und das Mädchen waren allein aufgebrochen. Und dann hatte Leonora mit völliger Ruhe zu Florence gesagt:

»Es wäre mir lieb, wenn Sie die beiden begleiten möchten. Ich finde, das Mädchen sollte bei solchen Gelegenheiten nicht ohne Begleitung einer Dame mit Edward erscheinen. Ich glaube, es ist an der Zeit.« So war ihnen Florence leichtfüßig nachgegangen. Sie war ganz in Schwarz wegen irgendeiner Cousine. Amerikaner nehmen es mit solchen Dingen sehr genau.

Wir hatten bis gegen zehn Uhr zusammen in der Halle gesessen, und dann war Leonora zu Bett gegangen. Es war ein sehr heißer Tag gewesen, aber in der Halle war es kühl. Der Mann namens Bagshawe hatte auf der anderen Seite der Halle die *Times* gelesen, aber er kam mit irgendeiner belanglosen Frage herüber, die der Auftakt zu einer Bekanntschaft sein sollte. Ich glaube, er erkundigte sich nach der Kurtaxe, und ob man sich davor drücken könnte. So einer war das.

Er war leicht zu durchschauen, dieser Mann mit seiner übertrieben militärischen Figur, den hervorquellenden Augen, die meinen Blick mieden, und einer bläßlichen Gesichtsfarbe, die auf geheime Laster schließen ließ und auf das unangenehme Verlangen, Bekanntschaften zu machen, koste es, was es wolle... Eine widerliche Kröte. Er erzählte mir gleich, er komme von Ludlow Manor in der Nähe von Ledbury. Der Name hatte einen von ferne vertrauten Klang für mich, wenn ich ihn auch nicht in meinem Gedächtnis unterbringen konnte. Dann fing er an, von einem Geschäft mit Hopfen zu erzählen, von kalifornischem

Hopfen, von Los Angeles, wo er gewesen war. Er suchte nach einem Thema, womit er meine Zuneigung gewinnen konnte.

Und dann sah ich plötzlich in dem hellen Licht der Straße Florence daherrennen. So war es – mit einem Gesicht, weißer als Papier, kam Florence gelaufen, ihre Hand auf den schwarzen Stoff über ihrem Herzen gedrückt. Ich sage Ihnen, mein eigenes Herz setzte aus; ich sage, ich konnte mich nicht rühren. Sie stürzte die Drehtür herein. Ihr Blick überflog den Raum mit seinen Korbstühlen, Bambustischen und Zeitungen. Sie sah mich und öffnete die Lippen. Sie sah den Mann, der mit mir redete. Sie schlug die Hände vors Gesicht, als wollte sie sich die Augen ausreißen. Und schon war sie nicht mehr da.

Ich vermochte nicht mich zu bewegen, ich konnte keinen Finger rühren. Und dann sagte der Mann:

»Bei Jupiter! Florry Hurlbird.« Mit einem öligen, unangenehmen Ton, der Lachen sein sollte, wandte er sich mir zu. Er wollte sich wirklich bei mir einschmeicheln. »Wissen Sie, wer das ist?« fragte er. »Das letztemal, als ich das Mädel sah, kam sie um fünf Uhr morgens aus dem Schlafzimmer eines jungen Mannes namens Jimmy. In meinem Hause in Ledbury. Sie haben gesehen, daß sie mich wiedererkannte.« Er war aufgestanden und blickte auf mich herab. Ich weiß nicht, wie ich aussah. Jedenfalls stieß er einen gurgelnden Laut hervor und stotterte dann:

»Oh, ich verstehe ...« Das waren die letzten Worte, die ich je von Mr. Bagshawe hörte. Geraume Zeit später raffte ich mich auf und ging aus der Halle zu Florence'

Zimmer hinauf. Sie hatte die Tür nicht abgeschlossen – es war das erstemal in unserem Eheleben. Sie lag recht manierlich – anders als Mrs. Maidan – auf ihrem Bett ausgestreckt. Sie hielt ein Medizinfläschchen, das eigentlich Amylnitrit enthalten sollte, in ihrer rechten Hand. Das war am 4. August des Jahres 1913.

DRITTER TEIL

I

Seltsamerweise ist das einzige, was mir von dem weiteren Abend in Erinnerung geblieben ist, daß Leonora sagte:

»Natürlich könnten Sie sie heiraten«, und als ich fragte, wen, antwortete sie:

»Das Mädchen.«

Das ist für mich etwas sehr Erstaunliches – erstaunlich, weil es ein Licht auf die Möglichkeiten des menschlichen Herzens wirft. Denn nie hatte ich bewußt die leiseste Absicht gehegt, das Mädchen zu heiraten; ich hatte nicht einmal die leiseste Ahnung gehabt, daß ich mir etwas aus ihm machte. Ich muß seltsame Reden geführt haben, wie man es tut, wenn man aus einer Narkose erwacht. Es ist, als hätte man eine doppelte Persönlichkeit, als wisse die eine nichts von der andern. Ich hatte an nichts gedacht; und ich hatte etwas so Verblüffendes gesagt.

Ich weiß nicht, ob eine Analyse meines eigenen Seelenlebens für diese Geschichte von Belang ist. Ich möchte sagen, sie ist es nicht, jedenfalls meine ich, ich habe genug durchblicken lassen. Aber diese seltsame Bemerkung von mir hatte einen starken Einfluß auf das, was sich später ereignete. Leonora hätte wahrscheinlich nie mit mir über Florence' Beziehung zu Edward gesprochen, wenn ich nicht zwei Stunden nach dem Tode meiner Frau gesagt hätte:

»Jetzt kann ich das Madchen heiraten.«

Sie schloß daraus, ich hätte das durchlitten, was auch sie durchlitten hatte, oder wenigstens geduldet, was sie geduldet hatte. So daß sie vor einem Monat, ungefähr eine Woche nach der Beerdigung des armen Edward, in dem natürlichsten Ton der Welt zu mir sagen konnte – ich hatte über die Dauer meines Aufenthaltes in Branshaw gesprochen –, mit ihrer klaren, nachdenklichen Stimme zu mir sagen konnte:

»Ach, bleiben Sie doch für immer hier, wenn Sie können.« Und dann fügte sie hinzu: »Ich könnte mir keinen besseren Bruder, keinen besseren Ratgeber und keine bessere Stütze denken als Sie. Sie sind der einzige Trost, den ich auf der Welt habe. Und ist es nicht seltsam, wenn man bedenkt, daß Sie, wäre Ihre Frau nicht die Mätresse meines Mannes gewesen, überhaupt nie hierhergekommen wären?«

So erfuhr ich die Neuigkeit – hart wie ein Schlag ins Gesicht. Ich sagte nichts, und ich glaube nicht, daß ich etwas empfand, es sei denn in dem geheimnisvollen und unbewußten Selbst, das den meisten Menschen verborgen innewohnt. Vielleicht werde ich eines Tages, wenn ich bewußtlos bin oder schlafwandle, hingehen und auf das Grab des armen Edward spucken. Es wäre ungefähr das Unwahrscheinlichste, was ich tun könnte; so liegen die Dinge.

Nein, ich erinnere mich an keinerlei Gemütsbewegungen, sondern nur an das deutliche Empfinden, das man zuweilen hat, wenn man hört, daß Mrs. Soundso mit einem gewissen Herrn *au mieux* ist. Es machte mir in meiner Wißbegier die Dinge plötzlich klarer. Als ich später dazu kam, über alles dies nachzudenken, war mir, als hätten sich in jenem Augenblick des stürmischen Novemberabends ein Dutzend ungeklärter Dinge plötzlich zurechtgerückt. Aber ich machte mir damals keine weiteren Gedanken darüber. Das weiß ich noch. Ich lehnte mich nur – etwas steif – in meinem Sessel zurück. Daran erinnere ich mich. Es war Zwielicht.

Branshaw Manor liegt in einer kleinen Mulde mit Rasenflächen ringsherum und Fichtenwäldern oben am Rand der Senke. Der mächtige Wind, der durch den Wald heranbrauste, heulte über uns hinweg. Aber wenn man aus dem Fenster blickte, wirkte es vollkommen ruhig und grau. Nichts regte sich außer ein paar Kaninchen am äußersten Ende des Rasens. Wir saßen in Leonoras kleinem Schreibzimmer und warteten auf den Tee. Ich saß, wie ich schon sagte, in einem Sessel, Leonora stand am Fenster und drehte nervös die hölzerne Eichel, die an der Schnur des Rouleaus hing. Sie blickte über den Rasen und sagte, wenn ich mich richtig erinnere:

»Edward ist kaum zehn Tage tot, und schon sind die Kaninchen auf dem Rasen.«

Soviel ich weiß, fügen Kaninchen dem kurzen Rasen in England viel Schaden zu. Und dann wandte sie sich mir zu und sagte ohne jede Beschönigung, denn ich erinnere mich noch genau ihrer Worte:

»Ich finde, es war töricht von Florence, sich das Leben zu nehmen.«

Ich kann Ihnen das außerordentliche Gefühl der Ruhe, das wir anscheinend beide in jenem Augenblick empfanden, gar nicht beschreiben. Es war nicht, als warteten wir auf die Ankunft eines Zuges, es war nicht, als warteten wir auf eine Mahlzeit – es gab einfach nichts, worauf wir hätten warten sollen. Nichts.

Es herrschte tiefste Stille bis auf das ferne, immer wieder aussetzende Sausen des Windes. Ein graues Licht füllte das kleine braune Zimmer. Mir war, als gäbe es sonst nichts mehr auf der Welt.

Ich fühlte, Leonora war bereit, mich ganz ins Vertrauen zu ziehen. Es war, als ob – oder nein, es war wahrhaft so: Leonora mit ihrem seltsamen englischen Anstandsgefühl hatte beschlossen, eine volle Woche nach der Beerdigung Edwards verstreichen zu lassen, ehe sie sprach. Und in dem unbestimmten Bedürfnis, ihr einen Begriff von dem Ausmaß der Eröffnungen zu geben, zu denen sie sich herbeilassen müßte, sagte ich langsam – und auch an diese Worte erinnere ich mich genau: »Hat Florence Selbstmord begangen? Das wußte ich nicht.«

Ich versuchte nur, wissen Sie, ihr zu verstehen zu geben, sie müsse, wenn sie schon spräche, viel weiter ausholen, als sie vorher für nötig gehalten hätte.

So erfuhr ich zum erstenmal, daß Florence Selbstmord begangen hatte. Der Gedanke war mir nie gekommen. Sie mögen denken, ich sei gar zu arglos gewesen; Sie werden mich vielleicht sogar für schwachsinnig halten. Aber bedenken Sie meine Lage.

Bei soviel Lärm und Geschrei, bei dem Auflauf, den es da gab, bei der professionellen Verschwiegenheit von Leuten wie dem Hotelbesitzer und der traditionellen Zurückhaltung von »ordentlichen Leuten« wie den Ashburnhams – unter solchen Umständen ist es immer ein kleiner materieller Gegenstand, der den Blick auf sich zieht und die Einbildungskraft fesselt. Ich wurde durch nichts auf den Gedanken an einen Selbstmord gelenkt, und der Anblick der Amylnitritflasche in Florence' Hand hatte mir sogleich den Gedanken eingegeben, ihr Herz müsse versagt haben. Amylnitrit, wissen Sie, ist eine Arznei, die man verabreicht, um bei Angina pectoris Erleichterung zu verschaffen.

So wie ich Florence gesehen hatte, als sie mit weißem Gesicht und ihre Hand auf dem Herzen dahergerannt war, so wie ich sie unmittelbar darauf auf ihrem Bett liegend fand, mit ihren Fingern in so gewohnter Weise die kleine braune Flasche umklammernd, war es nur natürlich, daß mir dieser Gedanke kam. Ich glaubte, sie sei, wie es zuweilen vorkam, ohne ihre Medizin ausgegangen, und als sie im Park eine Herzattacke kommen fühlte, sei sie ins Hotel gestürzt, um das Amylnitrit zu nehmen und sich so schnell wie möglich Erleichterung zu verschaffen. Und ebenso unvermeidlich mußte ich glauben, ihr Herz habe die Überanstrengung durch das schnelle Laufen nicht ausgehalten und sei ihr in der Brust zersprungen. Wie konnte ich wissen, daß die kleine braune Flasche all die Jahre unseres Ehelebens hindurch nicht Amylnitrit, sondern Zyankali enthalten hatte?

Ja, nicht einmal Edward Ashburnham, der nach allem vertrauter mit ihr war als ich, hatte eine Ahnung, wie es sich in Wahrheit verhielt. Er glaubte einfach, sie sei einem Herzschlag erlegen. Wahrhaftig, mir scheint, die einzigen Personen, die erfuhren, daß Florence sich das Leben genommen hatte, waren Leonora, der Großherzog, das Polizeioberhaupt und der Hotelbesitzer. Ich erwähne die letzteren drei, weil meine Erinnerung an jene Nacht mit dem rötlichen Schimmer der elektrischen Lampen im Salon des Hotels verschwimmt. Die Gesichter dieser drei tauchten wie schwebende Kugeln in meinem Bewußtsein auf. Einmal war es das bärtige, monarchisch huldvolle Gesicht des Großherzogs; ein andermal die scharfgeschnittenen, braunen, kavallerieschnurrbärtigen Züge des Polizeichefs; dann wieder die rundliche, polierte und in hohem Kragen steckende Ausdruckslosigkeit, die Monsieur Schontz, den Eigentümer des Hotels, darstellte. Zuweilen war ein Kopf alleine da, zuweilen tauchte die Helmspitze des Beamten dicht neben dem gesunden Kahlkopf des Fürsten auf; dann wieder drängten sich Monsieur Schontz' geölte Locken zwischen beide. Die sanfte, vorzüglich geschulte Stimme des Souveräns sagte:

»Ja, ja, ja!«, und jedes Wort fiel wie ein Talgkügelchen von seinen Lippen; das gedämpfte Gekrächze des Beamten hörte sich mit seinem »Zu Befehl, Durchlaucht« wie eine Salve von fünf Revolverschüssen an; die Stimme von Monsieur Schontz murmelte ununterbrochen wie die eines schmuddeligen Priesters, der im Winkel eines Eisenbahncoupés sein Brevier liest. So wirkte es auf mich.

Sie schienen keine Notiz von mir zu nehmen; ich glaube, ich wurde von ihnen nicht einmal angesprochen. Aber solange der eine oder andere oder alle drei da waren, standen sie um mich herum, als hätte ich, da ich der rechtmäßige Eigentümer des Leichnams war, auch das Recht, bei ihren Beratungen zugegen zu sein. Dann gingen sie alle davon, und ich blieb lange Zeit allein.

Ich dachte an nichts, absolut nichts. Ich begriff nichts; ich hatte keine Kraft mehr. Ich fühlte keinen Schmerz, kein Bedürfnis, etwas zu tun, keine Neigung, nach oben zu gehen und mich über den Körper meiner Frau zu werfen. Ich sah bloß den rötlichen Schimmer, die Rohrtische, die Palmen, die kugeligen Zündholzhalter, die eingekerbten Aschenbecher.

Und dann kam Leonora zu mir, und anscheinend habe ich mich mit jener sonderbaren Bemerkung an sie gewandt:

»Jetzt kann ich das Mädchen heiraten.«

Aber ich habe Ihnen wahrhaftig meine ganze Erinnerung an jenen Abend mitgeteilt, die zugleich auch die ganze Erinnerung an die folgenden drei oder vier Tage ist. Ich war einfach in einem Zustand der Starre. Sie brachten mich zu Bett, und dort blieb ich; sie brachten mir meinen Anzug, und ich kleidete mich an; sie führten mich an ein offenes Grab, und ich blieb daneben stehen. Hätten sie mich an den Rand eines Flusses geführt oder unter einen Eisenbahnzug geworfen, dann wäre ich in der gleichen Gemütsverfassung ertrunken oder zermalmt worden. Ich war ein wandelnder Leichnam.

So war mir damals zumut.

Was wirklich geschehen war, war dies. Ich reimte es mir später zusammen. Ich habe schon erzählt, Sie werden sich erinnern, wie Edward Ashburnham und das Mädchen an jenem Abend zu einem Konzert ins Kasino gegangen waren und Leonora fast unmittelbar nach ihrem Aufbruch Florence gebeten hatte, ihnen nachzugehen und die Anstandsdame zu spielen. Florence war, wie Sie sich wohl auch noch erinnern, ganz in Schwarz, da sie wegen einer verstorbenen Cousine, Joan Hurlbird, Trauer trug. Es war eine sehr finstere Nacht, und das Mädchen in seinem cremefarbenen Musselinkleid muß unter den hohen Bäumen des dunklen Parks geschimmert haben wie ein phosphoreszierender Fisch in einem Schrank. Man hätte sich kein besseres Leuchtfeuer denken können.

Und offenbar war Edward Ashburnham mit dem Mädchen nicht die gerade Allee entlanggegangen, die zum Kasino führt, sondern unter die dunklen Bäume des Parks. Edward Ashburnham erzählte mir das alles in seinem letzten Ausbruch. Ich habe Ihnen schon gesagt, daß er bei dieser Gelegenheit verflucht gesprächig wurde. Ich fragte ihn nicht aus. Ich hatte gar keinen Grund dazu. Damals brachte ich ihn noch nicht im geringsten in Zusammenhang mit meiner Frau. Aber der Bursche redete wie ein billiger Romanschreiber. – Vielmehr, in einer Hinsicht wie ein sehr guter Romanschreiber, wenn es nämlich die Aufgabe eines Romanschreibers ist, einem etwas anschaulich vor Augen zu führen. Und ich sage Ihnen, ich habe dies vor Augen, als wäre es ein Traum, der mich nie mehr losließ. Nicht weit vom Kasino setzten er und das Mädchen sich in der Dunkelheit auf eine öffentliche Bank. Die Lichter jener Stätte der Lustbarkeit müssen zwischen den

Baumstämmen hindurch bis zu ihnen herübergeschienen haben. Edward sagte, er habe ganz deutlich das Gesicht des Mädchens sehen können – das geliebte Gesicht mit der hohen Stirn, dem sonderbaren Mund, den gequälten Augenbrauen und dem offenen Blick. Und Florence, die sich von hinten an sie heranschlich, müssen die beiden sich wie Schattenrisse dargeboten haben. Denn ich nehme an, daß sich Florence von hinten über das gemähte Gras bis zu dem Baum an sie heranschlich, der, wie ich mich deutlich erinnere, unmittelbar hinter der öffentlichen Bank steht. Das war kein großes Kunststück für eine von instinktiver Eifersucht getriebene Frau. Das Kasino-Orchester spielte, wie sich Edward erinnerte, den Rákóczi-Marsch, und obwohl die Musik in dieser Entfernung nicht laut genug war, um Edward Ashburnhams Stimme zu übertönen, war sie doch so vernehmlich, daß sie unter den Geräuschen der Nacht das leise Rascheln und Knistern von Florence' Füßen oder ihrem Kleid verwischte, während sie über das kurzgemähte Gras herankam. Und es muß die unglückselige Frau wie ein Schlag ins Gesicht getroffen haben, mit voller Wucht. Es muß schrecklich für sie gewesen sein. Schrecklich! Nun, ich glaube, sie hatte es wohl verdient.

Jedenfalls, da haben Sie das Bild: die riesigen hohen Bäume, Ulmen zum größten Teil, deren ragende Stämme und Laubgefieder sich in der dunstigen Schwärze verloren, welche die Bäume nachts um sich zu sammeln scheinen; die Silhouette jener beiden auf der Bank, der Lichtschein vom Kasino, die Frau ganz in Schwarz, die furchtsam hinter dem Baumstamm hervorspähte. Es ist reines Melodram; aber ich kann es nicht ändern.

Und dann muß es Edward Ashburnham überkommen haben. Er versicherte mir – und ich sehe keinen Grund, weshalb ich ihm nicht glauben sollte –, er habe bis zu diesem Augenblick nicht die geringste Ahnung gehabt, was das Mädchen ihm bedeutete. Er sagte, er habe sie stets wie eine Tochter betrachtet. Natürlich liebte er sie, aber mit einer sehr tiefen, sehr zarten und sehr ruhigen Liebe. Er habe sie vermißt, wenn sie in ihre Klosterschule abreiste; er habe sich gefreut, wenn sie wiederkam. Aber was darüber hinausging, war ihm gänzlich unbewußt geblieben. Wäre er sich dessen bewußt gewesen, so versicherte er mir, er wäre davor geflohen wie vor einem Fluch. Er empfand es als das Schlimmste, was er Leonora antun konnte. Aber der Punkt, auf den es ankam, war seine völlige Ahnungslosigkeit. Er war mit ihr in den dunklen Park gegangen, ohne daß sein Puls schneller schlug, ohne ein Verlangen nach vertraulichem Alleinsein mit ihr. Er hatte mit ihr über Poloponys und Tennisschläger sprechen wollen; über das Temperament der Ehrwürdigen Mutter im Kloster, das sie verlassen hatte, und über das Kleid, das sie für eine Gesellschaft nach ihrer Heimkehr brauchte, ob es weiß oder blau sein sollte. Es war ihm nicht in den Sinn gekommen, sie könnten über etwas sprechen, worüber sie nicht auch sonst gesprochen hatten; es war ihm nicht einmal der Gedanke gekommen, die Unberührbarkeit, die sie umgab, sei nicht unverletzbar. Und dann plötzlich dies. Er ließ es sich angelegen sein, mich davon zu überzeugen, daß bei seiner Erklärung kein sinnliches Verlangen im Spiele war.

Nichts, wozu er des nächtlichen Dunkels und der Nähe bedurft hätte. Nein, er sprach offenbar von ihrem Einfluß auf die moralische Seite seines Lebens. Er sagte, er habe nicht die leiseste Regung verspürt, sie zu umarmen oder auch nur ihre Hand zu berühren. Er schwor, er habe ihre Hand nicht berührt. Er sagte, sie habe am einen Ende, er am anderen Ende der Bank gesessen, er leicht zu ihr hingebeugt und sie geradeaus in die Lichter des Kasinos blickend, so daß ihr Gesicht von den Lampen dort hell erleuchtet war. Von ihrem Ausdruck wußte er nur zu sagen, er sei »sonderbar« gewesen.

Ein andermal jedoch äußerte er, er habe das Gefühl gehabt, daß sie sich freute. Es läßt sich leicht vorstellen, daß sie sich freute, da sie zu jener Zeit noch nicht ahnen konnte, was dies wirklich bedeutete. Offen gesagt, sie betete Edward Ashburnham an. Er war für sie, nach allem, was sie damals sagte, ein Vorbild der Menschlichkeit, der Held, der Sportsmann, der Vater seiner Grafschaft, der Gesetzgeber. So daß es für sie eine reine Freude sein mußte, auf einmal so vertraulich und überwältigend gepriesen zu werden, wie sehr es sie auch überwältigen mochte. Ihr muß gewesen sein, als habe ein Gott ihr Tun gelobt oder ein König ihre Treue. Sie saß einfach still da und hörte lächelnd zu.

Und ihr war, als sei alle Bitternis ihrer Kindheit, die Furcht vor ihrem heftigen Vater, das Gezeter ihrer scharfzüngigen Mutter plötzlich wiedergutgemacht. Endlich wurde sie dafür entschädigt. Denn natürlich, wenn man es sich überlegt, kann einer Frau der plötzliche Ausbruch der Leidenschaft bei einem Mann, in dem sie eine Mischung aus einem Pastor und einem Vater sieht, sehr wohl als eine bloße Belobigung für gutes Benehmen erscheinen. Ich meine, sie empfand es keineswegs als einen Versuch, sie für sich zu gewinnen. In den Augen des Mädchens wenigstens war er bei Leonora fest verankert. Sie hatte nicht die geringste Ahnung von irgendwelchen Treulosigkeiten. Stets hatte er ihr gegenüber von seiner Frau in Tönen der Verehrung und tiefer Zärtlichkeit gesprochen, so daß sie in der Vorstellung lebte, er betrachte Leonora als absolut unfehlbare und beglückende Frau. In ihren Augen war dies eine der gesegneten Ehen, von denen ihre Kirche mit Ehrfurcht spricht.

So dachte sie natürlich, als er ihr sagte, sie sei ihm der liebste Mensch auf der Welt, er meine das mit Ausnahme Leonoras, und sie war einfach froh. Es war, als äußerte ein Vater sich beifällig über seine heiratsfähige Tochter... Und als Edward gewahr wurde, was er tat, zügelte er sogleich seine Zunge. Sie war einfach froh und sie blieb es.

Ich vermute, dies war das Ungeheuerlichste und Verruchteste, was Edward Ashburnham je in seinem Leben tat. Und doch stehe ich all diesen Menschen so nahe, daß ich keinen von ihnen für verrucht halten kann. Es ist mir unmöglich, Edward Ashburnham anders zu sehen denn als einen redlichen, aufrechten und ehrenwerten Mann. Das ist trotz allem mein bleibendes Bild von ihm. Ich versuche zuweilen, mir manches, was er getan hat, vor Augen zu halten, um dieses Bild wegzuschieben, so wie man versuchen könnte, ein großes Pendel zur Seite zu schieben. Aber immer wieder kommt sie zurück – die Erinnerung an seine zahllosen Handlungen der Güte, an seine Tüchtigkeit, seine ungehässige Redeweise. Er war ein so prächtiger Kerl.

So fühle ich mich gezwungen, ihn in dieser Sache wie in so vielen anderen zu entschuldigen. Es ist, daran zweifle ich nicht, etwas ganz Ungeheuerliches, ein junges Mädchen verführen zu wollen, das soeben aus dem Kloster gekommen ist. Aber Edward dachte gewiß gar nicht daran, sie zu verführen. Ich glaube, er liebte sie einfach. Er sagte, so sei es gekommen, und ich glaube es ihm, ich glaube auch, daß sie die einzige Frau war, die er wahrhaft geliebt hat. Er sagte, so sei es gewesen; und er hat genug getan, um es zu beweisen. Auch Leonora sagte, es sei so gewesen, und Leonora kannte ihn bis auf den Grund seines Herzens.

Ich bin in diesen Dingen zu einem rechten Zyniker geworden; ich meine, es ist unmöglich, an die Dauer der Liebe, sei es eines Mannes oder einer Frau, zu glauben. Oder jedenfalls ist es unmöglich, an die Dauer einer frühen Leidenschaft zu glauben. So wie ich es sehe, zumindest was den Mann betrifft, ist eine Liebschaft, die Liebe zu einer bestimmten Frau, ein Zuwachs an Erfahrung. Mit jeder neuen Frau, zu der sich ein Mann hingezogen fühlt, erweitert sich sein Horizont, oder, wenn Sie wollen, gewinnt er Neuland. Der Schwung einer Augenbraue, der Klang einer Stimme, eine merkwürdige, charakteristische Geste – all diese Dinge, und es sind diese Dinge, die die Leidenschaft der Liebe wecken –, alle diese Dinge sind wie Gegenstände am Horizont einer Landschaft, die einen Mann reizen, den Horizont zu überschreiten, auf weitere Erkundung auszugehen. Er will gleichsam hinter jene Augenbrauen mit dem eigentümlichen Schwung vordringen, als verlangte es ihn, die Welt mit den Augen zu sehen, die von ihnen überschattet werden. Er möchte hören, wie diese Stimme in allen möglichen Modulationen, bei den verschiedenartigsten Themen klingt; er möchte diese charakteristischen Gesten gegen jeden möglichen Hintergrund sehen. Über die Frage des Geschlechtstriebs weiß ich sehr wenig, und ich glaube nicht, daß er in einer wirklich großen Leidenschaft eine wesentliche Rolle spielt. Er kann ja durch solche Nichtigkeiten erregt werden – durch einen Schuhriemen, der sich gelöst hat, durch einen im Vorübergehen aufgefangenen Blick –, daß man ihn wohl getrost außer Betracht lassen darf. Ich will nicht sagen, eine große Leidenschaft sei denkbar ohne das Verlangen nach Erfüllung. Mir scheint, das ist eine Binsenwahrheit und bedarf keiner weiteren Erklärung. Es ist etwas, das man mit all seinem Wohl und Wehe als etwas Selbstverständliches hinnehmen muß, wie man in einem Roman oder einer Biographie als selbstverständlich annimmt, daß die Personen mit einiger Regelmäßigkeit ihre Mahlzeiten einnehmen. Aber das wahre Ungestüm des Verlangens, die wahre Glut einer Leidenschaft, die lange währt und die Seele eines Mannes verdorren läßt, entspringt der verzehrenden Sehnsucht, eins zu werden mit der Frau, die er liebt. Er möchte mit denselben Augen sehen, mit demselben Tastsinn berühren, mit denselben Ohren hören, möchte sein Ich verlieren und von ihr eingehüllt und getragen werden. Denn was man auch immer über die Beziehung der Geschlechter sagen mag, es gibt keinen Mann, der eine Frau liebt und nicht zu ihr kommt mit dem Wunsch, neuen Mut zu schöpfen und seiner Schwierigkeiten ledig zu werden. Und das vor allem wird seinem Verlangen nach ihr die Spannkraft verleihen. Wir sind alle so furchtsam, wir sind alle so allein, wir alle brauchen so nötig die Bestätigung unseres Wertes durch den anderen, um leben zu können!

So wird ein Mann, wenn eine solche Leidenschaft Frucht trägt, für eine Weile haben, wonach ihn verlangt. Er wird in ihr einen inneren Halt, Ermutigung, Erlösung von dem Gefühl der Einsamkeit, die Bestätigung seines eigenen Wertes finden. Aber diese Dinge schwinden dahin; sie schwinden unvermeidlich dahin, wie der Schatten auf einer Sonnenuhr schwindet. Es ist traurig, aber so ist es. Die Seiten des Buches werden alltäglich; um die schöne Straßenecke ist man zu oft gebogen. Ja, das ist das Allertraurigste.

Und doch glaube ich, für jeden Mann kommt schließlich eine Frau – doch nein, das ist falsch ausgedrückt. Für jeden Mann kommt einmal im Leben der Augenblick, da die Frau, die dann ihr Siegel auf seine Vorstellung drückt, es für immer einprägt. Er wird nicht mehr über die Horizonte hinauswandern; er wird nicht wieder sein Ränzel schultern; er wird sich von jenen Bildern abwenden. Er wird aus dem Spiel ausscheiden.

Auf Edward und das arme Mädchen jedenfalls traf es zu. Es war buchstäblich so. Es war buchstäblich so, daß seine Liebschaften – mit der Mätresse des Großfürsten, mit Mrs. Basil, mit der kleinen Mrs. Maidan, mit Florence, mit wem Sie wollen –, daß diese Liebschaften nur ein leichtes Vorspiel waren im Vergleich zu dem Wettrennen mit dem Tode um Nancy. Ich bin dessen gewiß. Ich will nicht so amerikanisch sein, zu behaupten, jede wahre Liebe fordere ein Opfer. Das tut sie nicht. Aber ich glaube, eine Liebe wird tiefer und beständiger, wenn einer dafür ein Opfer gebracht hat. Und in dem Fall der anderen Frauen brach Edward bloß in ein Gehege ein und schnappte sie sich weg, so wie er den Poloball unter der Nase des Barons Lelöffel wegschnappte. Ich will damit nicht sagen, er habe sich nicht weidlich geplagt, um die anderen Frauen zu erobern. Aber um Nancy willen hat er sich zu Tode geschunden – um sie in Frieden zu lassen.

Und wenn er an jenem Abend mit ihr sprach, beging er keine Niederträchtigkeit, davon bin ich überzeugt. Es war, als hätte seine Leidenschaft für sie vorher nicht existiert; als hätten die Worte, die er sprach, ohne zu wissen, daß er sie sprach, die Leidenschaft erst erzeugt. Ehe er sprach, gab es sie nicht; danach war sie das Wesentliche in seinem Leben. Nun, ich muß auf meine Geschichte zurückkommen.

Und meine Geschichte handelte von Florence – von Florence, die jene Worte in ihrem Versteck hinter dem Baum hörte. Das ist natürlich nur Mutmaßung, aber ich glaube, die Mutmaßung ist ziemlich berechtigt. Sie wissen, was geschehen war: daß jene beiden ausgingen, daß sie ihnen fast unmittelbar darauf im Dunkeln nachging und ein wenig später mit bleichem Gesicht, ihre Hand auf das Kleid über ihrem Herzen gepreßt, ins Hotel gestürzt kam. Es kann nicht nur Bagshawes wegen gewesen sein. Ihr Gesicht war schon qualverzerrt, ehe ihr Blick auf mich oder auf ihn an meiner Seite fiel. Aber ich möchte behaupten, daß Bagshawe den Ausschlag für ihren Selbstmord gab. Leonora sagte, das Fläschchen, das scheinbar Amylnitrit, in Wirklichkeit jedoch Zyankali enthielt, habe Florence seit vielen Jahren bei sich gehabt, und sie sei entschlossen gewesen, davon Gebrauch zu machen, wenn ich je entdecken sollte, welcher Natur ihre Beziehung zu diesem Jimmy war. Sie sehen, die stärkste Triebfeder ihres Charakters muß Eitelkeit gewesen sein. Ich sehe nichts, was dagegen spricht; ich glaube, es ist Eitelkeit, was die meisten von uns aufrecht hält, wenn wir uns überhaupt in dieser Welt aufrecht halten.

Wenn es sich nur um die Beziehung Edwards zu dem Mädchen gehandelt hätte, dann, meine ich, hätte Florence den Dingen die Stirn geboten. Sie hätte ihm ohne Zweifel eine Szene gemacht, ihm gedroht, an sein Ehrgefühl appelliert, ihn an seine Versprechungen gemahnt. Aber Mr. Bagshawe und die Tatsache, daß es der 4. August war, das war offenbar zuviel für ihr abergläubisches Gemüt. Sehen Sie, es gab zwei Dinge, die sie wollte. Sie wollte eine große Dame sein und in Branshaw Teleragh residieren. Und sie wollte sich meine Achtung erhalten.

Sie wollte sich, heißt das, meine Achtung erhalten, solange sie mit mir zusammen lebte. Wäre Edward Ashburnham zu überreden gewesen, mit ihr durchzubrennen, so hätte sie das schleunigst fahrenlassen.

Vielleicht hätte sie auch von mir eine neue Achtung vor der Größe ihrer Leidenschaft gefordert, nach der Devise: »Alles um Liebe!« und »Wenn ich nur ihn habe ...« Das hätte Florence ganz ähnlich gesehen.

In allen ehelichen Verbindungen gibt es, glaube ich, einen konstanten Faktor – den Wunsch, die Person, mit der man lebt, über irgendeinen wunden Punkt in dem eigenen Charakter oder dem eigenen Lebenswandel hinwegzutäuschen. Denn es ist unerträglich, ständig mit einem Menschen zusammenzusein, der die eigenen kleinen Gemeinheiten durchschaut. Das ist wahrhaft tödlich – und das ist auch der Grund, weshalb so viele Ehen unglücklich werden.

Ich selbst zum Beispiel bin ein ziemlich gefräßiger Mensch; ich schätze eine gute Küche, mir läuft schon das Wasser im Munde zusammen, wenn ich gewisse Speisen nur nennen höre. Hätte Florence je dieses Geheimnis entdeckt, ihr Mitwissen wäre mir so unerträglich geworden, daß ich alle die anderen Entbehrungen, die sie mir auferlegte, niemals ausgehalten hätte. Ich muß sagen, Florence ist nie dahintergekommen.

Jedenfalls hat sie nie darauf angespielt; sie interessierte sich wohl nie genug für mich.

Und die geheime Schwäche von Florence war eben diese frühere Eskapade mit dem Kerl namens Jimmy. Hätte ich davon gewußt, es wäre ihr unerträglich gewesen. Lassen Sie mich, da dies aller Wahrscheinlichkeit nach das letztemal ist, daß ich ihren Namen erwähne, ein wenig bei dem Wandel verweilen, der in ihr vor sich gegangen war. Es hätte ihr nichts ausgemacht, wenn ich dahintergekommen wäre, daß sie

Edward Ashburnhams Mätresse war. Es wäre ihr sogar lieb gewesen. Ja, die Hauptsorge der armen Leonora in jenen Tagen war es, Florence davon abzuhalten, mir in der einen oder anderen Weise theatralisch mit diesem Faktum aufzuwarten. Bald war sie in einer Stimmung, zu mir zu stürzen, sich vor mir auf die Knie zu werfen und einen sorgfältig einstudierten, schrecklich rührseligen Erguß über ihre Leidenschaft zu deklamieren. Das sollte zeigen, daß sie einer der großen erotischen Frauen glich, von denen uns die Geschichte berichtet. Bald hatte sie den Wunsch, verächtlich vor mich hinzutreten und mir zu erklären, ich sei alles andere als ein Mann, und es sei geschehen, was habe geschehen müssen, wenn ein echter Mann des Weges kommt. Sie wollte mir das in kühlen, ausgewogenen und sarkastischen Sätzen mitteilen. Das war, wenn sie Lust hatte, wie die Heldin einer französischen Komödie aufzutreten. Denn sie spielte ja immer Theater.

Was ich aber nicht erfahren sollte, war die Tatsache ihrer ersten Eskapade mit diesem Kerl, dem Jimmy. Sie hatte schließlich eingesehen, was für ein niedriger Straßenlümmel dieser Kerl war. Wissen Sie, wie es ist, wenn einen im späteren Leben die Erinnerung an eine kleine Dummheit – gewöhnlich ein waschechtes Stückchen Gefühlsseligkeit aus unseren jungen Jahren – schaudern läßt? Nun, ein solcher Schauder war es, der Florence bei dem Gedanken überkam, daß sie sich einem so niedrigen Kerl hingegeben hatte. Ich meine, es brauchte sie deswegen nicht zu schaudern. Es war das Werk ihres törichten alten Onkels; er hätte die beiden nie zusammen auf seine Weltreise mitnehmen und sich die längste Zeit in seine Kabine einschließen dürfen. Jedenfalls bin ich überzeugt, der Anblick Mr. Bagshawes und der Gedanke, Mr. Bagshawe – denn sie wußte, was für eine widerliche Kröte er war –, der Gedanke, Mr. Bagshawe würde mir sicherlich hinterbringen, er habe sie dabei erwischt, wie sie am 4. August 1900 um fünf Uhr morgens aus Jimmys Schlafzimmer kam, hat den Ausschlag für ihren Selbstmord gegeben. Und zweifellos war auch das Datum zuviel für ihr abergläubisches Gemüt. Sie war am 4. August geboren; am 4. August war sie zu der Reise um die Welt aufgebrochen; am 4. August war sie die Mätresse eines niederen Subjekts geworden. An demselben Datum hatte sie mich geheiratet; an diesem 4. hatte sie die Liebe Edwards verloren, und Bagshawe war wie ein finsteres Omen aufgetaucht – ein Grinsen auf dem Gesicht des Schicksals. Das gab ihr den Rest. Sie rannte hinauf, legte sich in dekorativer Positur auf das Bett – sie war eine süße, hübsche Frau mit glatten rosa und weißen Wangen, langem Haar und Augenwimpern, die wie ein niedlicher Vorhang auf ihre Wangen fielen. Sie trank das Fläschchen Zyankali, und da lag sie. – Oh, außerordentlich liebreizend und schlank lag sie da – und sah mit verwirrtem Blick zu der elektrischen Birne auf, die von der Decke herabhing, oder vielleicht durch sie hindurch in die Sterne darüber. Wer weiß? Jedenfalls war es mit Florence nun aus.

Sie haben gar keine Vorstellung, wie gründlich es für mich mit Florence aus war. Von jenem Tag an bis heute habe ich keine weiteren Gedanken auf sie verwandt; ich habe ihr nicht einmal einen Seufzer gewidmet.

Zwar habe ich, wenn es nötig war, mit Leonora über sie zu sprechen, oder auch zum Zweck dieser Aufzeichnungen versucht, mir über sie klarzuwerden, habe über sie nachgedacht, wie man über eine algebraische Aufgabe nachdenkt. Aber es war immer eine Sache des Studiums, nicht des Gedenkens. Sie schwand einfach gänzlich aus dem Dasein, so wie die Zeitung von gestern.

Ich war so todmüde. Und ich möchte glauben, die Woche oder die zehn Tage völliger Erloschenheit – eigentlich einer inneren Starre – waren nur die Ruhe, die meine erschöpfte Natur forderte nach der zwölf Jahre langen Unterdrückung all meiner Instinkte, nach den zwölf Jahren, in denen ich den dressierten Pudel gespielt hatte. Denn weiter war ich nichts gewesen. Ich vermute, es kam von dem Schock, den verschiedenen Schocks. Aber ich will meine Gefühle jener Zeit nicht etwas so Konkretem wie einem Schock zuschreiben. Es war ein so stilles Gefühl. Es war, als wäre ein unendlich schwerer – ein unerträglich schwerer Rucksack, der mit Riemen an meinen Schultern hing, von mir abgefallen, und die Schultern, in die die Riemen eingeschnitten hatten, wären taub und ohne Gefühl geblieben. Ich sage Ihnen, ich empfand keine Trauer. Um was sollte ich trauern? Wahrscheinlich hatte meine Seele, mein zweites Selbst, schon längst erkannt, daß Florence eine papierene Figur war – daß sie ein wirkliches Wesen mit einem Herzen, mit Gefühlen, mit Sympathien und Gemütsbewegungen nur repräsentierte, wie eine Banknote ein gewisses Quantum Gold repräsentiert. Ich weiß noch, wie dieses Gefühl in mir an die Oberfläche kam, im Augenblick, da mir jener Bagshawe erzählte, er habe sie aus dem Schlafzimmer dieses Kerls kommen sehen. Sie wurde mir auf einmal ganz unwirklich; sie war nur ein Haufen Reiseführergeschwätz, ein Haufen Modebilder. Es ist sogar möglich, daß ich, wenn mich dieses Gefühl nicht ergriffen hätte, früher zu ihr hinaufgelaufen wäre und hätte verhindern können, daß sie die Blausäure trank. Aber ich brachte es einfach nicht fertig; es wäre wie die Jagd nach einem Papierfetzen gewesen – eine Beschäftigung, die eines erwachsenen Mannes unwürdig ist.

Und wie es anfing, so blieb es. Ich kümmerte mich nicht darum, ob sie aus jenem Schlafzimmer gekommen war oder nicht. Es interessierte mich einfach nicht. Florence spielte keine Rolle mehr.

Sie werden vermutlich einwenden, ich sei in Nancy Rufford verliebt gewesen, und meine Gleichgültigkeit sei deshalb schimpflich. Nun, ich suche nicht, dem Schimpf zu entgehen. Ich liebte Nancy Rufford, wie ich die Erinnerung an das arme Kind liebe, still und ganz zart auf meine amerikanische Weise. Es war mir nie in den Sinn gekommen, bis ich Leonora sagen hörte, ich könnte sie nun heiraten. Aber von jenem Augenblick, bis das sie heimsuchte, was schlimmer war als der Tod, habe ich wohl kaum an etwas anderes gedacht. Ich will nicht sagen, ich hätte nach ihr geseufzt und mich gesehnt; ich wollte sie einfach heiraten, wie manche Leute nach Carcassonne gehen wollen.

Verstehen Sie dieses Gefühl – das Gefühl, man müsse gewisse Dinge aus dem Wege räumen, gewisse recht nebensächliche Hindernisse bereinigen, ehe man sich zu dem Ort aufmachen kann, der einem zeit seines Lebens wie eine Traumstadt vorgeschwebt hat? Ich legte meinem fortgeschrittenen Alter kein großes Gewicht bei. Ich war fünfundvierzig, und sie, das arme Ding, war kaum zweiundzwanzig Jahre alt. Aber sie war älter als ihre Jahre und stiller. Sie schien eine seltsame Anlage zur Heiligen zu haben, als müsse sie unvermeidlich in einem Kloster enden, das Gesicht von einer weißen Haube umrahmt. Aber sie hatte mir oft gesagt, sie fühle sich nicht berufen; es war einfach nicht da – der Wunsch, den Schleier zu nehmen. Nun, ich vermute, ich selbst war eine Art Kloster; es schien ganz in der Ordnung, wenn sie mir ihre Gelübde ablegte.

Nein, in dem Altersunterschied sah ich keinerlei Hindernis. Das tut wohl kein Mann, und ich war ziemlich zuversichtlich, ich könnte nach einigen Vorbereitungen ein junges Mädchen glücklich machen. Ich konnte sie verwöhnen, wie selten ein junges Mädchen verwöhnt worden war; und ich konnte mich persönlich nicht abstoßend finden. Kein Mensch kann das; oder wenn er je dahin kommt, dann ist es mit ihm aus. Aber sobald ich aus der Starre erwachte, begriff ich, worin das Problem für mich bestand: Was ich tun mußte, um mich darauf vorzubereiten, in Berührung mit ihr zu kommen, war nichts anderes als wieder in Berührung mit dem Leben zu kommen. Zwölf Jahre lang hatte man mich in einer verdünnten Atmosphäre gefangengehalten; was ich nun brauchte, war, ein wenig mit dem wirklichen Leben zu kämpfen, mich mit Geschäftsleuten herumzuschlagen, durch größere Städte zu reisen, etwas Rauhes, etwas Männliches. Ich wollte nicht als eine Art alter Jungfer um Nancy Ruffords Hand anhalten. Das war der Grund, weshalb ich schon vierzehn Tage nach Florence' Selbstmord nach den Vereinigten Staaten aufbrach.

II

Unmittelbar nach Florence' Tod begann Leonora, Nancy Rufford und Edward Zügel anzulegen. Sie hatte geahnt, was unter den Bäumen in der Nähe des Kasinos vorgefallen war. Sie blieben noch ungefähr drei Wochen, nachdem ich gegangen war, in Bad Nauheim, und Leonora hat mir gesagt, dies sei die qualvollste Zeit ihres Lebens gewesen. Es kam ihr vor wie ein langes, schweigendes Duell mit unsichtbaren Waffen, sagte sie. Und es wurde noch erschwert durch die völlige Unschuld des Mädchens. Denn Nancy versuchte immerfort, allein mit Edward auszugehen – wie sie es ihr Leben lang getan hatte, wenn sie in den Ferien zu Hause war. Sie wollte nur wieder etwas Freundliches von ihm hören.

Sie sehen, die Lage war außerordentlich kompliziert. Sie war so kompliziert, wie sie auf so heikler Ebene nur sein konnte. Eine Schwierigkeit lag darin, daß Edward und Leonora nie miteinander sprachen, außer wenn andere Leute zugegen waren. Ferner war, wie ich schon sagte, das Benehmen der beiden ganz einwandfrei. Die vollkommene Arglosigkeit des Mädchens bot eine weitere Schwierigkeit, eine andere ergab sich daraus, daß Edward und Leonora das Mädchen wirklich als ihre Tochter betrachteten. Vielmehr müßte man richtiger sagen, sie betrachteten es als Leonoras Tochter. Und Nancy war ein sonderbares Mädchen; es ist sehr schwer, sie Ihnen zu schildern.

Sie war groß und auffallend schlank; sie hatte einen gequälten Mund, angstvolle Augen und einen außerordentlichen Sinn für Humor. Man könnte sagen, sie war zuweilen höchst grotesk und zuweilen erstaunlich schön. Sie hatte das vollste schwarze Haar, dem ich je begegnet bin; ich fragte mich oft, wie sie die Last zu tragen vermochte. Sie war gerade einundzwanzig geworden, und manchmal sah sie so alt aus wie die Berge, manchmal kaum älter als sechzehn. Sie konnte über das Leben der Heiligen sprechen und im nächsten Augenblick mit dem jungen Bernhardiner über den Rasen purzeln. Sie konnte hinter der Meute herreiten wie eine Mänade und stundenlang vollkommen still sitzen und Taschentuch um Taschentuch in Essig tauchen, wenn Leonora ihre Kopfschmerzen hatte. Sie war, kurz gesagt, ein Wunder an Geduld und konnte wunderbar temperamentvoll sein. Ich erinnere mich an einen ihrer Briefe, den sie mir schrieb, als sie ungefähr sechzehn war, darin hieß es etwa:

»An Fronleichnam« – es kann auch ein anderes Heiligenfest gewesen sein – »spielte unsere Schule Hockey gegen Roehampton. Und da wir sahen, daß unsere Seite verlor, es stand bei Halbzeit drei zu eins gegen uns, zogen wir uns in die Kapelle zurück und beteten für den Sieg. Wir gewannen mit fünf Toren zu drei.« Und ich weiß noch, wie sie dann eine Art Saturnalien beschrieb. Als die siegreiche Fünfzehn oder Elf beim Abendessen ins Refektorium kam, sprang offenbar die ganze Schule auf die Tische und jubelte und zerbrach die Stühle auf dem Boden und zerschlug das Geschirr – so ging es eine Weile, bis die Ehrwürdige Mutter mit ihrer Handglocke klingelte. Das ist natürlich die katholische Tradition – Saturnalien, die jäh enden können wie ein Peitschenknall. Ich mag ja diese Tradition nicht, aber ich muß zugeben, daß sie Nancy einen Sinn für Aufrichtigkeit gab – jedenfalls hatte Nancy diesen Sinn –, wie ich ihn nie stärker ausgeprägt gesehen habe. Es war etwas wie ein Messer, das aus ihren Augen blitzte und in ihrer Stimme klang, dann und wann. Ich hatte ehrlich Angst davor. Ich glaube, ich fürchtete mich fast, in einer Welt zu leben, in der es einen so feinen Maßstab geben konnte. Ich weiß noch, wie ich ihr einmal, als sie fünfzehn oder sechzehn war, bei ihrer Rückkehr ins Kloster ein paar englische Goldstücke als Taschengeld gab. Sie dankte mir besonders herzlich und sagte, es käme ihr äußerst gelegen. Ich fragte sie, warum, und sie erklärte es mir. Es gab eine Regel in der Schule, nach der Schüler nicht sprechen durften, wenn sie von der Kapelle durch den Garten ins Refektorium gingen. Und da ihr diese Regel idiotisch und willkürlich erschien, durchbrach sie sie mit Absicht Tag für Tag. Abends wurden die Kinder gefragt, ob sie im Lauf des Tages irgendeine Missetat begangen hätten, und jeden Abend gestand Nancy, sie habe diese besondere Vorschrift durchbrochen. Es kostete Nancy jedesmal Sixpence, die Buße, die für diese Übertretung festgesetzt worden war. Nur um es zu wissen, fragte ich sie, warum sie es immer gestand, und sie antwortete mit diesen Worten:

»Nun ja, die Mädchen vom Heiligen Jesuskind sind immer für ihre Wahrhaftigkeit bekannt gewesen. Es ist eine gräßliche Plage, aber ich muß es tun.«

Gewiß hat die Misere ihrer Kindheit, die vor dieser Mischung aus Saturnalien und Disziplin lag, etwas zu der Absonderlichkeit ihres Wesens beigetragen. Ihr Vater, Major in einem jener Regimenter, die man, glaube ich, Highlanders nennt, war ein Wüterich. Er trank nicht, aber er hatte ein unbezähmbares Temperament, und das erste, woran sich Nancy in ihrem Leben erinnern konnte, war, daß sie ihn mit geballter Faust auf ihre Mutter einschlagen sah, so daß sie seitwärts neben dem Frühstückstisch niedersank und dort regungslos liegenblieb. Die Mutter war zweifellos eine aufreizende Frau, auch die Rekruten dieses Regiments waren offenbar recht aufreizend, so daß es in dem Hause ewig Geschrei und Unfrieden gab. Mrs. Rufford war Leonoras liebste Freundin, und Leonora konnte schon schneidend genug werden. Aber das war wohl nichts gegen Mrs. Rufford. Der Major kam schon gereizt und fluchend zum Mittagessen, nachdem er sich beim vormittäglichen Exerzieren mit seinen sturen Kerls in glühender Sonne abgerackert hatte. Und dann machte Mrs. Rufford eine bissige Bemerkung, und der Höllenlärm brach los. Einmal, als Nancy zwölf war, hatte sie versucht, zwischen die beiden zu treten. Dabei hatte ihr Vater ihr einen so fürchterlichen Schlag gegen die Stirn versetzt, daß sie drei Tage bewußtlos blieb. Nichtsdestoweniger schien sie ihren Vater der Mutter vorzuziehen. Sie erinnerte sich an rauhe Liebkosungen von ihm. Ein- oder zweimal, als sie noch sehr klein war, hatte er sie angezogen, ungeschickt und ungeduldig, aber sehr zärtlich. Es war fast unmöglich, einen Dienstboten für längere Zeit im Hause zu halten, und Mrs. Rufford war anscheinend zuweilen tagelang unzurechnungsfähig. Ich vermute, sie trank. Jedenfalls hatte sie eine so scharfe Zunge, daß selbst Nancy vor ihr Angst hatte – sie machte sich über alle Zärtlichkeiten lustig, sie spottete über jede Gefühlsäußerung. Nancy muß ein sehr gefühlvolles Kind gewesen sein …

Dann war Nancy eines Tages, als sie von einem Ritt nach Fort Williams zurückkam, plötzlich mit ihrer Gouvernante, die kreidebleich war, nach Süden in jene Klosterschule gesandt worden. Sie hatte geglaubt, sie würde erst in zwei Monaten dorthin geschickt. Ihre Mutter verschwand damals aus ihrem Leben. Vierzehn Tage später kam Leonora in das Kloster und sagte ihr, ihre Mutter sei tot. Vielleicht war sie es. Jedenfalls hörte ich erst ganz zum Schluß, was aus Mrs. Rufford geworden war. Leonora sprach nie von ihr.

Und dann ging Major Rufford nach Indien, von wo er sehr selten und nur für kurze Besuche heimkehrte; und Nancy lebte sich langsam auf Branshaw Teleragh ein. Ich glaube, sie war von da an bis zum Ende sehr glücklich. Da gab es Hunde und Pferde und alte Diener und Wälder. Und da waren Edward und Leonora, die sie liebten.

Ich hatte sie während all dieser Zeit gekannt – das heißt, sie kam immer zu den Ashburnhams nach Nauheim während der letzten vierzehn Tage ihres Aufenthalts dort, und ich sah sie heranwachsen. Sie war sehr vergnügt mit mir. Sie küßte mich stets morgens und abends, bis sie ungefähr achtzehn war. Und sie hüpfte umher und holte mir Sachen und lachte über meine Geschichten aus Philadelphia. Aber unter ihrer Fröhlichkeit müssen Schrecken gelauert haben. Ich erinnere mich, wie wir eines Tages, als sie eben achtzehn geworden war, während eines der Besuche ihres Vaters in Europa, im Park saßen, in der Nähe des rostigen Brunnens. Leonora litt wieder unter ihren Kopfschmerzen, und wir warteten darauf, daß Florence und Edward aus dem Bad kämen. Sie können sich gar nicht vorstellen, wie schön Nancy an jenem Morgen war.

Wir sprachen darüber, ob man Lotterielose kaufen sollte – über die moralische Seite davon. Sie war ganz in Weiß und so groß und zerbrechlich; und sie hatte eben erst ihr Haar aufgesteckt, so daß die Haltung ihres Nackens diesen zauberhaften Anflug von Jugend und Ungewohntheit hatte. Über ihre Kehle spielte der Widerschein von einer kleinen Wasserlache, die der Gewitterregen der letzten Nacht zurückgelassen hatte, und ihr weißer Sonnenschirm tauchte ihre Gesichtszüge in seinen weichen, leuchtenden Schatten. Ihr dunkles Haar war nur eben unter ihrem breitrandigen weißen, durchbrochenen Basthut zu sehen; ihr Hals war sehr lang und neigte sich vor, und ihre Augenbrauen, die ein wenig hochgezogen waren, weil sie über irgend etwas Altmodisches in meiner Ausdrucksweise lachen mußte, hatten ihren gespannten Ausdruck verloren. Und auf ihren Wangen lag ein Hauch von Farbe, und ein Licht schien in ihren tiefblauen Augen. Zu denken, daß dieses lebendige weiße Wesen, dieses heiligmäßige und schwanenhafte Geschöpf – zu denken...

Wahrlich, sie war wie das Segel eines Schiffes, so weiß und so entschieden in ihren Bewegungen. Und zu denken, daß sie nie wieder... Ja, sie wird nie wieder irgend etwas tun. Ich kann es nicht fassen.

Jedenfalls schwatzten wir über die Moral des Lotteriespiels. Und dann klangen plötzlich von den Arkaden hinter uns die Obertöne der unverkennbaren Stimme ihres Vaters zu uns herüber; es war, als erdröhnte ein kleines Nebelhorn mit einer Rohrpfeife im Innern. Ich drehte mich um und suchte ihn mit den Augen. Er schritt, ein großer, blonder, steif aufrechter Mann von ungefähr fünfzig Jahren, mit einem italienischen Baron vorüber, der viel mit Belgisch-Kongo zu tun hatte. Sie hatten sich über die angemessene Behandlung von Eingeborenen unterhalten, denn ich hörte ihn sagen: »Ach, die verdammte Menschlichkeit!«

Als ich Nancy wieder ansah, waren ihre Augen geschlossen, und ihr Gesicht war blasser als ihr Kleid, auf dem wenigstens ein rötlicher Widerschein vom Kiesplatz lag. Es war erschreckend, sie mit so geschlossenen Augen zu sehen.

»Oh«, rief sie, und ihre Hand, die sich wie tastend ausstreckte, blieb für einen Augenblick auf meinem Arm liegen. »Sprechen Sie nie darüber. Versprechen Sie mir, meinem Vater nie etwas davon zu sagen. Es bringt die schrecklichen Träume zurück...« Und als sie wieder die Augen öffnete, blickte sie direkt in die meinen. »Die gesegneten Heiligen«, sagte sie, »man sollte denken, sie ersparten einem solche Dinge. Ich glaube nicht, daß man sie verdient hat, auch bei allen Sünden der Welt nicht.« Es heißt, man habe dem armen Mädchen immer erlaubt, nachts Licht brennen zu lassen, auch in ihrem Schlafzimmer... Und doch könnte ein junges Mädchen nicht schelmischer und liebevoller mit einem angebeteten Vater spielen, als sie es tat. Sie hielt ihn immer an beiden Rockaufschlägen fest, fragte ihn aus, wie er seine Zeit verbracht habe, küßte ihn auf den Kopf. Ach ja, wenn je ein Menschenkind wohlerzogen war, so war sie es.

Der arme unglückliche Mann wand sich vor ihr – aber sie hätte nicht mehr tun können, damit er sich wohl fühlte. Vielleicht hatte man sie im Kloster darin unterwiesen. Nur dieser eigentümliche Ton, der in seiner Stimme aufkam, wenn er jemanden anherrschte oder kategorisch wurde, konnte sie aus der Fassung bringen – und das wurde nur dann sichtbar, wenn es unerwartet kam. Der Grund war, daß die bösen Träume, die die gesegneten Heiligen sie um ihrer Sünden willen träumen ließen, sich immer mit dem Gedröhn der väterlichen Stimme ankündigten. Diese Töne waren ihm stets vorausgeeilt, wenn er zu den schrecklichen Mittagsmahlen ihrer Kindheit erschien.

Ich habe schon früher in diesem Kapitel berichtet, daß Leonora sagte, während ihres restlichen Aufenthaltes in Bad Nauheim, nach meiner Abreise, sei es ihr vorgekommen, als fechte sie einen langen Kampf mit unsichtbaren Waffen gegen stumme Gegner aus. Nancy, wie ich schon sagte, versuchte immerfort, mit Edward allein auszugehen. Das war seit Jahren ihre Gewohnheit gewesen. Und Leonora hielt es für ihre Pflicht, dem ein Ende zu machen. Es war sehr schwierig. Nancy war gewohnt, daß man ihr den Willen ließ, und seit Jahren pflegte sie mit Edward auszugehen, auf Rattenjagd, Kaninchenjagd, zum Lachsfang unten bei Fordingbridge, zu Bezirksinspektionen, die Edward oblagen, oder zu Besuchen bei den Pächtern. Und in Nauheim waren sie und Edward immer abends allein zum Kasino gegangen – jedenfalls immer, wenn Florence nicht seine Begleitung forderte. Wie offensichtlich unschuldig das Verhältnis der beiden war, zeigte sich schon darin, daß sich selbst in Florence nie eine Spur Eifersucht geregt hatte.

Leonora hatte die Gewohnheit angenommen, um zehn Uhr zu Bett zu gehen. Ich weiß nicht, wie sie es anstellte, aber während der ganzen Zeit, die sie noch in Nauheim blieben, gelang es ihr, die beiden nie miteinander allein zu lassen, außer am hellichten Tag und an sehr belebten Orten. Hätte ein Protestant das getan, wäre ohne Zweifel Befangenheit in dem Mädchen erwacht. Aber Katholiken, die immer stille Vorbehalte und komische Geheimwinkel haben, werden mit diesen Dingen besser fertig. Und zwei Dinge machten die Sache wohl leichter – Florence' Tod und die Tatsache, daß Edward sichtlich kränkelte. Er sah wirklich krank aus; seine Schultern begannen nach vorne zu sinken, unter seinen Augen hingen Säcke, und er hatte Augenblicke seltsamer Abwesenheit.

Und Leonora sagte, sie habe ihn beobachtet, wie eine gierige Katze eine ahnungslose Taube auf der Straße beobachtet. In dieser schweigenden Wachsamkeit erwies sie sich, meine ich, abermals als Katholikin – als zu jenem Volk gehörig, das uns fernliegende Gedanken hegen und sie für sich behalten kann. Und von den Gedanken, die ihr durch den Kopf gingen, drangen einige sogar bis zu Edward, ohne daß ein Wort gesprochen wurde. Anfangs meinte sie, es seien vielleicht Gewissensbisse oder Kummer über Florence' Tod, die ihn bedrückten. Aber sie beobachtete und beobachtete und ließ vor dem Mädchen scheinbar zufällige Bemerkungen über Florence fallen, und sie sah, er empfand keinen Kummer und keine Gewissensbisse. Er hätte es nicht für möglich gehalten, daß Florence sich das Leben nähme, ohne ihm zumindest eine Tirade zu schreiben. Da es keine gab, war er überzeugt, es sei ein Herzanfall gewesen. Denn Florence hatte ihm über diesen Punkt nie die Augen geöffnet. Sie glaubte dadurch romantischer zu wirken.

Nein, Edward hatte keine Gewissensbisse. Er konnte sich sagen, daß er Florence bis zwei Stunden vor ihrem Tode stets mit der galanten Aufmerksamkeit begegnet war, die sie wünschte. Leonora schloß das aus seinem Blick und aus der Art, wie er seine Schultern straffte, als sie vor ihm im Sarge lag – hieraus und aus tausend anderen kleinen Dingen. Zuweilen fing sie mit dem Mädchen plötzlich ein Gespräch über Florence an, und er wurde nicht im geringsten unruhig; er hörte nicht einmal zu, sondern saß nur da und starrte mit blutunterlaufenen Augen auf das Tischtuch. Er trank damals ziemlich viel – trank sich jeden Abend einen Rausch an, lange nachdem die andern zu Bett gegangen waren.

Denn Leonora ließ das Mädchen um zehn Uhr zu Bett gehen, so unsinnig das Nancy auch erscheinen mochte. Sie verstand, daß sie vermeiden mußte, an öffentlichen Plätzen wie dem Kasino gesehen zu werden, solange sie Florence' wegen in einer Art Halbtrauer waren, aber sie konnte nicht einsehen, warum sie ihren Onkel nicht auf seinem abendlichen Bummel durch den Park begleiten sollte. Ich weiß nicht, was Leonora zum Vorwand nahm – ich könnte mir vorstellen, etwas wie ein nächtliches Gebet für Florence' Seele, das sie sich und dem Mädchen auferlegte. Und dann eines Abends, ungefähr vierzehn Tage später, als das Mädchen, das bei regelmäßigen Andachtsübungen immer störrisch wurde, von neuem ungestüm um die Erlaubnis bat, mit Edward spazierenzugehen, und Leonora wirklich mit ihrer Weisheit am Ende war, gab sich Edward selbst in ihre Hand. Er stand gerade vom Abendessen auf und hatte sein Gesicht schon abgekehrt.

Aber er wandte seinen schweren Kopf und die blutunterlaufenen Augen seiner Frau zu und sah sie voll an.

»Dr. von Hauptmann«, sagte er, »hat mir verordnet, gleich nach Tisch zu Bett zu gehen. Mein Herz ist viel schlimmer.«

Noch eine lange Minute sah er Leonora so an – mit tiefer Verachtung. Und Leonora verstand – er gab ihr mit diesen Worten den Vorwand, den sie brauchte, um ihn von dem Mädchen fernzuhalten; und sein Blick warf ihr vor, daß sie ihn verdächtigte, er wolle versuchen, Nancy zu verführen.

Schweigend ging er in sein Zimmer hinauf und blieb lange dort sitzen, bis Nancy sicher im Bett war, und las im anglikanischen Gebetbuch. Und gegen halb elf Uhr hörte sie, wie seine Schritte auf dem Weg nach unten an ihrer Tür vorüberkamen. Zweieinhalb Stunden später kehrten sie schwerfällig stolpernd zurück.

Bis zum letzten Abend ihres Aufenthalts in Bad Nauheim ging sie über diese neue Lage mit sich zu Rate. Dann plötzlich handelte sie. Denn in ganz derselben Weise blickte sie nach dem Abendessen zu ihm hinüber und sagte:

»Teddy, meinst du nicht, du könntest für einen Abend die Anordnung deines Arztes übergehen und Nancy ins Kasino begleiten? Dem armen Kind ist sein Besuch so verdorben worden.«

Er erwiderte Leonoras Blick eine lange, abwägende Minute lang.

»Ja, natürlich«, sagte er schließlich. Nancy sprang von ihrem Stuhl auf und küßte ihn.

Nie im Leben, sagte Leonora, hätten zwei Worte sie so zu erleichtern vermocht. Denn sie sah, Edward war nah daran, zusammenzubrechen, nicht vor Begehren, sondern unter dem hartnäckigen Entschluß, sich im Zaum zu halten. Sie konnte in ihrer Wachsamkeit ein wenig nachlassen.

Nichtsdestoweniger saß sie in der Dunkelheit hinter ihren halbgeschlossenen Fensterläden und blickte über die Straße und die Bäume in die Nacht hinaus, bis sie sehr spät Nancys helle Stimme nahen hörte. Sie sagte:

»Du hast wie ein alter Strolch ausgesehen mit deiner falschen Nase.«

Im Kursaal war irgendein hiesiger Feiertag begangen worden. Und Edward antwortete in seiner gewohnten brummigen Gemütlichkeit:

»Und du, du sahst aus wie Mutter Sideacher.«

Das Mädchen kam beschwingten Schrittes daher, eine Silhouette unter einer Gaslaterne, und Edward schlenderte als zweite Silhouette an ihrer Seite. Sie plauderten, wie sie immer miteinander geplaudert hatten, seit das Mädchen siebzehn war, im selben Ton, mit denselben Witzen über ein altes Bettelweib, das sie in Branshaw immer belustigt hatte. Ein wenig später öffnete das Mädchen Leonoras Tür, während sie noch Edward einen Kuß auf die Stirne gab, wie sie es jeden Abend getan hatte.

»Wir haben uns herrlich amüsiert«, sagte sie. »Es geht ihm soviel besser. Auf dem Heimweg ist er über dreißig Meter mit mir um die Wette gerannt. Warum sitzt du denn ganz im Dunkeln?«

Leonora hörte, wie Edward in seinem Zimmer auf und ab ging, aber bei dem Geplauder des Mädchens konnte sie nicht feststellen, ob er wieder ausging oder nicht. Und sehr viel später – denn sie sagte sich, wenn er wieder tränke, müsse etwas dagegen unternommen werden – öffnete sie zum erstenmal und sehr leise die nie geöffnete Tür zwischen ihren Zimmern. Sie wollte sehen, ob er wieder ausgegangen war. Edward kniete vor seinem Bett, das Gesicht in der Steppdecke verborgen. Seine ausgestreckten Hände hielten ein kleines Bild der heiligen Jungfrau – ein geschmackloses purpurrotes und preußischblaues Ding, welches das Mädchen ihm geschenkt hatte, als es zum erstenmal aus dem Kloster heimgekommen war. Sie sah, wie seine Schultern sich dreimal krampfhaft hoben, und hörte ihn heftig schluchzen, ehe sie die Tür wieder schließen konnte. Er war kein Katholik; aber so hatte es ihn gepackt.

In dieser Nacht fiel Leonora zum erstenmal in einen Schlaf, aus dem sie nicht ein einziges Mal aufschreckte.

III

Und dann brach Leonora völlig zusammen – es war an dem Tag ihrer Ankunft in Branshaw Teleragh. Es ist das Verhängnis unseres elenden Geistes – es ist die Geißel eines bitteren, aber wahrscheinlich gerechten Geschicks, daß kein Kummer alleine kommt. Nein, jeder große Kummer, auch wenn er selber verflogen ist, läßt eine Kette von Ängsten, von Unglück und Verzweiflung zurück. Denn im Grunde war Leonora erleichtert. Sie fühlte, sie konnte Edward mit dem Mädchen trauen, und sie wußte, auf Nancy war absoluter Verlaß. Und wie dann ihre Wachsamkeit nachließ, verlor ihr Geist jeden Halt. Das ist vielleicht das Trostloseste an der ganzen Geschichte. Denn es ist trostlos, mit ansehen zu müssen, wie ein klarer Verstand ins Wanken gerät; und Leonora geriet ins Wanken.

Sie müssen verstehen, Leonora liebte Edward mit einer Leidenschaft, die dennoch einem peinvollen Haß glich. Und sie hatte mit ihm Jahr für Jahr zusammengelebt, ohne ein einziges zärtliches Wort an ihn zu richten. Ich weiß nicht, wie sie das fertigbrachte. Sie hatten sich kaum kennengelernt, als sie mit ihm verheiratet wurde. Sie war eine von sieben Töchtern aus einem kahlen, unordentlichen irischen Gutshaus und aus dem Kloster, von dem ich so oft gesprochen habe, dahin zurückgekehrt. Sie hatte es nur für ein Jahr verlassen und war nun eben neunzehn Jahre alt. Es ist unmöglich, sich ihre Ahnungslosigkeit vorzustellen. Man kann fast sagen, sie hatte nie mit einem anderen Mann als mit dem Priester gesprochen. Aus dem Kloster kommend, hatte sie sich geradeswegs wieder hinter die hohen Mauern des Gutshauses begeben, das fast klösterlicher als jedes Kloster war. Da waren die sieben Mädchen, da war die abgespannte Mutter, da war der sorgenvolle Vater, auf den die Pächter dreimal im Laufe jenes Jahres hinter einer Hecke hervor ihre Flinten abgefeuert hatten. Die Frauen wurden von den Pächtern im ganzen höher geachtet. Einmal in der Woche fuhr jedes der Mädchen, da es sieben waren, mit der Mutter in der alten Korbchaise aus, die von einem sehr dicken, sehr schwerfälligen Pony gezogen wurde. Gelegentlich machten sie einen Besuch, aber selbst das geschah so selten, daß Leonora, wie sie mir versicherte, in dem Jahr nach ihrer Heimkunft aus dem Kloster nur dreimal das Haus anderer Leute betrat. Während der übrigen Zeit liefen die sieben Schwestern in dem vernachlässigten Garten zwischen den unausgeschnittenen

Spalieren umher. Oder sie spielten Tennis oder ein anderes Ballspiel in einem Winkel der hohen Mauer, die den Garten umgab – ein Winkel, in dem die Obstbäume längst abgestorben waren. Sie malten mit Wasserfarben, sie stickten, sie schrieben Verse in ihr Album ab. Einmal in der Woche gingen sie zur Messe, einmal in der Woche zur Beichte, begleitet von einer alten Gouvernante. Sie waren glücklich, da sie kein anderes Leben kannten.

Es kam ihnen wie eine unerhörte Verschwendung vor, als eines Tages ein Photograph aus der Kreisstadt geholt wurde, um sie alle sieben zu photographieren, wie sie im Schatten eines alten Apfelbaumes standen, dessen rötlicher Stamm mit grauen Flechten bedeckt war.

Aber es war keine Verschwendung.

Drei Wochen zuvor hatte Oberst Powys an Oberst Ashburnham geschrieben:

»Harry, könnte dein Edward nicht eine meiner Töchter heiraten? Es wäre ein Gottessegen für mich, denn ich bin am Ende meiner Kraft, und wenn erst eines der Mädchen aus dem Haus geht, werden die übrigen schon folgen.«

Er berichtete weiter, alle seine Töchter seien rank und schlank, wohlgewachsen und vollkommen unberührt, und er erinnerte Oberst Ashburnham daran, wie sie einander am Abend vor ihrer eigenen Hochzeit, denn sie waren am selben Tag, wenn auch in verschiedenen Kirchen, getraut, da der eine Katholik und der andere Anglikaner war –, wie sie einander am Abend vor ihrer Hochzeit versprochen hatten, wenn es soweit sei, einen ihrer Söhne mit einer ihrer Töchter zu verheiraten. Mrs. Ashburnham war eine geborene Powys und blieb Mrs. Powys' liebste Freundin. Sie waren, wie es englischen Soldaten so geht, weit in der Welt herumgetrieben worden und sich selten begegnet, aber ihre Frauen hatten immer miteinander in Briefwechsel gestanden. Sie schrieben über Kleinigkeiten, wie die ersten Zähnchen Edwards und der jüngeren Töchter oder die beste Art, eine Laufmasche im Strumpf zu stopfen. Und wenn sie sich auch selten trafen, so doch häufig genug, um einander frisch im Gedächtnis zu bewahren, wie sie allmählich ergrauten, allmählich ein wenig steif in den Gelenken wurden, aber noch immer reich an Gesprächsstoff und mit einem Schatz an Erinnerungen. Dann, als seine Töchter in das Alter kamen, da sie das Kloster verlassen mußten, in dem sie während der Jahre seines aktiven Dienstes regelrecht interniert waren, nahm Oberst Powys, da es nötig wurde, ihnen ein Heim zu schaffen, seinen Abschied von der Armee. Wie es der Zufall wollte, hatten die Ashburnhams keines der Powys-Mädchen je zu Gesicht bekommen, obgleich, wenn sich die Eltern in London trafen, Edward jedesmal dabeigewesen war. Er war damals zweiundzwanzig und, glaube ich, innerlich ebenso rein wie Leonora. Es mutet sonderbar an, daß ein Junge sich seinen jungfräulichen Geist in dieser Welt unberührt bewahren kann.

Das war zum Teil der Umsicht seiner Mutter zu danken, zum Teil der Tatsache, daß das Internat in Winchester, das er besuchte, einen besonders tadellosen Ruf hatte, zum Teil auch Edwards eigenem ausgesprochenem Abscheu vor allen wüsten Reden und unanständigen Geschichten. In Sandhurst hatte er sich einfach von all diesen Dingen ferngehalten. Er begeisterte sich für das Soldatenleben, für Mathematik, für Feldmeßkunde, für Politik und, dank einer Absonderlichkeit seines Gemüts, für Literatur. Schon mit zweiundzwanzig konnte er Stunden über einem Roman von Walter Scott oder den Chroniken von Jean Froissart zubringen. Mrs. Ashburnham fand, sie sei glücklich zu preisen, und fast jede Woche schrieb sie Mrs. Powys lang und breit von ihren Mutterfreuden.

Dann bemerkte sie eines Tages, als sie mit ihrem Sohn, nachdem sie bei Lords gewesen waren, einen Spaziergang durch die Bond Street machte, wie Edward plötzlich seinen Kopf umwandte, um einem gut angezogenen Mädchen, das an ihnen vorübergegangen war, einen zweiten Blick nachzusenden. Sie schrieb auch hierüber Mrs. Powys und gab einiger Besorgnis Ausdruck. Es war eine reine Reflexbewegung Edwards gewesen. Er war damals durch den Druck, unter den sein Einpauker ihn gesetzt hatte, so weltabgewandt, daß er bestimmt nicht gewußt hatte, was er tat. Dieser Brief von Mrs. Ashburnham an Mrs. Powys hatte den Brief von Oberst Powys an Oberst Ashburnham zur Folge – einen halb humorigen, halb sehnsüchtigen Brief. Mrs. Ashburnham veranlaßte daraufhin ihren Mann, mit einem noch lustigeren Brief zu antworten – etwa des Inhalts, Oberst Powys möge ihnen einen Begriff von der Ware geben, die er anzubieten habe. Das war der Anlaß zu der Photographie. Ich habe sie gesehen: die sieben Mädchen, alle in weißen Kleidern, alle einander sehr ähnlich in ihren Gesichtszügen –

alle, außer Leonora, etwas kräftig ums Kinn und ein wenig töricht um die Augen. Gewiß hätte auch Leonora ein wenig zu kräftig und ein bißchen töricht ausgesehen, denn es war keine gute Photographie. Aber der schwarze Schatten eines Zweiges schnitt ihr quer übers Gesicht, das beinahe unsichtbar ist.

Für Oberst und Mrs. Powys folgte eine höchst zermürbende Zeit. Mrs. Ashburnham hatte geschrieben, nichts könne, offen gestanden, ihre mütterlichen Sorgen mehr beschwichtigen, als wenn ihr Sohn eine der Powys-Töchter zur Frau nähme, sofern er nur Neigung dazu zeigte. Denn, fügte sie hinzu, für Edward käme nur eine Liebesheirat in Betracht. Aber die armen Eltern Powys saßen so sehr in der Klemme, daß schon das Zusammenbringen des jungen Paars für sie ein verzweifeltes Wagnis darstellte.

Allein schon die Ausgaben für die Reise eines der Mädchen von Irland nach Branshaw waren erschrekkend für sie; und welche ihrer Töchter sie auch aussuchten, es konnte gerade das Mädchen sein, das bei Edward keinen Anklang fand. Andererseits war auch beängstigend, was man bei einem Besuch der Ashburnhams allein für das Essen und zusätzliche Bettwäsche aufwenden mußte. Es bedeutete mit mathematischer Folgerichtigkeit, daß sie später ebenso viele Mahlzeiten wieder einsparen mußten. Dennoch gingen sie das Wagnis ein, und alle drei Ashburnhams kamen zu einem Besuch in das einsame Gutshaus. Sie konnten Edward dort Gelegenheit zu rauher Jagd und rauhem Fischfang und einem Wirbel von Weiblichkeit bieten; aber ich vermute, die Mädchen machten in Wahrheit mehr Eindruck auf Mrs. Ashburnham als auf Edward. Sie erschienen ihr so wohlerzogen und so zuverlässig. Wirklich, sie waren so wohlerzogen, daß Edward, offenbar ein bißchen zaghaft, sie eher für Jungen nahm denn als Mädchen. Und dann hatte Mrs. Ashburnham eines Abends mit ihrem Jungen eine gewisse Unterredung, wie es englische Mütter mit englischen Söhnen zu tun pflegen. Es scheint ein verbrecherisches Verfahren gewesen zu sein, obwohl ich nicht weiß, was eigentlich dabei vorging. Jedenfalls hielt am nächsten Morgen Oberst Ashburnham für seinen Sohn um die Hand Leonoras an. Das rief einige Bestürzung bei den Eltern Powys hervor, da Leonora die drittälteste Tochter war und Edward die älteste hätte heiraten sollen. Mrs. Powys mit ihrem strengen Schicklichkeitsgefühl hätte am liebsten den Antrag abgelehnt. Aber der Oberst, ihr Gemahl, gab ihr zu bedenken, daß der Besuch sie an Miete für einen zusätzlichen Diener und Pferd und Wagen sowie durch die Anschaffung von Betten, Bettwäsche und neuen Tischtüchern sechzig Pfund gekostet hatte. Dabei mußte doch wenigstens eine Heirat herauskommen. Auf diese Weise wurden Edward und Leonora Mann und Frau.

Ist es nötig, im einzelnen zu untersuchen, wie es allmählich zur völligen Entzweiung zwischen ihnen kam? Vielleicht ja. Aber es gibt viele Dinge, über die ich mir nicht ganz klarwerden, nach denen ich Leonora nicht gut fragen kann und über die Edward mir nichts gesagt hat. Ich weiß nicht, ob auf seiten Edwards je von Liebe die Rede sein konnte. Er betrachtete sie gewiß als die begehrenswerteste unter den Schwestern.

Er behauptete sogar steif und fest, er habe sie oder keine von ihnen haben wollen. Und ohne Zweifel hielt er ihr vor der Hochzeit schöne Reden aus den Büchern, die er gelesen hatte. Aber sofern er überhaupt später seine Gefühle noch richtig beschreiben konnte, scheint er das Mädchen, da er auf keinen Widerstand stieß, gelassen und ohne beschleunigten Puls genommen zu haben. Es war jedoch alles schon so lange her, daß es für ihn am Ende seines traurigen Lebens nur noch eine verschwommene, nebelhafte Geschichte war. Er empfand für Leonora die größte Bewunderung.

Ja, er empfand für sie die allergrößte Bewunderung. Er bewunderte ihre Wahrhaftigkeit, ihr reines Gemüt und ihren guten Wuchs, ihre Tüchtigkeit, ihre helle Haut, ihr goldenes Haar, ihre Gläubigkeit, ihr Pflichtgefühl. Es war eine Befriedigung, sie immer bei sich zu haben. Aber sie hatte für ihn nicht eine Spur von Anziehungskraft. Ich glaube wirklich, er liebte sie nicht, weil sie nie traurig war; richtig wohl fühlte er sich im Leben nur, wenn er jemanden trösten konnte, der dunkel und geheimnisvoll traurig war. Das brauchte er bei Leonora nie zu tun. Vielleicht war sie auch im Anfang zu gehorsam. Ich will nicht sagen, sie sei unterwürfig gewesen, sie habe sich in ihrem Urteil dem seinen gefügt. Das tat sie bestimmt nicht. Aber sie war ihm wie eine geduldige mittelalterliche Jungfrau übergeben worden; sie hatte ihr ganzes Leben hindurch gelernt, die erste Pflicht einer Frau sei zu gehorchen. Und das tat sie.

In ihr dagegen wurde die Bewunderung seiner Eigenschaften sehr bald zur innigsten Liebe. Wenn auch sein

Puls niemals schneller schlug, wurde sie, wie ich höre, was man »ein anderer Mensch« nennt, sobald er sich ihr nur von der anderen Seite einer Tanzfläche näherte. Ihre Blicke folgten ihm voller Vertrauen, voller Bewunderung, voller Dankbarkeit und Liebe. Er war auch in einem höheren Sinn ihr Hirte und Führer – und er führte sie in etwas ein, das für ein Mädchen, das soeben aus dem Kloster kam, fast der Himmel sein mußte. Ich habe nicht die leiseste Ahnung, wie sich das Leben einer englischen Offiziersfrau abspielt. Jedenfalls gab es Feste und Unterhaltungen und nette Männer, die ihr die richtige Art Bewunderung zollten, und nette Frauen, die sie behandelten, als wäre sie ein Baby. Und ihr Beichtvater sprach sich lobend über ihren Lebenswandel aus, und Edward erlaubte ihr, den Mädchen des Klosters, aus dem sie kam, kleine Feste zu geben, und die Ehrwürdige Mutter war ihm gewogen. In den ersten fünf oder sechs Jahren hätte es kein glücklicheres Mädchen geben können. Denn erst nach dieser Zeitspanne begannen Wolken heraufzuziehen, wie man sagt. Sie war damals ungefähr dreiundzwanzig, und ihre zielbewußte Tüchtigkeit ließ möglicherweise in ihr den Wunsch nach Herrschaft erwachsen. Sie merkte, daß Edward von einer übertriebenen Großzügigkeit war. Seine Eltern starben gerade um jene Zeit, und Edward widmete sich, obwohl sie übereingekommen waren, daß er Soldat bleiben sollte, mit großer Aufmerksamkeit der Bewirtschaftung von Branshaw durch seinen Verwalter. Aldershot lag nicht sehr weit entfernt, und sie verbrachten jeden Urlaub auf dem Gut.

Und plötzlich muß sie entdeckt haben, daß seine Großzügigkeit fast phantastische Formen hatte. Er stiftete viel zu große Summen für alles, was mit seiner Offiziersmesse zusammenhing; er setzte den Dienern seines Vaters, den alten wie den neuen, viel zu üppige Pensionen aus. Sie hatten ein großes Einkommen, aber von Zeit zu Zeit befanden sie sich in Schwierigkeiten. Er begann davon zu sprechen, er wolle auf den einen oder anderen Hof Geld aufnehmen, wenn es auch nie wirklich dazu kam.

Sie versuchte zaghaft, ihm darüber Vorhaltungen zu machen. Ihr Vater, den sie dann und wann sah, sagte, Edward sei seinen Pächtern gegenüber viel zu großzügig. Die Frauen seiner Offizierskameraden beklagten sich im geheimen bei ihr. Seine großen Spenden machten es ihren Männern unmöglich, mit ihm Schritt zu halten. Ironischerweise kam es zu dem ersten wirklichen Verdruß zwischen ihnen, weil er wünschte, in Branshaw eine römisch-katholische Kapelle zu bauen. Er wollte es Leonora zu Ehren tun und machte einen sehr kostspieligen Plan. Leonora wollte die Kapelle nicht; sie konnte sehr gut, wann immer es ihr beliebte, von Branshaw in die nächste katholische Kirche fahren. Es gab keine katholischen Pächter und keine katholischen Dienstboten außer einer alten Kinderfrau, die immer mit ihr fahren konnte. Sie hatte so viele Priester um sich, wie sie nur wollte – und sogar die Priester wollten keine prunkvolle Kapelle in jener Gegend, wo sie nur wie ein aufreizendes Ärgernis gewirkt hätte. Sie waren vollkommen bereit, für Leonora und ihre alte Kinderfrau in einem ausgeräumten Vorwerk die Messe zu lesen. Aber Edward war in dieser Sache so eigensinnig wie ein Keiler.

Er war ehrlich betrübt über den Mangel an Gefühl bei seiner Frau – über ihre Weigerung, eine öffentliche Ehrung von diesem Ausmaß von ihm anzunehmen. Ihr schien in seinen Augen alle Phantasie abzugehen – sie kam ihm kalt und hart vor. Ich weiß nicht, welche Rolle die Priester in der Tragödie spielten, die aus alledem wurde; gewiß meinten sie es gut, aber sie begingen einen Irrtum. Doch wer hätte sich damals nicht in Edward geirrt? Ich glaube, er war sogar verletzt, daß Leonoras Beichtvater sich nicht ernsthaft bemühte, ihn zu bekehren. Es gab eine Zeit, da wäre er bereit gewesen, ein inbrünstiger Katholik zu werden.

Ich weiß nicht, warum sie die Gelegenheit nicht beim Schopfe faßten; aber sie haben eine absonderliche Art von Weisheit, diese Leute, eine absonderliche Art von Takt. Vielleicht dachten sie, Edwards allzu frühe Konversion würde andere willkommene Protestanten von der Ehe mit katholischen Mädchen abschrecken. Vielleicht sahen sie tiefer in Edward hinein, als er es selber tat, und fürchteten, er würde keinen sehr verläßlichen Konvertiten abgeben. Jedenfalls überließen sie – und Leonora – ihn sehr viel sich selbst. Es schmerzte ihn nicht wenig. Er hat mir gesagt, wenn Leonora seine Bestrebungen damals ernst genommen hätte, wäre alles anders verlaufen. Aber das ist wohl Unsinn.

Jedenfalls hatten sie über die Frage der Kapelle ihren ersten und wirklich verheerenden Streit. Edward ging es zu jener Zeit nicht gut; er fühlte sich überlastet mit

Regimentsangelegenheiten – ihm unterstand damals die Offiziersmesse. Und auch Leonora ging es nicht gut – sie begann zu fürchten, ihre Ehe werde unfruchtbar bleiben. Und dann kam ihr Vater von Glasmoyle zu Besuch herüber.

Das waren, soviel ich weiß, recht sorgenvolle Jahre für Irland. Oberst Powys war jedenfalls auf Pächter nicht gut zu sprechen – seine eigenen Pächter hatten wieder mit Schrotbüchsen auf ihn geschossen. Und nach seinen Gesprächen mit Edwards Gutsverwalter war er überzeugt, Edward bewirtschaftete seine Ländereien mit einer geradezu wahnwitzigen Großzügigkeit gegenüber seinen Pächtern. Übrigens waren jene Jahre – die neunziger – sehr schwer für die Landwirtschaft. Weizen brachte nur ein paar Schilling pro Hundertgewicht; der Fleischpreis lag so niedrig, daß sich Viehzucht kaum mehr lohnte; ganze englische Grafschaften wurden ruiniert. Und Edward gestattete seinen Pächtern sehr hohe Abzüge.

Um beiden Gerechtigkeit widerfahren zu lassen – Leonora hat inzwischen eingesehen, daß sie damals unrecht hatte und daß Edward eine viel weitsichtigere Politik verfolgte, indem er seinen wirklich sehr guten Pächtern über die schlechten Zeiten hinweghalf. Freilich kam sein Geld nicht einzig aus der Landwirtschaft; ein beträchtlicher Teil seines Vermögens steckte in Eisenbahnen. Aber der alte Oberst Powys hatte nun einmal die fixe Idee, und wenn er auch Edward gegenüber niemals auf das Thema zu sprechen kam, predigte er doch Leonora unentwegt darüber, bei jeder Gelegenheit.

Sein Lieblingsgedanke war, Edward sollte alle seine Pächter davonjagen und sich eine Schar von Bauern aus Schottland kommen lassen. Das hatte man in Essex getan. Er war der Überzeugung, Edward rennte Hals über Kopf in seinen Ruin.

Das bekümmerte Leonora sehr – es bekümmerte sie furchtbar; nächtelang lag sie wach; sie bekam einen ängstlichen Zug um den Mund. Und das bekümmerte wiederum Edward. Ich will nicht sagen, Leonora hätte tatsächlich mit Edward über seine Pächter gesprochen – aber er merkte, daß irgend jemand, wahrscheinlich ihr Vater, mit ihr über die Sache gesprochen hatte. Er merkte es, da sein Verwalter zur Frühstückszeit hereinzuschauen und über die kleinen Vorkommnisse zu berichten pflegte. Und da gab es einen Bauern namens Mumford, der die letzten drei Jahre nur die halbe Pacht bezahlt hatte. Eines Morgens berichtete der Gutsverwalter, Mumford könne dieses Jahr überhaupt keine Pacht zahlen. Edward dachte eine Weile nach und sagte dann:

»Nun gut, er ist ein alter Mann, und sie sind seit mehr als zweihundert Jahren unsere Pächter. Erlassen Sie ihm die Pacht ganz.«

Und da entrang sich Leonora – Sie dürfen nicht vergessen, daß sie damals Grund genug hatte, nervös und unglücklich zu sein – ein Laut, der einem Stöhnen sehr ähnlich war. Das brachte Edward auf, der mehr als ahnte, was in ihr vorging – es erregte seinen Zorn. Er sagte mit Schärfe: »Du möchtest doch wohl nicht, daß ich Leute hinaussetze, die seit Jahrhunderten für uns Geld verdienen – Leute, denen gegenüber wir Verantwortung haben –, und statt ihrer einen Haufen schottischer Bauern kommen lasse?«

Er sah sie mit einem Blick an, sagte Leonora, in dem reiner Haß lag, und verließ dann hastig den Frühstückstisch. Leonora sagte sich, dies war um so schlimmer, als er sich vor einem Dritten zu einer zornigen Geste hatte hinreißen lassen. Es war das erste- und letztemal, daß er sich zu einem solchen Zornesausbruch hinreißen ließ. Der Verwalter, ein bescheidener und ruhiger Mann, dessen Familie ebenfalls seit mehr als einem Jahrhundert bei den Ashburnhams war, nahm es auf sich, ihr zu erklären, seiner Meinung nach verfolge Edward mit seinen Pächtern einen ganz richtigen Kurs. Er ginge vielleicht zuweilen in seiner Großmut zu weit, aber harte Zeiten seien nun einmal harte Zeiten, und jeder müßte die Schraube zu spüren bekommen, Gutsherr wie Pächter. Das wichtigste sei, daß man das Land nicht herunterkommen ließ. Die schottischen Bauern beuteten einem die Felder bloß aus und ließen sie immer mehr verkommen. Edward aber hatte eine Schar sehr guter Pächter, die ihr Bestes für ihn und sich selbst taten. Diese Argumente überzeugten Leonora damals sehr wenig. Trotzdem war sie über Edwards Zornesausbruch sehr bestürzt.

Tatsache ist, daß Leonora in ihrem eigenen Bereich Sparsamkeit walten ließ. Zwei Stubenmädchen waren gegangen, und sie hatte sie nicht ersetzt; sie hatte für Kleider in diesem Jahr viel weniger ausgegeben. Was sie bei den Gesellschaften, die sie gaben, auftischen ließ, war viel weniger üppig und nicht annähernd so kostspielig gewesen wie im vorhergehenden Jahr, und

Edward spürte eine gewisse Härte und Entschlossenheit im Charakter seiner Frau. Ihm war, als zöge sich ein Netz um ihn zusammen – ein Netz, in dem sie gezwungen sein würden, wie eine der vergleichsweise armen Familien der Nachbarschaft zu leben. Und auf die geheimnisvolle Weise, in der zwei Menschen, die zusammenleben, Kenntnis von den Gedanken des anderen bekommen, ohne daß ein Wort gesprochen wird, hatte er schon vor seinem Zornesausbruch gewußt, daß Leonora sich über die Art, wie er seine Wirtschaft führte, Sorgen machte. Das war ihm unerträglich. Er empfand obendrein tiefe Selbstverachtung, weil er sich hatte hinreißen lassen, Leonora vor seinem Verwalter anzufahren. Er fühlte, seine Kräfte ließen nach, und man kann sich keinen unglücklicheren Mann denken, als Edward zu jener Zeit war.

Sie verstehen, er war wirklich ein sehr einfaches Gemüt – sehr einfach. Er huldigte der Ansicht, kein Mann könne sein Tagewerk befriedigend vollbringen ohne die treue und hingebende Mithilfe der Frau, mit der er zusammenlebt. Und ihm begann zu dämmern, daß seine Frau, während er selbst sich seinem Herkommen gemäß der Allgemeinheit verpflichtet fühlte, eine reine Individualistin war. Seine Anschauung – die feudale Anschauung von einem Lehnsherrn, der sein Bestes für seine Vasallen tut, wie diese ihr Bestes für den Lehnsherrn tun –, diese Theorie war Leonoras Natur völlig fremd. Sie kam aus einer Familie kleiner irischer Gutsbesitzer – einer feindlichen Garnison in einem ausgeplünderten Land. Und sie dachte unaufhörlich an die Kinder, die sie sich wünschte.

Ich weiß nicht, warum sie keine Kinder bekamen – nicht daß ich wirklich glaubte, Kinder hätten irgend etwas geändert. Die Verschiedenartigkeit von Edward und Leonora ging zu tief. Es wird Ihnen einen Begriff von der außerordentlichen Naivität Edward Ashburnhams geben, wenn ich Ihnen sage, daß er zur Zeit seiner Eheschließung und vielleicht noch ein paar Jahre danach nicht eigentlich wußte, wie man Kinder bekommt. Noch wußte es Leonora. Ich will nicht sagen, daß dieser Zustand andauerte, aber so war es. Das hatte gewiß großen Einfluß auf die Mentalität der beiden. Jedenfalls bekamen sie keine Kinder. Es war der Wille Gottes.

Sicherlich empfand es Leonora als Gottes Willen – als eine geheimnisvolle und furchtbare Züchtigung des Allmächtigen. Denn sie hatte kurz vorher entdeckt, daß ihre Eltern der Familie Edwards nicht das Versprechen abgenommen hatten, die Kinder, die sie zur Welt brächte, katholisch erziehen zu lassen. Sie selbst hatte nie darüber gesprochen, weder mit ihrem Vater noch mit ihrer Mutter noch mit ihrem Mann. Als sie schließlich einer Bemerkung ihres Vaters zu entnehmen glaubte, daß es sich so verhielt, versuchte sie verzweifelt, Edward dieses Versprechen abzuringen. Sie stieß auf unerwarteten Widerstand. Edward war ganz damit einverstanden, daß die Mädchen katholisch würden; die Jungen aber müßten Anglikaner werden. Ich verstehe nicht, warum man diesen Dingen in der englischen Gesellschaft soviel Gewicht beimißt. Wahrhaftig, die Engländer scheinen in politischen und religiösen Dingen ein bißchen verrückt zu sein. Bei Edward war es besonders seltsam, weil er selbst durchaus bereit war, Katholik zu werden. Offenbar erwog er, selber zu Rom überzutreten und dennoch seine Söhne in der Religion ihrer unmittelbaren Vorfahren erziehen zu lassen. Das mag unlogisch erscheinen, aber es ist wohl nicht so unlogisch, wie es aussieht. Edward war nämlich der Auffassung, über seinen Körper und seine Seele dürfe er frei verfügen. Die Treue zu den Überlieferungen seiner Familie erlaubte ihm aber nicht, künftige Erben seines Namens und der von den Vätern ihm überantworteten Schutzbefohlenen zu binden. Bei den Mädchen war es etwas anderes. Sie würden ohnehin in andere Häuser und andere Verhältnisse kommen. Außerdem war es so üblich. Aber den Jungen mußte man die Möglichkeit geben, zu wählen – und sie mußten vor allem eine anglikanische Erziehung erhalten. Darin blieb er ganz unnachgiebig. Leonora litt Qualen während dieser ganzen Zeit. Sie müssen bedenken, sie glaubte ernstlich, die Kinder, denen sie vielleicht das Leben schenkte, liefen Gefahr, wenn nicht absoluter Verdammnis anheimzufallen, so doch in einer falschen Lehre erzogen zu werden. Ihre Qual war furchtbarer, als sie zu schildern vermochte. Freilich versuchte sie es auch nicht, aber ich hörte es ihrer Stimme an, als sie fast beiläufig sagte: »Ich lag ganze Nächte lang wach. Es half nichts, daß meine geistlichen Ratgeber mich zu trösten versuchten.« Ich hörte ihrer Stimme an, wie entsetzlich und wie lang diese Nächte gewesen sein mußten und wie wenig die Tröstungen ihrer geistlichen Berater dagegen vermochten. Ihre geistlichen Berater nahmen die Sache offenbar etwas gelassener.

Sicherlich haben sie ihr gesagt, sie dürfe sich nicht einbilden, sie habe sich in irgendeiner Weise versündigt. Nein, sie haben sie wohl gar ermahnt und ihr gedroht, um sie einer Gemütsverfassung zu entreißen, die ihnen krankhaft schien. Sie müsse einfach das Beste aus der Situation machen und die Kinder, wenn sie kämen, beeinflussen, nicht durch Propaganda, sondern durch ihre Persönlichkeit. Und sie machten sie darauf aufmerksam, daß sie sündigte, wenn sie sich weiterhin einbildete, sie habe eine Sünde begangen. Dennoch blieb sie dabei, sie habe eine Sünde begangen.

Leonora konnte nicht umhin zu bemerken, daß der Mann, den sie leidenschaftlich liebte und den sie trotzdem mit eisernem Zepter zu regieren begann – daß dieser Mann sich ihr mehr und mehr entfremdete. Er betrachtete sie anscheinend nicht nur als physisch und geistig kalt, sondern geradezu als böse und gemein. Zuweilen schauderte ihn fast, wenn sie mit ihm sprach. Und sie verstand nicht, wie er sie für böse und gemein halten konnte. Es kam ihr wie eine Art Wahnsinn vor, daß er sich neben seiner Mannschaft, seinem Regiment, auch seine Ländereien und die halbe Grafschaft aufbürdete. Sie sah nicht ein, daß sie mit ihrem Versuch, im Zaum zu halten, was sie als Größenwahn ansah, etwas Böses tat. Sie versuchte doch nur, die Dinge zusammenzuhalten für die Kinder, die nicht kamen. Und allmählich beschränkte sich ihr Umgang ganz auf qualvolle Erörterungen, ob Edward dieser oder jener Institution eine Stiftung machen oder ob er versuchen sollte, diesen oder jenen Trunkenbold zu retten. Sie konnte es einfach nicht verstehen.

In dieser wirklich verzweifelt gespannten Lage, aus der es keinen Ausweg zu geben schien, kam der Fall Kilsyte fast wie eine Erlösung. Es gehört zu der eigentümlichen Ironie der Dinge, daß Edward sicherlich nie das Kinderfräulein geküßt hätte, wenn er nicht versucht hätte, Leonora einen Gefallen zu tun. Kindermädchen reisen nicht erster Klasse, und an jenem Tag reiste Edward in einem Abteil dritter Klasse, um Leonora zu beweisen, daß er sparsam sein konnte. Wie ich sagte, war die Kilsyte-Geschichte fast eine Erleichterung bei dem gespannten Verhältnis, das damals zwischen ihnen herrschte. Sie gab Leonora Gelegenheit, ihm von ganzem Herzen und absolut loyal zur Seite zu stehen. Sie gab ihr Gelegenheit, zu ihm zu halten, wie nach seinem Gefühl eine Frau zu ihrem Manne halten muß.

Sehen Sie, Edward befand sich in einem Eisenbahnabteil zusammen mit einem recht hübschen Mädchen von ungefähr neunzehn Jahren. Und das recht hübsche, etwa neunzehnjährige Mädchen mit dunklem Haar, roten Wangen und blauen Augen weinte still vor sich hin. Edward hatte in seiner Ecke gesessen und an gar nichts gedacht. Zufällig sah er zu dem Kindermädchen hinüber; zwei große, hübsche Tränen traten aus ihren Augen und fielen in ihren Schoß. Er fühlte sogleich, er mußte etwas tun, um das Mädchen zu trösten. Das war seine Lebensaufgabe. Er war selber verzweifelt unglücklich, und es erschien ihm als das Nützlichste von der Welt, daß sie ihre Kümmernisse zusammentaten. Er war sehr demokratisch; der Gedanke an den Standesunterschied zwischen ihnen kam ihm offenbar nicht. Er sprach sie an. Er hörte, man habe ihren jungen Mann mit Annie von Nummer 54 ausgehen sehen. Er rückte auf ihre Seite des Abteils hinüber. Er sagte ihr, es sei wahrscheinlich nicht wahr, was man ihr hinterbracht habe; und schließlich brauche es nichts Schlimmes zu bedeuten, wenn ein junger Mann mit Annie von Nummer 54 ausging. Und er versicherte mir, es sei mindestens halb aus väterlichen Gefühlen geschehen, daß er seinen Arm um ihre Taille legte und sie küßte. Das Mädchen jedoch hatte den Standesunterschied nicht vergessen.

Ihr Leben lang war sie von ihrer Mutter, von anderen Mädchen, vom Schullehrer, durch die ganze Tradition ihrer Klasse vor den vornehmen Herren gewarnt worden. Und nun wurde sie von einem Herrn geküßt! Sie schrie, riß sich los, sprang auf und zog die Notbremse. In den Augen der Öffentlichkeit zog sich Edward ziemlich gut aus der Affäre; aber innerlich wurde sie ihm verhängnisvoll.

IV

Es ist sehr schwierig, von einem Menschen ein vollständiges Bild zu geben. Ich frage mich, wieweit es mir mit Edward Ashburnham gelungen ist. Mir scheint, es ist mir keineswegs gelungen. Es ist schon sehr schwierig, sich darüber klarzuwerden, welche Bedeutung solche Dinge haben.

War bei Edward das Entscheidende, daß er sehr gut aussah, sich gut hielt, mäßig bei Tisch war und ein regelmäßiges Leben führte – daß er tatsächlich alle die Tugenden besaß, die gewöhnlich als englische gelten? Ist es mir im geringsten gelungen, deutlich zu machen, daß er das alles war und all diese Tugenden besaß? Jedenfalls war er so bis in die letzten Monate seines Lebens. Es waren Eigenschaften, die man auf seinen Grabstein setzen könnte. Seine Witwe wird sie auch tatsächlich auf seinen Grabstein setzen.

Und habe ich, frage ich mich, ein richtiges Bild davon vermittelt, wie sein Leben eingeteilt war und wie er seine Zeit anwandte? Denn bis zum Schluß nahmen seine Liebschaften verhältnismäßig wenig Zeit in Anspruch. Ich sah mich gezwungen, sehr viel von seinen Liebschaften zu reden, aber Sie müssen sich vorstellen – ich wollte, ich könnte Sie bewegen, dies im Auge zu behalten –, daß er jeden Morgen um sieben Uhr aufstand, ein kaltes Bad nahm, um acht Uhr frühstückte, von neun bis eins mit seinem Regiment beschäftigt war und bis zur Teestunde mit den Männern Polo spielte oder Kricket, wenn es die Jahreszeit für Kricket war. Danach befaßte er sich bis zum Abendessen mit den Briefen seines Verwalters oder mit den Angelegenheiten der Offiziersmesse. Dann aß er, und abends spielte er Karten oder Billard mit Leonora oder ging diesen und jenen gesellschaftlichen Verpflichtungen nach. Und so brachte er den größeren Teil seines Lebens zu – den bei weitem größeren Teil seines Lebens. Seine Liebesgeschichten liefen bis zum Schluß nur nebenher oder spielten sich an den Gesellschaftsabenden, bei Tänzen und Dinners ab. Aber ich glaube, ich habe es Ihnen, mein stiller Zuhörer, sehr schwer gemacht, diesen Eindruck zu gewinnen. Jedenfalls hoffe ich, ich habe Sie nicht auf den Gedanken gebracht, Edward Ashburnham sei ein pathologischer Fall gewesen. Das war er nicht. Er war ein ganz normaler Mann und in hohem Grade empfindsam. Mich dünkt, die Art, wie er seine Jugend verlebte, und der Einfluß seiner Mutter, seine Unwissenheit und all das, was die Ausbilder der Armee ihm einpaukten – mich dünkt, alle diese ausgezeichneten Einflüsse auf sein Jünglingsalter waren für ihn sehr von Übel. Doch wir alle müssen mit diesen Dingen fertig werden, und zweifellos sind sie auch für uns sehr von Übel. Dennoch führte Edward äußerlich das ganz normale Leben eines schwer arbeitenden, empfindsamen und in seinem Beruf tüchtigen Mannes.

Die Frage, wie es sich mit den ersten Eindrücken verhält, hat mir immer viel zu schaffen gemacht – doch ganz theoretisch. Das heißt, ich habe mich von Zeit zu Zeit gefragt, ob es ratsam ist oder nicht, sich im Umgang mit anderen Menschen auf den ersten Eindruck zu verlassen. Aber ich hatte nie mit anderen Menschen zu tun, außer mit Kellnern, Zimmermädchen und den Ashburnhams, und bei denen hatte ich nicht einmal gewußt, daß ich mit ihnen etwas zu tun bekommen sollte. Und was Kellner und Zimmermädchen betrifft, habe ich im allgemeinen meinen ersten Eindruck ziemlich verläßlich gefunden. Wenn mir jemand anfangs den Eindruck machte, er sei höflich, zuvorkommend und aufmerksam, dann schien er es im allgemeinen auch zu bleiben. Doch einmal hatten wir in unserer

Pariser Wohnung ein Dienstmädchen, das reizend und grundehrlich zu sein schien. Dennoch stahl sie Florence einen Diamantring. Freilich tat sie es, um ihren Liebsten vor dem Gefängnis zu bewahren. Also handelte es sich hier, wie jemand irgendwo sagt, um einen besonderen Fall.

Und selbst bei meinem kurzen Ausflug in das amerikanische Geschäftsleben – ein Ausflug, der von Mitte August bis Ende September dauerte – stellte ich fest, daß ich nichts Besseres tun konnte, als mich auf meine ersten Eindrücke verlassen. Ich ertappte mich dabei, daß ich jeden Mann, der mir vorgestellt wurde, automatisch nach seinen Gesichtszügen und seinen ersten Worten klassifizierte und mit Aufschrift versah. Doch darf ich mir nicht den Anschein geben, als wäre ich während der Zeit, die ich mich in Amerika aufhielt, wirklich geschäftlich tätig gewesen. Ich wickelte nur meine Angelegenheiten ab. Wenn ich mich nicht mit dem Gedanken getragen hätte, das Mädchen zu heiraten, dann hätte ich mich vielleicht nach einer Beschäftigung in meiner Heimat umgesehen. Denn ich machte dort lebhafte und belustigende Erfahrungen. Es war ganz, als käme ich aus einem Museum in ein wildes Maskentreiben. Während meines Lebens mit Florence hatte ich fast vergessen, daß es so etwas wie Mode oder Berufe oder Gewinnsucht gab. Ich hatte tatsächlich vergessen, daß es ein Ding wie den Dollar gab und daß ein Dollar höchst begehrenswert sein kann, wenn man keinen besitzt. Und ich hatte auch vergessen, daß es so etwas wie einen Klatsch gab, der etwas zu bedeuten hat. In dieser Hinsicht war Philadelphia der ungeheuerlichste Ort, den ich je in meinem Leben betreten habe. Ich blieb in dieser Stadt nicht länger als eine Woche oder zehn Tage und habe dort kaum geschäftliche Transaktionen vorgenommen, und dennoch war es einfach ungeheuerlich, wie oft ich von irgendwem vor irgendwem gewarnt wurde. Es kam vor, daß ein Mann, den ich nicht kannte, im Hotel von hinten an meinen Sessel trat und mich, vorsichtig nur ins Ohr flüsternd, vor einem andern warnte, den ich ebensowenig kannte und der an der Bar stand. Ich weiß nicht, was sie sich vorstellten, das ich dort vorhätte – vielleicht die Schulden der Stadt aufzukaufen oder einen maßgeblichen Anteil an irgendwelchen Eisenbahnaktien zu erwerben. Oder vielleicht stellten sie sich vor, ich wollte eine Zeitung kaufen, denn sie waren entweder Politiker oder Reporter, was natürlich auf dasselbe hinausläuft. In Wirklichkeit bestand mein Besitz in Philadelphia vor allem aus Liegenschaften in dem altmodischen Teil der Stadt, und ich wollte nichts anderes als mich vergewissern, daß die Häuser in gutem Zustand und die Türen sauber gestrichen waren. Ich wollte auch meine Verwandten wiedersehen, von denen einige dort lebten. Sie waren meist berufstätige Leute, und fast alle hatten es schwer infolge der Finanzkrise von 1907 oder so. Doch sie waren sehr nett. Sie wären noch netter gewesen, wenn sie nicht alle von der, wie mir schien, fixen Idee besessen gewesen wären, daß etwas, sie nannten es Einflüsse, gegen sie arbeitete. Jedenfalls blieb mir von dieser Stadt das Bild altmodischer Zimmer, eher englisch als amerikanisch im Stil, in denen hübsche, aber abgehärmte Damen, Cousinen von mir, vor allem von geheimnisvollen Manövern sprachen, die gegen sie im Gange seien. Ich bekam nie heraus, was das alles bedeutete. Vielleicht dachten sie, ich wüßte es, oder vielleicht gab es gar keine Manöver. Es war alles sehr geheim und feingesponnen und unterirdisch. Aber da war ein netter junger Bursche namens Carter, eine Art Neffe zweiten Grades von mir. Er war hübsch und dunkel und groß, freundlich und bescheiden. Wie ich hörte, war er auch ein guter Kricketspieler. Er arbeitete bei dem Grundstücksmakler, der meine Mieten einzog. Er war es deshalb auch, der mich durch meine Besitzungen führte, und ich kam viel mit ihm zusammen, ebenso mit einem netten Mädchen Mary, das mit ihm verlobt war. Damals tat ich, was ich heute gewiß nicht mehr tun würde – ich zog vorsichtige Erkundigungen über seinen Charakter ein. Ich erfuhr von seinem Brotherrn, daß er ganz war, wie er mir erschien: ehrlich, fleißig, munter, freundlich und bereit, jedem einen Gefallen zu tun. Seine Verwandten jedoch, die auch die meinen waren, schienen etwas dunkel Geheimnisvolles gegen ihn zu haben. Ich dachte schon, er sei in irgendeine Betrügerei verwickelt gewesen oder hätte zumindest ein paar unschuldige und vertrauensvolle Mädchen betrogen. Doch diesem einen Geheimnis kam ich auf den Grund: Es war nichts weiter, als daß er Demokrat war. Meine Verwandten waren meist Republikaner. Noch schlimmer und dunkler und mysteriöser war in ihren Augen, daß der junge Carter ein Vermont-Demokrat war, wie sie es nannten, also ein waschechter Demokrat, ganz ohne Zweifel. Aber ich weiß nicht, was das heißt. Jedenfalls, denke ich, wird mein Geld einmal an ihn fallen, wenn ich sterbe – ich rufe mir gern sein freundliches Bild zurück und das des netten Mädchens, mit dem er verlobt war. Möge das Schicksal ihnen gnädig sein.

Ich sagte soeben, bei meiner heutigen Anschauung könnte mich nichts bewegen, Erkundigungen über den Charakter eines Menschen einzuziehen, der mir auf den ersten Blick gefallen hat. (Die kleine Abschweifung auf meine Erlebnisse in Philadelphia sollte eigentlich nur zu dieser Feststellung führen.) Denn wer auf dieser Welt kann von dem Charakter eines anderen ein Bild geben? Wer auf dieser Welt weiß etwas über das Herz eines anderen – oder selbst über sein eigenes? Ich will damit nicht sagen, man könnte nicht ungefähr abschätzen, wie sich ein Mensch verhalten wird. Aber man kann nicht sicher voraussehen, wie sich ein Mensch in jedem beliebigen Fall verhalten wird – und solange man das nicht kann, ist ein Charakterbild niemandem zu etwas nütze. So verhielt es sich zum Beispiel mit Florence' Dienstmädchen in Paris. Wir vertrauten dem Mädchen Blankoschecks zur Bezahlung der Lebensmittelrechnungen an. Eine ganze Zeitlang hatten wir so großes Vertrauen zu ihr. Dann plötzlich stahl sie einen Ring. Wir hätten sie dessen nicht für fähig gehalten; sie hätte sich dessen selber nicht für fähig gehalten. Es lag nicht in ihrem Charakter. So verhielt es sich vielleicht auch mit Edward Ashburnham.

Oder vielleicht auch nicht. Nein, ich glaube, eher nicht. Es ist schwierig, sich darüber klarzuwerden. Wie ich sagte, löste der Fall Kilsyte die schlimmste Spannung zwischen ihm und Leonora. Er bewies ihm ihre Treue; er gab ihr Gelegenheit, zu zeigen, daß sie an ihn glaubte. Ohne weitere Fragen akzeptierte sie seine Darstellung, er habe, indem er das Mädchen küßte, nichts anderes gewollt als einem weinenden Kind väterlichen Trost spenden. Und wahrhaftig machte sich seine Welt – eingeschlossen die Richter – diese Ansicht zu eigen. Was immer man sagen mag, unsere Welt kann zuzeiten ganz barmherzig sein … Doch wie ich schon einmal sagte, der Fall wurde ihm zum Verhängnis.

Das war wenigstens seine Ansicht. Er versicherte mir, ehe die Geschichte passierte und der Staatsanwalt alle die schmutzigen Motive heraustüftelte, die Staatsanwälte einem in solchen Fällen unterstellen können, habe er nicht die leiseste Ahnung gehabt, er könnte Leonora untreu werden. Aber mitten in dieser Aufregung – er sagte, es sei ihm plötzlich eingefallen, als er auf der Zeugenbank saß –, inmitten der erlauchten Zeremonien der Rechtsprechung sei ihm plötzlich die Erinnerung an den weichen Mädchenkörper gekommen, den er an sich gedrückt hatte. Und von da an sei ihm das Mädchen begehrenswert erschienen – und Leonora vollkommen reizlos. Er begann sich Tagträumen hinzugeben, in denen er sich dem Kindermädchen taktvoller näherte und die Sache viel weiter trieb. Gelegentlich dachte er an andere Frauen, malte sich aus, wie er sie behutsam umwarb – vielleicht müßte man genauer sagen: wie er sie taktvoll tröstete, bis sie sein wurden. Das war seine Ansicht über den Fall. Er sah sich als Opfer der Rechtsprechung. Ich will nicht sagen, als eine Art Dreyfus. Das Gericht war wirklich sehr nachsichtig gegen ihn. Es stellte fest, seines Erachtens habe sich Hauptmann Ashburnham durch den unangebrachten Wunsch, eine Angehörige des anderen Geschlechts zu trösten, verleiten lassen, und es verurteilte ihn zu einer Geldstrafe von fünf Schilling für seinen Mangel an Takt oder an Weltkenntnis. Aber Edward behauptete, es habe gewisse Vorstellungen in ihm wachgerufen.

Ich glaube nicht daran, wenn er es auch sicherlich tat. Er war damals siebenundzwanzig, und seine Frau hatte seine Zuneigung verloren – ein Krach war unvermeidlich. Für eine Weile kamen sie einander wieder näher, aber das konnte nicht von Dauer sein. Wahrscheinlich machte es alles nur noch schlimmer, daß Leonora sich in dieser Sache so gut bewährte. Denn während Edward sie höher achtete und ihr dankbar war, erschien sie ihm in anderen Dingen, die ihm am Herzen lagen – seine Verantwortung, seine Karriere, seine Überlieferung –, nur um so kälter. Es steigerte seine Verzweiflung über sie zu einer Art Erbitterung – und ließ in ihm den Gedanken Wurzel schlagen, er könne vielleicht eine andere Frau finden, die ihm die moralische Stütze wäre, die er brauchte. Er wollte als eine Art Lohengrin betrachtet werden. Damals, sagte er, habe er sich ernstlich nach einer anderen Frau umgesehen, die ihm helfen könnte. Er fand verschiedene – denn es gab eine ganze Reihe Damen in seinem Kreise, die imstande waren, diesem hübschen und feinen Kerl darin zuzustimmen, daß ein Feudalherr feudale Pflichten habe. Er hätte seine Tage gerne im Gespräch mit der einen oder anderen dieser Damen zugebracht. Aber da war immer ein Hindernis – wenn die Dame verheiratet war, gab es einen Gatten, der den größeren Teil ihrer Zeit und ihrer Aufmerksamkeit in Anspruch nahm. War es dagegen ein unverheiratetes Mädchen, so konnte er nicht sehr viel mit ihm zusammen sein, aus Furcht, sie zu kompromittieren. Damals, müssen Sie verstehen, hatte er noch nicht die geringste Absicht, eine dieser Damen zu verführen. Er wollte nur moralische Hilfe von den Händen eines weiblichen Wesens, weil er es schwierig fand, mit Männern über Ideale zu sprechen. Wirklich, ich glaube, er hat niemals die Absicht gehabt, eine Frau zu seiner Mätresse zu machen. Das klingt komisch; aber ich glaube, es gibt ein ganz richtiges Bild von ihm.

Es war, soviel ich weiß, einer von Leonoras Priestern – ein Mann von Welt –, der ihr riet, mit ihm nach Monte Carlo zu gehen. Er hatte die Idee, was Edward zu einem guten Einvernehmen mit Leonora not täte, sei ein Schuß Leichtsinn. Denn Edward machte damals den Eindruck eines Pedanten. Wenn er auch Polo spielte und ein ausgezeichneter Tänzer war, so tat er doch das eine nur, um sich in Form zu halten, und das andere, weil es eine gesellschaftliche Pflicht war, sich auf Tanzveranstaltungen blicken zu lassen und, wenn er schon dort war, auch gut zu tanzen. Er tat nichts aus Vergnügen, außer was er als seine Lebensaufgabe betrachtete. Nach der Ansicht des Priesters mußte ihn das für immer Leonora entfremden – nicht weil Leonora auf die Freuden des Lebens sehr versessen gewesen wäre, sondern weil sie keine Sympathie für Edwards Arbeit hatte. Andererseits war Leonora gerne dann und wann für ein Vergnügen zu haben, und wenn Edward – meinte der Priester – dazu gebracht werden könnte, sich ebenfalls dann und wann ein Vergnügen zu gönnen, so würde ein Band der Sympathie zwischen ihnen entstehen. Es war gut gemeint, aber es kam nichts Gutes dabei heraus.

Tatsächlich kam die Mätresse des Großfürsten dabei heraus. Jedem anderen, der weniger empfindsam gewesen wäre als Edward, hätte das nichts ausgemacht. Für Edward war es fatal, denn bei seiner ehrenhaften Natur hatte er das Gefühl, wenn eine Frau ihn ihre Gunst genießen ließ, habe sie fürs Leben einen Anspruch auf ihn. Das war es, was in Wirklichkeit dabei herauskam. Psychologisch bedeutete es, daß er keine Mätresse haben konnte, ohne sich unsterblich in sie zu verlieben. Er war ein ernsthafter Mensch, und in diesem Fall erwies sich das als sehr kostspielig. Bei einem Ball in ihrem gemeinsamen Hotel heftete die Mätresse des Großfürsten – eine spanische Tänzerin, die sehr leidenschaftlich aussah – ihre Blicke auf ihn. Edward war groß, ansehnlich, blond und sehr wohlhabend, wie sie hörte – und Leonora ging früh zu Bett. Sie machte sich nichts aus öffentlichen Tänzen, aber sie war erleichtert, als sie sah, daß Edward sich offenbar mit ein paar liebenswürdigen Mädchen amüsierte. Und das war das Ende für Edward – denn die spanische Tänzerin, die so leidenschaftlich aussah, wollte eine Nacht mit ihm um seiner schönen Augen willen. Er ging mit ihr in den dunklen Garten, und in plötzlicher Erinnerung an das Mädchen der Kilsyte-Geschichte küßte er sie. Er küßte sie leidenschaftlich, wild, in einem jähen

Ausbruch des Begehrens, das sein Leben lang gezügelt gewesen war – denn Leonora war kühl, oder jedenfalls sehr wohlerzogen. La Dolciquita gefiel dieser Rückfall, und er verbrachte die Nacht in ihrem Bett.

Als das bebende Geschöpf endlich in seinen Armen eingeschlafen war, ging ihm auf, daß er wahnsinnig, leidenschaftlich, überwältigend in sie verliebt war. Es war eine Leidenschaft, die wie Feuer in trockenem Stroh ausbrach. Er konnte an nichts anderes mehr denken; er konnte für nichts anderes mehr leben. Aber La Dolciquita war ein vernünftiges Geschöpf ohne einen Funken Leidenschaft. Sie brauchte eine gewisse Befriedigung ihrer Triebe, und Edward hatte sie in der Nacht zuvor gereizt. Das war nun erledigt, und kühl eröffnete sie ihm, sie verlange Geld, wenn er mehr von ihr haben wollte. Es war ein vollkommen vernünftiges Handelsabkommen. Sie machte sich keinen Pfifferling aus Edward oder irgendeinem anderen Mann, und er mutete ihr zu, daß sie eine sehr gute Position bei dem Großfürsten aufs Spiel setzte. Wenn Edward genügend Geld aufbrächte, um ihr eine Versicherung für einen Unglücksfall zu bieten, war sie bereit, Edward für eine Zeit, die sozusagen durch die Police gedeckt würde, gern zu haben. Sie bekam von dem Großfürsten fünfzigtausend Dollar im Jahr; Edward müßte ihr eine Prämie in Höhe zweier Jahreseinkommen für ihre Gesellschaft während eines Monats zahlen. Es bestand wenig Gefahr, daß der Großfürst dahinterkam, und es war nicht sicher, daß er sie auf die Straße setzen würde, wenn er dahinterkäme. Aber immerhin bestand die Gefahr – ein zwanzigprozentiges Risiko, wie sie ausrechnete. Sie redete mit Edward, als wäre sie ein Makler, der ein Grundstück zu verkaufen hat – vollkommen gelassen und vollkommen kühl, ohne jedes Schwanken in der Stimme. Sie wollte nicht unfreundlich zu ihm sein; aber sie sah auch keinen Grund, freundlich zu ihm zu sein. Sie war eine tüchtige Geschäftsfrau, mit einer Mutter und zwei Schwestern, und mußte für ihre eigenen alten Tage gut vorsorgen. Sie rechnete nur noch mit einer Karriere von fünf Jahren. Sie war vierundzwanzig, und sie sagte: »Wir Spanierinnen sind mit dreißig ein wahrer Graus.« Edward schwor ihr, er werde für sie sorgen, solange sie lebte, wenn sie nur zu ihm käme und mit diesen furchtbaren Reden aufhörte; aber sie hob nur langsam und verächtlich eine Schulter. Er versuchte, diese Frau, die ihm seinem Empfinden nach ihre Tugend geopfert hatte, zu überzeugen, er erachte es in jedem Fall als seine Pflicht, für sie zu sorgen, sie hochzuhalten und sogar zu lieben – fürs Leben. Er wollte das als Gegenleistung für ihr Opfer tun. Als Gegenleistung wiederum für seine aufrichtige Liebe sollte sie sich künftig stets die Berichte über seine Güter anhören. So hatte er es sich ausgedacht.

Sie zuckte dieselbe Schulter mit derselben Geste und hielt ihm ihre linke Hand hin, den Ellbogen in die Seite gestützt.

»Enfin, mon ami«, sagte sie, »legen Sie den Preis der Tiara von Forlî in diese Hand, sonst ...«, und sie kehrte ihm den Rücken.

Edward wurde wahnsinnig; seine Welt stand auf dem Kopf; die Palmen vor der blauen See führten einen grotesken Tanz auf. Sie verstehen, er glaubte an die Tugend, die Zärtlichkeit und den moralischen Beistand der Frauen. Mehr als alles andre wollte er mit La Dolciquita diskutieren; sich mit ihr auf eine Insel zurückziehen, ihr die Verderbtheit ihres Standpunkts klarmachen und ihr zeigen, daß das Heil einzig in treuer Liebe und der Feudalordnung zu finden ist. Sie war einmal seine Mätresse gewesen, dachte er, und nach allen moralischen Gesetzen müsse sie seine Mätresse bleiben oder zuallermindest seine mitfühlende Vertraute. Aber ihre Zimmer blieben ihm verschlossen; sie ließ sich nicht im Hotel blicken. Nichts: das blanke Schweigen. Sie haben gehört, wie es kam.

Eine Woche lang war er wie von Sinnen: Er hungerte, seine Augen sanken ein, er schauderte vor Leonoras Berührung zurück. Ich möchte glauben, neun Zehntel dessen, was er für seine Liebe zu La Dolciquita hielt, war in Wirklichkeit Unbehagen bei dem Gedanken, daß er Leonora untreu geworden war. Er fühlte sich ungewöhnlich elend – ach, unerträglich elend, und er hielt das alles für Liebe. Der arme Teufel, er war unglaublich naiv. Er trank wie ein Fisch, wenn Leonora zu Bett gegangen war, er stürzte an den Spieltisch, und das ging vierzehn Tage so fort. Der Himmel weiß, was geschehen wäre; er hätte den letzten Penny verspielt, den er besaß.

An dem Abend, als er ungefähr vierzigtausend Pfund verloren hatte, worüber das ganze Hotel tuschelte, trat La Dolciquita gelassen in sein Schlafzimmer. Er war zu betrunken, um sie zu erkennen, und sie setzte sich in einen Lehnsessel, strickte und hielt ihm Riechsalz unter die Nase – denn er hatte sich eine ganz nette Alkoholvergiftung geholt –, und sobald er aufnahmefähig war, sagte sie: »Hören Sie, mon ami, gehen Sie nicht wieder an den Spieltisch. Schlafen Sie sich aus und besuchen Sie mich heute nachmittag.«

Edward schlief bis zum Mittagessen. Inzwischen hatte Leonora die Neuigkeit erfahren. Eine Mrs. Oberst Whelen hatte es ihr erzählt. Diese scheint die einzige vernünftige Person gewesen zu sein, die je mit den Ashburnhams in Beziehung stand. Sie war zu dem Schluß gekommen, hinter Edwards unglaublichem Benehmen und Aussehen könne nur eine Frau von der Harpyien-Sorte stecken; und sie riet Leonora, unverzüglich nach London zu fahren – was Edward vielleicht wieder zur Besinnung bringen würde – und sich mit ihrem Anwalt und ihrem geistlichen Berater zu besprechen. Sie führe am besten noch diesen Morgen ab; es hätte keinen Sinn, mit einem Mann in Edwards Verfassung viel zu reden.

Edward wußte in der Tat nicht, daß sie abgereist war. Als er erwachte, begab er sich sogleich in La Dolciquitas Zimmer, und sie ließ ihm sein Mittagessen in ihr Appartement bringen. Er fiel ihr um den Hals und weinte, und sie ließ es eine Weile über sich ergehen. Sie war eine ganz gutherzige Frau. Und als sie ihn mit Eau de Mélisse beruhigt hatte, sagte sie:

»Nun, mein Freund, wieviel Geld haben Sie noch? Fünftausend Dollar? Zehn?«; denn es lief das Gerücht um, er habe in den vierzehn Tagen Abend für Abend ein Vermögen verloren, und sie sagte sich, er müsse mit seinen Mitteln bald am Ende sein.

Das Eau de Mélisse hatte ihn für den Augenblick so weit beruhigt, daß er wirklich seine Gedanken beisammen hatte. Er brummte nur:

»Und dann?«

»Nun«, antwortete sie, »Sie könnten die zehntausend Dollar ebensogut bei mir lassen wie am Spieltisch. Ich gehe mit Ihnen für diese Summe eine Woche nach Antibes.«

Edward brummte: »Fünf.« Sie versuchte, siebentausendfünfhundert zu bekommen, aber er blieb bei seinen fünftausend und den Hotelkosten in Antibes. Das Beruhigungsmittel brachte ihn nur eben bis zu diesem Punkt, dann sank er wieder zusammen. Er mußte um drei Uhr nach Antibes fahren, er konnte nicht anders. Er ließ für Leonora einen Brief zurück, in dem er ihr mitteilte, er sei für eine Woche mit den Clinton Morleys auf ihrer Jacht ausgefahren.

Er hatte nicht viel Freude in Antibes. La Dolciquita konnte von nichts anderem angeregt plaudern als von Geld, und in den wachen Stunden lag sie ihm unaufhörlich in den Ohren mit den allerkostspieligsten Wünschen. Am Ende der Woche setzte sie ihn einfach stillschweigend vor die Tür. Er hing noch drei Tage in Antibes herum. Er war von der Vorstellung geheilt, der Dolciquita gegenüber irgendwelche Verpflichtungen zu haben – feudaler oder anderer Art. Aber seine Empfindsamkeit forderte von ihm eine Haltung von byronscher Schwermut – als habe sein Hof Halbtrauer angelegt. Dann kehrte sein Appetit plötzlich wieder, und er erinnerte sich Leonoras. In seinem Hotel in Monte Carlo fand er ein Telegramm von Leonora, das in London aufgegeben worden war und worin stand: »Bitte komm, sobald es geht, zurück.« Er begriff nicht, warum Leonora ihn so überstürzt verlassen hatte, da sie doch der Meinung sein mußte, er segelte mit den Clinton Morleys. Dann entdeckte er, daß sie das Hotel verlassen hatte, noch ehe er ihr seine Mitteilung schrieb. Er hatte eine ziemlich dornige Rückreise nach London; er hatte Todesangst – und noch nie war ihm Leonora so begehrenswert erschienen.

V

Ich nenne dies lieber die »Traurigste Geschichte« als »Die Tragödie der Ashburnhams«, einfach weil sie so traurig ist, einfach weil da keine Strömung war, die die Dinge einem raschen, unvermeidlichen Ende zutrieb. An dieser Geschichte ist nichts Erhebendes, wie es der Tragödie innewohnt; es gibt keine Nemesis in ihr, kein Schicksal. Da waren zwei edle Menschen – denn ich bin überzeugt, daß sowohl Edward wie Leonora von edler Natur waren –, da waren also zwei edle Naturen, die das Leben hinabtrieben wie treibende Brander auf einer Lagune und Unheil, Herzeleid, Qualen der Seele und Tod brachten. Und sie selber sanken allmählich immer tiefer. Und warum? Zu welchem Zweck? Welche Lehre liegt darin? Alles ist dunkel.

Es gibt nicht einmal einen Schurken in der Geschichte – denn sogar Major Basil, der Mann der Dame, die als nächste und diesmal wirkliche Trösterin des unglückseligen Edward an die Reihe kam – sogar Major Basil war kein Schurke in diesem Stück. Er war ein fauler, haltloser, unnützer Kerl – aber er tat Edward nichts. Während sie in derselben Garnison in Burma waren, borgte er sich von ihm eine Menge Geld – obwohl es, da Major Basil keine eigentlichen Laster hatte, schwer zu verstehen war, wozu er es brauchte. Er sammelte verschiedene Arten Zaumzeug aus den frühesten Zeiten bis in die Gegenwart – aber da er nicht einmal dieser Beschäftigung mit Energie nachging, kann er nicht sehr viel Geld benötigt haben, sagen wir, um das Zaumzeug von Dschingis-Khans Chargenpferd zu erwerben, sofern Dschingis-Khan ein Chargenpferd hatte. Und wenn ich sage, er lieh sich viel Geld von Edward, soll das nicht heißen, er hätte von ihm mehr als tausend Pfund bekommen in den fünf Jahren, die ihre Beziehung dauerte. Edward hatte natürlich nicht sehr viel Geld; dafür sorgte schon Leonora. Immerhin wird er wohl fünfhundert englische Pfund im Jahr für seine kleinen Liebhabereien zur Verfügung gehabt haben – für seine Regimentsbeiträge und um seine Leute in schneidiger Verfassung zu erhalten. Leonora haßte das; sie hätte sich lieber Kleider gekauft oder das Geld dazu verwandt, eine Hypothek abzutragen. Doch da sie einen Besitz verwaltete, der dreitausend im Jahr abwarf, mit der Aussicht, ihn wieder hochzubringen, so daß er fünftausend einbrachte, und da das Gut eigentlich, wenn auch nicht nach dem Gesetz, Edward gehörte, fand sie es in ihrem Gerechtigkeitssinn nur recht und billig, wenn Edward einen Teil für sich verbrauchte. Freilich hatte sie es verteufelt schwer.

Ich weiß nicht, ob ich die finanziellen Einzelheiten richtig verstanden habe. Ich kann mit Zahlen ganz gut umgehen, aber zuweilen verwechsle ich noch Pfund mit Dollar, und dann verstehe ich die Beträge falsch. Jedenfalls stand die Sache ungefähr so: Richtig bewirtschaftet, und wenn man den Pächtern keine Abzüge bewilligte und keine Schulen und dergleichen unterhielt, hätten die Ländereien von Branshaw, als Edward sie übernahm, ungefähr fünftausend im Jahr einbringen müssen. In Wirklichkeit warfen sie nur etwa vier ab. (Ich spreche von Pfund, nicht Dollar.) Edwards Ausschweifungen mit der Spanierin hatten ihren Wert auf etwa dreitausend im Jahr vermindert – allerhöchstens, ohne Abzüge. Leonora wollte ihn wieder auf fünftausend bringen.

Sie war natürlich sehr jung für eine solche Aufgabe – vierundzwanzig ist nicht eben ein vorgerücktes Alter. So ging sie mit jugendlichem Eifer an eine Sache, die sie wahrscheinlich sehr viel milder angepackt hätte, wenn sie mehr vom Leben gewußt hätte. Sie las Edward gründlich die Leviten. Er mußte ihr in einem Londoner Hotel gegenübertreten, nachdem er mit kläglich hängenden Ohren von Monte Carlo zurückgekrochen war.

Soviel ich weiß, unterbrach sie sein erstes Gestammel und seine ersten Versuche, einen zärtlichen Ton anzuschlagen, etwa mit den Worten:

p215 – with his poor tail between his poor legs

»Wir stehen am Rande des Ruins. Bist du willens, mich die Dinge in die Hand nehmen zu lassen? Wenn nicht, ziehe ich mich mit meinem Witwenteil nach Hendon zurück.« (Hendon war ein Kloster, in das sie sich ab und zu für eine Weile von der Welt zurückzog.)

Und der arme Edward wußte nichts – absolut nichts. Er wußte nicht, wieviel Geld er am Spieltisch »verpulvert« hatte – um sein Wort zu gebrauchen. Er wußte nicht, ob sie etwas von La Dolciquita gehört hatte oder in dem Glauben war, er habe an dem Segelausflug teilgenommen, oder er sei in Monte Carlo geblieben. Er war einfach stumm und hätte sich am liebsten in ein Mauseloch verkrochen, um nicht reden zu müssen. Leonora drängte ihn nicht zum Reden, und sie selber sagte auch nichts mehr.

Ich weiß nicht viel über englische Rechtsprozeduren – ich meine, ich kann nicht im einzelnen schildern, wie sie ihm die Hände banden. Aber zwei Tage später, ohne daß Leonora mehr gesprochen hätte, als ich berichtet habe, waren sie und ihr Rechtsanwalt die Treuhänder – so heißt es wohl – von Edwards gesamtem Vermögen, und mit Edward als dem guten Herrn und Vater seiner Leute war es aus.

Leonora standen damals dreitausend im Jahr zur Verfügung. Sie veranlaßte Edward, sich zu einem Teil seines Regiments, der in Burma stationiert war, versetzen zu lassen – wenn man das so nennen kann. Sie selbst beriet sich etwa eine Woche lang mit Edwards Verwalter. Sie gab ihm zu verstehen, die Ländereien müßten bis zum letzten Penny ausgenutzt werden. Ehe sie nach Indien abreisten, vermietete sie Branshaw auf sieben Jahre für eintausend jährlich. Sie verkaufte zwei Van Dycks und ein wenig Silber für elftausend Pfund und brachte durch Hypotheken neunundzwanzig zusammen. Das Geld ging an Edwards Geldverleiher in Monte Carlo. Sie mußte also die neunundzwanzigtausend wieder herbeischaffen; die Van Dycks und das Silber zu ersetzen fand sie nicht nötig, das waren nur Kinkerlitzchen, die der Eitelkeit der Ashburnhams schmeichelten. Edward weinte zwei Tage lang über das Verschwinden seiner Ahnen, und da wünschte sie, sie hätte es nicht getan; aber sie zog daraus keine Lehre, und er sank noch mehr in ihrer Achtung. Sie verstand auch nicht, daß ihm die Vermietung von Branshaw mit einem Gefühl körperlicher Besudelung nachging – verstand nicht, daß sie für ihn fast so schlimm war, wie wenn eine Frau, die ihm gehört hätte, Prostituierte geworden wäre. So quälte es ihn; aber sicherlich war ihr der Gedanke an die spanische Tänzerin nicht weniger qualvoll.

So machte sie sich an die Arbeit. Sie blieben acht Jahre in Indien, und Leonora bestand darauf, diese ganze Zeit über ihren Unterhalt selbst zu bestreiten – mit seinem Hauptmannssold und seiner Frontzulage mußten sie auskommen. Sie gab ihm fünfhundert Pfund im Jahr für Ashburnham-Kinkerlitzchen, wie sie es nannte – und sie war der Meinung, sie behandelte ihn gut.

Freilich, in gewissem Sinne behandelte sie ihn gut – aber nicht in seinem Sinne. Sie kaufte ihm immer teure Geschenke, die sie sich gewissermaßen vom Munde absparte. Ich habe zum Beispiel von Edwards

Lederkoffern gesprochen. Nun, sie waren keineswegs Edwards Koffer; sie waren Leonoras Manifestationen. Er liebte zwar Sauberkeit, aber er zog es vor, schäbig auszusehen. Das verstand sie nie, und all das Schweinsleder dachte sie sich als Belohnung für ihn aus, weil er ihr zu einer kleinen Spekulation geraten hatte, bei der sie elfhundert Pfund gewann. Die Schäbigkeit nahm sie auf sich. Als sie zu einem Ort Simla hinaufgingen, wo es im Sommer kühl und sehr gesellig sein soll – als sie um ihrer Gesundheit willen nach Simla hinaufgingen, war sie es, die ihn auf einem Tausend-Dollar-Pferd und angetan mit den fröhlichsten Fetzen, wie wir in den Vereinigten Staaten sagen würden, herumstolzieren ließ. Sie selbst zog sich derweil von der Welt zurück. Ich glaube, das war sehr gut für ihre Gesundheit und sehr billig.

Es war wahrscheinlich auch für Edwards Gesundheit gut, denn er stolzierte meistens mit Mrs. Basil herum, die eine nette Frau und ihm sehr, sehr gut war. Ich vermute, sie war seine Geliebte, aber ich hörte es natürlich nie aus Edwards Mund. Soviel ich verstanden habe, nahmen sie es hochromantisch, was ihnen beiden sehr entsprach – oder jedenfalls Edward; anscheinend war sie eine empfindsame und zarte Seele und tat alles, was er wollte. Ich will nicht sagen, sie hätte keinen Charakter gehabt; es war vielmehr ihre Aufgabe, zu tun, was Edward brauchte. So, stelle ich mir vor, brauchte Edward während dieser fünf Jahre lange Zeiten inniger Zärtlichkeit, die durch lange, lange Gespräche genährt wurde, und ab und zu »fehlten« sie, was Edward Anlaß zu Gewissensbissen gab und einen Vorwand, dem

Major weitere fünfzig zu leihen. Ich glaube nicht, daß Mrs. Basil es als »Fehltritt« betrachtete; sie bedauerte ihn nur und liebte ihn.

Sehen Sie, Leonora und Edward mußten über irgend etwas sprechen, während all dieser Jahre. Man kann nicht absolut stumm bleiben, wenn man mit einem anderen Menschen zusammenlebt, es sei denn, man stammt aus Nordengland oder dem Staate Maine. So verfiel Leonora auf den lustigen Gedanken, Edward die Abrechnung über seine Güter vorzulegen und sie mit ihm zu erörtern. Er sagte nicht viel dazu; er versuchte höflich zu bleiben. Aber es war der alte Mr. Mumford – der Bauer, der seine Pacht nicht zahlte –, der Edward Mrs. Basil in die Arme warf. Als Mrs. Basil in der Abenddämmerung in den burmesischen Park kam, sah sie Edward zwischen den Blumen rasen; er mähte die ganze Pracht nieder – mit seinem Säbel, nicht mit dem Spazierstock. Er hörte auch nicht auf und fluchte in einer Weise, daß sie kaum ihren Ohren traute.

Sie hörte dann, daß man einen alten Herrn namens Mumford von seinem Hof verwiesen und ihm eine mietfreie Hütte gegeben hatte, wo er von zehn Schilling die Woche lebte, die ein bäuerlicher Wohltätigkeitsverein stiftete, dazu sieben Schilling, die ihm die Ashburnham-Treuhänder gewährten. Edward hatte diese Tatsache gerade aus der Gutsabrechnung erfahren. Leonora hatte sie in seinem Ankleidezimmer liegenlassen, und er hatte sie zu lesen begonnen, bevor er seine Montur ablegte. So kam es, daß er noch den Säbel zur Hand hatte. Leonora fand, sie habe den alten Mr. Mumford außerordentlich großmütig behandelt, indem sie ihn mietfrei in dem Häuschen wohnen ließ und ihm sieben Schilling die Woche gab. Jedenfalls hatte Mrs. Basil noch nie einen Mann in einem solchen Zustand gesehen wie Edward damals. Sie war seit geraumer Zeit leidenschaftlich in ihn verliebt, und er hatte sich mit ebenso tiefer Leidenschaft nach ihrer Sympathie und Bewunderung gesehnt. So kam es, daß sie darüber sprachen, dort in dem burmesischen Garten, unter dem blassen Himmel, während rings um ihre Füße die Garben zerfetzter Pflanzen in der Dämmerung ihren Duft verströmten. Ich glaube, sie wahrten noch eine ganze Weile das Dekorum, wiewohl Mrs. Basil sich so viele Stunden lang in die Abrechnung über die Güter der Ashburnhams vertiefte, daß sie bald jeden Flurnamen auswendig wußte. Edward hatte eine riesige Karte seiner Ländereien in seiner Sattelkammer hängen, was Major Basil nicht zu stören schien. Ich glaube, in einsamen Garnisonen nehmen es die Leute nicht allzu genau.

Es hätte ewig so weitergehen können, wenn der Major nicht bei den Truppenverschiebungen, die kurz vor dem Südafrikanischen Krieg vorgenommen wurden, zum Major mit dem Rang eines Obersten ernannt worden wäre. Er wurde versetzt, und natürlich konnte Mrs. Basil nicht bei Edward bleiben. Edward hätte nach Transvaal gehen sollen, glaube ich. Für ihn wäre es ganz gut gewesen, wenn er gefallen wäre. Aber Leonora ließ ihn nicht gehen; sie hatte furchtbare Geschichten über die Verschwendung des Husarenregiments in Kriegszeiten gehört – wie sie Kisten mit hundert Flaschen Champagner zu fünf Guineas die offenes Weideland in Südafrika

Flasche auf dem Veld zurückließen und dergleichen mehr. Übrigens sah sie lieber, was Edward mit seinen fünfhundert im Jahr anfing. Ich will nicht sagen, Edward hätte deswegen gegrollt. Er gehörte nicht zu den Männern, die auf Heldentaten aus sind, und ihm galt es gleich, ob es ihn in den Bergen der Nordwest-Front aus dem Hinterhalt erwischte oder ob er von einem Herrn im Zylinder in irgendeinem ausgetrockneten Flußbett erschossen wurde. Das sind mehr oder weniger seine Worte darüber. Ich glaube, er hat sich drüben ziemlich ausgezeichnet. Jedenfalls bekam er seinen D.S.O. und wurde zum Hauptmann mit Majorsrang befördert.

Leonora jedoch lag nicht das geringste an seinem Soldatentum. Auch seine Heldentaten waren ihr verhaßt. Zu einem ihrer erbittertsten Wortwechsel kam es, nachdem er zum zweitenmal im Roten Meer über Bord gesprungen war, um einen Gemeinen zu retten. Sie hatte es beim erstenmal ertragen und ihm sogar dazu gratuliert. Aber das Rote Meer war schrecklich auf dieser Reise, und unter den Soldaten schien ein Selbstmordkoller auszubrechen. Es ging Leonora auf die Nerven; sie stellte sich vor, wie Edward auf der weiteren Fahrt alle zehn Minuten über Bord sprang. Und allein schon der Ruf »Mann über Bord« ist eine unangenehme, aufregende und verwirrende Sache. Das Schiff stoppt, und alles ruft durcheinander. Und Edward wollte ihr nicht versprechen, es nicht wieder zu tun, doch glücklicherweise kamen sie unter einen kühleren Himmelsstrich, als sie den Persischen Golf erreichten. Leonora war von dem Gedanken besessen,

Edward wollte sich das Leben nehmen, es muß deshalb recht zermürbend für sie gewesen sein, als er ihr das Versprechen nicht geben wollte. Leonora hätte eigentlich nicht auf dem Truppentransporter mitfahren dürfen; aber sie brachte es irgendwie fertig, weil es billig war.

Major Basil entdeckte die Beziehung zwischen seiner Frau und Edward, kurz bevor er in eine andere Garnison versetzt wurde. Ich weiß nicht, ob das der Trick eines Erpressers oder nur ein Spiel des Zufalls war. Vielleicht hatte er schon die ganze Zeit über davon gewußt, vielleicht auch nicht. Jedenfalls fielen ihm gerade zu der Zeit Briefe und anderes in die Hände. Es kostete Edward auf der Stelle dreihundert Pfund. Ich weiß nicht, wie das ausgehandelt wurde; ich kann mir nicht vorstellen, wie selbst ein Erpresser es fertigbringt, mit seinen Forderungen herauszurücken. Vermutlich gibt es eine Art, dabei das Gesicht zu wahren. Ich male es mir folgendermaßen aus: der Major zeigt Edward mit furchtbaren Verwünschungen die bewußten Briefe, dann akzeptiert er dessen Erklärung, die Briefe seien vollkommen harmlos, wenn man sie nicht falsch auslegte. Daraufhin sagt der Major wohl: »Hören Sie mal, alter Freund, ich sitze verdammt in der Klemme. Könnten Sie mir nicht dreihundert oder so leihen?« So wird es wohl vor sich gegangen sein. Und Jahr für Jahr kam dann ein Brief vom Major, in dem es hieß, er sitze verdammt in der Klemme, und ob Edward ihm nicht dreihundert oder so leihen könne.

Es traf Edward hart, als Mrs. Basil abreisen mußte. Er hatte sie sehr liebgehabt, und er blieb ihrem

Andenken lange Zeit treu. Auch Mrs. Basil hatte ihn sehr geliebt und hegte die Hoffnung, eines Tages wieder mit ihm vereinigt zu sein. Vor drei Tagen kam übrigens ein sehr anständiger, aber sehr trauriger Brief von ihr an Leonora, in dem sie um nähere Mitteilungen über Edwards Tod bat. Sie hatte die Anzeige in irgendeinem indischen Blatt gelesen. Sie muß eine sehr nette Frau gewesen sein. Und dann wurden die Ashburnhams weiter hinauf nach einem Ort oder einem Distrikt mit Namen Chitral versetzt. Ich bin nicht sehr bewandert in der Geographie des indischen Reiches. Zu jener Zeit war aus ihnen ein vorbildliches Paar geworden, und sie sprachen nie unter vier Augen miteinander. Leonora hatte es sogar aufgegeben, Edward die Abrechnungen über die Ashburnham-Güter zu zeigen. Er dachte, sie hätte einen solchen Haufen Geld zusammengebracht, daß ihr nicht mehr daran lag, ihn wissen zu lassen, wie sie vorwärtskam. In Wirklichkeit jedoch war sie nach fünf oder sechs Jahren zu der Einsicht gekommen, daß es für Edward schmerzlich sein mußte, sich die Abrechnungen über seine Güter anzusehen, ohne die Wirtschaftsführung in der Hand zu haben. Sie wollte ihm damit etwas Gutes tun. Und oben in Chitral tauchte dann die liebe Maisie Maidan auf …

Das war für Edward die verwirrendste von allen seinen Liebesgeschichten. Sie weckte in ihm den Argwohn, er sei ein unbeständiger Mensch. Die Affäre mit der Dolciquita hatte er als einen kurzen Anfall von Irrsinn ähnlich der Tollwut betrachtet. An seinen Beziehungen zu Mrs. Basil war für sein Gefühl nichts im groben Sinne schändlich gewesen. Der Ehemann hatte ein Auge zugedrückt; sie hatten einander wirklich geliebt; seine Frau war sehr grausam zu ihm und hatte schon lange aufgehört, ihm eine Frau zu sein. Er dachte an Mrs. Basil als an seine Seelengefährtin, die ihm ein unfreundliches Schicksal entrissen hatte – irgend etwas Rührseliges dieser Art.

Aber während er noch jede Woche lange Briefe an Mrs. Basil schrieb, entdeckte er, daß er rasend unruhig wurde, wenn er es versäumte, Maisie Maidan im Laufe eines Tages zu sehen. Er ertappte sich, wie er ungeduldig die Haustüren überwachte; er entdeckte, daß er ihren jungen Mann oft stundenlang haßte. Er entdeckte, daß er zu unmenschlich früher Stunde aufstand, um am späten Vormittag Zeit zu einem Spaziergang mit Maisie Maidan zu haben. Er ertappte sich dabei, daß er kleine Slangausdrücke gebrauchte, die auch sie gebrauchte, und daß er sie rührend fand. Sie werden verstehen, diese Entdeckungen kamen so spät, daß er nichts anderes mehr tun konnte, als sich treiben lassen. Er verlor an Gewicht; seine Augen begannen einzusinken; er litt an leichten Fieberanfällen. Er war, wie er sich ausdrückte, abgerackert.

Und an einem scheußlich heißen Tage hörte er sich auf einmal zu Leonora sagen:

»Was meinst du, könnten wir die kleine Mrs. Maidan nicht mit nach Europa nehmen und sie in Bad Nauheim absetzen?« Er hatte nicht die geringste Absicht gehabt, dies zu Leonora zu sagen. Er hatte nur dagestanden und eine illustrierte Zeitschrift angesehen, während sie auf das Abendessen warteten. Das Abendessen wurde zwanzig Minuten später serviert, sonst wären die Ashburnhams nicht miteinander allein gewesen. Nein, er hatte nicht die geringste Absicht gehabt, diese Worte auszusprechen. Er hatte einfach dagestanden in einer stillen Qual der Angst, der Sehnsucht, der Hitze und des Fiebers. Er dachte daran, daß sie in einem Monat nach Branshaw zurückkehren wollten und daß Maisie Maidan zurückbleiben und sterben würde. Und dann war ihm das entfahren.

Der Fächer schwirrte in dem verdunkelten Raum; Leonora lag erschöpft und reglos auf ihrer Rohrchaiselongue; keiner von beiden rührte sich. Sie waren beide damals in undefinierbarer Weise krank.

Und dann sagte Leonora:

»Ja, ich habe es Charlie Maidan heute nachmittag versprochen. Ich habe mich erboten, ihre Ausgaben aus meiner Tasche zu bezahlen.«

Edward konnte gerade noch herunterschlucken: »Gütiger Gott!« Wissen Sie, er hatte nicht die mindeste Ahnung, was Leonora wußte – über Maisie, über Mrs. Basil, und selbst über La Dolciquita. Es war eine ziemlich rätselvolle Situation für ihn. Betroffen sagte er sich, Leonora trachte offenbar danach, seine Liebschaften zu steuern, wie sie in seinen Geldangelegenheiten das Steuer ergriffen hatte, und das machte sie ihm nur noch verhaßter – und flößte ihm noch größeren Respekt ein. Seine Geldangelegenheiten hatte Leonora immerhin mit Erfolg geführt. Vor einer Woche hatte sie zum erstenmal seit vielen Jahren mit ihm über Geld gesprochen. Sie hatte zweiundzwanzigtausend Pfund aus den Ländereien von Branshaw herausgewirtschaftet, und weitere sieben, indem sie Branshaw möbliert vermietet hatte. Durch glückliche Investitionen – bei denen Edward ihr behilflich gewesen war – hatte sie weitere sechs- oder siebentausend gewonnen, die sich sehr gut noch vermehren konnten. Die Hypotheken waren abgezahlt, so daß sie abgesehen von dem Verlust der beiden Van Dycks und des Silbers so gut dastanden wie zur Zeit, da die Dolciquita wie ein Heuschreckenschwarm über sie hergefallen war. Leonora legte Edward, der sich in undurchdringliches Schweigen hüllte, die Zahlen vor.

»Ich schlage vor«, sagte sie, »du nimmst deinen Abschied von der Armee, und wir kehren nach Branshaw zurück. Wir sind beide zu krank, um länger hierbleiben zu können.«

Edward schwieg.

»Dies«, fuhr Leonora gelassen fort, »ist ein großer Tag in meinem Leben.«

Edward sagte: »Du hast deine Sache großartig gemacht. Du bist eine wundervolle Frau.« Aber er dachte, wenn sie nach Branshaw zurückkehrten, würden sie Maisie Maidan zurücklassen. Dieser Gedanke beschäftigte ihn ausschließlich. Sie mußten zweifellos nach Branshaw zurückkehren; es war nicht zu bezweifeln, daß Leonora zu krank war, um länger an diesem Ort zu bleiben. Sie sagte:

»Du verstehst, daß die Verfügungsgewalt über das gesamte Einkommen jetzt wieder in deiner Hand liegt. Wir werden fünftausend im Jahr haben.«

Sie dachte, es liege ihm sehr daran, über die Verwendung seines Einkommens von fünftausend Pfund im Jahr zu bestimmen, und es werde in ihm ein wenig Zuneigung wecken. Aber er dachte einzig an Maisie Maidan – an Maisie, Tausende von Meilen von ihm entfernt. Er sah die Berge zwischen ihnen – blaue Berge und das Meer und sonnenbeschienene Ebenen. Er sagte:

»Das ist sehr großmütig von dir.« Und sie wußte nicht, ob das ein Lob war oder Hohn. Das war vor einer Woche gewesen. Und die ganze Woche hatte er in wachsender Qual gelebt bei dem Gedanken, daß diese Berge, dieses Meer und diese sonnenbeschienenen Ebenen bald zwischen ihm und Maisie Maidan liegen würden. Dieser Gedanke schüttelte ihn in den glühenden Nächten, der Schweiß floß an ihm herab, und in den glühenden Mittagsstunden zitterte er vor Kälte bei diesem Gedanken. Er fand keine Minute Ruhe; die Eingeweide kehrten sich ihm um und um; seine Zunge war ständig trocken, und der Atem zwischen seinen Lippen kam ihm wie ein Pesthauch vor.

An Leonora dachte er nicht einen Augenblick. Er hatte seine Papiere eingeschickt. Sie sollten in einem Monat aufbrechen. Er betrachtete es als seine Pflicht, den Ort zu verlassen und fortzugehen, um Leonora zu helfen. Er tat seine Pflicht.

Das Entsetzliche an ihrem Verhältnis damals war, daß alles, was sie tat, seinen Haß erregte. Er haßte sie, als er sah, sie wollte ihn wieder als Lord of Branshaw einsetzen – als einen Popanz von einem Lord, in Windeln. Er meinte, sie habe das nur getan, um ihn von Maisie Maidan zu trennen. Der Haß lastete auf ihm in all den drückenden Nächten und füllte die dämmrigen

Winkel des Zimmers. Als er dann hörte, daß sie dem jungen Maidan angeboten hatte, seine Frau mit nach Europa zu nehmen, haßte er sie automatisch, weil er alles haßte, was sie tat. Ihm war damals, als könnte sie gar nicht mehr anders als grausam zu ihm sein, auch wenn sie zufällig etwas Freundliches tat ... Ja, es war eine schreckliche Situation.

Aber die kühle Brise des Ozeans schien diesen Haß wie einen Vorhang zu lüften. Es war, als brächte sie ihm seine Bewunderung und Achtung für Leonora zurück. Die Annehmlichkeit, über reichlich Geld zu verfügen, die Tatsache, daß es ihm die Gesellschaft Maisie Maidans erkauft hatte – diese Dinge ließen ihn allmählich einsehen, daß seine Frau vielleicht doch recht daran getan hatte, auf dem Hungern und Knausern zu bestehen. Er fühlte sich wohl; er war sogar strahlend glücklich, wenn er für Maisie Maidan Tassen mit Bouillon über das Deck tragen durfte. Eines Abends, als er neben Leonora an der Reling lehnte, sagte er unvermittelt:

»Bei Gott, du bist die beste Frau in der Welt. Ich wünschte nur, wir könnten bessere Freunde sein.«

Sie wandte sich bloß wortlos ab und ging in ihre Kabine. Doch ihre Gesundheit hatte sich sehr gebessert.

Und nun, denke ich, muß ich Ihnen die Geschichte von Leonoras Seite zeigen. Das ist sehr schwierig. Denn wenn Leonora auch eine unwandelbare Haltung wahrte, wechselte sie sehr häufig ihren Standpunkt. Sie war durch die Überlieferung ihrer Familie, durch ihre Erziehung dazu gedrillt worden, den Mund zu halten. Aber zuweilen war sie so nahe daran, der Versuchung zu sprechen nachzugeben, daß sie später schaudernd an diese Zeiten zurückdachte. Sie müssen wissen, ihr lag vor allem daran, vor der Welt, vor Edward und vor den Frauen, die er liebte, Schweigen zu bewahren. Sprach sie, so mußte sie sich verachten.

Seit dem Augenblick, da er ihr mit La Dolciquita untreu geworden war, hatte sie die eheliche Beziehung zu Edward nicht wieder aufgenommen. Nicht, als hätte sie sich ihm grundsätzlich und für immer verweigern wollen. Ihre geistlichen Berater, glaube ich, verboten ihr das. Aber sie machte zur Bedingung, daß er irgendwie, vielleicht symbolisch, zu ihr zurückkäme. Es wurde nicht recht deutlich, was sie darunter verstand; wahrscheinlich wußte sie es selber nicht. Oder vielleicht doch.

Es gab Augenblicke, in denen er zu ihr zurückzukommen schien. Es gab Augenblicke, in denen sie um ein Haar ihrer physischen Leidenschaft für ihn nachgegeben hätte. Ebenso wäre sie in manchen Augenblicken fast der Versuchung erlegen, Mrs. Basil oder Maisie Maidan bei ihren Männern zu verraten. Dann kam sie der Wunsch an, die Schrecken und Schmerzen eines öffentlichen Skandals heraufzubeschwören. Denn da sie Edward gespannt und mit gespitzten Ohren beobachtete, schlimmer als eine Katze einen Vogel auf dem Baum, nahm sie wahr, wie seine Leidenschaft für jede dieser Damen wuchs. Sie spürte es an der Art, wie seine Blicke immer wieder zu gewissen Türen und Gartentoren zurückkehrten; sie spürte es an seiner Beruhigung, wenn sein Verlangen befriedigt war.

Zuweilen sah sie in der Einbildung mehr, als wahr war. Sie bildete sich ein, Edward habe Liebeleien mit anderen Frauen – mit zweien, mit dreien auf einmal. Zuzeiten hielt sie ihn für ein Ungeheuer an Zügellosigkeit. Und sie vermochte nicht einzusehen, daß er etwas gegen sie haben könnte. Sie ließ ihm seine Freiheit; sie hungerte, um sein Vermögen wiederherzustellen; sie gestattete sich keinerlei weibliche Freuden – keine Kleider, keine Juwelen, kaum eine Freundschaft, aus Furcht, sie könnten Geld kosten.

Und doch, seltsamerweise, mußte sie sich eingestehen, daß sowohl Mrs. Basil wie Maisie Maidan nette Frauen waren. Der prüfende, geringschätzige Blick, mit dem eine Frau eine andere ansehen kann, hinderte sie nicht zu erkennen, daß Mrs. Basil sehr gut zu Edward war und daß Mrs. Maidan ihm sehr guttat. Das erschien ihr wie eine ungeheuerliche und unbegreifliche Tücke des Geschicks. Unbegreiflich! Warum, fragte sie sich immer wieder, warum rührte denn alles, was sie Gutes für ihren Mann tat, ihn gar nicht an, oder empfand er es nicht als etwas Gutes? Was für ein Wahn verblendete ihn, daß er ihr nicht erlaubte, gut zu ihm zu sein, wie Mrs. Basil zu ihm war? Mrs. Basil war ihr nicht allzu unähnlich. Sie war zwar groß, dunkel, hatte eine sanfte, trauervolle Stimme und ein sehr gütiges Herz für jegliches Wesen der Schöpfung, vom Fächerkuli bis zu den Blüten an den Bäumen. Aber sie war nicht so belesen wie Leonora, zumindest nicht in gelehrten Büchern – Romane konnte Leonora nicht ausstehen. Doch selbst bei aller Verschiedenheit sah Leonora keinen allzu großen Unterschied zwischen

Mrs. Basil und sich selber. Sie war wahrheitsliebend, ehrlich und, was das übrige betraf, einfach eine Frau. Und Leonora hatte die vage Vorstellung, nach drei Wochen engeren Umgangs seien einem Manne alle Frauen gleich. Sie meinte, die Güte hätte dann keinen Reiz mehr für ihn, die sanfte, trauervolle Stimme ließe ihn nicht länger erschauern, die große, dunkle Gestalt erregte dann nicht mehr in ihm die Illusion, er tauche in die Tiefen eines unerforschten Waldes. Sie verstand nicht, wie Edward immer noch nach Mrs. Basil seufzen konnte. Sie verstand nicht, warum er fortfuhr, ihr nach ihrer Trennung lange Briefe zu schreiben. Danach machte sie wirklich eine sehr schlimme Zeit durch.

Sie entwickelte damals, was ich die »ungeheuerliche« Theorie über Edward nennen will. Sie bildete sich ein, er liebäugelte mit jeder Frau, die ihm begegnete. Sie zog sich in jenem Jahr nicht nach Simla ins Kloster zurück, weil sie fürchtete, er würde in ihrer Abwesenheit ihr Dienstmädchen verführen. Sie bildete sich ein, er habe Liebschaften mit eingeborenen Frauen oder mit Eurasierinnen. Auf Tänzen war sie von einer fieberhaften Wachsamkeit...

Sie redete sich ein, sie sei nur deshalb so wachsam, weil sie einen Skandal fürchtete. Vielleicht machte Edward sich an die heiratsfähige Tochter irgendeines Mannes heran, der dann Lärm schlagen würde, oder er kam einem Ehemann ins Gehege, mit dem man rechnen mußte. In Wirklichkeit aber, das gestand sie sich später ein, wiegte sie sich in der Hoffnung, da Mrs. Basil nicht mehr im Wege stand, werde Edward zu ihr zurückkehren. Diese ganze Zeit lebte sie in Qualen von Eifersucht und Angst – der Angst, Edward könnte wirklich verkommen.

So daß sie, verdrehterweise, froh war, als Maisie Maidan auftauchte. Da ging ihr auf, daß es nicht Ehemänner und Skandale waren, vor denen sie Angst gehabt hatte, denn nun tat sie ihr Bestes, um in Maisies Mann keinen Argwohn aufkommen zu lassen. Sie wollte sich den Anschein geben, als habe sie volles Vertrauen zu Edward, damit Maidan unmöglich Verdacht schöpfen könnte. Aber Edward war sehr krank, und sie wollte ihn wieder lächeln sehen. Sie meinte, wenn er durch ihre Hilfe sein Lächeln wiederfände, würde er vielleicht aus Dankbarkeit und befriedigter Liebe zu ihr zurückkehren. Damals glaubte sie, Edward sei ein Mann von leichterregten und flüchtigen Leidenschaften. Und sie konnte Edwards Leidenschaft für Maisie verstehen, denn Maisie war eine jener Frauen, denen selbst andere Frauen Anziehungskraft zugestehen.

Sie war sehr hübsch; sie war sehr jung; trotz ihres Herzens war sie sehr fröhlich und leichtfüßig. Und Leonora hatte Maisie wirklich sehr lieb, und Maisie hatte Leonora lieb. Ja, Leonora glaubte diese Affäre meistern zu können. Der Gedanke, Maisie würde dadurch zum Ehebruch verleitet, kam ihr gar nicht; sie bildete sich ein, wenn sie Maisie und Edward nach Nauheim brächte, wäre Edward oft genug mit ihr zusammen, um ihrer niedlichen kleinen Plaudereien, der niedlichen Bewegungen ihrer Hände und Füße bald überdrüssig zu werden. Und sie glaubte, sich auf Edward verlassen zu können. Denn über Maisies Leidenschaft für Edward gab es keinen Zweifel. Sie schwärmte von ihm bei Leonora, wie Leonora junge Mädchen von Zeichenlehrern hatte schwärmen hören. Unaufhörlich fragte sie ihren jungenhaften Mann, warum er sich nicht kleiden, nicht reiten, schießen, Polo spielen und sogar gefühlvolle Gedichte rezitieren könne wie ihr Major. Und der junge Maidan brachte Edward die größte Bewunderung entgegen, und er vergötterte seine Frau, war verzaubert von ihr und vertraute ihr vollkommen. Er hatte den Eindruck, Edward liebe Leonora abgöttisch. Und Leonora bildete sich ein, wenn Maisies Herzleiden geheilt wäre und Edward genug von ihr hatte, würde er zu ihr selber zurückkehren. Sie hegte eine vage, leidenschaftliche Hoffnung, wenn Edward ein paar Liebschaften mit Frauen von einem anderen Typ hinter sich hätte, werde er sich ihr wieder zuwenden.

Alles das machte Florence mit einem Schlag zunichte …

VIERTER TEIL

I

Ich weiß, ich habe die Geschichte in einer sehr weitschweifenden Weise erzählt, so daß es schwerfallen mag, den Weg durch diese Art Labyrinth zu finden. Ich kann es nicht ändern. Ich habe an meiner Vorstellung festgehalten, ich säße in einem Landhaus und mir gegenüber ein stiller Zuhörer, der zwischen den Windstößen und beim Rauschen der fernen See die Geschichte vernimmt, wie sie mir kommt. Und wenn man zu zweit über eine Geschichte spricht – eine lange, traurige Geschichte –, dann greift man bald zurück, bald greift man vor. Man erinnert sich an Einzelheiten, die man vergessen hatte, und erklärt sie nun um so eingehender, weil man merkt, daß man sie an der richtigen Stelle ausgelassen und dadurch vielleicht ein falsches Bild gegeben hat. Ich tröste mich mit dem Gedanken, daß dies ja eine wahre Geschichte ist, und eine wahre Geschichte schreibt man sicherlich am besten so, wie jemand sie einem andern erzählen würde. Sie klingt dann am wahrsten.

Jedenfalls habe ich meine Geschichte nun wohl bis zu dem Tag gebracht, da Maisie Maidan starb. Ich meine, ich habe alles, was vorausging, von den verschiedenen Standpunkten aus beleuchtet, wie es notwendig ist – von Leonoras, von Edwards und bis zu einem gewissen Grad auch von meinem eigenen Standpunkt aus. Sie sehen, warum es so schwierig war, sie herauszufinden; Sie sehen, wie verschieden die Standpunkte waren, soweit ich mir darüber Klarheit verschaffen und sie darlegen konnte. Lassen Sie mich nun zu Maisies Todestag zurückkehren – oder lieber zu dem Augenblick, da Florence oben im Schloß von Marburg ihren Vortrag über Luthers Protest hielt. Lassen Sie uns Leonoras Standpunkt gegenüber Florence ins Auge fassen. Über den Edwards kann ich natürlich nichts sagen, da er selbstverständlich nie über seine Liebschaft mit meiner Frau gesprochen hat. (Vielleicht bin ich im folgenden ein bißchen hart gegen Florence; aber Sie müssen bedenken, daß ich nun schon sechs Monate an dieser Geschichte schreibe und immer wieder über diese Dinge nachgedacht habe.)

Und je länger ich über sie nachdenke, desto mehr bin ich überzeugt, daß Florence einen vergiftenden Einfluß hatte – sie hat den armen Edward niedergezogen und verdorben; sie hat auch die beklagenswerte Leonora hoffnungslos verdorben. Es besteht kein Zweifel darüber, daß sie an der Zersetzung von Leonoras Charakter schuld war. Wenn es eine zarte Seite in Leonoras Wesen gab, so waren das ihr Stolz und ihr Schweigen. Aber dieser Stolz und dieses Schweigen zerbrachen, als sie in dem düsteren Zimmer, wo wir den Protest betrachteten, und auf der kleinen Terrasse über dem Fluß ihre Gefühle preisgab. Ich will nicht sagen, sie habe falsch gehandelt. Sie tat bestimmt das Richtige, indem sie mich zu warnen suchte mit der

Andeutung, daß Florence ihrem Mann schöne Augen machte. Aber wenn sie auch das Richtige tat, so fing sie es doch falsch an. Vielleicht hätte sie länger darüber nachdenken sollen; vielleicht hätte sie erst sprechen sollen – wenn sie schon sprechen wollte –, nachdem sie darüber nachgedacht hatte. Noch besser wäre es gewesen, wenn sie gehandelt hätte – wenn sie zum Beispiel Florence so überwacht hätte, daß heimliche Beziehungen zwischen ihr und Edward unmöglich gewesen wären. Sie hätte lauschen sollen; sie hätte vor den Schlafzimmertüren aufpassen sollen. Es ist abscheulich; aber so wird es gemacht. Sie hätte Edward sogleich nach Maisies Tod fortbringen sollen. Nein, sie hat falsch gehandelt …

Und doch, das arme Ding, darf ich sie verdammen – und was macht es schon aus, letzten Endes? Wäre es nicht Florence gewesen, so eine andere … Dennoch, es hätte eine bessere Frau sein können als mein Weib. Denn Florence war vulgär; Florence war ein gewöhnlicher Flirt, der bis zum letzten seine Beute nicht losließ; und Florence war von einer Schwatzsucht, die nicht zu halten war. Man konnte sie nicht zum Schweigen bringen; nichts konnte sie zum Schweigen bringen. Edward und Leonora waren wenigstens stolze und zurückhaltende Menschen. Stolz und Zurückhaltung sind nicht die einzigen Dinge im Leben; vielleicht nicht einmal die besten. Aber wenn diese zufällig die besonderen Tugenden eines Menschen sind, dann geht er zuschanden, wenn er sie fahrenläßt. Und Leonora ließ sie fahren. Sie ließ sie fahren, sogar ehe der arme Edward es tat. Bedenken Sie ihre Position, als sie über dem Protest Luthers losbrach … Stellen Sie sich ihre Seelenqual vor …

Sie dürfen nicht vergessen, die Hauptleidenschaft ihres Lebens war, Edward zurückzugewinnen; sie hatte bis zu diesem Augenblick nie die Hoffnung aufgegeben, ihn zurückzugewinnen. Das mag schmählich erscheincn; aber Sie müssen auch dies bedenken: Ihn zurückzuerobern hätte nicht nur ihren eigenen Sieg bedeutet, es wäre in ihren Augen ein Sieg aller Frauen und ein Sieg ihrer Kirche gewesen. So stellte sich ihr die Sache dar. Diese Dinge waren ein wenig rätselhaft. Ich weiß nicht, warum ihr die Rückeroberung Edwards einen Sieg aller Frauen, einen Sieg der Gesellschaft und der Kirche bedeutete. Oder vielleicht habe ich doch einen Schimmer davon.

Sie sah das Leben als einen beständigen Geschlechterkampf zwischen Ehemännern, die den Hang haben, ihren Frauen untreu zu werden, und Frauen, die danach trachten, ihre Männer schließlich wieder einzufangen. Der Mann war für sie eine Art Vieh, das ohne seine Seitensprünge, seine Ausschweifungen, seine aushäusigen Nächte nicht sein kann, das seine – sagen wir – Brunftzeiten hat. Sie hatte nur wenige Romane gelesen, so daß sie von einer reinen und beständigen Liebe nach dem Klang der Hochzeitsglocken sehr wenig gehört hatte. Benommen und verstört ging sie mit der Geschichte von Edwards Ehebruch mit der spanischen Tänzerin zur Mutter Oberin im Kloster ihrer Kindheit, und die alte Nonne, die ihr unendlich weise, mystisch und ehrwürdig erschien, hatte zur Antwort nur traurig den Kopf geschüttelt und gesagt:

»Männer sind nun einmal so. Mit Gottes Segen wird am Ende noch alles gut werden.«

Das wurde ihr von ihren geistlichen Beratern als Programm ihres Lebens auferlegt. Oder zumindest, so legte sie sich ihre Unterweisungen aus; das war die Lektion, die sie, wie sie mir später erzählte, bei ihnen gelernt hatte. Ich weiß nicht genau, was sie ihr beibrachten. Das Los der Frauen war Geduld, Geduld und nochmals Geduld – *ad majorem Dei gloriam* –, bis sie am vorherbestimmten Tage, so Gott sie würdig befand, ihren Lohn empfingen. Wenn es ihr am Ende gelänge, Edward zurückzugewinnen, dann hätte sie ihren Mann in den Grenzen gehalten, die das äußerste sind, was das weibliche Geschlecht erwarten darf. Man lehrte sie sogar, solche Ausschweifungen seien bei Männern natürlich und entschuldbar – als wären sie Kinder.

Und vor allem durfte es nicht zu einem Skandal vor der Gemeinde kommen. So klammerte sie sich an den Vorsatz, Edward zurückzuerobern, mit einer ungestümen Leidenschaft, die wie Todesangst war. Sie hatte weggesehen, erfüllt von einem einzigen Gedanken: Wenn sie Edward zurückgewann, sollte er vermögend, gewissermaßen glorreich inmitten seiner Ländereien und erhobenen Hauptes dastehen. Ja, sie wollte zeigen, daß es in einer ungläubigen Welt einer katholischen Frau gelungen war, sich die Treue ihres Mannes zu erhalten. Und sie glaubte sich der Erfüllung ihrer Sehnsucht nahe. Ihr Plan schien sich mit Hinsicht auf Maisie wunderbar zu bewähren. Edward schien dem Mädchen gegenüber abzukühlen. Er lechzte nicht

x the lot of women

mehr danach, jede Minute seines Aufenthalts in Nauheim an der Seite des ruhenden Kindes zu verbringen; er ging zu Polowettkämpfen, er spielte abends Bridge; er war vergnügt und munter. Sie war überzeugt, daß er nicht versuchte, das arme Kind zu verführen; sie begann zu glauben, er habe es nie gewollt. Er schien tatsächlich wieder zu werden, was er anfangs für Maisie gewesen war – ein freundlicher, aufmerksamer, vorgesetzter Offizier im Regiment, der sich liebenswürdig um eine junge Frau kümmert. Sie war so offen in ihren kleinen Flirts wie »der Aufgang aus der Höhe«. Und Maisie hatte sich anscheinend nicht gegrämt, wenn er mit uns Ausflüge machte; sie mußte jeden Nachmittag ein paar Stunden liegen, und es sah nicht aus, als ob sie sich dann nach Edwards Aufmerksamkeiten verzehrte.

Und Edward fing an, sich Leonora ein wenig zu nähern. Ein- oder zweimal hatte er, während sie allein waren – denn vor anderen Leuten tat er es oft –, zu ihr gesagt: »Wie gut du aussiehst!« oder »Was für ein hübsches Kleid!« Sie war mit Florence nach Frankfurt gefahren, wo man so gut angezogen ist wie in Paris, und hatte sich ein oder zwei Kleider gekauft. Sie konnte es sich leisten, und Florence war eine ausgezeichnete Ratgeberin in Kleiderfragen. Sie glaubte, sie habe den Schlüssel des Rätsels gefunden.

Ja, Leonora glaubte den Schlüssel zu dem Rätsel gefunden zu haben. Wahrscheinlich, sagte sie sich, hatte sie in der Vergangenheit manches falsch gemacht; sie hätte Edward nicht mit Geld so kurzhalten dürfen. Jetzt fand sie es richtig, daß sie Edward – was sie nur mit Angst und Zaudern getan – wieder über sein Einkommen verfügen ließ. Er kam ihr sogar einen Schritt entgegen und gab spontan zu, sie habe recht getan, während all der Jahre ihre Geldmittel zusammenzuhalten. Eines Tages sagte er zu ihr:

»Das hast du gut gemacht, mein Mädchen. Nichts ist mir angenehmer, als wenn ich ein bißchen verschwenderisch sein kann. Und das kann ich nun, das habe ich dir zu verdanken.«

Es war wahrlich der glücklichste Augenblick ihres Lebens, wie sie sagte. Und er, der es offenbar merkte, hatte sich erlaubt, ihr auf die Schulter zu klopfen. Er war angeblich hereingekommen, um eine Sicherheitsnadel von ihr zu borgen.

Und der Vorfall, bei dem sie Maisie die Ohrfeige gab, hatte, als er vorüber war, den Gedanken in ihr befestigt, es bestehe keine Liebschaft zwischen Edward und Mrs. Maidan. Von nun an, meinte sie, brauchte sie nur dafür zu sorgen, daß er immer reichlich Geld in der Tasche hatte und sich mit hübschen Mädchen amüsierte. Sie war überzeugt, er werde zu ihr zurückfinden. In jenem Monat wies sie seine schüchternen Annäherungsversuche, die nie sehr weit gingen, nicht mehr zurück. Denn er machte allerdings schüchterne Annäherungsversuche. Er klopfte ihr auf die Schulter, er flüsterte ihr kleine Scherze über die komischen Käuze ins Ohr, die sie im Kasino sahen. Einen kleinen Scherz zu machen bedeutet noch nicht viel – aber das Flüstern dabei war eine liebe Vertraulichkeit …

Und dann – krach! – war alles aus. Alles ging in Scherben in dem Augenblick, da Florence ihre Hand auf Edwards Handgelenk legte, als es auf jenem Glaskasten mit der Handschrift des Protests lag, oben in dem hohen Turm mit den Fensterläden, durch die das Sonnenlicht hier und da hereinfiel. Vielmehr als sie den Blick in Edwards Augen bemerkte, während er Florence in die Augen sah. Sie kannte diesen Blick.

Seit dem ersten Augenblick ihrer Begegnung, seit dem Augenblick, da wir uns alle zusammen zum Abendessen an den Tisch setzten, hatte sie gewußt, daß Florence Edward schöne Augen machte. Aber sie hatte so oft gesehen, wie eine Frau Edward schöne Augen machte – Hunderte und aber Hunderte von Frauen, in Eisenbahnzügen, in Hotels, auf Dampfern, an Straßenecken. Und sie war zu der Überzeugung gekommen, daß Edward nicht viel für Frauen übrig hatte, die ihm schöne Augen machten. Sie hatte sich eine für damals ziemlich richtige Ansicht über die Methoden und die Gründe von Edwards Liebschaften gebildet. Nach der kurzen Leidenschaft für die Dolciquita kam die echte Liebe zu Mrs. Basil, und nun, dünkte sie, machte er Maisie Maidan so nett den Hof. Übrigens verachtete sie Florence mit einem solchen Hochmut, daß es ihr undenkbar schien, sie könnte Edward reizen. Und sie selber und Maisie waren eine Art Bollwerk um ihn.

Außerdem wollte sie Florence im Auge behalten – denn Florence wußte, daß sie Maisie geohrfeigt hatte. Und Leonora wünschte so verzweifelt den Eindruck zu erwecken, ihre Ehe mit Edward sei makellos. Aber mit alldem war es aus …

Dieser antwortende Blick Edwards in Florence' blaue, zu ihm aufblickenden Augen sagte ihr, alles war

×Besides she despised Florence so haughtily that

hochmütig, arrogant

aus. Dieser Blick verriet ihr, daß die beiden lange vertrauliche Gespräche über ihre Neigungen und Abneigungen, ihre Charakteranlagen, ihre Auffassungen von der Ehe geführt hatten. Sie sah, was geschehen war, während sie bei unseren gemeinsamen Spaziergängen stets mit mir zehn Meter vor Florence und Edward herging. Zwar glaubte sie, bis zur Stunde sei es zwischen den beiden bei Unterhaltungen über ihre Neigungen und Abneigungen, über ihre Naturanlagen oder über die Ehe als Institution geblieben. Aber da sie Edward ihr ganzes Leben hindurch beobachtet hatte, wußte sie: Dieses Handauflegen, dieser antwortende Blick bedeuteten, daß die Sache unabänderlich war. Edward war ein so ernsthafter Mensch.

Sie wußte, jeder Versuch von ihrer Seite, die beiden zu trennen, würde Edward nur in eine unwiderrufliche Leidenschaft treiben; sie kannte die Tücke seines Charakters, von der ich Ihnen schon früher erzählte, nämlich zu glauben, er gebe einer Frau, die er verführte, damit einen unabdingbaren lebenslangen Anspruch auf ihn. Und dieses Berühren ihrer Hände gab dieser Frau einen unabdingbaren Anspruch darauf – verführt zu werden. Und sie verachtete Florence so sehr, daß sie lieber gesehen hätte, wenn es ein Dienstmädchen gewesen wäre.

Und plötzlich war sie überzeugt, Maisie Maidan hege eine tiefe Leidenschaft für Edward, und dies würde ihr das Herz brechen – und sie, Leonora, wäre schuld daran. Einen Augenblick wurde sie wahnsinnig. Sie umklammerte mein Handgelenk, sie zerrte mich die Treppe hinunter und durch den flüsternden Rittersaal mit den hohen, bemalten Säulen und dem hohen, bemalten Kamin. Doch ich glaube, sie wurde nicht wahnsinnig genug.

Sie hätte sagen müssen:

»Ihre Frau ist eine Hure, sie wird die Mätresse meines Mannes werden ...« Das wäre vielleicht die Lösung gewesen. Aber selbst in ihrem Wahnsinn fürchtete sie, so weit zu gehen. Sie fürchtete, Edward und Florence könnten dann durchbrennen, und sie verlöre damit für immer die Möglichkeit, ihn am Ende doch zurückzugewinnen. Sie hat sehr schlecht an mir gehandelt.

Nun, sie war eine gequälte Seele, die ihrer Kirche den Vorrang vor den Interessen eines Quäkers aus Philadelphia gab. Das ist ganz in Ordnung – schließlich ist, soviel ich sehe, die Kirche von Rom wichtiger als jener einzelne Quäker.

Eine Woche nach Maisie Maidans Tod sah sie, daß Florence Edwards Mätresse geworden war. Sie wartete vor Florence' Tür und begegnete Edward, als er herauskam. Sie sagte nichts, und er brummte nur. Aber ich glaube, ihm war höllisch zumute.

Ja, die innere Zersetzung, die Florence in Leonora bewirkte, war außerordentlich; ihr ganzes Leben wurde durch sie zerschlagen und alle ihre Aussichten. Sie raubte ihr vor allem die Hoffnung – denn sie sah keine Möglichkeit mehr, wie Edward nun noch zu ihr zurückkehren könnte – nach einem vulgären Verhältnis mit einer vulgären Frau. Seine Geschichte mit Mrs. Basil, die damals das einzige war, was sie in ihrem Herzen gegen ihn vorzubringen hatte, konnte sie vor sich selbst nicht als Verhältnis bezeichnen. Das war Liebe gewesen, in gewissem Sinne etwas Reines. Aber dies war für ihr Gefühl etwas Entsetzliches – eine Zügellosigkeit, die sie um so verabscheuungswürdiger fand, als sie Florence verabscheute. Und Florence redete ...

Das war das Furchtbare, denn Florence zwang Leonora, selber ihre vornehme Zurückhaltung preiszugeben – Florence und die ganze Situation. Offenbar war Florence mit sich uneins, ob sie mir beichten sollte oder Leonora, denn mir hätte sie sehr viel beichten müssen. Oder zumindest hätte ich sehr viel mehr erraten können, über ihr Herzleiden und über Jimmy. So ging sie eines Tages zu Leonora und begann, Andeutung um Andeutung zu machen. Und sie brachte Leonora so in Wut, daß sie schließlich sagte:

»Sie wollen mir wohl mitteilen, daß Sie Edwards Mätresse sind. Von mir aus gerne. Ich brauche ihn nicht.«

Das wurde für Leonora zu einem wahren Verhängnis, denn einmal begonnen, war des Redens kein Ende mehr. Sie versuchte damit aufzuhören – aber es ließ sich nicht machen. Sie hielt es für notwendig, Edward durch Florence Botschaften zu schicken; denn sie wollte nicht selber mit ihm sprechen. Sie mußte ihm zum Beispiel zu verstehen geben, wenn ich je etwas von diesem Verhältnis erführe, würde sie ihn unerbittlich ruinieren. Und es komplizierte die Sache beträchtlich, daß Edward zu jener Zeit wirklich ein wenig in sie verliebt war. Er sah ein, daß er Leonora sehr schlecht behandelt hatte, und sie war so gut. Sie war so traurig, und er sehnte sich danach, sie zu trösten; er empfand sich als einen solchen Schuft, daß er gern alles in der

Welt getan hätte, um ihr Genugtuung zu geben. Und Florence war es, die Leonora dies berichtete.

Ich tadle Leonora nicht im geringsten wegen ihrer Grobheit gegen Florence. Es muß Florence sehr gutgetan haben. Aber ich mache Leonora zum Vorwurf, daß sie einer Regung nachgab, die schließlich nichts anderes war als ein Bedürfnis, sich jemandem mitzuteilen. Wissen Sie, diese Angelegenheit trennte sie von ihrer Kirche. Sie wollte nicht beichten, was sie tat, denn sie fürchtete, ihr geistlicher Berater würde sie tadeln, weil sie mich hinterging. Ich kann mir vorstellen, sie hätte lieber die Verdammnis auf sich genommen als mir das Herz gebrochen. Darauf lief es wohl hinaus. Sie hätte sich keine Gedanken zu machen brauchen ...

Aber da sie keinen Priester hatte, mit dem sie reden konnte, mußte sie mit einem anderen Menschen reden, und da Florence darauf bestand, mit ihr zu reden, redete sie ebenfalls – in kurzen, explosiven Sätzen, wie eine der Verdammten. Ganz wie eine der Verdammten. Nun, wenn eine ganz schöne Zeit in der irdischen Hölle ihr eine Zeitspanne der Pein in der Ewigkeit ersparen kann – wo es keine Zeit gibt –, dann wird Leonora wohl dem Höllenfeuer entgehen.

Ihre Gespräche mit Florence verliefen folgendermaßen: Florence kam, wenn Leonora gerade ihr wundervolles Haar kämmte, unversehens zu ihr herein und brachte ihr einen Vorschlag von Edward, der anscheinend damals in der naiven Vorstellung lebte, er könne eine Doppelehe führen. Sicherlich war es Florence, die ihn darauf brachte. Wie dem auch sei, ich bin nicht verantwortlich für die Absonderlichkeiten des menschlichen Seelenlebens. Jedenfalls sieht es so aus, als habe Edward damals mehr an Leonora gehangen als je zuvor – zumindest mehr als seit langer Zeit. Und wäre Leonora eine Kartenspielerin gewesen und hätte sie ihre Karten gut ausgespielt und kein Schamgefühl und dergleichen gehabt, dann hätte sie Edward mit Florence geteilt, bis die Zeit gekommen wäre, den armen Kuckuck aus dem Nest zu werfen.

Nun, Florence kam ihr öfters mit einem solchen Vorschlag. Ich will nicht sagen, sie hätte es so rundheraus getan. Sie blieb dabei, sie sei nicht Edwards Geliebte, bis Leonora ihr entgegnete, sie habe Edward zu später Nachtstunde aus ihrem Zimmer kommen sehen. Das setzte Florence einen Dämpfer auf; aber sie berief sich auf ihr Herzleiden und erwiderte, sie habe sich lediglich mit Edward unterhalten, um ihn etwas aufzuheitern. Bei dieser Geschichte mußte Florence natürlich bleiben, denn selbst sie hätte nicht die Stirn gehabt, Leonora anzuflehen, sie möge Edward ihre Gunst nicht versagen, wenn sie vorher zugegeben hätte, sie sei seine Geliebte. Das ging nicht an. Andererseits hatte Florence das dringende Bedürfnis, über irgend etwas zu reden. Und worüber hätte sie sonst reden sollen als über eine Annäherung zwischen diesem einander entfremdeten Paar? So plapperte Florence weiter, und Leonora fuhr fort, ihr Haar zu bürsten. Und dann wird Leonora wohl plötzlich gesagt haben:

»Ich käme mir entehrt vor, wenn Edward mich anrührte, nachdem er Sie jetzt berührt hat.«

Das machte Florence ein wenig kleinlaut; aber nach ungefähr einer Woche machte sie eines Morgens einen neuen Vorstoß.

Und auch in anderen Dingen versagte Leonora. Sie hatte Edward versprochen, die Verfügung über sein Einkommen in seine Hände zu legen. Und sie hatte es fest vorgehabt.

Sie hätte es wohl auch getan, dabei aber ohne Zweifel insgeheim sein Bankkonto überwacht. Sie war nicht umsonst römisch-katholisch. Aber sie nahm Edwards Untreue gegen das Andenken an die arme kleine Maisie so ernst, daß sie ihm überhaupt nicht mehr trauen konnte.

Als sie schließlich nach Branshaw zurückkehrten, begann Leonore ihm nach kaum einem Monat wegen der kleinsten Posten seiner Ausgaben Vorhaltungen zu machen.

Zwar erlaubte sie ihm, seine eigenen Schecks einzulösen, aber es gab kaum einen, den sie nicht genau prüfte – ausgenommen die auf sein Privatkonto von jährlich fünfhundert Pfund gezogenen, die sie ihm stillschweigend zubilligte, damit er die Ausgaben für seine Mätresse oder seine Mätressen decken konnte. Er brauchte seine Lustreisen nach Paris; etwa zweimal in der Woche mußte er teure verschlüsselte Telegramme an Florence schicken. Aber sie machte ihm Vorwürfe wegen seiner Ausgaben für Wein, für Obstbäume, für Pferdegeschirre, für Gatter, wegen seiner Rechnungen beim Schmied für Arbeiten an einem neuen patentierten Armeesteigbügel, den er einzuführen versuchte. Sie konnte nicht einsehen, warum er sich solche Mühe gab, einen neuen Armeesteigbügel zu erfinden, und sie war wirklich entrüstet, als er, wie die Erfindung reif war, die Zeichnungen samt den Patentrechten dem Kriegsministerium schenkte. Es war ein bemerkenswert guter Steigbügel.

Ich glaube, ich habe Ihnen erzählt, daß Edward eine Menge Zeit und etwa zweihundert Pfund für Anwaltskosten aufwandte, um einem armen Mädchen, Tochter eines seiner Gärtner, die des Mordes an ihrem Kinde angeklagt war, einen Freispruch zu erwirken. Das war in Wirklichkeit Edwards letzte Tat im Leben. Sie ereignete sich zu der Zeit, als Nancy Rufford auf dem Wege nach Indien war; als die fürchterlichste Düsternis über dem Hause lag; während Edward selber Qualen litt und sich so gut hielt, wie er irgend konnte. Jedoch selbst damals machte ihm Leonora eine schreckliche Szene wegen des Aufwands an Zeit und Mühe. Sie hatte so eine vage Vorstellung, was mit Nancy geschehen war, und alles übrige hätte ihm eine Lehre geben sollen – die Lehre, sparsam zu sein. Sie drohte, sie werde ihm wieder das Bankkonto entziehen. Ich glaube, das trieb ihn dazu, sich die Kehle durchzuschneiden.

Er hätte es auch anders durchstehen können – aber der Gedanke, daß er seine Nancy verloren hatte und daß ihm obendrein nichts blieb als eine trostlose, trostlose Folge von Tagen, in denen er der Allgemeinheit nicht mehr dienen konnte … Nun, das gab ihm den Rest.

Etwa um diese Zeit versuchte Leonora, sich in eine Liebschaft mit einem Burschen namens Bayham einzulassen – einem sehr anständigen Kerl. Ein wirklich netter Mann. Aber das ging nicht gut. Ich habe Ihnen schon davon erzählt …

II

Nun, das bringt mich ungefähr auf den Tag zurück, an dem Waterbury Edwards lakonisches Telegramm erhielt, in dem er mich bat, zu einem Gespräch nach Branshaw zu kommen. Ich hatte damals ziemlich viel zu tun, und ich war halb geneigt, ihm zur Antwort zu kabeln, ich käme in vierzehn Tagen. Aber ich hatte eine lange Beratung mit den Anwälten des alten Mr. Hurlbird, und gleich anschließend mußte ich mich einer langen Unterredung mit den Misses Hurlbird unterziehen, so schob ich die Antwort auf.

Ich hatte erwartet, die Misses Hurlbird hochbetagt anzutreffen – in den Neunzigern oder so. Die Zeit war mir so langsam dahingegangen, daß mir war, es müsse dreißig Jahre her sein, seit ich zuletzt in den Vereinigten Staaten gewesen war. Es waren nur zwölf Jahre. Miss Hurlbird war in Wirklichkeit eben einundsechzig, Miss Florence Hurlbird neunundfünfzig Jahre alt, und beide waren geistig und körperlich so rege, wie man sich nur wünschen konnte. Ja, sie waren geistig reger, als mir in meinen Plan paßte, den Plan, die Vereinigten Staaten so schnell wie möglich wieder zu verlassen.

Die Hurlbirds waren eine Familie, die außerordentlich fest zusammenhielt – außerordentlich fest bis auf gewisse Punkte. Jeder der drei hatte seinen eigenen Arzt, in den er uneingeschränktes Vertrauen setzte – und jeder hatte seinen eigenen Anwalt. Und jeder von ihnen mißtraute dem Arzt und dem Anwalt des andern. Und natürlich warnten einen die Ärzte und Anwälte immerzu voreinander. Sie können sich gar nicht vorstellen, wie kompliziert dadurch alles für mich wurde. Natürlich hatte ich meinen eigenen Anwalt, den der junge Carter, mein Neffe aus Philadelphia, mir empfohlen hatte.

Das soll nicht heißen, es habe Unannehmlichkeiten gegeben, die aus Habgier entstanden wären. Das Problem war ein ganz anderes – ein moralisches Dilemma. Wissen Sie, der alte Mr. Hurlbird hatte sein ganzes Vermögen Florence überlassen, mit der einzigen Auflage, sie sollte ihm in der Stadt Waterbury in Connecticut ein Denkmal in Form einer Stiftung zum Wohle von Herzkranken setzen. Florence' Geld war alles mir zugefallen – und mit ihm das Geld des alten Mr. Hurlbird. Er war nur fünf Tage vor Florence gestorben.

Nun, ich war gern bereit, eine runde Million für das Wohl von Herzkranken zu stiften. Der alte Herr hatte etwa anderthalb Millionen hinterlassen; Florence war ungefähr achthunderttausend wert gewesen – und wie ich mir ausrechnete, stand ich selbst etwa bei einer Million. Jedenfalls war reichlich Geld vorhanden. Aber ich wollte natürlich die Wünsche der überlebenden Verwandten berücksichtigen, und da begannen die eigentlichen Schwierigkeiten. Sehen Sie, es hatte sich herausgestellt, daß Mr. Hurlbird am Herzen gar nichts gefehlt hatte. Seine Lungen waren zeit seines Lebens ein wenig angegriffen gewesen, und er war an Bronchitis gestorben.

Miss Florence Hurlbird kam nun auf den Gedanken, da ihr Bruder an der Lunge und nicht am Herzen gestorben war, müßte sein Geld Lungenleidenden zugute kommen. Das, meinte sie, wäre auch der Wunsch ihres Bruders gewesen. Doch aus einem Hintergedanken, den ich damals noch nicht durchschaute, bestand Miss Hurlbird darauf, ich solle das Geld alles für mich behalten. Sie sagte, sie wünsche keine Denkmäler für die Familie Hurlbird.

Damals schob ich es auf die Abneigung Neuenglands gegen aufsehenerregende Totenehrung. Doch jetzt, wenn ich an gewisse beharrliche und wiederholte Fragen über Edward Ashburnham denke, die sie mir stellte, geht mir auf, sie hatte einen anderen Grund. Und Leonora hat mir gesagt, auf Florence' Nachttisch neben ihrem Leichnam habe ein Brief an Miss Hurlbird gelegen – ein Brief, den Leonora abschickte, ohne mir etwas davon zu sagen.

Ich weiß nicht, wie Florence noch Zeit fand, an ihre Tante zu schreiben; aber ich kann ganz gut verstehen, daß sie nicht ohne Erklärung aus der Welt gehen wollte. So hat Florence vermutlich mit ein paar hingekritzelten Worten Miss Hurlbird allerhand von Edward Ashburnham erzählt – und deshalb wollte die alte Dame nicht, daß der Name Hurlbird verewigt würde. Vielleicht fand sie auch, ich hätte das Geld der Hurlbirds verdient.

Das hatte einen netten Rattenschwanz von Diskussionen zur Folge, mit all den Ärzten, die einander vor den schlimmen Auswirkungen von Diskussionen auf die Gesundheit der alten Damen warnten, die mich insgeheim voreinander warnten und sagten, der alte Mr. Hurlbird sei vielleicht doch an seinem Herzen gestorben, trotz der Diagnose *seines* Arztes. Und jeder der Anwälte hatte eine andere Ansicht darüber, wie das Geld angelegt, treuhänderisch verwaltet und verwendet werden sollte.

Ich persönlich wollte das Geld so anlegen, daß man die Zinsen für das Wohl von Herzkranken verwenden könnte. Wenn der alte Mr. Hurlbird auch nicht an einem Fehler dieses Organs gestorben war, so hatte er sich doch für herzkrank gehalten. Außerdem war Florence bestimmt ihrem Herzleiden erlegen, wie ich glaubte. Und als Miss Florence Hurlbird darauf beharrte, das Geld solle den Brustkranken zugute kommen, brachte mich das auf die Idee, man sollte auch eine Stiftung für Lungenleidende gründen, und ich erhöhte den Betrag, den ich stiften wollte, auf anderthalb Millionen Dollar. Das hätte für jede der beiden Krankheiten siebenhundertfünfzigtausend Dollar ausgemacht. Ich war gar nicht auf Geld versessen. Ich brauchte es nur, um Nancy Rufford ein schönes Leben zu machen. Ich hatte kaum eine Ahnung, was ein Haushalt in England kostete, wo sie, wie ich vermutete, zu leben wünschte. Ihre Bedürfnisse beschränkten sich zu jener Zeit auf gute Schokolade, ein oder zwei Pferde und schlichte, hübsche Kleider. Wahrscheinlich würde sie später mehr Wünsche haben. Aber auch wenn ich für diese Einrichtungen anderthalb Millionen stiftete, blieb mir immer noch ein Betrag von ungefähr zwanzigtausend pro Jahr in englischer Währung, und ich war der Ansicht, um Nancy ein angenehmes Leben zu bereiten, wäre es genug und mehr als genug.

Wie dem auch sei, wir hatten eine Reihe harter Auseinandersetzungen dort oben im Hause Hurlbird, das auf einem Felsvorsprung über der Stadt liegt. Das wird Ihnen komisch vorkommen, wenn Sie Europäer sind. Aber moralische Probleme dieser Gattung und die Stiftung von Millionen für bestimmte Zwecke sind in meinem Land ungeheuer ernste Dinge. Ja, sie sind eigentlich der Hauptgegenstand der Überlegung in wohlhabenden Kreisen. Wir haben keinen Adel und sozialen Aufstieg, um uns zu beschäftigen, und anständige Leute interessieren sich nicht für Politik und ältere Leute nicht für Sport. So daß es bei Miss Hurlbird und Miss Florence wirklich Tränen gab, ehe ich die Stadt verließ.

Ich verließ sie ziemlich überstürzt. Vier Stunden nach Edwards Telegramm traf ein anderes von Leonora ein, in dem stand: »Ja, kommen Sie. Sie könnten uns eine solche Hilfe sein.« Ich sagte einfach meinem Anwalt, hier seien die eineinhalb Millionen Dollar; er könne sie anlegen, wie er wolle, und über die Verwendung sollten die Damen Hurlbird bestimmen. Ich war von all den Diskussionen ziemlich zermürbt. Und da ich seither nichts mehr von den Misses Hurlbird gehört habe, nehme ich an, daß Miss Hurlbird entweder durch Enthüllungen oder durch moralischen Druck Miss Florence davon überzeugt hat, daß es besser sei, ihrem Namen in Waterbury, Connecticut, kein Denkmal zu errichten. Miss Hurlbird weinte schrecklich, als sie hörte, daß ich Ashburnhams besuchen wollte, aber sie sagte nicht, warum. Ich war damals dahintergekommen, daß ihre Nichte, bevor ich sie geheiratet hatte, von diesem Burschen Jimmy verführt worden war – aber es gelang mir, bei ihr den Eindruck zu erwecken, ich hätte Florence als eine mustergültige Ehefrau angesehen. Nun, damals lebte ich ja noch in dem Glauben, Florence sei mir nach ihrer Hochzeit immer treu gewesen. Der Gedanke lag mir noch fern, sie könnte ein so niederträchtiges Spiel mit mir getrieben haben, ihre Liebschaft mit dem Kerl unter meinem Dach fortzusetzen. Na ja, ich war ein Narr. Aber ich dachte damals nicht viel über Florence nach. Im Geist war ich mit dem beschäftigt, was in Branshaw geschah.

Ich ahnte, daß die Telegramme etwas mit Nancy zu tun hatten. Vielleicht hatte sie eine Zuneigung für irgendeinen unerwünschten Burschen bekundet, und Leonora wollte, ich solle zurückkommen und sie heiraten, ehe sie in Gefahr geriet. Dieser Gedanke hatte sich meiner ganz bemächtigt und ließ mich auch während der ersten zehn Tage nach meiner Ankunft auf dem schönen alten Landsitz nicht los. Weder Edward noch Leonora machten Anstalten, mit mir über irgend etwas anderes zu sprechen als über das Wetter und die Ernte. Doch obwohl einige junge Burschen in der Nähe waren, schien das Mädchen keinen unter ihnen durch besondere Freundlichkeit auszuzeichnen. Freilich sah sie angegriffen und nervös aus – außer wenn sie aufwachte und mit mir fröhlichen Unsinn schwatzte. Ach, was war sie für ein reizendes Kind...

Ich vermutete, man hätte dem unerwünschten jungen Mann das Haus verboten, und Nancy grämte sich ein wenig darüber.

Was aber wirklich geschehen war, war geradezu höllisch. Leonora hatte mit Nancy gesprochen; Nancy hatte mit Edward gesprochen; Edward hatte mit Leonora gesprochen – und sie hatten geredet und geredet. Und abermals geredet. Sie müssen sich schreckliche Bilder mit Düsternis und halbem Licht vorstellen, und mit Gefühlsstürmen, die durch ihre stillen Nächte wehten – ganze Nächte lang. Sie müssen sich ausmalen, wie meine schöne Nancy plötzlich Edward erscheint, mit ihrem lang herabwallenden Haar am Fußende seines Bettes auftauchend wie ein gespaltener Schattenkegel im Schimmer des Nachtlichtes, das neben ihm brannte. Sie müssen sie sich vorstellen – eine schweigende und gewiß zerquälte Gestalt wie ein Gespenst –, wie sie sich ihm plötzlich anbot, um seinen Verstand zu retten! Und ihn, der sie wie rasend zurückweist – und das Gerede. Und das Gerede! Mein Gott!

Und doch erschienen sie mir, der ich in dem Hause lebte, eingehüllt in den Zauber des stillen und geordneten Lebens mit den schweigenden, erfahrenen Dienern, die mir meine Abendanzüge bereitlegten, daß es wie eine Liebkosung war – und doch erschienen sie mir, der ich stündlich mit ihnen zusammen war, wie liebevolle, friedliche, einander ergebene Menschen, die sich lächelnd begegneten und zu den gegebenen

Stunden zurückzogen und mich zu Jagdgesellschaften führten – einfach ordentliche Leute! Wie zum Teufel – wie zum Teufel bringen sie es fertig?

Eines Abends bei Tisch sagte Leonora – sie hatte soeben ein Telegramm geöffnet:

»Nancy geht morgen nach Indien, um bei ihrem Vater zu bleiben.«

Alles schwieg. Nancy blickte auf ihren Teller; Edward aß seinen Fasan weiter. Mir wurde sehr elend; ich sagte mir, nun hieße es noch an diesem Abend Nancy um ihre Hand bitten. Es berührte mich sonderbar, daß sie mich nicht auf Nancys Abreise vorbereitet hatten. Aber ich schob es auf die englischen Manieren – auf eine Art Zartgefühl, das mir noch nicht aufgegangen war. Sie dürfen nicht vergessen, daß ich damals noch an Edward und an Leonora und an Nancy Rufford und an den Frieden stiller alter Behausungen glaubte, wie ich an die Liebe meiner Mutter geglaubt hatte. Und an diesem Abend sprach Edward mit mir.

Was sich in der Zwischenzeit zugetragen hatte, war dies: Nach ihrer Rückkehr aus Bad Nauheim war Leonora völlig zusammengebrochen – weil sie sah, daß sie Edward vertrauen konnte. Das mag seltsam klingen, aber wenn Sie irgend etwas von Zusammenbrüchen verstehen, werden Sie wissen, daß sie bei den ausgeklügelten Foltern, die das Schicksal für uns bereithält, stets dann auftreten, wenn eine übermäßige Anspannung sich löst und einem nichts mehr zu tun übrigbleibt. Manche Witwe bricht zusammen, nachdem sie ihren Mann in seiner langen Krankheit zu Tode gepflegt hat; erst wenn bei einem langen Bootsrennen das Ziel erreicht ist, kommt der Kollaps, und die Mannschaft sinkt vornüber auf die Ruder. Und so kam es auch mit Leonora.

Gewisse Töne in Edwards Stimme, der lange, unverwandte Blick, mit dem seine blutunterlaufenen Augen sie damals ansahen, als er vom Eßtisch in Bad Nauheim aufstand, hatten ihr gesagt, daß Nancy vor ihm sicher war, geschützt durch seine moralischen Skrupel oder seinen gesellschaftlichen Kodex oder durch sein Gefühl, eine Liebschaft mit dem armen Mädchen wäre ein zu niederträchtiges Spiel gewesen. Nancy, dessen war sie sicher, hatte von Edward nichts zu fürchten. Und darin hatte sie vollkommen recht. Der Schlag sollte von ihr selbst kommen.

Ihr Inneres entspannte sich, sie ließ sich fallen; schnell und immer unaufhaltsamer trieb sie den Schicksalsstrom hinab. Man kann es auch so auslegen: Abgeschnitten von ihrer Religion, die ihr Selbstzucht auferlegt hatte, folgte sie zum erstenmal in ihrem Leben ihren instinktiven Wünschen. Ich weiß nicht, was ich denken soll – ob sie damit nicht mehr sie selbst war – oder ob sie, indem sie die Bande ihrer bisherigen Richtschnur, der Konvention und ihrer Tradition abstreifte, zum erstenmal zu ihrem natürlichen Selbst fand. Sie wurde hin- und hergerissen zwischen ihrer herzlichen mütterlichen Liebe und der brennenden Eifersucht einer Frau, die den Mann, den sie liebt, von einer Leidenschaft ergriffen sieht, die endgültig scheint. Sie war geteilt zwischen einem heftigen Abscheu vor Edwards Schwäche, die diese Leidenschaft in ihm aufkommen ließ, einem tiefen Mitleid mit dem

Unglücklichen und einem ebenso starken Gefühl, das sie aber vor sich selbst verbarg – der Achtung vor Edwards Entschlossenheit, sich diesmal nichts zuschulden kommen zu lassen.

Und das menschliche Herz ist ein sehr geheimnisvolles Ding. Wer weiß, ob der Verzicht, den Edward sich auferlegte, in Leonora nicht etwas wie Haß erregte und sie handeln ließ, wie sie es tat? Ich glaube, sie hatte das Bedürfnis, ihn zu verachten. Sie fühlte, er hatte sich für immer von ihr entfernt. Dann mochte er leiden, mochte Qualen ausstehen; dann sollte er, wenn möglich, lieber der Versuchung erliegen und zur Hölle fahren, der Bußstätte für gebrochene Vorsätze. Sie hätte sich ja auch anders verhalten können. Es wäre so einfach gewesen, das Mädchen zu Freunden zu schicken oder mit ihr unter dem einen oder anderen Vorwand zu verreisen. Es hätte nichts geheilt, aber das wäre anständig gehandelt gewesen … Doch damals war Leonora unfähig, sich für ein bestimmtes Verhalten zu entscheiden.

Bald tat Edward ihr schrecklich leid – dann handelte sie ihrem Mitleid entsprechend; bald verabscheute sie ihn und ließ sich von ihrem Abscheu leiten. Sie erstickte fast und rang nach Luft wie ein Mensch, der an Tuberkulose stirbt. Sie lechzte wie irre danach, sich einer Menschenseele mitzuteilen. Und die Menschenseele, auf die sie verfiel, war das Mädchen.

Vielleicht war Nancy der einzige Mensch, mit dem sie sprechen konnte. Da sie gezwungen war, über vieles Schweigen zu bewahren, und überhaupt kühl im Umgang mit anderen war, hatte Leonora merkwürdig wenige Vertraute. Sie hatte überhaupt keine, mit Ausnahme von Mrs. Whelen, die sie bei der Geschichte mit La Dolciquita beraten hatte, und der ein oder zwei Geistlichen, die sie durchs Leben geleitet hatten. Die Frau des Obersten war jetzt in Madeira, und den Geistlichen wich sie aus. In ihrem Gästebuch standen siebenhundert Namen, aber darunter war nicht eine Seele, der sie sich hätte anvertrauen können. Sie war Mrs. Ashburnham von Branshaw Teleragh.

Sie war die große Mrs. Ashburnham von Branshaw, und sie lag den ganzen Tag auf ihrem Bett in dem wundervollen hellen, luftigen Schlafzimmer mit dem Chintz und dem Chippendale und den von Zoffany und Zucchero gemalten Bildern verstorbener Ashburnhams. Wenn ein Jagdtreffen stattfand, raffte sie sich auf – vorausgesetzt, daß es mit einer Kutschfahrt zu erreichen war – und ließ sich mit dem Mädchen von Edward zu dem Sammelplatz oder dem Landhaus fahren. Sie fuhr allein zurück, und Edward ritt mit dem Mädchen davon. Reiten konnte Leonora damals nicht, ihr Kopf tat zu weh. Jeder Schritt ihrer Stute war ihr eine Qual.

Aber sie kutschierte mit Geschick und Präzision; lächelnd verabschiedete sie sich von Gimmers und Foulkes und Hedley Seatons, warf den Jungen, die ihr die Tore öffneten, zielsicher die Pennies zu, saß aufrecht in ihrem Dogcart, winkte Edward und Nancy nach, wenn sie mit den Hunden davonritten, und jeder hörte ihre klare, hohe Stimme in der frostigen Luft, wenn sie rief: »Viel Vergnügen!«

Arme verlassene Frau! …

Doch es gab einen Funken Trost. Rodney Bayham von Bayham schaute ihr jedesmal nach. Es war drei Jahre her, daß sie die mißglückte Liebesgeschichte mit ihm versucht hatte. Trotzdem ritt er noch immer an den Wintermorgen an ihre Deichsel heran, sagte nur: »Guten Tag« und sah sie dabei mit Augen an, die nicht gerade flehten, aber zu sagen schienen: »Du siehst, ich stehe dir immer noch, wie die Deutschen sagen, zur Verfügung.«

Es war ihr ein großer Trost, obwohl sie nicht vorhatte, wieder mit ihm anzufangen; aber sie sah, es gab auf dieser Welt doch noch eine treue Seele in Reithosen. Und sie sah daran auch, sie hatte ihre Schönheit noch nicht eingebüßt.

Sie hatte ihre Schönheit wahrhaftig noch nicht eingebüßt. Sie war vierzig Jahre alt, aber so frisch wie an dem Tag, da sie aus dem Kloster kam – ihre Sinne noch ebenso rein, ihr Haar noch so hell, ihre Augen so tiefblau wie damals. Zwar sagte es ihr der Spiegel, aber man zweifelt doch immer… Rodney Bayhams Blicke verscheuchten diese Zweifel.

Es ist erstaunlich, daß Leonora gar nicht gealtert war. Ich vermute, es gibt Typen der Schönheit und sogar der Jugend, die für die veredelnde Wirkung des Kummers wie geschaffen sind. Das ist zu kompliziert gesagt. Ich will damit sagen, Leonora wäre vielleicht zu hart und herrisch geworden, wenn ihr alles geglückt wäre. So aber wurde sie gedämpft, mußte sich als tüchtig erweisen – und doch mitfühlend. Das ist die allerseltenste Mischung. Und, ich schwöre es, Leonora machte in ihrer zurückhaltenden Art den Eindruck eines innig mitfühlenden Wesens. Wenn sie einem zuhörte, schien sie zwar zugleich auf irgendeinen Laut aus der Ferne zu lauschen. Aber immerhin hörte sie zu und begriff, was man sagte, und da die Geschichte der Menschheit nun einmal eine Geschichte der Kümmernisse ist, war es in der Regel etwas Trauriges.

Ich glaube, sie hatte Nancy durch manche Schrecknisse der Nacht und viele böse Stunden des Tages geleitet. Und daher rührte wohl die innige Liebe des Mädchens zu der Älteren. Denn Nancys Liebe zu Leonora war eine Verehrung, wie sie bei Katholiken durch ihr Gefühl für die Jungfrau Maria und manche Heilige geweckt wird. Zu sagen, sie hätte Leonora ihr Leben zu Füßen gelegt, wäre noch zu wenig. Nun, sie legte ihr das Angebot ihrer Tugend zu Füßen – und ihre Vernunft. Das waren hinreichende Abschlagszahlungen für ihr Leben. Es wäre heute viel besser für Nancy Rufford, wenn sie tot wäre. Vielleicht sind all diese Betrachtungen eine Quälerei; aber sie drängen sich mir auf. Ich will lieber versuchen, die Geschichte weiterzuerzählen.

Sehen Sie – als Leonora aus Bad Nauheim zurückkam, begannen ihre Kopfschmerzen – Kopfschmerzen, die den ganzen Tag anhielten, und dann konnte sie kein Wort sprechen und kein Geräusch ertragen. Und Tag für Tag saß Nancy stundenlang bei ihr, still und ohne sich zu rühren, tauchte Tücher in Essigwasser und hing ihren eigenen Gedanken nach. Es muß sehr schwer für sie gewesen sein – und ihre Mahlzeiten allein mit Edward müssen ebenfalls schwer für sie gewesen sein – und wahrhaft scheußlich für Edward.

Edward schwankte natürlich in seinem Benehmen. Wie konnte er anders? Manchmal saß er schweigend und bedrückt über einem unberührten Teller und gab einsilbig Antwort, wenn Nancy mit ihm sprach. Dann hatte er einfach Angst, das Mädchen könnte sich in ihn verlieben. Und ein andermal trank er einen Schluck Wein, riß sich zusammen und versuchte Nancy damit zu necken, daß ihr Pferd vor einem Pfahl oder einer Hecke gescheut hatte, oder er plauderte über die Gewohnheiten der Chitralis. Das tat er, wenn ihm einfiel, es müsse hart für das arme Mädchen sein, daß er ihr ein so trübsinniger Kamerad geworden war. Er sah, er hatte ihr mit seinen Herzensergüssen im Park von Bad Nauheim keinen Schaden zugefügt.

Aber das alles fügte Nancy dennoch sehr viel Schaden zu. Es öffnete ihr allmählich die Augen dafür, daß Edward ein Mann mit wechselnden Stimmungen war und nicht ein unverändert fröhlicher Onkel – wie ein guter Hund, ein verläßliches Pferd oder eine Freundin. Zuweilen fand sie ihn mit einem Ausdruck erschrekkender Niedergeschlagenheit zusammengesunken im Sessel seines Arbeitszimmers, das halb eine Gewehrkammer war. Oder sie sah durch die offene Tür sein Gesicht, das Gesicht eines toten alten Mannes, wenn er niemanden hatte, mit dem er reden konnte. Allmählich kam ihr zu Bewußtsein, daß es tiefgreifende Meinungsverschiedenheiten zwischen den beiden gab, die sie als ihren Onkel und ihre Tante betrachtete. Es dauerte sehr lange, bis sie sich darüber klar wurde.

Es begann damit, daß Edward einem jungen Mann namens Selmes eine alte Stute schenkte. Selmes' Vater war durch einen betrügerischen Anwalt ruiniert worden, und die Familie Selmes hatte ihre Jagdpferde verkaufen müssen. Der Fall hatte in jenem Teil der Grafschaft großes Mitgefühl erregt. Und als Edward eines Tages den jungen Mann zu Fuß daherkommen sah und bemerkte, wie unglücklich er war, bot er ihm das alte irische Halbblut an, das er gerade ritt. So etwas zu tun war wirklich sehr töricht. Das Pferd war dreißig bis vierzig Pfund wert, und Edward hätte wissen müssen, daß Leonora über das Geschenk aufgebracht sein würde. Aber Edward hatte einfach nicht anders gekonnt als den unglücklichen jungen Mann trösten, dessen Vater er sein Leben lang gekannt hatte. Es war um so törichter, als der junge Selmes sich nicht einmal leisten konnte, das Pferd zu halten. Edward fiel das sogleich ein, nachdem er es ihm angeboten hatte, und rasch fügte er hinzu:

»Natürlich meine ich, Sie können das Pferd in Branshaw einstellen, bis Sie Zeit haben, vorbeizukommen, oder bis Sie es verkaufen wollen, um sich ein besseres zu beschaffen.«

Nancy ging geradewegs nach Hause und erzählte das alles Leonora, die sich niedergelegt hatte. In ihren Augen war es ein herrliches Beispiel für Edwards zartfühlende Rücksicht auf die Empfindungen und Umstände der Bedrängten. Sie dachte, es würde Leonora aufmuntern – weil es jede Frau aufmuntern müßte, wenn sie hörte, was für einen herrlichen Mann sie hatte. Das war die letzte kindliche Vorstellung, die ihr vergönnt war. Denn Leonora, die nach ihren Kopfschmerzen zwar ganz beieinander war, aber sich elend schwach fühlte, drehte sich in ihrem Bett herum und stieß Worte hervor, die das Mädchen tief bestürzten.

»Ich wünschte zu Gott«, sagte sie, »er wäre dein Mann und nicht der meine. Er wird uns an den Bettelstab bringen, an den Bettelstab. Darf ich denn *nie* aufatmen?« Und plötzlich brach Leonora in eine Flut von Tränen aus. Sie richtete sich in ihren Kissen auf, stützte sich auf einen Ellbogen, saß da – und weinte, weinte, weinte, das Gesicht in die Hände vergraben, so daß die Tränen zwischen ihren Fingern hervorrannen.

Das Mädchen errötete und stammelte und wimmerte, als sei es selber beleidigt worden.

»Aber wenn Onkel Edward ...« begann sie.

»Dieser Mann«, sagte Leonora mit außerordentlicher Bitterkeit, »würde das Hemd, das er auf dem Leibe trägt, und meins – und deins wegschenken an jeden ...« Sie konnte den Satz nicht beenden.

Es traf sie in einem Augenblick, da ihr Haß gegen ihn und ihre Verachtung aufs höchste gestiegen waren. Den ganzen Vormittag und Nachmittag hindurch hatte sie dagelegen und daran gedacht, daß Edward und das Mädchen zusammen waren – in den Feldern herumstreifend und in der Dämmerung gemächlich nach Hause trottend. Ihre scharfen Nägel hatten sich in ihre Handflächen gebohrt.

Das Haus war sehr still gewesen bei dem trüben Winterwetter. Und dann nach einer qualvollen Ewigkeit war das Geräusch der geöffneten Türen und die fröhliche Stimme des Mädchens zu ihr heraufgedrungen.

»Ach, das war ja bloß unter dem Mistelzweig ...«, und Edward hatte mit rauhem Gemurmel geantwortet. Dann war Nancy die Treppe heraufgehastet und auf Zehenspitzen zu der offenen Tür von Leonoras Zimmer gekommen, ehe sie eintrat. Branshaw hatte eine gewaltig große Halle mit Eichendielen und Tigerfellen. Rings um diese Halle lief eine Galerie, auf die Leonoras Zimmer mündete. Und auch wenn sie unter ihren schlimmsten Kopfschmerzen litt, ließ sie gerne ihre Türe offenstehen – ich vermute, um die Schritte des Ruins und Unheils nahen zu hören. Jedenfalls war es ihr zuwider, sich in einem Raum mit geschlossenen Türen aufzuhalten.

In jenem Augenblick haßte Leonora Edward mit einem Haß, der wie die Hölle war, und sie hätte dem Mädchen gerne ihre Reitpeitsche übers Gesicht gezogen. Welches Recht hatte Nancy, zu sein, wie sie war, jung und schlank und dunkelhaarig und manchmal fröhlich, manchmal traurig? Welches Recht hatte sie, ganz die Frau zu sein, die Leonoras Mann glücklich machen könnte? Denn Leonora wußte, daß Nancy Edward glücklich gemacht hätte. Ja, Leonora hätte gerne ihre Reitpeitsche über Nancys junges Gesicht gezogen. Sie stellte sich vor, welch ein Vergnügen es wäre, die Peitschenschnur auf diese seltsamen Züge niedersausen zu lassen; welch ein Vergnügen, dabei den Griff an sich zu ziehen, damit die Peitsche tief ins Fleisch einschnitte und eine bleibende Strieme hinterließ.

Nun, sie hinterließ auch so eine bleibende Strieme, denn ihre Worte schnitten tief in das Gemüt des Mädchens ein ...

Beide kamen mit keinem Wort darauf zurück. Zwei Wochen gingen dahin – zwei Wochen mit strömendem Regen und schwergetränkten Feldern, die üble Gerüche ausdünsteten. Leonoras Kopfschmerzen schienen ganz verflogen. Ein- oder zweimal ging sie mit auf die Jagd und ließ sich von Bayham fahren, während Edward nach dem Mädchen sah. Dann sagte Edward eines Abends, als die drei allein beim Essen saßen, in dem merkwürdig nachdenklichen, gepreßten Ton, den seine Stimme in letzter Zeit angenommen hatte (er blickte dabei auf den Tisch nieder):

»Ich habe mir überlegt, Nancy müßte sich mehr um ihren Vater kümmern. Er wird ein alter Mann. Ich habe Oberst Rufford geschrieben und ihm vorgeschlagen, daß sie zu ihm geht.«

Leonora rief:

»Wie kannst du dich unterstehen? Wie kannst du dich unterstehen?«

Das Mädchen legte die Hand aufs Herz und rief: »Oh, mein süßer Heiland, hilf mir!« So wunderlich sah es in ihrem Innern aus, die Worte drängten sich ihr von selbst auf die Lippen. Edward sagte kein Wort.

Es war ein erbarmungsloser Streich des Teufels, der unsere schwelende Hölle nicht aus den Augen läßt, daß Nancy Rufford am selben Abend einen Brief von ihrer Mutter bekam. Er traf ein, während Leonora mit Edward sprach, sonst hätte ihn Leonora abgefangen, wie sie schon andere Briefe abgefangen hatte. Es war ein bestürzender, ein schrecklicher Brief...

Ich weiß nicht, was er enthielt. Aus der Wirkung, die er auf Nancy hatte, kann ich nur schließen, daß ihre Mutter, nachdem sie mit irgendeinem Taugenichts durchgebrannt war, »tiefer und tiefer gesunken« war, wie man so sagt. Ob sie tatsächlich auf der Straße gelandet war, weiß ich nicht, aber ich bin ziemlich überzeugt, daß sie die kleine Rente, die sie von ihrem Mann erhielt, durch diese Art Lebenswandel ergänzte. Und offenbar hat sie in ihrem Brief an Nancy daraus kein Hehl gemacht und dem Mädchen vorgeworfen, es lebte in Saus und Braus, während seine Mutter hungerte. Sie muß in einem haarsträubenden Ton geschrieben haben, denn Mrs. Rufford war in ihren besten Tagen schon eine grausame Person. Dem armen Mädchen, das oben in seinem Schlafzimmer den Brief zur Ablenkung von einem anderen Kummer öffnete, mag zumute gewesen sein, als ob es ein Teufelsgelächter hörte.

Ich kann es einfach nicht ertragen, mir mein armes liebes Mädchen in diesem Augenblick vorzustellen ...

Derweil fiel Leonora wie eine Furie über den unglücklichen Edward her. Doch vielleicht war er gar nicht so unglücklich. – Ich stelle es Ihnen anheim. Jedenfalls saß er in seinem Sessel, und Leonora kam in sein Zimmer – zum erstenmal seit neun Jahren. Sie sagte:

»Das ist das Abscheulichste, was du je in deinem abscheulichen Leben getan hast.« Er rührte sich nicht und sah nicht zu ihr auf. Gott weiß, was eigentlich in Leonora vorging.

Ich möchte gern glauben, daß es vor allem Sorge und Angst um das arme Mädchen war, das nun zu dem Vater zurückkehren sollte, dessen Stimme es in nächtlichen Alpträumen aufschreien ließ. Dieses Gefühl muß Leonora wirklich sehr erregt haben. Aber ich vermute, es spielte auch der Wunsch mit, Edward weiter mit der Gegenwart des Mädchens zu quälen. Das war ihr damals durchaus zuzutrauen.

Edward saß eingesunken in seinem Sessel; zwei Kerzen brannten in dem Zimmer, durch grüne Glasschirme gedämpft. Die grünen Schirme spiegelten sich in den Scheiben der Bücherschränke, die nicht Bücher, sondern Gewehre mit glänzend braunen Kolben und Angelruten in grünen Stoffuteralen enthielten. Über dem mit Sporen, Hufen und bronzenen Modellen von Pferden vollgestellten Kaminsims war undeutlich ein altersbraunes Bild mit einem weißen Pferde zu erkennen.

»Wenn du meinst«, sagte Leonora, »ich wüßte nicht, daß du in das Mädchen verliebt bist...« Sie fing heftig an, wußte aber nicht, wie sie den Satz beenden sollte. Edward rührte sich nicht; er sprach kein Wort. Und dann sagte Leonora:

»Wenn du willst, daß ich mich von dir scheiden lasse, tue ich es. Du kannst sie dann heiraten. Sie liebt dich.«

Da stöhnte er leise auf, sagte Leonora. Dann ging sie hinaus.

Der Himmel mag wissen, wie es danach in Leonora aussah. Sie selbst weiß es gewiß nicht mehr. Sie hat Edward wahrscheinlich sehr viel mehr an den Kopf geworfen, als ich berichten konnte; aber das ist alles, was sie mir erzählt hat, und ich will nichts dazuerfinden. Entsprechend ihrer inneren Entwicklung jener Zeit dürfen wir wohl annehmen, daß sie ihn mit Vorwürfen über ihr vergangenes Leben überhäufte, während Edward vollkommen schweigend dasaß. Und wirklich wiederholte sie des öfteren, wenn sie später darauf zurückkam: »Ich habe viel mehr gesagt, als ich wollte, nur weil er so still dasaß.« Sie redete eigentlich nur, um ihn zum Reden zu stacheln.

Offenbar ließ sie ihrem Groll so freien Lauf, daß danach ihre Stimmung umschlug. Sie ging in ihr Zimmer an der Galerie zurück und saß dort lange in Gedanken versunken. Sie grübelte sich in eine ganz selbstlose Stimmung hinein, ja, in tiefe Selbstverachtung. Sie sagte sich, sie tauge nichts, sie habe in allem, wonach sie gestrebt, versagt – in ihrer Bemühung, Edward zurückzugewinnen, wie mit ihrem Versuch, ihn dazu zu bringen, daß er seine Ausgaben einschränkte. Sie fühlte sich erschöpft; sie fühlte sich am Ende ihrer Kraft. Dann überkam sie große Angst.

Sie fürchtete, nach allem, was sie Edward gesagt hatte, habe er sich das Leben genommen. Sie trat auf die Galerie hinaus und horchte; im ganzen Hause war kein Laut zu vernehmen außer dem regelmäßigen Pendelschlag der großen Uhr unten in der Halle. Aber sie war nicht der Mensch, der die Hände in den Schoß legt, nicht einmal in ihrer Verzagtheit. Sie handelte. Sie ging geradeswegs zu Edwards Zimmer, öffnete die Tür und blickte hinein.

Er ölte das Schloß eines Revolvers. Es war eine ungewöhnliche Beschäftigung zu dieser Nachtzeit und im Abendanzug. Dennoch kam ihr nicht einen Augenblick der Gedanke, er wolle sich mit dieser Waffe erschießen. Sie wußte, er tat es nur, um sich zu beschäftigen – um nicht denken zu müssen. Er sah auf, als sie die Tür öffnete; sein Gesicht war von dem Licht erhellt, das durch die runde Öffnung in dem grünen Kerzenschirm nach oben schien.

Sie sagte:

»Ich habe mir nicht etwa eingebildet, Nancy hier zu finden.« Sie meinte, das sei sie ihm schuldig. Er antwortete darauf:

»Ich bilde mir nicht ein, daß du dir das eingebildet hast.« Das waren die einzigen Worte, die er an jenem Abend sprach. Wie eine lahme Ente ging sie durch den langen Korridor zurück und stolperte über die vertrauten Tigerfelle in der dunklen Halle. Sie vermochte kaum sich weiterzuschleppen. In der Galerie sah sie, daß Nancys Tür halb offenstand und noch Licht in dem Zimmer des Mädchens brannte. Ein plötzlicher Irrsinn überkam sie, ein Tatendrang, ein Durst nach Selbstrechtfertigung.

Ihre Zimmer lagen alle an der Galerie. Leonoras an der Ostseite, daneben das Zimmer des Mädchens, dann das Edwards. Der Anblick dieser drei offenen Türen, Seite an Seite, offenstehend, um einzulassen, wen immer die finstere Nacht hereinführen mochte, ließ Leonora bis ins Innerste erschauern. Sie trat in Nancys Zimmer.

Das Mädchen saß regungslos in einem Lehnstuhl, sehr aufrecht, wie sie es im Kloster gelernt hatte. Sie schien so still wie eine Kirche; ihr Haar fiel schwarz und wie ein Pallium über ihre Schultern. Das Feuer neben ihr brannte hell, sie mußte soeben Kohlen aufgelegt haben. Sie war in einen weißen Seidenkimono gehüllt, der bis zu ihren Füßen niederfiel. Die Kleider, die sie abgelegt hatte, lagen fein zusammengefaltet auf den dafür bestimmten Stühlen. Ihre Hände ruhten auf den Armlehnen des Sessels, dessen Rückenlehne mit rot-weißem Chintz bespannt war.

Leonora hat mir dies erzählt. Sie fand es wohl erstaunlich, daß das Mädchen nach einem solchen Abend die Kleider, die sie auszog, so ordentlich zusammenfalten konnte – nachdem ihr von Edward verkündet worden war, er wolle sie zu ihrem Vater schicken, und sie von ihrer Mutter diesen Brief bekommen hatte. Sie hielt den Brief in seinem Umschlag in ihrer rechten Hand.

Leonora bemerkte ihn nicht sogleich. Sie sagte:

»Was tust du noch so spät?« Das Mädchen antwortete: »Ich denke nur nach.« Sie dachten gleichsam im Flüsterton und redeten mit gedämpfter Stimme. Dann fiel Leonoras Blick auf den Umschlag, und sie erkannte Mrs. Ruffords Handschrift.

Es war einer jener Augenblicke, in denen das Denken unmöglich wird, sagte Leonora. Ihr war, als würden aus allen Richtungen Steine nach ihr geworfen, und sie könnte nur noch rennen. Sie hörte sich ausrufen:

»Edward stirbt – deinetwegen. Er stirbt. Und er ist mehr wert als du und ich ...«

Das Mädchen blickte an ihr vorüber auf die Täfelung der halbgeschlossenen Tür.

»Mein armer Vater«, sagte sie, »mein armer Vater!«

»Du mußt hierbleiben«, antwortete Leonora heftig. »Du mußt hierbleiben. Ich sage dir, du mußt.«

»Ich fahre nach Glasgow«, erwiderte Nancy. »Morgen früh fahre ich nach Glasgow. Meine Mutter ist in Glasgow.«

Anscheinend war es Glasgow, wo Mrs. Rufford ihr Lotterleben führte. Sie hatte diese Stadt nicht etwa nur deshalb ausgewählt, weil sie besonders einträglich gewesen wäre, sondern weil es der Geburtsort ihres Mannes war, dem sie zuleide tun wollte, was immer sie nur konnte.

»Du mußt hierbleiben«, begann Leonora, »um Edward zu retten. Er vergeht vor Liebe zu dir.«

Das Mädchen richtete seine stillen Augen auf Leonora. »Ich weiß es«, sagte sie. »Und ich vergehe vor Liebe zu ihm.«

»Ach!« stieß Leonora hervor, gegen ihren Willen war es ein Ach voller Abscheu und Groll.

»Darum gehe ich nach Glasgow«, fuhr das Mädchen fort, »um meine Mutter von dort wegzubringen.« Sie fügte hinzu: »Ans Ende der Welt«, denn wenn auch die letzten Monate sie innerlich zur Frau gemacht hatten, war ihre Ausdrucksweise doch noch so romantisch wie die eines Schulmädchens. Es war, als wäre sie so schnell herangewachsen, daß sie keine Zeit gehabt hatte, ihr Haar aufzustecken.

Aber sie fügte hinzu:

»Wir taugen beide nichts – meine Mutter und ich.«

Leonora sagte mit ihrer grimmigen Gelassenheit:

»Nein. Nein. Nicht du taugst nichts. Ich bin es, die nichts taugt. Du kannst nicht zulassen, daß dieser Mann vor Verlangen nach dir zugrunde geht. Du mußt ihm gehören.«

Das Mädchen, sagte sie, sah sie mit einem sonderbaren, fernen Lächeln an – als wäre sie tausend Jahre alt, als wäre Leonora ein kleines Kind.

»Ich wußte, daß du dahin kommen würdest«, sagte sie sehr langsam. »Aber wir sind es nicht wert – Edward und ich.«

III

Nancy hatte viel nachgedacht, seitdem Leonora so außer sich geraten war, weil Edward dem jungen Selmes das Pferd geschenkt hatte. Sie hatte nachgedacht und nachgedacht, wenn sie oft tagelang schweigend neben dem Bett ihrer Tante sitzen mußte. (Sie hatte immer Leonora als ihre Tante betrachtet.) Und auch während mancher schweigenden Mahlzeit mit Edward hatten ihre Gedanken nicht geruht. Dann lächelte er ihr zuweilen mit seinen blutunterlaufenen Augen und seinen vollen, faltigen Lippen zu. Und nach und nach war sie zu der Erkenntnis gekommen, daß Edward Leonora nicht liebte und daß Leonora Edward haßte. Mehrere Dinge wirkten zusammen, um diese Überzeugung in ihr reifen zu lassen und zu festigen.

Sie durfte damals die Zeitung lesen – vielmehr wurde sie, da Leonora immer im Bett lag und Edward allein frühstückte und zeitig ausging, um nach seinen Gütern zu sehen, mit den Zeitungen allein gelassen.

Eines Tages sah sie in der Zeitung das Bild einer Frau, die sie sehr gut kannte. Darunter standen die Worte: »Mrs. Brand, Klägerin in dem sehr bemerkenswerten Scheidungsprozeß, über den auf Seite 8 berichtet wird.« Nancy wußte kaum, was ein Scheidungsprozeß ist. Sie war so überaus gut erzogen, und Katholiken lassen sich ja nicht scheiden. Ich weiß nicht recht, wie Leonora das fertiggebracht hatte, aber ich nehme an, sie hatte Nancy immer eingeschärft, anständige Frauen läsen solche Dinge nicht; das hätte jedenfalls genügt, Nancy jene Seiten überspringen zu lassen.

Wahrscheinlich las sie den Bericht über den Scheidungsprozeß Brand hauptsächlich, um Leonora davon zu erzählen. Sie meinte, wenn Leonora die Kopfschmerzen los wäre, würde sie gern wissen wollen, was Mrs. Brand geschehen war, die in Christchurch wohnte und die sie beide sehr gerne hatten. Der Prozeß nahm drei Tage in Anspruch, und der Bericht, der Nancy zuerst in die Hände kam, war der des dritten Tages. Edward bewahrte jedoch die Zeitungen der Woche nach seiner methodischen Art in einem Ständer seines Gewehrzimmers auf, und als sie ihr Frühstück beendet hatte, ging Nancy in dieses stille Zimmer und gönnte sich, was sie eine gemütliche Lesestunde nannte. Es erschien ihr wie eine komische Geschichte. Sie verstand nicht, warum ein Richter so erpicht darauf war, alles zu wissen, was Mr. Brand an einem bestimmten Tag getan hatte; sie verstand nicht, warum dem Gericht ein Plan der Schlafzimmerräumlichkeiten von Christchurch Old Hall vorgelegt werden mußte. Sie begriff nicht einmal, warum sie wissen wollten, ob bei einer bestimmten Gelegenheit die Wohnzimmertür abgeschlossen war. Sie mußte darüber lachen: Es erschien ihr so sinnlos, daß sich erwachsene Leute mit solchen Dingen abgaben. Dennoch kam es ihr merkwürdig vor, daß einer der Richter Mr. Brand so beharrlich und unverschämt über seine Gefühle für Miss Lupton ins Kreuzverhör nahm. Nancy kannte Miss Lupton von Ringwood sehr gut – ein ausgelassenes Mädchen, das ein Pferd mit zwei weißen Fesseln ritt. Mr. Brand behauptete hartnäckig, er liebe Miss Lupton nicht... Natürlich liebte er Miss Lupton nicht; er war doch ein verheirateter Mann. Man könnte sich ebensogut vorstellen, Onkel Edward liebe ... liebe eine andere Frau als Leonora. Wenn einer verheiratet war, war es doch mit dem Lieben vorbei. Zweifellos gab es Leute, die sich schlecht aufführten – aber das waren arme Menschen – oder andere Menschen, als sie kannte. So stellten sich diese Dinge Nancy dar.

Aber in dem weiteren Verlauf des Prozesses mußte Mr. Brand, wie sie las, eine »unerlaubte Intimität« mit irgendwem eingestehen. Nancy stellte sich vor, er habe die Geheimnisse seiner Frau ausgeplaudert; sie konnte nicht verstehen, warum das ein schweres Vergehen war. Natürlich tat ein Gentleman das nicht – Mr. Brand sank in ihrer Achtung. Aber da sich zeigte, daß Mrs. Brand es verziehen hatte, meinte sie, es könnten nicht sehr wichtige Geheimnisse gewesen sein, die Mr. Brand weitererzählt hatte. Dann ging ihr plötzlich auf, daß Mr. Brand – der freundliche Mr. Brand, den sie noch einen oder zwei Monate vor ihrer Abreise nach Bad Nauheim gesehen hatte, wie er mit seinen Kindern

Blinde Kuh spielte und seine Frau jedesmal küßte, wenn er sie fing –, daß Mr. Brand und Mrs. Brand auf dem denkbar schlechtesten Fuß miteinander standen. Das war unglaublich.

Aber da stand es – schwarz auf weiß. Mr. Brand trank; Mr. Brand hatte Mrs. Brand niedergeschlagen, als er betrunken war. Mr. Brand wurde nach spaltenlangen Verhandlungen mit ein paar knappen Worten für schuldig erklärt, seine Frau mißhandelt und mit Miss Lupton Ehebruch begangen zu haben. Die letzten Worte besagten für Nancy nichts – nichts Wirkliches, heißt das. Sie kannte natürlich das Gebot: du sollst nicht ehebrechen – aber warum, dachte sie, sollte man auch? Es war wahrscheinlich so etwas, wie wenn man außer der vorgeschriebenen Jahreszeit Lachs finge – das tat man doch nicht.

Und doch hinterließ diese Lektüre in Nancy eine Ahnung von etwas Geheimnisvollem, Erschreckendem, Bösem. Sie verspürte eine Übelkeit – eine Übelkeit, die beim Lesen zunahm. Ihr Herz klopfte schmerzhaft; sie fing an zu weinen. Sie fragte Gott, wie er solche Dinge zulassen konnte. Und die Gewißheit, daß Edward Leonora nicht liebte und daß Leonora Edward haßte, vertiefte sich in ihr. Vielleicht liebte dann Edward auch eine andere Frau. Es war unausdenkbar.

Wenn er eine andere Frau als Leonora lieben konnte, sprach ein glühendes, ihr unbekanntes Gefühl plötzlich in ihr, warum dann nicht sie selber? Aber er liebte sie nicht. Das war etwa einen Monat bevor sie den Brief von ihrer Mutter bekam. Sie ließ die Sache ruhen, bis das Gefühl der Übelkeit schwand; das tat es nach ein oder zwei Tagen. Als sie dann sah, daß Leonoras Kopfschmerzen verflogen waren, erzählte sie ihrer Tante, Mrs. Brand habe sich von ihrem Mann scheiden lassen. Sie fragte, was das alles bedeutete.

Leonora lag auf dem Sofa in der Halle; sie fühlte sich so matt, daß sie kaum Worte finden konnte. Sie antwortete nur:

»Es bedeutet, daß Mr. Brand wieder heiraten kann.«

Nancy sagte: »Aber ... aber ...« und dann: »Er kann also Miss Lupton heiraten.« Leonora hob nur bejahend die Hand. Ihre Augen waren geschlossen.

»Dann ...« begann Nancy. Entsetzen stand in ihren blauen Augen; ihre Brauen waren eng zusammengezogen, und die Schmerzenslinien um ihren Mund wurden deutlich sichtbar. In ihren Augen gewann die ganze vertraute, große Halle ein verändertes Aussehen. Die Kaminblöcke mit den Messingblumen an den Enden erschienen ihr unwirklich; die brennenden Scheite waren einfach Scheite, die brannten, und nicht die behaglichen Bilder einer unzerstörbaren Lebensweise. Die Flamme flackerte vor der hohen Kaminwand; der Bernhardiner seufzte im Schlaf. Draußen fiel der Winterregen, fiel und fiel. Und plötzlich dachte sie, Edward könnte jemand anderes heiraten; sie schrie beinahe auf.

Leonora öffnete die Augen. Sie lag auf der Seite, und ihr Gesicht ruhte auf dem schwarz-goldenen Kissen des Sofas, das halb vor den großen Kamin geschoben war.

»Ich glaubte«, sagte Nancy, »ich habe mir immer vorgestellt ... Ist denn die Ehe nicht ein Sakrament? Sind Ehen nicht unlösbar? Ich dachte, man ist verheiratet ... und ...« Sie schluchzte. »Ich dachte, man ist verheiratet oder nicht verheiratet, wie man lebendig ist oder tot.«

»Das«, sagte Leonora, »ist das Gesetz der Kirche. Nicht das Gesetz des Landes ...«

»Ach, richtig«, sagte Nancy, »die Brands sind ja Anglikaner.«

Sie fühlte, wie sich plötzlich Geborgenheit auf sie niedersenkte, und für eine Stunde kam ihr Geist zur Ruhe. Sie kam sich jetzt idiotisch vor, daß sie nicht an Heinrich VIII. gedacht hatte und an den Grund, auf dem der Protestantismus ruht. Sie mußte fast über sich lachen. Der lange Nachmittag ging dahin; die Flammen flackerten noch, als das Mädchen das Feuer schürte; der Bernhardiner erwachte und trollte sich in die Küche. Und dann öffnete Leonora die Augen und sagte fast eisig:

»Und du? Denkst du denn nicht ans Heiraten?«

Das sah Leonora so wenig ähnlich, daß das Mädchen einen Augenblick lang in dem Halbdunkel erschrak. Doch dann fand sie, es war eine ganz vernünftige Frage.

»Ich weiß nicht«, antwortete sie. »Ich weiß nicht, ob mich jemand heiraten möchte.«

»Mehrere Leute möchten dich heiraten«, sagte Leonora.

»Aber ich möchte nicht heiraten«, antwortete Nancy. »Ich möchte gern bei dir und Edward bleiben. Ich glaube nicht, daß ich im Wege bin oder zuviel koste. Wenn ich ginge, müßtest du doch jemanden zur Gesellschaft haben. Doch vielleicht sollte ich mir meinen Lebensunterhalt verdienen ...«

»Nicht daran habe ich gedacht«, antwortete Leonora in demselben schroffen Ton. »Du wirst genug Geld von deinem Vater bekommen. Aber die meisten Leute wollen heiraten.«

Ich glaube, sie fragte dann das Mädchen, ob es nicht mich heiraten wolle, und Nancy antwortete darauf, sie würde mich heiraten, wenn man es von ihr verlange. Sie fügte hinzu:

»Wenn ich jemand heirate, möchte ich, daß er so wie Edward ist.«

Sie erschrak zu Tode, denn Leonora wand sich auf ihrem Sofa und rief: »O Gott! ...«

Nancy rannte davon, um das Hausmädchen zu suchen, um Aspirin und feuchte Tücher zu holen. Sie kam nicht auf den Gedanken, Leonoras Wehlaute könnten etwas anderes bedeuten als körperlichen Schmerz.

Sie dürfen nicht vergessen, dies alles begab sich einen Monat bevor Leonora nachts in das Zimmer des Mädchens trat. Ich greife schon wieder zurück; aber ich kann nichts dafür. Es ist so schwierig, sie alle miteinander in Gang zu halten. Ich erzähle Ihnen von Leonora und bringe sie auf den gegenwärtigen Stand der Dinge; dann von Edward, der inzwischen zurückgeblieben ist. Und dabei lasse ich wieder das Mädchen hoffnungslos weit zurück. Ich wollte, ich könnte es in Tagebuchform bringen. So: Am 1. September kehrten sie aus Bad Nauheim zurück. Leonora legte sich sogleich zu Bett. Etwa am 1. Oktober gingen sie alle zusammen zu einem Jagdtreffen. Nancy hatte schon sehr deutlich bemerkt, daß Edward in seinem

Benehmen sonderbar war. Um den 6. dieses Monats schenkte Edward dem jungen Selmes das Pferd, und Nancy hatte Grund zu glauben, ihre Tante liebte ihren Onkel nicht. Am 20. las sie den Bericht über den Scheidungsprozeß, der in der Zeitung vom 18. und den beiden folgenden Tagen abgehandelt wurde. Am 23. hatte sie in der Halle das Gespräch mit ihrer Tante – über die Ehe im allgemeinen und über die Möglichkeit ihrer eigenen Heirat. Daß ihre Tante zu ihr ins Schlafzimmer kam, ereignete sich erst am 12. November.

Sie hatte also drei Wochen Zeit, sich über sich selber klarzuwerden – eine Herzenserforschung unter einem düsteren Himmel, in dem alten Hause, das, in einer Senke liegend und von Fichten mit ihren dunklen Schatten umgeben, um so düsterer wirkte. Es war keine gute Umgebung für ein Mädchen. Sie begann über die Liebe nachzudenken.

Bisher hatte sie in ihr nichts anderes gesehen als etwas ziemlich Belustigendes und Albernes. Sie erinnerte sich an wahllos zusammengelesene Abschnitte in wahllos aufgeschlagenen Büchern – Dinge, die sie früher nie eigentlich berührt hatten. Sie dachte an die Liebe irgendeines Mannes zu Prinzessin Badrulbadour; sie hatte einmal gehört, die Liebe sei ein Feuer, ein Dürsten, eine verzehrende Glut – aber sie konnte sich nicht vorstellen, was da eigentlich verzehrt wurde. Sie erinnerte sich bloß, daß man von einem hoffnungslos Liebenden gesagt hatte, er schaue so hoffnungslos drein; sie mußte an einen Mann in einem Buch denken, von dem es hieß, er sei vor Liebe an den Trunk

x for introspection – for introspection beneath gloomy skies gekommen; und nach allem, was sie gelesen, schien das Leben der Liebenden von tiefen Seufzern gezeichnet.

Einmal setzte sie sich an das Pianino, das in einem Winkel der Halle stand, und begann zu spielen. Es war ein Instrument von klimperndem, schrillem Klang, denn niemand im Hause hatte Sinn für Musik. Nancy konnte ein paar einfache Lieder spielen, und so ertappte sie sich, wie sie spielte. Sie hatte am Fenster gesessen und in das schwindende Tageslicht hinausgeschaut. Leonora machte Besuche; Edward sah nach irgendwelchen Pflanzungen in der neuen Fasanerie. So ertappte sie sich, wie sie auf dem alten Klavier spielte. Sie wußte nicht, wie sie dazu kam. Eine alberne, trällernde, zittrige Melodie wurde unter ihren Händen in der Dämmerung laut – eine Melodie, deren Durklänge mit ihrer fröhlichen Härte zu schwanken begannen und in Molltöne hinüberschmolzen, wie unter einer Brücke das Licht auf dunklem Wasser schmilzt und zittert und in die dunklen Tiefen versinkt. Nun, es war eine törichte alte Weise ...

Die Worte dazu lauten etwa – ich glaube, von einer Weide ist die Rede:

> *»Thou art to all lost loves the best*
> *The only true plant found.«*
> *»Dich lieben alle, die ihr Lieb verloren,*
> *Du einzig Treue weit und breit.«*

– so ungefähr. Es stammt von Herrick, glaube ich, und die Musik war ein schrilles, holperiges Geklingel, das zu Herrick paßt. Und es war in der Abenddämmerung; die schweren, dunklen Steinpfeiler, die die Galerie trugen, wirkten wie eine Trauerversammlung; das Feuer war zu einem Nichts zusammengesunken – nur noch ein Glimmen unter weißer Asche … Sentimental der Ort und sentimental die Stunde und die Beleuchtung.

Plötzlich fing Nancy an zu weinen. Sie weinte still vor sich hin, und schließlich ging das Weinen in langgezogenes, krampfhaftes Schluchzen über. Ihr war zumute, als wäre alle Fröhlichkeit, aller Zauber, alles Lichte, alle Süße aus dem Leben geschwunden. Unglück, Unglück war alles um sie her. Ihr schien, als kenne sie kein glückliches Wesen, und sie selbst litt Qualen …

Ihr fiel ein, wie hoffnungslos Edward dreinschaute; sicherlich trank er zuviel; zuweilen seufzte er tief. Er sah aus, als brennte in seinem Innern ein Feuer, das seine Seele vor Durst verdorren ließ, das ihn bis ins Mark verzehrte. Dann überkam sie die quälende Gewißheit – die Gewißheit, die sie immer wieder heimsuchte –, Edward müsse eine andere Frau lieben als Leonora. Ihre etwas sektiererische Erziehung erinnerte sie daran, daß Katholiken so etwas nicht tun. Aber Edward war Protestant. Also liebte Edward jemanden …

Und bei diesem Gedanken schaute sie selber hoffnungslos drein; sie seufzte wie der alte Bernhardiner neben ihr. Bei den Mahlzeiten verspürte sie oft ein unerträgliches Verlangen, ein Glas Wein zu trinken und dann noch eins und noch eins. Dann wurde sie lustig … Aber nach einer halben Stunde war ihre Fröhlichkeit verflogen; sie hatte ein Gefühl, als brennte in ihrem Innern ein Feuer, das ihre Seele vor Durst verdorren ließ und sie bis ins Mark verzehrte. Eines Abends ging sie in Edwards Gewehrzimmer – er war zu einer Versammlung des Nationalen Reservekomitees gegangen. Auf dem Tisch neben seinem Sessel stand eine Karaffe mit Whisky. Sie schenkte sich ein Weinglas voll ein und trank es aus.

Da war ihr wirklich, als loderte ein Feuer durch ihren Körper; ihre Beine wurden schwer, ihr Gesicht brannte wie im Fieber. So schleppte sich das hoch aufgeschossene Mädchen in ihr Zimmer hinauf und lag dort im Dunkeln.

Das Bett schwankte unter ihr; sie gab der Vorstellung nach, sie liege in Edwards Armen und er küßte sie auf das glühende Gesicht, auf ihre glühenden Schultern und auf ihren Hals, der wie Feuer brannte.

Nie wieder rührte sie Alkohol an. Nicht ein einziges Mal kamen ihr solche Gedanken wieder. Sie erstarben in ihrem Geist; sie ließen nur ein Gefühl der Scham zurück, eine so unerträgliche Scham, daß sie wie betäubt war, und so schwanden sie aus ihrem Sinn. Sie bildete sich ein, der Gedanke, Edward könnte eine andere Frau lieben, sei ihr allein aus Mitgefühl mit Leonora so schmerzlich, und sie beschloß, solange sie lebte, Leonora wie eine Magd zu dienen – mit Fegen, Pflegen, Sticken, ganz wie Debora, eine mittelalterliche Heilige – ich kenne mich unglücklicherweise nicht aus in der katholischen Literatur der Heiligenleben. Aber ich weiß, sie sah sich im Geiste mit bedrückter, ernster Miene und fest aufeinandergepreßten Lippen in einem kahlen weißen Zimmer Blumen begießen oder am Stickrahmen sitzen. Oder sie sehnte sich danach, mit

Edward nach Afrika zu gehen und sich einem Löwen, der ihn anfiel, in den Weg zu werfen, damit Edward durch das Opfer ihres Lebens Leonora erhalten bleibe. Nun, neben ihren traurigen Gedanken hatte sie auch kindische.

Sie wußte nichts – nichts vom Leben, außer daß es traurig ist. Das wußte sie nun. Was an jenem Abend in ihr vorging, als ihr der doppelte Schlag versetzt wurde: daß Edward sie zu ihrem Vater nach Indien schicken wollte und der Brief von ihrer Mutter kam, war dies: Sie rief zunächst ihren süßen Heiland an – der Herrgott war für sie der süße Heiland! –, er möge verhindern, daß sie nach Indien gehen müsse. Dann merkte sie an Edwards Verhalten, daß er fest entschlossen war, sie nach Indien zu schicken. Also mußte es das Richtige sein, daß sie ging. Edward hatte in seinen Entscheidungen immer recht. Er war der Cid; er war Lohengrin; er war der Ritter ohne Fehl.

Dennoch meuterte sie im stillen und rebellierte. Sie konnte das Haus nicht verlassen. Sie bildete sich ein, er wollte sie aus dem Wege haben, damit sie nicht Zeuge seiner Amouren mit einem anderen Mädchen würde. Doch sie wollte bleiben – um Leonora zu trösten.

Dann kam der entsetzliche Schock durch den Brief ihrer Mutter. Ihre Mutter schrieb, glaube ich, etwa folgendes: »Du hast kein Recht, ein Leben in Wohlstand und Ehrbarkeit zu führen. Du gehörst zu mir auf die Straße. Woher weißt du, daß du Oberst Ruffords Tochter bist?« Sie ahnte nicht, was diese Worte bedeuteten. Sie sah ihre Mutter unter Torbogen schlafen, während es schneite. Das war die Vorstellung, die ihr bei den Worten »auf der Straße« vorschwebte. Aus einem platonischen Pflichtgefühl sagte sie sich, sie müsse hingehen und ihre Mutter trösten, die Mutter, die sie in ihrem Schoß getragen hatte – obwohl sie nicht recht begriff, was diese Worte meinten. Zugleich aber erfuhr sie nun, daß ihre Mutter ihren Vater mit einem anderen Mann verlassen hatte; deshalb bedauerte sie ihren Vater und entsetzte sich über sich selber, daß sie beim Klang seiner Stimme erbebte. Wenn ihre Mutter eine solche Frau war, dann war es begreiflich, daß er manchmal wie irre war vor Wut und sie niederschlug. Und die Stimme ihres Gewissens sagte ihr, vor allem habe sie Pflichten gegen ihre Eltern. Auch darin gehorchte sie diesem neuerwachten Pflichtgefühl, daß sie sich mit großer Sorgfalt entkleidete und peinlich genau die Kleider zusammenlegte, die sie ausgezogen hatte. Manchmal, wenn auch nicht sehr oft, warf sie sie, einerlei wie, im ganzen Zimmer herum.

Und dieses Pflichtgefühl hatte noch die Oberhand in ihr, als Leonora groß, schlank, goldhaarig und ganz in Schwarz in ihr Zimmer trat und ihr sagte, Edward komme um vor Liebe zu ihr. Da wurde ihr bewußt, was sie in ihrem Innersten schon seit Monaten ahnte – daß Edward starb – wirklich physisch starb – vor Liebe zu ihr. Ihr war, als dürfe ihr Herz für ein Weilchen sagen: *»Domine, nunc dimittis…«* »Herr, nun lassest du deinen Diener in Frieden fahren…« Sie fühlte, sie konnte freudig nach Glasgow abreisen, um ihre gefallene Mutter zu retten.

IV

Und sie fühlte sich im Einklang mit ihrer Stimmung, mit der Stunde und mit der Frau vor ihr, als sie sagte, sie wisse, daß Edward vor Liebe zu ihr vergehe, und sie selber vergehe vor Liebe zu Edward. Denn diese Tatsache war auf einmal an die rechte Stelle gerückt und für sie Wirklichkeit geworden – so wie die eingelassene Spielmarke auf einem Whisttisch unter dem Druck des Daumens herumfährt. Dieser Rubber war wenigstens gemacht.

Und plötzlich schien ihr Leonora verändert, und auch ihr eigenes Verhältnis zu Leonora schien verändert. In ihrem zarten weißen Seidenkimono neben ihrem Kaminfeuer fühlte sie sich wie auf einem Thron. Ihr war, als ob Leonora in ihrem engen Kleid aus schwarzer Spitze mit den schimmernden weißen Schultern und dem lockigen blonden Haar, das dem Mädchen immer als das Schönste auf der Welt erschienen war – als stände plötzlich eine abgemagerte und eingeschrumpfte, blaugefrorene Leonora vor ihr, zitternd und flehend. Doch Leonora kommandierte ihr. Das war zwecklos. Sie wußte, am nächsten Morgen würde sie zu ihrer Mutter gehen, die in Glasgow war.

Leonora wiederholte immerzu, sie müsse bleiben, um Edward zu retten, der vor Liebe zu ihr verging. Und stolz und glücklich in dem Gedanken, daß Edward sie liebte, daß sie ihn liebte, hörte sie Leonora nicht einmal zu. Sie fand, es sei Leonoras Angelegenheit, den Leib ihres Mannes zu retten; ihr, Nancy, gehörte seine Seele – ein kostbares Ding, das sie behüten und auf ihren Armen davontragen würde –, als wäre Leonora ein hungriger Hund, der nach einem Lamm zu schnappen suchte, das sie trug. Ja, sie hatte das Gefühl, als wäre Edwards Liebe ein kostbares Lamm, das sie vor einem grausamen reißenden Tier rettete. Denn nun plötzlich erschien ihr Leonora wie ein grausames reißendes Tier. Leonora, Leonora mit ihrem Hunger, mit ihrer Grausamkeit, hatte Edward in den Wahnsinn getrieben. Er mußte durch seine Liebe zu ihr und durch ihre Liebe beschirmt werden – durch ihre Liebe, die aus großer Entfernung und unausgesprochen ihn einhüllte, ihn umhegte, ihn aufrichtete; durch ihre Stimme, die von Glasgow her zu ihm sprach, ihm sagte, sie liebe ihn, sie bete ihn an, sie höre nicht einen Augenblick auf, sehnsüchtig, liebevoll und bangend an ihn zu denken.

Laut, beharrlich, in erbittert befehlendem Ton sagte Leonora:

»Du mußt hierbleiben, du mußt Edward angehören. Ich will mich von ihm scheiden lassen.«

Das Mädchen antwortete:

»Die Kirche läßt keine Scheidungen zu.* Ich kann deinem Mann nicht angehören. Ich gehe nach Glasgow, um meine Mutter zu retten.«

Die halboffene Tür wurde lautlos ganz geöffnet. Edward stand da. Verzehrend, mit dem Ausdruck eines dem Schicksal Verfallenen, heftete sich sein Blick auf das Gesicht des Mädchens; seine Schultern sackten vornüber; er war zweifellos halb betrunken, er hielt die Whiskykaraffe in der einen Hand, eine tropfende

The Church does not allow of divorce

Kerze in der andern. Mit zorniger Heftigkeit sagte er zu Nancy: »Ich verbiete dir, über diese Dinge zu reden. Du bleibst hier, bis ich von deinem Vater höre. Dann gehst du zu deinem Vater.«

Die beiden Frauen, die einander anblickten wie Tiere, die im Begriff sind, einander anzuspringen, sahen kaum zu ihm hin. Er lehnte am Türpfosten. Er sagte noch einmal: »Nancy, ich verbiete dir, über diese Dinge zu reden. Ich bin hier Herr im Hause.« Und bei dem Klang seiner Stimme, die laut, männlich, aus tiefer Brust in die Nacht dröhnte, wie er da in der finsteren Türöffnung stand, hatte Nancy das Gefühl, als beuge ihr Geist sich vor ihm mit gefalteten Händen. Sie wußte, sie würde nach Indien gehen, nie wieder würde es sie ankommen, von diesen Dingen zu reden.

Leonora sagte:

»Du siehst, es ist deine Pflicht, ihm anzugehören. Man darf ihn nicht so weitertrinken lassen.«

Nancy antwortete nicht. Edward war gegangen; sie hörten, wie er auf der blankgewichsten schwarzen Eichentreppe ausglitt und hinunterrutschte. Nancy schrie auf, als das Geräusch seines schweren Sturzes heraufdrang. Leonora sagte noch einmal:

»Siehst du!«

In der Halle drunten polterte es weiter; das Licht der Kerze, die Edward in der Hand hielt, flackerte zwischen den Stäben des Geländers herauf. Dann hörten sie seine Stimme.

»Geben Sie mir Glasgow... Glasgow, in Schottland ... Ich möchte die Nummer eines Mannes namens

White, in Simrock Park, Glasgow ... Edward White, Simrock Park, Glasgow ... zehn Minuten ... zu dieser Nachtzeit ...« Seine Stimme klang gelassen, normal, geduldig. Der Alkohol fuhr ihm in die Beine, nicht in die Zunge. »Ich kann warten«, war von unten zu hören. »Ja, ich weiß, daß er eine Nummer hat. Ich habe schon früher mit ihm telefoniert.«

»Er will deine Mutter anrufen«, sagte Leonora. »Er wird ihr schon weiterhelfen.« Sie stand auf und schloß die Tür. Sie kam an das Kaminfeuer zurück und fügte bitter hinzu: »Er kann immer jedem Menschen helfen, nur mir nicht – nur mir nicht!«

Das Mädchen sagte nichts. Sie saß in einen seligen Traum versunken da. Ihr war, als sähe sie ihren Liebsten in dem Sessel mit dem runden Rückenpolster in der finsteren Halle sitzen, wie er dort immer saß – vorgebeugt, den Hörer am Ohr, mit seiner sanften, nachdrücklichen Telefonstimme sprechend – und die Welt und sie rettend in der Finsternis drunten. Sie strich mit der Hand über ihren bloßen Halsansatz, um die Wärme der Haut auf ihrer Brust zu spüren.

Sie schwieg; Leonora aber redete weiter.

Gott mag wissen, was Leonora alles sagte. Sie wiederholte, das Mädchen müsse Edward angehören. Sie sagte, sie gebrauche diesen Ausdruck, weil es, obwohl sie eine Scheidung oder vielleicht sogar eine Lösung der Ehe durch die Kirche erwirken könne, dennoch Ehebruch bliebe – was sie und Edward begingen. Aber das sei nun einmal notwendig; es sei die Buße, die Nancy für ihre Sünde auf sich nehmen müsse – für die Sünde, daß sie Edward dazu gebracht habe, sie zu lieben, für die Sünde, daß sie ihren Mann liebte. Sie redete fort und fort neben dem Feuer. Das Mädchen müsse eine Ehebrecherin werden; es habe Edward dadurch, daß es so schön, so anmutig, so lieb sei, ein Leid angetan. Sie müsse die Buße auf sich nehmen, um den Mann zu retten, dem sie ein Leid angetan habe.

Wenn sie eine Pause machte, konnte das Mädchen die Stimme Edwards hören, die unten weiterbrummte, undeutlich, mit ruckweisen Unterbrechungen während der Antworten. Es ließ sie vor Stolz erglühen; der Mann, den sie liebte, war für sie am Werk. Er wenigstens war fest, war männlich, entschieden, wußte, was richtig war. Leonora redete weiter und bohrte ihre Blicke in Nancys Gesicht. Das Mädchen sah sie kaum an, hörte sie kaum. Nach langer Zeit sagte Nancy – nach Stunden und Stunden:

»Ich werde nach Indien gehen, sobald Edward etwas von meinem Vater hört. Ich kann nicht über diese Dinge reden, Edward wünscht es nicht.«

Da schrie Leonora laut auf und schwankte hastig auf die geschlossene Tür zu. Und Nancy sprang plötzlich mit weit ausgebreiteten Armen von ihrem Stuhl auf. Sie drückte die andere an ihre Brust; sie sagte:

»Ach, du Arme, du Liebe; ach, du Arme, du Liebe!« Und sie saßen aneinandergedrängt, engumschlungen da und weinten und weinten; sie legten sich zusammen ins Bett und redeten und redeten die ganze Nacht hindurch. Und während der ganzen Nacht konnte Edward ihre Stimmen durch die Wand hören. So ging es zu …

Am nächsten Morgen benahmen sich alle drei, als wäre nichts geschehen. Gegen elf Uhr kam Edward zu Nancy, die ein paar Christrosen in einer Silbervase ordnete. Er legte ein Telegramm neben sie auf den Tisch. »Du kannst es selber aufschlüsseln«, sagte er. Dann, schon unter der Tür, fügte er hinzu:

»Sag deiner Tante, daß ich Mr. Dowell telegrafiert habe, er möchte herüberkommen. Er wird alles leichter machen, bis du gehst.«

Das Telegramm lautete aufgeschlüsselt, soweit ich mich erinnere:

»Werde Mrs. Rufford nach Italien bringen. Verbürge mich dafür. Bin Mrs. Rufford herzlich ergeben. Bedarf keiner finanziellen Unterstützung. Wußte nicht, daß eine Tochter da ist, und bin Ihnen sehr verbunden für Hinweis auf meine Pflicht. – White.«

Dann nahm der Haushalt seinen gewohnten Tageslauf wieder auf, bis ich eintraf.

V

Dieser Teil der Geschichte ist es, der mich am allertraurigsten macht. Denn ich frage mich unaufhörlich, während mein Geist müde in einem rätselvollen Schmerzensraum um- und umgeht: Was hätten diese Menschen tun sollen? Was in Gottes Namen hätten sie tun sollen? Das Ende war ihnen vollkommen klar – schon in dieser Phase war ganz deutlich abzusehen, wie es ausgehen würde; wenn das Mädchen nicht, wie Leonora sagte, »Edward angehörte«, mußte Edward sterben; das Mädchen würde den Verstand verlieren, weil Edward starb; und nach einer Weile würde Leonora, die Kälteste und Stärkste unter den dreien, sich trösten, indem sie Rodney Bayham heiratete, und ein ruhiges, behagliches Leben führen. Dieser Ausgang war in der Nacht, da Leonora in dem Schlafzimmer des Mädchens saß und Edward unten in der Halle telefonierte, schon deutlich abzusehen. Das Mädchen war sichtlich schon halb von Sinnen; Edward war halb tot; nur Leonora – geschäftig, beharrlich, erfüllt von ihrer kalten Leidenschaft und Energie, »unternahm etwas«. Was also hätten sie tun sollen? Alles führte unvermeidlich zur Vernichtung zweier hochherziger Menschen, damit ein dritter Mensch, der normaler war als jene beiden, nach einer langen Zeit der Wirrsal zu einem ruhigen, behaglichen, angenehmen Leben käme.

Ich schreibe dies, dünkt mich, volle achtzehn Monate nach den Worten nieder, die mein vorheriges Kapitel beschließen. Seit ich die Worte »bis ich eintraf« schrieb, mit denen, wie ich sehe, jener Absatz schließt, habe ich noch einmal einen Augenblick lang von einem Schnellzug aus Beaucaire gesehen mit dem schönen weißen Turm, Tarascon mit dem wuchtigen Schloß, die breite Rhone, die weiten Flächen des Crau. Ich bin durch die ganze Provence gereist – und die ganze Provence bedeutet mir nichts mehr. In den Olivenhügeln werde ich meinen Himmel nicht mehr finden, denn es gibt nur noch die Hölle …

Edward ist tot, das Mädchen ist fern – ach, unendlich fern; Leonora hat ihr angenehmes Leben mit Rodney Bayham gefunden, und ich sitze allein in Branshaw Teleragh. Ich bin durch die Provence gefahren; ich habe Afrika gesehen; ich habe Asien besucht, um in Ceylon in einem verdunkelten Zimmer mein armes Mädchen wiederzusehen, das reglos dasaß, mit seinen wundervollen Haaren um sich her, mich aus Augen anblickte, die nichts mehr sahen, und deutlich sagte: *»Credo in unum Deum Omnipotentem … credo in unum Deum Omnipotentem.«* Dies sind die einzigen sinnvollen Worte, die sie sprach. Dies sind die einzigen Worte, die sie wohl in alle Ewigkeit sprechen wird. Ich vermute, es sind sinnvolle Worte; es muß für sie einen tiefen Sinn haben, wenn sie sagen kann, daß sie an einen allmächtigen Gott glaubt. Nun, so ist es. Ich bin von alledem sehr müde …

Denn das alles mag zwar romantisch klingen, aber es ist ermüdend, ermüdend, ermüdend, wenn man mitten darin gestanden hat, die Fahrkarten gelöst, einen Zug nach dem anderen bestiegen, die Kabinen ausgesucht und mit Zahlmeister und Steward über die Diät für den schweigsamen Patienten beraten hat, der nichts tat als seinen Glauben an den einen allmächtigen Gott verkünden. Es mag romantisch klingen – aber in der Erinnerung ist es lauter Mühsal.

Ich weiß nicht, warum ich immer dazu ausersehen werde, mich anderen nützlich zu machen. Ich lehne mich nicht dagegen auf – aber ich habe nie im geringsten helfen können. Florence erwählte mich für ihre eigenen Zwecke, und ich war ihr keine Hilfe; Edward bat mich, herüberzukommen und mit ihm zu sprechen, und ich konnte ihn nicht davon abhalten, sich die Kehle durchzuschneiden. Und dann eines Tages vor achtzehn Monaten, als ich still in meinem Zimmer in Branshaw saß und schrieb, kam Leonora mit einem Brief zu mir. Es war ein pathetischer Brief von Oberst Rufford über Nancy. Oberst Rufford hatte seinen Dienst bei der Armee quittiert und die Verwaltung einer Teeplantage in Ceylon übernommen. Sein Brief war pathetisch, weil er so kurz, so wortkarg und so geschäftsmäßig war. Er war zu dem Schiff hinuntergefahren, um seine Tochter abzuholen, und hatte seine Tochter im Zustand des Wahnsinns angetroffen. Es scheint, daß Nancy in Port Said in einem Lokalblatt die Nachricht von Edwards Selbstmord gelesen hatte. Im Roten Meer war sie wahnsinnig geworden. Sie hatte Mrs. Oberst Luton gegenüber, die sie begleitete, die Bemerkung gemacht, sie glaube an den allmächtigen Gott. Sie hatte keine Szenen gemacht; ihre Augen waren trocken und glasig. Selbst mit verstörtem Geist wußte sich Nancy noch zu benehmen.

Oberst Rufford sagte, die Ärzte hätten keine Hoffnung, daß sein Kind je genesen werde. Dennoch sei es nicht ausgeschlossen, daß der Anblick irgendeines Menschen aus Branshaw sie beruhigen und einen guten Einfluß auf sie ausüben könnte. Und er schrieb an Leonora. »Bitte, kommen Sie und sehen Sie zu, ob Sie es fertigbringen.« Zwar habe ich offenbar alles Gefühl für das Pathetische verloren; dennoch finde ich dieses schlichte, ungeheuerliche Ansinnen des Obersten pathetisch. Er war mit einem jähzornigen Temperament geschlagen; er war mit einer halbverrückten Frau geschlagen, die trank und auf die Straße ging. Seine Tochter war wahnsinnig – und doch glaubte er an das Gute im Menschen. Er glaubte, Leonora werde die Mühe der langen Reise nach Ceylon auf sich nehmen, um seine Tochter zu beruhigen. Leonora tat es nicht. Leonora wollte Nancy nie wiedersehen. Das war freilich unter den gegebenen Umständen verständlich genug. Zugleich pflichtete sie mir objektiv bei, es müsse jemand von Branshaw, der beruhigend wirkte, nach Ceylon fahren. Sie schickte mich und ihre alte Kinderfrau, die seit dem Tage, da das Mädchen als Kind von dreizehn Jahren nach Branshaw gekommen war, für Nancy gesorgt hatte. So brach ich auf und jagte durch die Provence, um den Dampfer in Marseille zu erreichen. Und ich konnte ihr nicht im geringsten helfen, als ich nach Ceylon kam; und auch die Kinderfrau konnte ihr nicht im geringsten helfen. Es hat alles gar nichts geholfen.

Die Ärzte in Kandy sagten, wenn man Nancy nach England zurückbringen könnte, dann würden vielleicht die Seeluft, der Klimawechsel, die Reise und was dergleichen Dinge mehr sind, ihren Verstand heilen. Natürlich hat alles das ihren Verstand nicht geheilt. Sie sitzt jetzt, wie ich sehe, in der Halle, vierzig Schritt von dem Platz entfernt, an dem ich schreibe. Ich will darüber durchaus nicht romantisch werden. Sie ist sehr gut angezogen; sie ist ganz ruhig; sie ist sehr schön. Die alte Kinderfrau sorgt sehr gewissenhaft für sie.

Gewiß haben Sie hier die Voraussetzung für eine spannende Situation, aber es ist alles sehr eintönig, soweit es mich angeht. Ich würde Nancy heiraten, wenn ihr Verstand so weit wieder klar wäre, daß sie den Sinn der anglikanischen Trauung erfassen könnte. Aber wahrscheinlich wird ihr Verstand niemals wieder so weit klar werden. Deshalb kann ich sie nach dem Gesetz des Landes nicht heiraten.

Hier stehe ich also am gleichen Punkt wie vor dreizehn Jahren. Ich bin der Wärter, nicht der Ehemann eines hübschen Mädchens, das mir keine Beachtung schenkt. Ich bin Leonora entfremdet, die in meiner Abwesenheit Rodney Bayham geheiratet hat und nach Bayham gezogen ist. Leonora ist mir ziemlich gram, weil sie sich einbildet, ich mißbillige ihre Ehe mit Rodney Bayham. Nun ja, ich mißbillige ihre Ehe. Vielleicht bin ich eifersüchtig.

Ja, zweifellos bin ich eifersüchtig. Auf eine mattere Art gehe ich anscheinend den gleichen Weg wie Edward Ashburnham. Vermutlich neige ich wirklich zur Polygamie; mit Nancy und mit Leonora und mit Maisie Maidan und vielleicht sogar mit Florence. Ich bin ohne Zweifel wie jeder andere Mann; nur bin ich, wahrscheinlich wegen meiner amerikanischen Abkunft, matter. Nichtsdestoweniger kann ich Ihnen versichern, ich bin ein im strengsten Sinne ehrbarer Mensch. Ich habe nie etwas getan, gegen das auch die ängstlichste Mutter einer Tochter oder der gewissenhafteste Domdekan etwas einwenden könnte. Ich bin nur auf meine matte Art in meinem unbewußten Verlangen Edward Ashburnham nachgegangen. Nun, das ist alles vorbei. Nicht einer von uns hat bekommen, was er eigentlich wollte. Leonora wollte Edward, und sie hat

Rodney Bayham bekommen, eine Art sympathisches Schaf. Florence wollte Branshaw, und ich bin es, der das Gut von Leonora erworben hat. Ich wollte es nicht eigentlich; vor allem wollte ich nicht länger Krankenwärter sein. Nun, ich bin Krankenwärter. Edward wollte Nancy Rufford, und ich habe sie bekommen. Nur ist sie wahnsinnig. Es ist eine komische und phantastische Welt. Warum können die Menschen nicht bekommen, was sie wollen? Es war alles da, jeder hätte zufriedengestellt werden können; aber jeder hat nun das Verkehrte. Vielleicht werden Sie daraus klug; ich verstehe es nicht.

Gibt es ein Paradies auf Erden, wo die Menschen unter flüsternden Olivenbäumen mit denen zusammensein können, die sie liebhaben, und bekommen, was sie möchten, und sich's in Schatten und Kühle wohl sein lassen dürfen? Oder ist das Leben aller Menschen so wie das von uns ordentlichen Leuten – wie das Leben der Ashburnhams, der Dowells, der Ruffords – ein zerbrochenes, gewitteriges, quälendes und unromantisches Leben, zuzeiten von Schmerzensschreien, von Torheiten, von Tod und tausend Ängsten gezeichnet? Wer, zum Teufel, weiß es?

Denn in den Schlußszenen der Ashburnham-Tragödie spielte viel Torheit mit. Keine jener beiden Frauen wußte, was sie wollte. Nur Edward verfolgte eine völlig klare Linie, und er war meistens betrunken. Aber betrunken oder nüchtern – er hielt fest an dem, was die Konvention und die Tradition seines Hauses forderten. Nancy Rufford mußte nach Indien geschafft werden, Nancy Rufford durfte kein Wort der Liebe von ihm hören. Sie wurde nach Indien geschafft, und sie hörte nie ein Wort der Liebe von Edward Ashburnham.

Das war die konventionelle Linie; es stand im Einklang mit der Tradition von Edwards Haus. Freilich wirkte es sich zum Segen für die Allgemeinheit aus. Konventionen und Traditionen sorgen, glaube ich, blind, aber sicher für die Erhaltung des Normaltypus; für die Ausmerzung stolzer, entschlossener und ungewöhnlicher Individuen. Edward war ein normaler Mann, aber er war zu empfindsam, und die Gesellschaft kann allzu viele empfindsame Menschen nicht brauchen. Nancy war ein herrliches Geschöpf, aber sie trug einen Keim von Wahnsinn in sich. Die Gesellschaft kann Individuen mit einem Keim von Wahnsinn nicht brauchen. So wurden Edward und Nancy von der Dampfwalze überrollt, und Leonora überlebte: als der vollkommen normale Typ, verheiratet mit einem Mann, der eine Art Kaninchen ist. Denn Rodney Bayham ist einem Kaninchen recht ähnlich, und wie ich höre, erwartet Leonora in drei Monaten ein Kind.

So sind diese herrlichen und ungestümen Geschöpfe mit ihrem Zauber und ihren Leidenschaften – die beiden, die ich wirklich liebte – von dieser Erde gegangen. Es ist zweifellos für sie am besten so. Was hätte Nancy aus Edward gemacht, wenn es ihr gelungen wäre, mit ihm zu leben? Was hätte Edward aus ihr gemacht? Denn in Nancy lag eine Spur Grausamkeit – eine Spur richtiger, entschiedener Grausamkeit, die sie wünschen ließ, Menschen leiden zu sehen. Ja, sie wünschte, Edward leiden zu sehen, und weiß Gott, sie machte ihm das Leben zur Hölle.

Zu einer unvorstellbaren Hölle. Diese beiden Frauen verfolgten den armen Teufel und peinigten ihn bis aufs Blut. Ich sage Ihnen, sein Herz blutete fast sichtbar. Mir ist, als sähe ich ihn dastehen, nackt bis zum Gürtel, mit den Armen seine Augen schützend, und das Fleisch hängt in Fetzen an ihm herab. Ich sage Ihnen, das ist keine Übertreibung dessen, was ich empfinde. Es war, als hätten Leonora und Nancy sich verbündet, um an dem Körper eines Mannes, der ihnen ausgeliefert war, eine Exekution zum Wohl der Menschheit vorzunehmen.

Nacht für Nacht hörte er sie reden; reden; zum Wahnsinn getrieben, schwitzend und im Rausch Vergessen suchend, lag er da und hörte ihre Stimmen fort und fort. Und Tag für Tag kam Leonora zu ihm und verkündete ihm das Ergebnis ihrer Beratungen.

Sie waren wie zwei Richter, die das Urteil über einen Verbrecher ausarbeiten; sie waren wie Dämonen mit einem regungslosen Leichnam in einer Gruft neben sich. Ich glaube nicht, daß Leonora mehr zu tadeln war als das Mädchen – obwohl Leonora die Aktivere von beiden war. Leonora war, wie ich schon sagte, eine vollkommen normale Frau. Das heißt, unter ganz normalen Umständen waren ihre Wünsche die einer Frau, die ein nützliches Glied der Gesellschaft darstellt. Sie wünschte sich Kinder, Anstand, Geborgenheit; sie wollte Verschwendung vermeiden; sie wollte das Ansehen wahren. Sie war völlig normal sogar in ihrer gänzlich unbestreitbaren Schönheit. Aber ich will nicht sagen, sie habe in dieser vollkommen anormalen Situation vollkommen normal gehandelt. Alles um sie her war verrückt, und sie selber gebärdete sich in ihrer Qual wie eine Irrsinnige; wie ein sehr bösartiges Weib; wie der Schurke im Theaterstück. Was wollen Sie? Stahl ist normalerweise eine harte, glänzende Substanz. Aber hält man ihn in ein heißes Feuer, so wird er rot und weich und ist nicht mehr anzufassen. Wenn Sie ihn in ein noch heißeres Feuer halten, dann fließt er Ihnen davon. So war es mit Leonora. Sie war für normale Umstände geschaffen – also für Mr. Rodney Bayham, der insgeheim ein Absteigequartier in Portsmouth unterhält und gelegentlich einen Ausflug nach Paris und Budapest macht.

An dem Fall Edwards und des Mädchens zerbrach Leonora, ging einfach in Stücke. Sie geriet in eine innere Verfassung, die man ihr nicht zugetraut hätte, die befremdend und häßlich war. Eine Zeitlang war sie ganz von Rachsucht erfüllt. Nachdem sie die Nacht hindurch stundenlang auf das Mädchen eingeredet hatte, redete sie tagsüber stundenlang auf den stummen Edward ein. Und ein einziges Mal strauchelte Edward, und das war sein Verderben. Vielleicht hatte er an jenem Nachmittag zuviel Whisky getrunken.

Sie fragte ihn unaufhörlich, was er eigentlich wollte. Was wollte er? Was wollte er? Und seine einzige Antwort war: »Ich habe es dir gesagt.« Er meinte damit, er wolle, daß das Mädchen zu ihrem Vater nach Indien fahre, sobald dieser telegrafierte, daß er bereit war, sie zu sich zu nehmen. Aber ein einziges Mal strauchelte er. Auf Leonoras ewige Fragen erwiderte er, er habe nur den einen Wunsch im Leben, sich wieder aufzuraffen und seinen täglichen Beschäftigungen nachgehen zu können, wenn das Mädchen, fünftausend Meilen von ihm entfernt, nicht aufhörte, ihn zu lieben. Weiter wollte er nichts. Es sei das einzige, worum er Gott bitte. Nun ja, er war ein empfindsamer Mensch.

Und im Augenblick, da sie das hörte, entschied Leonora, das Mädchen sollte nicht fünftausend Meilen weit entfernt werden, es sollte nicht fortfahren, Edward zu lieben. Sie brachte es auf folgende Weise zustande:

Sie ließ nicht ab, dem Mädchen zu sagen, es müsse Edward angehören; sie wolle sich scheiden lassen; sie wolle von Rom eine Lösung ihrer Ehe erwirken. Aber sie betrachte es als ihre Pflicht, das Mädchen vor dem Ungeheuer, das Edward sei, zu warnen. Sie erzählte Nancy von La Dolciquita, von Mrs. Basil, von Maisie Maidan, von Florence. Sie sprach von den Seelenqualen, die sie im Laufe des Lebens durchgemacht hatte mit dem Manne, der gewalttätig, herrisch, eitel, trunksüchtig, anmaßend und in ungeheurem Ausmaß eine Beute seiner geschlechtlichen Bedürfnisse sei. Und als sie hörte, welches Ungemach ihre Tante durchlitten hatte – denn das Mädchen empfand Leonora nun wieder als eine Tante –, faßte Nancy mit der jähen Grausamkeit der Jugend und der jähen Einmütigkeit, die zuweilen zwischen Frauen aufkommt, ihren Entschluß.

Ihre Tante wiederholte unaufhörlich: »Du mußt Edwards Leben retten; du mußt sein Leben retten. Alles, was er braucht, ist, daß du ihn eine Weile befriedigst. Dann wird er deiner überdrüssig werden, wie er der andern überdrüssig wurde. Aber du mußt sein Leben retten.«

Und dank des sonderbaren Instinkts, der sich zwischen Menschen, die miteinander leben, einstellt, wußte der arme Kerl während der ganzen Zeit genau, was vorging. Und er blieb stumm; er rührte keinen Finger, um sich zu retten. Um ein anständiges Glied der Gesellschaft zu bleiben, brauchte er weiter nichts, als daß das Mädchen aus einer Entfernung von fünftausend Meilen nicht aufhörte, ihn zu lieben. Sie legten dem einen Riegel vor.

Ich habe Ihnen erzählt, daß das Mädchen eines Nachts in sein Zimmer kam. Und das war wirklich die Hölle für ihn. Das war das Bild, das nie wieder aus seinem Gedächtnis schwand – das Mädchen, wie es in dem düsteren Licht am Fußende seines Bettes auftauchte. Er sagte, das Bild habe eine grünliche Tönung gehabt, als wäre in den Schatten der hohen Bettpfosten, die ihren Körper umrahmten, ein grünlicher Farbton gewesen. Und sie habe ihn unverwandt mit einem Blick voll unerbittlicher Grausamkeit angesehen und gesagt: »Ich bin bereit, dir anzugehören – um dein Leben zu retten.«

Er antwortete: »Ich will es nicht; ich will es nicht; ich will es nicht.«

Und er sagte, er habe es nicht gewollt, er hätte sich sonst verabscheut; es sei ihm undenkbar gewesen. Und während der ganzen Zeit verspürte er die ungeheure Versuchung, das Unausdenkbare zu tun, nicht aus physischem Verlangen, sondern aus innerer Gewißheit. Aus der Gewißheit, wenn sie sich ihm einmal hingegeben hätte, wäre sie sein für immer. Und das wußte er.

Sie dachte daran, was ihre Tante ihr gesagt hatte: er hätte gewünscht, sie liebte ihn aus einer Entfernung von fünftausend Meilen. Sie sagte: »Ich kann dich nie mehr lieben, jetzt da ich weiß, was für ein Mann du bist. Ich will dir angehören, um dein Leben zu retten. Aber lieben kann ich dich nie mehr.«

Es war ein phantastisches Schauspiel der Grausamkeit. Sie wußte nicht im geringsten, was es bedeutete, einem Mann anzugehören. Aber da riß sich Edward zusammen. Er sprach in seinem normalen Tonfall, mürrisch, befehlend, wie er zu einem Diener oder Pferd gesprochen hätte.

»Geh in dein Zimmer«, sagte er. »Geh in dein Zimmer und leg dich schlafen. Das ist alles Unsinn.«

Sie standen vor einem Rätsel, diese beiden Frauen.

Und dann betrat ich die Szene.

VI

Mein Auftritt wirkte allerdings beschwichtigend – während der vierzehn Tage, die zwischen meiner Ankunft und der Abfahrt des Mädchens lagen. Ich will nicht behaupten, die endlosen Unterhaltungen nachts wären nicht fortgesetzt worden, oder Leonora, wenn sie mich mit dem Mädchen hinausschickte, hätte nicht in der Zwischenzeit Edward die Hölle heiß gemacht. Nachdem sie entdeckt hatte, was er wollte – nämlich daß das Mädchen fünftausend Meilen weit wegginge und ihn standhaft liebte, wie Leute in empfindsamen Romanen –, war sie entschlossen, dies zu vereiteln. Und sie wiederholte Edward in allen Tonarten, das Mädchen liebe ihn nicht mehr; das Mädchen verabscheue ihn wegen seiner Brutalität, seines herrischen Wesens, seiner Trunksucht. Sie betonte, er habe in den Augen des Mädchens schon drei- oder viermal sein Wort verpfändet: ihr selber, Leonora, Mrs. Basil und dem Andenken Maisie Maidans und Florence'. Edward sagte nie ein Wort.

Liebte das Mädchen Edward, oder liebte es ihn nicht? Ich weiß es nicht. Zu jener Zeit wohl nicht mehr, obwohl sie ihn sicherlich geliebt hatte, ehe Leonora begann, sein Bild in ihr zu zerstören. Sicherlich hatte sie an ihm geliebt, was ich die öffentliche Seite seiner Lebensgeschichte nennen will – daß er sich als Soldat ausgezeichnet und Menschenleben auf See gerettet hatte, daß er ein vortrefflicher Gutsherr und ein tüchtiger Sportsmann war. Aber es ist gut möglich, daß ihr all diese Dinge nichtig vorkamen, als sie entdeckte, daß er kein guter Ehemann war. Denn obwohl Frauen meines Erachtens sehr wenig oder gar kein Gefühl für die Verantwortung gegen Grafschaft oder Vaterland oder Beruf haben – obwohl ihnen jedes Gemeinschaftsgefühl abgeht –, zeigen sie doch einen ungeheuer starken, automatisch arbeitenden Instinkt, wenn es um die Interessen des weiblichen Geschlechts geht. Natürlich ist es jeder Frau möglich, einer anderen Frau den Ehemann oder Liebhaber abspenstig zu machen und zu entführen. Aber ich glaube fast, eine

Frau tut das nur, wenn sie Grund hat anzunehmen, daß die andere ihrem Mann das Leben schwer gemacht hat. Gewiß wird sie ihm, wenn sie glauben muß, er sei brutal zu seiner Frau gewesen, mit dem instinktiven Gefühl für das leidende Geschlecht »eine Abfuhr erteilen«, wie man sagt. Ich lege meinen Verallgemeinerungen keinerlei Bedeutung bei. Sie mögen richtig sein, sie mögen auch falsch sein; ich bin nur ein alternder Amerikaner, der sehr wenig vom Leben weiß. Machen Sie mit meinen Verallgemeinerungen, was Sie wollen. Aber ich bin ziemlich überzeugt, daß ich im Fall Nancy Ruffords recht habe – daß sie Edward Ashburnham sehr tief und innig geliebt hat.

Dessenungeachtet ließ sie es ihn gründlich büßen, als sie entdeckte, daß er Leonora betrogen und daß sein Dienst an der Allgemeinheit mehr gekostet hatte, als er nach Leonoras Ansicht hätte kosten dürfen. Nancy fühlte sich verpflichtet, es ihm gehörig einzugeben. Das meinte sie den allgemeinen Anschauungen der Frauen schuldig zu sein. Schon der Selbsterhaltungstrieb brachte sie dazu, denn sie mußte sich sagen, wenn Edward Leonora, Mrs. Basil und dem Andenken der beiden andern untreu geworden war, könnte er ebensogut auch ihr untreu werden. Und zweifellos besaß auch sie ihren Anteil an dem Geschlechtsinstinkt, der die Frauen reizt, den Geliebten grausam zu quälen. Wie dem auch sei, ich weiß nicht, ob Nancy Rufford Edward Ashburnham damals noch liebte. Ich weiß nicht, ob sie ihn noch liebte, als sie in Port Said bei der Nachricht von seinem Selbstmord wahnsinnig wurde. Denn das mag ebensogut um Leonoras willen wie um Edwards willen geschehen sein. Oder es mag um beider willen geschehen sein. Ich weiß es nicht. Ich weiß nichts. Ich bin müde.

Leonora hielt leidenschaftlich an der Überzeugung fest, das Mädchen liebe Edward nicht. Es war ihr ein verzweifeltes Bedürfnis, das zu glauben. Es war ihr so lebensnotwendig wie der Glaube an die Unsterblichkeit der eigenen Seele. Sie sagte, Nancy habe Edward unmöglich noch lieben können, nachdem sie dem Mädchen ihre Ansicht über Edwards Lebenswandel und Charakter mitgeteilt hatte. Edward dagegen wiegte sich in dem Glauben, irgend etwas in seinem Wesen übe eine Anziehungskraft auf Nancy aus und lasse sie nicht los – sie liebe ihn immer noch, gleichsam unter der offiziellen Maske ihres Hasses. Er meinte, sie gebe nur vor, ihn zu hassen, um den Schein zu wahren, und auch ihr ganz abscheuliches Telegramm aus Brindisi hielt er nur für einen anderen Versuch in diesem Sinne – nämlich zu beweisen, daß sie empfinde, wie es einem Mitglied der weiblichen Interessengemeinschaft ansteht. Ich weiß es nicht. Ich stelle es Ihnen anheim.

Noch ein anderer Punkt unter den verschiedenen Ansichten über diese traurige Geschichte gibt mir viel zu denken. Leonora sagt, in seinem Wunsch, das Mädchen solle fünftausend Meilen weit von ihm getrennt sein und dennoch nicht aufhören, ihn zu lieben, sei Edward ein Ungeheuer an Selbstsucht gewesen. Denn damit habe er die Zerstörung eines jungen Lebens gewünscht. Edward dagegen setzte mir auseinander, wenn die Liebe des Mädchens für ihn lebensnotwendig sei und er dennoch weder mit Worten noch Taten

Nancys Liebe am Leben zu erhalten suchte, könne man ihn nicht selbstsüchtig nennen. Leonora antwortete, dies zeige nur seinen abscheulich egoistischen Charakter, wenn auch seine Handlungen vielleicht vollkommen korrekt seien. Ich weiß nicht, wer von ihnen recht hatte. Ich überlasse die Entscheidung Ihnen.

Es stimmt jedenfalls, daß Edward in seinen Handlungen vollkommen korrekt war – ungeheuerlich, grausam korrekt. Er hielt still und ließ, ohne einen Finger zu rühren, zu, daß Leonora seinen Charakter herunterriß, daß Leonora ihn in die tiefste Hölle verdammte. Ich finde, er war ein Narr; ich sehe nicht, welchen Sinn es hatte, das Mädchen schlimmer über ihn denken zu lassen, als nötig war. Dennoch ist es so. Und es ist auch so, daß jene drei der Welt ein Schauspiel boten, als seien sie die untadeligsten Menschen. Ich versichere Ihnen, während der vierzehn Tage, die ich in dem schönen alten Hause verbrachte, habe ich auch nicht das geringste bemerkt, was diese gute Meinung hätte erschüttern können. Und auch wenn ich zurückblicke, jetzt, da ich weiß, was da vor sich ging, kann ich mich nicht an ein einziges Wort erinnern, mit dem einer von ihnen sich verraten hätte. Ich erinnere mich – bis zu dem Abendessen, an dem Leonora das Telegramm vorlas – nicht an das Zucken einer Wimper oder das Zittern einer Hand. Es war einfach eine erfreuliche Landhausgesellschaft.

Und Leonora wahrte den Schein sogar noch viel länger – sie wahrte ihn, was mich betrifft, bis zu dem Nachmittag acht Tage nach Edwards Beerdigung. Sogleich nach jenem Abendessen – dem Abendessen, bei dem mir kundgetan wurde, daß Nancy am folgenden Tage nach Indien fahren sollte – bat ich Leonora um ein Wort mit ihr allein. Sie nahm mich in ihr kleines Wohnzimmer mit, und dort sagte ich – ich erspare Ihnen die Darstellung meiner Gefühle –, sie wisse, daß ich Nancy heiraten wolle; ich hätte den Eindruck gewonnen, als unterstütze sie mein Werben; und ich fände es eine ziemliche Geldverschwendung, Fahrkarten zu kaufen, und eine ziemliche Zeitverschwendung, das Mädchen nach Indien reisen zu lassen, wenn Leonora der Meinung sei, es bestehe die Aussicht, daß Nancy mich heirate.

Und Leonora war, wie ich Ihnen versichern kann, die vollendete britische Matrone. Sie sagte, sie sei meinem Antrag allerdings sehr geneigt, sie könne sich keinen besseren Ehemann für das Mädchen denken; sie sei aber der Meinung, das Mädchen sollte das Leben noch etwas besser kennenlernen, ehe es einen so wichtigen Schritt tue. Ja, Leonora gebrauchte die Worte »einen so wichtigen Schritt tue«. Sie war vollendet. Tatsächlich glaube ich, es wäre ihr sehr lieb gewesen, wenn ich das Mädchen geheiratet hätte, aber zu meinem Plan gehörte der Erwerb des Hauses der Kershaws, das etwa anderthalb Meilen entfernt an der Straße nach Fordingbridge lag; dort wollte ich mich mit dem Mädchen niederlassen. Das paßte Leonora ganz und gar nicht. Sie wollte das Mädchen nicht ihr Leben lang nur anderthalb Meilen von Edward entfernt wissen. Dennoch, meine ich, hätte sie mir durch die eine oder andere Andeutung zu verstehen geben sollen, ich könnte das Mädchen haben, wenn ich es nach Philadelphia oder Timbuktu brächte. Ich liebte Nancy sehr – und Leonora wußte das.

Ich ließ es jedoch hierbei bewenden. Ich ließ es bei der Übereinkunft bewenden, daß Nancy auf eine Probezeit nach Indien ging. Es schien mir eine ganz vernünftige Abmachung zu sein, und ich bin ein vernünftiger Mann. Ich sagte nur, ich würde Nancy sechs Monate oder ein Jahr später nach Indien folgen ...

Ich muß gestehen, ich war ein wenig böse auf Leonora, weil sie mich nicht früher darauf vorbereitet hatte, daß das Mädchen fortging. Ich hielt es für eine der sonderbaren, nicht immer aufrichtigen Methoden, mit denen Katholiken, wie mir scheint, die Dinge dieser Welt handhaben. Ich legte es mir so zurecht, Leonora habe Angst gehabt, ich könnte Nancy um ihre Hand bitten oder mich jedenfalls bedeutend mehr um sie bemühen, wenn sie mir früher mitgeteilt hätte, daß sie so bald abfahren sollte. Vielleicht hatte Leonora recht; vielleicht haben Katholiken mit ihrer sonderbaren, undurchsichtigen Handlungsweise ganz recht. Sie haben es schließlich mit dem sonderbaren, undurchsichtigen Ding, der menschlichen Natur, zu tun. Denn es ist sehr gut möglich, daß ich versucht hätte, Nancy für mich zu gewinnen, wenn ich von ihrer so nah bevorstehenden Abreise unterrichtet gewesen wäre. Und das hätte nur zu einer neuen Komplikation geführt. Es wäre vielleicht aufs gleiche hinausgelaufen.

Was für wunderliche Dinge ganz ordentliche Leute doch anstellen, um den Anschein ruhiger Unbekümmertheit zu wahren! Denn Edward Ashburnham und seine Frau riefen mich über die halbe Erde herbei, damit ich auf dem Rücksitz eines Dogcart saß, wenn Edward das Mädchen zur Bahnstation fuhr, von wo aus sie die Reise nach Indien antreten sollte. Sie wollten vermutlich einen Zeugen dafür haben, wie ruhig das vonstatten ging. Das Gepäck des Mädchens war schon vorausgeschickt worden. Ihre Kabine auf dem Dampfer war vorgemerkt. Sie hatten alles so genau aufeinander abgestimmt, daß es wie ein Uhrwerk ablief. Sie hatten das Datum ausgerechnet, an dem Oberst Rufford Edwards Brief erhielt, und fast auf die Stunde genau vorausgesehen, wann sie das Telegramm erhalten würden, in dem er seine Tochter bat, zu ihm zu kommen. Es war alles recht schön und recht grausam von Edward selber eingerichtet worden. Sie gaben Oberst Rufford als Grund für ihre Bitte um telegrafische Antwort die Tatsache an, Mrs. Oberst Soundso reise mit jenem Schiff und würde das Mädchen zuverlässig unter ihre Fittiche nehmen. Es war höchst erstaunlich, wie sie das einfädelten, und ich glaube, in den Augen Gottes wäre es besser gewesen, wenn sie einander die Augen ausgekratzt hätten. Aber sie waren »ordentliche Leute«.

Nach meiner Unterredung mit Leonora trat ich unentschlossen in Edwards Gewehrzimmer. Ich wußte nicht, wo das Mädchen war, und ich dachte, dort fände ich es vielleicht. Ich glaube, ich hatte die unbestimmte Absicht, Leonora zum Trotz um die Hand des Mädchens anzuhalten. Edward saß zurückgelehnt in seinem Sessel, rauchte eine Zigarre und sagte gute fünf Minuten lang kein Wort. Die Kerzen brannten hinter den grünen Schirmen; die Scheiben der Bücherschränke, die Gewehre und Angelruten enthielten, warfen grüne Spiegelbilder zurück. Über dem Kaminsims hing das bräunliche Bild des weißen Pferdes. Es waren die stillsten Augenblicke, die ich je erlebte. Dann sah mir Edward plötzlich gerade in die Augen und sagte:

»Hören Sie, alter Freund. Ich möchte, Sie führen morgen mit Nancy und mir zum Bahnhof.«

Ich antwortete, selbstverständlich würde ich ihn und Nancy am nächsten Morgen zum Bahnhof begleiten. Er lag lange so da und blickte über seine Knie hinweg auf das flackernde Feuer, und dann sagte er plötzlich mit vollkommen ruhiger Stimme und ohne die Augen zu heben: »Ich liebe Nancy Rufford so verzweifelt, daß ich daran zugrunde gehe.«

Armer Teufel – er hatte nicht davon sprechen wollen. Aber ich glaube, er mußte einfach mit jemand sprechen, und ich war ihm offenbar etwas wie eine Frau oder ein Anwalt. Er sprach die ganze Nacht.

Nun, er führte das Programm bis zum letzten aus.

Es war ein sehr klarer Wintermorgen, scharfer Frost lag in der Luft. Die Sonne schien hell, die gewundene Straße zwischen der Heide und dem Farnkraut war sehr hart. Ich saß auf dem Rücksitz des Dogcart; Nancy saß neben Edward. Sie sprachen über den Gang des Halbbluts; Edward wies mit der Peitsche auf ein Rudel Rotwild jenseits einer Talsenke, etwa eine dreiviertel Meile entfernt. Auf dem ebenen Stück der Straße, die an hohen Bäumen entlang bis Fordingbridge geht, kamen wir an den Hunden vorbei, und Edward hielt den Dogcart an, damit Nancy dem Jagdaufseher Lebewohl sagen und ihn mit einem letzten

Goldstück beehren konnte. Seit ihrem dreizehnten Jahr war sie mit dieser Meute geritten.

Der Zug hatte fünf Minuten Verspätung; sie erklärten es sich damit, daß in Swindon, oder woher der Zug sonst kam, Markttag war. Über solche Dinge sprachen sie. Der Zug fuhr ein; Edward suchte ihr ein Abteil erster Klasse, in dem eine ältere Dame saß. Das Mädchen stieg ein; Edward schloß die Tür, und dann streckte sie ihre Hand aus, um mir die meine zu schütteln. Die Gesichter dieser Menschen waren vollkommen ausdruckslos. Das Signal für die Abfahrt des Zuges war von einem sehr grellen Rot; dies ist die einzige leidenschaftliche Note, die ich in diese Szene bringen kann. Nancy sah nicht sehr vorteilhaft aus; sie hatte eine braune Pelzkappe auf, die nicht gut zu ihrem Haar paßte. Sie sagte zu Edward: »Leb wohl.«

Edward antwortete: »Leb wohl.«

Er drehte sich auf dem Absatz um und ging, groß wie er war, gebeugt und mit schwerem, entschiedenem Schritt aus dem Bahnhof. Ich folgte ihm und setzte mich neben ihn auf den hohen Dogcart. Es war das schrecklichste Schauspiel, das ich je gesehen hatte.

Und danach senkte sich ein heiliger Friede, wie der Friede Gottes, welcher höher ist denn alle Vernunft, auf Branshaw Teleragh herab. Leonora ging ihren täglichen Pflichten mit einem triumphierenden Lächeln nach – ein sehr leises Lächeln, aber voller Triumph. Ich glaube, sie hatte schon so lange jeden Gedanken, ihren Mann zurückzugewinnen, aufgegeben, daß es ihr genügte, das Mädchen aus dem Hause geschafft und von seiner närrischen Liebe kuriert zu haben. Einmal, als wir in der Halle standen, während Leonora hinausging, sagte Edward leise – doch ich konnte die Worte eben noch verstehen:

»Du hast gesiegt, o bleicher Galiläer.«

Es sah seiner Empfindsamkeit ähnlich, Swinburne zu zitieren.

Aber er war vollkommen ruhig, und er hatte das Trinken aufgegeben. Das einzige, was er nach jener Fahrt zur Bahnstation noch zu mir sagte, war:

»Es ist sehr seltsam. Ich finde, ich sollte es Ihnen sagen, Dowell, ich habe keinerlei Gefühl mehr für das Mädchen, jetzt, da alles vorbei ist. Machen Sie sich keine Gedanken um mich. Ich bin ganz in Ordnung.« Und sehr viel später sagte er noch: »Ich glaube, es war nur ein Strohfeuer.« Er begann, sich wieder um das Gut zu kümmern; er nahm die Mühe auf sich, die Tochter seines Gärtners, die ihr Baby ermordet hatte, freizubekommen. Er schüttelte lächelnd jedem Bauern des Marktfleckens die Hand. Er meldete sich in zwei politischen Versammlungen zu Worte; er ging zweimal auf Jagd. Leonora machte ihm eine fürchterliche Szene wegen der zweihundert Pfund, die er für den Freispruch der Gärtnerstochter ausgegeben hatte. Alles nahm seinen Fortgang, als hätte das Mädchen nie existiert. Es war sehr ruhiges Wetter.

Ja, das ist das Ende der Geschichte. Und wenn ich es recht bedenke, sehe ich, es ist ein glückliches Ende, mit Hochzeitsglocken und allem. Die Bösewichter – denn offenbar waren Edward und das Mädchen Bösewichter – sind mit Selbstmord und Wahnsinn gestraft. Die Heldin – die vollkommen normale, tugendhafte und etwas verschlagene Heldin – ist die glücklichste Frau eines vollkommen normalen, tugendhaften und etwas verschlagenen Mannes geworden. Sie wird bald Mutter eines vollkommen normalen, tugendhaften, etwas verschlagenen Jungen oder Mädchens sein. Ein glückliches Ende, darauf läuft es hinaus.

Ich kann mir die Tatsache nicht verhehlen, daß ich Leonora jetzt verabscheue. Zweifellos bin ich eifersüchtig auf Rodney Bayham. Aber ich weiß nicht, bin ich nur deshalb eifersüchtig, weil ich Leonora selber besitzen wollte, oder aber, weil ihr zuliebe die beiden einzigen Menschen geopfert wurden, die ich wirklich liebte – Edward Ashburnham und Nancy Rufford. Damit sie Herrin eines modernen Gutshauses würde, das mit allen Bequemlichkeiten ausgestattet ist und einem völlig ehrbaren und außerordentlich sparsamen Hausherrn untersteht, mußten Edward und Nancy Rufford, für mich wenigstens, zu tragischen Schatten werden.

Mir ist, als sähe ich den armen Edward nackt in der Finsternis auf kalten Felsen ausgestreckt – wie einen der alten Griechen, die verdammt wurden, im Tartarus oder wo es war.

Und was Nancy betrifft … Nun, gestern beim Mittagessen sagte sie plötzlich:

»Federbälle!«

Und sie wiederholte das Wort »Federbälle« dreimal. Ich weiß, was in ihrem Verstand vorging, wenn man bei ihr von Verstand reden kann; denn Leonora hat mir erzählt, das arme Mädchen habe einmal gesagt, sie käme sich wie ein Federball vor, der zwischen den heftigen Menschen Edward und seiner Frau hin und her flog. Leonora, sagte sie, habe immer versucht, sie Edward auszuliefern, und Edward drängte sie schweigend und behutsam zurück. Und das Komische war, daß Edward das Gefühl hatte, die beiden Frauen behandelten *ihn* wie einen Federball. Vielmehr, sagte er, sie schickten ihn hin und her wie ein unerwünschtes Paket, für das niemand die Postgebühr bezahlen will. Und Leonora fand ebenfalls, Edward und Nancy hoben sie auf und ließen sie wieder fallen, wie es ihren wetterwendischen Launen beliebte. Da haben Sie das nette Bild. Doch ich predige nichts, was der allgemein anerkannten Moral zuwiderliefe. Weder in diesem noch in jeglichem anderen Fall rede ich der freien Liebe das Wort. Die Gesellschaft muß bestehen bleiben, vermute ich, und die Gesellschaft kann nur am Leben bleiben, wenn die Normalen, wenn die Tugendhaften, wenn die ein wenig Verschlagenen gedeihen und wenn die Leidenschaftlichen, die Eigenwilligen und die allzu Wahrhaftigen zu Selbstmord und Wahnsinn verdammt werden. Aber ich glaube, daß ich selbst in meiner matteren Art zur Kategorie der Leidenschaftlichen, der Eigenwilligen und allzu Wahrhaftigen gehöre. Denn ich kann nicht vor mir verbergen, daß ich Edward Ashburnham liebte – ihn liebte, weil er ebenso war wie ich. Hätte ich den Mut und die Männlichkeit und möglichst auch die Konstitution Edward Ashburnhams gehabt, dann hätte ich wohl ungefähr das gleiche getan wie er. Er erscheint mir wie ein älterer Bruder, der mich auf ein paar Ausflüge mitgenommen und manchen aufregenden Streich vollbrachte, während ich aus einiger Entfernung zusah, wie er die Obstgärten plünderte. Und, wissen Sie, ich bin ein ebenso empfindsamer Mensch, wie er einer war ...

Ja, die Gesellschaft muß weiterleben; sie muß sich vermehren wie die Kaninchen. Dazu sind wir da. Aber schließlich mag ich die Gesellschaft nicht sehr. Ich bin eine groteske Figur, ein amerikanischer Millionär, der einen der alten Schlupfwinkel englischen Friedens gekauft hat. Hier sitze ich in Edwards Gewehrzimmer, Tag für Tag, in einem Hause, das vollkommen still ist. Niemand besucht mich, weil ich niemanden besuche. Niemand ist an mir interessiert, denn ich habe keinerlei Interessen. In ungefähr zwanzig Minuten werde ich unter meinen Eichen an meinen Stechginsterhecken entlang zum Dorf hinuntergehen, um die Post aus Amerika zu holen. Meine Pächter, die Dorfjungen, die Kaufleute werden an ihre Hüte tippen. So verrinnt das Leben. Ich werde zurückkehren, um zu Abend zu essen, und Nancy wird mir gegenübersitzen mit der alten Kinderfrau hinter ihrem Stuhl. Rätselhaft, schweigend, mit vollendetem Anstand, soweit es sich um Messer und Gabel handelt, wird Nancy vor sich hinstarren mit ihren blauen Augen unter den gespannten, scharfgezogenen Brauen. Ein- oder zweimal während der Mahlzeit werden Messer und Gabel auf halbem Wege in der Luft schweben bleiben, als versuche sie, sich an etwas zu erinnern, das ihr entfallen ist. Dann wird sie sagen, sie glaube an den allmächtigen Gott, oder vielleicht auch nur das eine Wort »Federbälle«. Es ist sehr seltsam, die gesunde Gesichtsfarbe auf ihren Wangen zu sehen, den Glanz ihrer lockigen schwarzen Haare, die Haltung ihres Kopfes, die Anmut ihrer weißen Hände – und zu denken, daß dies alles nichts bedeutet – ein Bild ohne Sinn. Ja, es ist sonderbar. Aber es bleibt immerhin Leonora, um Sie aufzuheitern; ich möchte Sie nicht traurig machen. Ihr Gemahl ist ein ziemlich sparsamer Mann mit einer so normalen Figur, daß er den größten Teil seiner Kleidung fertig kaufen kann. Das ist das große Ziel, wonach das Leben strebt, und das ist das Ende meiner Geschichte. Das Kind der beiden soll katholisch erzogen werden.

Mir fällt plötzlich ein, daß ich vergessen habe zu sagen, wie Edward in den Tod ging.

Sie erinnern sich, wie sich der Frieden auf das Haus gesenkt hatte; wie Leonora im stillen triumphierte und Edward sagte, seine Liebe zu dem Mädchen sei nur eine vorübergehende Phase gewesen. Nun, eines Nachmittags waren wir zusammen im Stall und besahen uns einen neuen Bodenbelag, den Edward in einer Box ausprobierte. Edward redete mit großer Lebhaftigkeit über die Notwendigkeit, die Ersatzreservisten von Hampshire auf einen guten Ausbildungsstand zu bringen. Er war ganz nüchtern, ganz ruhig, seine Haut hatte frische Farbe; sein Haar glänzte golden und war tadellos gebürstet; das gleichmäßige Ziegelrot seiner Gesichtsfarbe reichte bis zum Rand seiner Augenlider hinauf; seine Augen waren von einem Porzellanblau und blickten mich freimütig und gerade an. Sein Gesicht war vollkommen ausdruckslos; seine Stimme war tief und rauh. Fest auf die Fersen gestützt stand er da und sagte:

»Wir müssen sie auf zweitausenddreihundertundfünfzig Mann bringen.«

Ein Stalljunge brachte ihm ein Telegramm und entfernte sich wieder. Er öffnete es nachlässig, betrachtete es ohne Erregung und reichte es mir ohne ein Wort. Auf dem rötlichen Papier stand in einer schrägen Handschrift: »Gut angekommen Brindisi, amüsiere mich prächtig, Nancy.«

Nun, Edward war vor allem ein englischer Gentleman; aber er war auch bis zuletzt ein Empfindsamer, dessen Geist aus mittelmäßigen Gedichten und Romanen zusammengesetzt war. Er sah bloß nach dem Dach des Stalles, als schaute er zum Himmel auf, und flüsterte etwas, das ich nicht verstand.

Dann steckte er zwei Finger in die Westentasche seines grauen Friesanzugs und zog ein hübsches kleines Federmesser hervor – ein ganz schmales Federmesser. Er sagte zu mir:

»Sie können das Telegramm Leonora bringen.« Und er sah mich mit einem direkten, herausfordernden, arroganten Blick an. Ich glaube, er konnte in meinen Augen lesen, daß ich nicht die Absicht hatte, ihn daran zu hindern. Warum hätte ich ihn hindern sollen?

Ich glaube nicht, daß er auf der Welt gebraucht wurde – mochten seine verdammten Pächter, seine Schützenvereine, seine bekehrten oder nicht bekehrten Trunkenbolde weitermachen, wie sie wollten. Nicht all die Hunderte und aber Hunderte von ihnen hätten verdient, daß dieser arme Teufel um ihretwillen weiter litt.

Als er sah, daß ich nicht vorhatte, mich einzumischen, wurde sein Blick sanft und fast zärtlich.

Er sagte: »Leben Sie wohl, Alter. Ich muß ein bißchen Ruhe haben, wissen Sie.«

Ich wußte nicht, was ich sagen sollte. Ich wollte sagen: »Gott segne Sie«, denn auch ich bin ein Empfindsamer. Aber ich dachte, vielleicht wäre das nicht ganz der englische gute Ton, und so trottete ich mit dem Telegramm zu Leonora. Sie nahm es sehr befriedigt auf.

An STELLA FORD

Meine liebe Stella,

Ich habe dies immer als mein bestes Buch betrachtet – zumindest als mein bestes Buch aus der Vorkriegszeit, und zwischen seiner Niederschrift und dem Erscheinen meines folgenden Romans müssen fast zehn Jahre dahingegangen sein, so daß man alles, was ich seither geschrieben habe, als das Werk eines anderen Mannes – als das Werk Deines *Mannes – betrachten könnte. Denn es ist sicher, daß ich ohne den Anreiz zum Leben, den Du mir gabst, kaum die Kriegsepoche überstanden hätte, und noch sicherer ist, daß ich ohne Deinen Ansporn, wieder zu schreiben, nie wieder geschrieben hätte. Dank eines seltenen Zufalls ist* Die allertraurigste Geschichte *fast als einziges unter meinen Büchern niemandem gewidmet: das Schicksal hatte offenbar beschlossen, das Buch die zehn Jahre lang warten zu lassen, die es nun gewartet hat – auf diese Widmung.*

Was ich jetzt bin, verdanke ich Dir: was ich damals war, als ich Die allertraurigste Geschichte *schrieb, verdanke ich der Verkettung von Umständen eines ziemlich ziellosen und launenhaften Lebens. Bis ich mich hinsetzte, um dieses Buch zu schreiben – es war am 17. Dezember 1913 –, hatte ich niemals versucht, mich richtig ins Zeug zu legen (wie man von Rennpferden sagt); teils weil ich stets sehr fest davon überzeugt war, ich würde – wie immer es sich mit anderen Schriftstellern verhalten mochte – nicht einmal fähig sein, vor der Vollendung meines vierzigsten Jahres einen Roman zu schreiben, zu dem ich stehen könnte; teils auch weil ich sehr entschieden nicht mit anderen Schriftstellern in Wettbewerb treten wollte, deren Ansprüche auf Anerkennung oder Verlangen danach und nach dem, was Anerkennung bringt, größer waren als die meinen. Ich hatte niemals wirklich versucht, in einen Roman von mir alles hineinzulegen, was ich von der Kunst des Schreibens wußte. Ich hatte ziemlich tüchtig eine Anzahl Bücher geschrieben, aber sie waren alle in der Art von* pastiches, *von preziöser Schreiberei oder von* tours de force. *Aber ich war immer wie besessen vom Schreiben, von Gedanken, wie man schreiben sollte, und teils allein, teils zusammen mit Joseph Conrad hatte ich schon zu jener Zeit umfangreiche Studien über die Frage gemacht, wie man mit Wörtern umgehen und wie man Romane komponieren sollte.*

So setzte ich mich an dem Tag, an dem ich vierzig Jahre alt wurde, hin, um zu zeigen, was ich konnte – und Die allertraurigste Geschichte *war das Resultat davon. Ich hatte die feste Absicht, dies sollte mein letztes Buch sein. Ich hatte immer gedacht – und ich weiß nicht, ob ich nicht heute noch ebenso denke –, ein Buch geschrieben zu haben sei für jeden Mann genug; und damals, als* Die allertraurigste Geschichte *beendet war, schien in London und womöglich in der ganzen Welt die Herrschaft von neuen und viel lebendigeren Schriftstellern anzubrechen. Das waren die erregenden Tage der literarischen Kubisten, Futuristen, Imaginisten und der übrigen* tapageurs *und aufrührerischen* jeunes *jenes jungen Jahrzehnts. So kam ich mir wie ein Aal vor, der, nachdem er die tiefe See erreicht hat, sein Junges auf die Welt bringt und stirbt – oder ich sagte mir, wie der große Alk, das mir beschiedene Los sei erfüllt, ich hätte mein eines Ei gelegt und dürfe sterben. Deshalb nahm ich in aller Form Abschied von der Literatur in den Spalten einer Zeitschrift, die* Thrush *hieß – und die ebenfalls, armer kleiner Alk der sie war, nach dieser Anstrengung den Geist aufgab. Dann schickte ich mich an, beiseitezutreten, zugunsten unserer guten Freunde – Deiner und meiner Freunde – Ezra, Eliot, Wyndham Lewis, H. D. und der übrigen Schar stürmischer junger Schriftsteller, die damals an die Tür klopften.*

Aber größere Stürme brachen über London und die Welt herein, die bis dahin zu den stolzen Füßen jener Eroberer zu liegen schienen; Kubismus, Futurismus, Imaginismus kamen unter dem Donner der Kanonen nie richtig zum Zuge, und so bin ich wieder aus meiner Höhle hervorgekrochen und habe mir ein Herz gefaßt, neben Deine starken, zarten und schönen Werke einige meiner eigenen zu legen.

Die allertraurigste Geschichte *jedoch bleibt für mich mein großes Alk-Ei, als der Abkömmling einer Rasse, die keine Nachfahren haben wird, und da das Buch schon vor so langer Zeit geschrieben ist, werde ich wohl nicht allzu eitel erscheinen, wenn ich mich einen Augenblick darüber auslasse. Kein Autor, glaube ich, verdient den Tadel der Eitelkeit, wenn er eines seiner zehn Jahre alten Bücher vom Bord nimmt und ruft: »Gütiger Himmel, habe ich damals so gut geschrieben?« Denn das schließt stillschweigend ein, daß man jetzt nicht mehr so gut schreibt. Und die wenigsten sind so neidisch, die Selbstgefälligkeit eines erloschenen Vulkans zu tadeln.*

Wie dem auch sei – ich wurde kürzlich zu einer ziemlich eingehenden Prüfung des Buches veranlaßt, denn ich mußte es ins Französische übertragen, was mich zwang, dem Buch viel schärfere Aufmerksamkeit zuzuwenden, als es auch bei der eindringlichsten Lektüre der Fall gewesen wäre. Und ich muß gestehen, ich war erstaunt über die Arbeit, die ich auf die Anlage des Buches verwandt haben muß, über die verzwickte Verflechtung von kreuz und quer laufenden Beziehungen: Das ist zwar nicht verwunderlich, denn wenn ich das Buch auch in verhältnismäßig kurzer Zeit geschrieben habe, so hatte ich doch schon ein volles Jahrzehnt im Innern darüber gebrütet, weil die Geschichte eine wahre Geschichte ist, weil ich sie von Edward Ashburnham selbst hatte und sie erst niederschreiben konnte, als alle andern tot waren. So trug ich sie all die Jahre mit mir herum und dachte immer wieder darüber nach.

Ich hatte zu jener Zeit einen Ehrgeiz: nämlich für den englischen Roman dasselbe zu leisten, was Maupassant mit Fort comme la mort *für den französischen geleistet hatte. Eines Tages erhielt ich die Belohnung: Ich befand mich zufällig in einer Gesellschaft, in der ein glühender junger Verehrer ausrief: »Bei Gott,* Die allertraurigste Geschichte *ist der schönste Roman in der englischen Sprache!«, worauf mein Freund Mr. John Rodker, der meinem Werk stets eine angemessen zurückhaltende Bewunderung entgegenbrachte, mit seiner hellen, schleppenden Stimme bemerkte: »Ah ja, das ist er. Aber Sie haben ein Wort ausgelassen. Er ist der schönste französische Roman in englischer Sprache!«*

Mit dieser Bemerkung – die mein Tribut an meine Meister in Frankreich ist – überlasse ich das Buch dem Leser. Aber ich möchte noch ein Wort zu dem Titel sagen. Ich habe dieses Buch ursprünglich Die allertraurigste Geschichte *genannt; aber da es erst erscheinen konnte, als die dunkelsten Tage des Krieges über uns hereinbrachen, bestürmte mich mein Verleger Mr. Lane in Briefen und Telegrammen – ich war damals mit anderen Dingen beschäftigt! –, den Titel zu ändern, der, wie er sagte, das Buch zu jenem Zeitpunkt unverkäuflich gemacht hätte. Eines Tages, als ich auf einer Parade war, erhielt ich von Mr. Lane ein letztes flehentliches Telegramm, und da die Rückantwort bezahlt war, nahm ich das Antwortformular und schrieb darauf mit hastiger Ironie: »Lieber Lane, warum nicht* Der brave Soldat?« … *Zu meinem Schrecken erschien das Buch sechs Monate später unter diesem Titel.*

Du, meine liebe Stella, wirst diese ganze Geschichte oft von mir gehört haben. Aber jetzt trennt uns der Ozean, und ich stecke sie in diesen Brief, den Du lesen wirst, ehe Du mich wiedersiehst, mit der Hoffnung, sie möge Dich erfreuen, und mit der Illusion, eine vertraute – und liebevolle – Stimme zu hören. Und so unterzeichne ich in aller Aufrichtigkeit und in der Hoffnung, Du möchtest die besondere Zueignung dieses Buches wie auch die allgemeine Zueignung der Ausgabe annehmen. Dein

F. M. F.

New York, 9. Januar 1927

NACHWORT
von Mark Schorer

Es ist an der Zeit: Heute hören wir wieder von Ford Madox Ford, wie wir während der letzten zwanzig Jahre nicht von ihm haben reden hören – denn bis vor kurzem noch mußte er schlecht und recht sein Nachleben fristen als Mitarbeiter von Joseph Conrad und als der glänzende Redakteur, der zu dem jungen D. H. Lawrence sagte, sein erster Roman habe »jeden Fehler, den ein englischer Roman nur haben kann«, und sein zweiter sei »das verpfuschte Werk eines Genies«. Als stets gegenwärtiger Freund aller Großen, als Helfer aller vielversprechenden Jungen war Ford auf seine Weise groß, und jetzt scheint wahrlich die Zeit gekommen zu sein – wie Herbert Gorman voraussah –, »ans Licht zu ziehen, was er selber geleistet hat«.

Er begann die Arbeit an DIE ALLERTRAURIGSTE GESCHICHTE an seinem vierzigsten Geburtstag – dem 17. Dezember 1913 –, und er selbst hielt das Buch für seinen ersten ernsthaften Versuch auf dem Gebiet des Romans.

Wie in den meisten großen Werken der komischen Ironie ist das technische Gefüge des Romans von äußerster Straffheit, während das Sinngefüge fast einladend offenliegt und unendlicher Brechung fähig ist. Man könnte sagen, der Roman erneuere eine der Hauptlehren aller klassischen Kunst: Gerade aus der Begrenzung seiner Form ergibt sich die Entfaltung des Themas. Als Roman ist DIE ALLERTRAURIGSTE GESCHICHTE wie ein Spiegelsaal so angelegt, daß man, während man immer geradeaus auf eine vollkommen undurchsichtige Oberfläche sieht, dazu verleitet wird, nicht diese glänzende Oberfläche ins Auge zu fassen, sondern den beunruhigenden Irrgarten vergangener Umstände und zukünftiger Konsequenzen, die sie – etwas trügerisch – spiegelt. Oder er ist wie ein gläsernes, strahlend erleuchtetes Gehäuse, aus dem man in einen düsteren Dschungel und in sturmzerfetzte Finsternis hinausblickt. DIE ALLERTRAURIGSTE GESCHICHTE wurde im Untertitel der ersten englischen Ausgabe »Geschichte einer Leidenschaft« genannt, und die das Buch beherrschende Ironie liegt in der Tatsache, daß leidenschaftliche Zustände von einem Erzähler berichtet werden, der selbst unfähig zur Leidenschaft ist, geschlechtlicher wie seelischer Leidenschaft. Es ist die eigentliche *accidia*, und von der das Buch eröffnenden Absurdität: »Dies ist die traurigste Geschichte, die ich je gehört habe«, bis zum Ende sehen wir uns gezwungen zu fragen: »Wie sollen wir *ihm* glauben? Er muß doch alle ganz *falsch* sehen.« In dem Bruch zwischen der Natur des Geschehens und der Natur des Erzählers, der uns dieses Geschehen schildert, liegt im wesentlichen die Ironie, aber es ist keineswegs eine einfache, denn die Ansicht des Erzählers ist, wie wir bald bemerken, nicht so sehr eine *falsche* als vielmehr *eine* Ansicht, wenn auch eine eigenartige. Nicht die einfache Umkehrung der Darstellung bringt die Wahrheit an den Tag, denn die Wahrheit ist ein Irrgarten, und – wie wir aus dem, was vielleicht das Hauptthema des Buches ist, erfahren – der Anschein hat seine Wirklichkeit.

Zunächst geht es in diesem Roman um den Unterschied zwischen Konvention und Tatsache. Die Handlung besteht in dem Versuch des Erzählers, seinen Verstand mit der erschütternden Entdeckung vertraut zu machen, daß er in seinen allerintimsten Beziehungen neun Jahre die Konventionen des gesellschaftlichen Verhaltens für menschliche Wirklichkeit genommen hat. Daß er es nicht anders wollte, daß die Täuschung in Wahrheit selbstverschuldet war, daß er keineswegs mit der Wirklichkeit hätte leben können, dies alles tut im Augenblick nichts zur Sache, obwohl es letztlich die Haltung und den Aufbau des Romans bestimmt, ja eigentlich die Pointe des Ganzen ist.

Der Erzähler und seine Frau Florence sind wohlhabende Amerikaner; ihre Freunde, mit denen sie aufs engste verbunden sind, Edward und Leonora Ashburnham, sind wohlhabende Engländer. Zusammen scheinen diese vier geradezu die Blüte internationaler Gesellschaft darzustellen. Sie sind alle, wie der Erzähler uns wiederholt versichert, »ordentliche Leute«, und die Ashburnhams gehören sogar zu jener besonderen Art ordentlicher Leute, den »ersten Familien der Grafschaft«. Florence ist ein bißchen rührend, weil sie an Herzschwäche leidet und vor jeglicher Erregung und vor allen Rauheiten des Lebens bewahrt werden muß. Leonora ist vielleicht ein wenig zu starrköpfig in der Handhabung ihrer häuslichen Angelegenheiten, aber diese waren auch recht zermürbend, und sie hat sich glänzend und aufopfernd bewährt, eine Edelfrau. Edward ist beinahe makellos: »der anständige Soldat, der hervorragende Gutsherr, der außerordentlich redliche, anständig handelnde, anständig denkende Mensch im öffentlichen Leben ... ein Vorbild der Menschlichkeit, der Held, der Sportsmann, der Vater seiner Grafschaft, der Gesetzgeber«.

Neun Jahre lang haben diese vier eine scheinbar friedliche und kultivierte Freundschaft unterhalten, mit gegenseitigen Besuchen und einem alljährlichen gemeinsamen Aufenthalt in Bad Nauheim, wo sie sich den hypochondrischen Badekuren unterziehen, jeder an den Interessen und Angelegenheiten der anderen Anteil nehmend. Dann kommt der ungeheuerliche, der verblüffende Umschlag, bei dem Krankheit sich als gemeine Unzucht entpuppt, häusliche Tüchtigkeit als die rasende Gier einer Tigerin, als die egoistische Geduld der Schlange; heroische Männlichkeit als die sentimentale Libertinage. Dem Erzähler, der am Ende die Aufgabe hat, für ein verrücktes junges Mädchen zu sorgen, Edwards letzte Liebe, bleibt es überlassen, seine neue Kenntnis einer ungeschminkten Wirklichkeit mit seinem langen unbeschwerten Glauben an deren Schein zu vereinbaren. Wozu er natürlich nicht imstande ist; und wer von uns wäre das?

Aber sind nicht diese »Realitäten« tatsächlich »Schein«? Sind nicht diese »Tatsachen«, die der Erzähler entdeckt, selber in gewisser Weise »Konventionen«? An jedem Punkt werden wir gezwungen, auf den Erzähler zurückzublicken, sein irreführendes Staunen kritisch zu prüfen, den Brechungswinkel zu messen, unter dem dieser verschleierte Blick die Erlebnisse durchdringt. Er selbst deutet an, wir sähen hier Dinge, wie man das Spiegelbild eines Spiegelbildes sieht, den Kasten im Kasten im Kasten, in einem Gewölbe Bogen hinter Bogen hinter Bogen. Auf einer einzigen Seite finden wir folgende Widersprüche: »Ja, auf mein Wort, unser vertrauter Umgang glich einem Menuett... Nein, bei Gott, es ist falsch! Es war kein Menuett, das wir tanzten; es war ein Gefängnis – ein Gefängnis voll schreiender Hysterien... Und doch schwöre ich beim heiligen Namen meines Schöpfers, es war die Wahrheit. Es war wahrer Sonnenschein, wahre Musik, und wahr auch das Plätschern der Fontänen aus dem Mund der steinernen Delphine. Denn wenn wir in meinen Augen vier Leute mit demselben Geschmack, mit denselben Wünschen waren, Leute, die einmütig handelten – oder nein, nicht handelten –, die einmütig hier und dort beisammensaßen, so soll das nicht die Wahrheit sein?« Der Anschein hatte seine Realität. Wie kann die »Realität« dann den Eindruck erwecken, sie sei weniger – oder mehr?

Warum ist Florence immer »die arme Florence« oder »das arme Ding« oder »der arme Kuckuck«? Warum diese ständige Verunglimpfung im Ton? Warum kann Florence nicht etwas weniger Triviales und Gewöhnliches zur Last gelegt werden, als daß sie »Edward schöne Augen macht«? Der Erzähler hat durch die Erniedrigung Florence' etwas zu gewinnen, und das ist eine Spur Selbstachtung. Wenn Florence eine Hure ist, dann ist zum Teil das groteske Versagen ihres Mannes daran schuld, aber wenn wir von ihrem berechnenden Laster und ihrer beinah ungeheuerlichen Bosheit zu überzeugen sind, dann erscheint uns ihr Mann als das ergreifende Opfer der ironischen Lebensumstände. Was hat ferner das fast krampfhafte, feindselige Verhältnis des Erzählers zum Katholizismus zu besagen, oder die Art, wie er bei seinen Ausfällen gegen Leonora deren Bindung an diese Konfession verantwortlich macht? Dieser Geist ist nicht ganz im Gleichgewicht. Und wiederum, je mehr er Leonora herabsetzt, desto mehr gewinnt Edward, und was Edward gewinnt, gewinnt schließlich der Erzähler selber. Denn warum sind Florence' Indiskretionen Verbrechen und Edwards Indiskretionen Florence gegenüber schlimmstenfalls Torheiten und bestenfalls echte Gutmütigkeit? Warum ist Edward nach seiner Entlarvung immer noch ein »anständiger Kerl«? In jedem Fall liegt die »Tatsache« irgendwo zwischen der bloßen gesellschaftlichen Konvention und jener anderen Art Konvention, die die verzerrende Deutung des Erzählers ihr auferlegt.

Doch der gute Romancier läßt uns hier nicht ruhen. Diese Verzerrungen sind weitere Enthüllungen. Spiegel erhellt Spiegel, jeder Bogen bezeichnet eine neue Distanz. Der Roman bezeichnet Edward als den »braven Soldaten«, da Edward in der Armee des Empire in Indien diente. Für Edward hat der Erzähler die herzlichste Zuneigung, und ihm allein vergibt er. Er sagt: »Aber ich glaube, ich selbst gehöre in meiner matteren Art zur Kategorie der Leidenschaftlichen, der Eigenwilligen und allzu Wahrhaftigen.« (Das ist seine unheimlichste Absurdität, die letzte, völlige Blindheit der Selbsttäuschung, auch der Täuschung über sich selber.) »Denn ich kann nicht vor mir verbergen, daß ich Edward Ashburnham liebte – ihn liebte, weil er ebenso war wie ich. Hätte ich den Mut und die Männlichkeit und möglichst auch die Konstitution Edward Ashburnhams gehabt, dann hätte ich wohl ungefähr das gleiche getan wie er. Er erscheint mir wie ein älterer Bruder, der mich auf ein paar Ausflüge mitgenommen und manchen aufregenden Streich vollbrachte, während ich aus einiger Entfernung zusah, wie er die Obstgärten plünderte. Und wissen Sie, ich bin ein ebenso empfindsamer Mensch, wie er einer war…« Armselige, armselige Halbwahrheit! – denn man bedenke die ihm selbst nicht möglichen Ausnahmen: Mut, Männlichkeit, Konstitution! Welcher vernünftige Mann könnte sich von ihnen ausnehmen? Der Erzähler trachtet danach, »der brave Soldat«, der konventionelle, anständige Kerl zu sein, und hat doch keine Aussicht, ihm im geringsten zu gleichen, außer in seinen passivsten Zügen, und diese zeigen sich bei ihm nicht auf geschlechtlicher Ebene wie bei Edward, sondern in einer ungestalten Freundschaft. Um hier den genaueren Sinn zu erfassen, müssen wir uns vielleicht einem anderen Buch zuwenden.

In seinem Widmungsschreiben zu der Ausgabe von 1927, das auch der hier vorliegenden Ausgabe beigegeben ist, sagt Ford, er hoffe, DIE ALLERTRAURIGSTE GESCHICHTE werde im Englischen das leisten, was Maupassants FORT COMME LA MORT im Französischen geleistet habe. Die Bemerkung gibt einen Anhaltspunkt für die Strukturbegriffe, die Ford vorgeschwebt haben müssen; ich möchte jedoch die Aufmerksamkeit auf die vielleicht höchst zufällige thematische Beziehung lenken. Von einer seiner Figuren sagt Maupassant: »Er war ein alter Intellektueller, der vielleicht einen guten Soldaten abgegeben hätte und der sich nie darüber trösten konnte, daß er es nicht geworden war.«

Die lasterhaften Tröstungen über sein Versagen machen unseren Erzähler aus. »Der Mensch«, sagt D. H. Lawrence, »kann den Rausch hochfliegenden Selbstgefühls aus dem bitteren Kraut des Versagens saugen – Versager sind gewöhnlich die eingebildetsten Menschen.« So haben wir auch am Ende des Romans den braven Soldaten, dem der Titel des Verlages gilt, vergessen und blicken statt dessen auf den, der dazu befördert wird, den Erzähler selbst. Sein Trost ist dürftig: Sorge für die Kranken, »sie durchzubringen« – zwölf Jahre lang seine Frau, für den Rest seines Lebens das verrückte Mädchen, von dem er sich einbildet, er hätte es geliebt. Doch sie geben ihm wenigstens eine Lebensaufgabe.

Es ist ein bitteres, erbärmliches Geschick, das das Leben, wie er meint, ihm auferlegt hat; und auf diese Weise braucht er sich nie selbst als verbittert und erbärmlich zu betrachten – ja eigentlich nicht einmal als Erzähler einer Geschichte.

Und so gelangen wir zu den letzten Bedeutungskreisen, und diese laufen gleich den Wellen rings um einen ins Wasser geworfenen Stein niemals aus. Denn letztlich schildert DIE ALLERTRAURIGSTE GESCHICHTE eine Welt, die keinen seelischen Kern hat, einen Erzähler, der unter dem Wahnsinn seelischer Trägheit leidet. »Sie fragen, wie man sich als betrogener Ehemann fühlt. Du lieber Himmel, ich weiß es nicht. Man fühlt überhaupt nichts. Es ist nicht die Hölle, und es ist gewiß nicht unbedingt der Himmel. So ist es wohl ein Zwischenzustand. Wie nennt man es doch? Die Vorhölle.« *Accidia*. Es ist die dumpfe Hysterie des Faultiers, die ihn ergreift, schleichende Verrücktheit aus mangelnder Liebeskraft. »Und, ja, von diesem Tag an behandelte sie mich stets, als sei ich und nicht Florence der Kranke.« »Selbst mir gegenüber machte sie den Eindruck der Ergebenheit – mir, dem nicht einmal das kleinste Kind je Beachtung schenkte. Ja, dies ist die allertraurigste Geschichte...« Die allertraurigste Geschichte? Man könnte es anders und damit doch dasselbe sagen. DIE ALLERTRAURIGSTE GESCHICHTE ist die Komödie eines Temperaments, und dieses Temperament ist das Phlegma.

In dieser Komödie entfaltet Ford seine große Kunst. Ironie, die keine endgültigen Bindungen eingeht und deshalb den Vorteil des Doppeldeutigen und unendlicher Verwicklung genießt, ist gleichzeitig eine berechnende und, bei einem Meister, eine scharf berechnende Kunst. Vielleicht liegt die erstaunlichste Leistung dieses erstaunlichen Romans in der Art, wie der Autor, während er durch den Mund seiner beschränkten, verblendeten Figur spricht, wissen läßt, wie seine Beschränktheit und Verblendung zu nehmen ist. Das ist geniale Komik. Es zeigt sich zum Beispiel in den charakteristischen Figuren, den ziemlich simplen und zugleich grotesk komischen Metaphern: Ein Mädchen in einem weißen Kleid in der Dunkelheit wirkt »wie ein phosphoreszierender Fisch in einem Schrank«; Leonora sieht den Erzähler an, und ihm ist, als hätte ihn »für einen Augenblick ein Leuchtturm angesehen«; Leonora schlägt, weil sie einer von Edwards kleinen Mätressen eine Ohrfeige gibt, »nur einem unerträglichen Universum ins Gesicht«. Wendungen wie diese, und sie treten in Mengen auf, sind das wichtigste Ingrediens von Fords Ton, und sie bieten die sinnreiche Basis für ausführlichere Bemerkungen wie diese: »Ich würde Nancy heiraten, wenn ihr Verstand so weit wieder klar wäre, daß sie den Sinn der anglikanischen Trauung erfassen könnte. Aber wahrscheinlich wird ihr Verstand niemals wieder so weit klar werden. Deshalb kann ich sie nach dem Gesetz des Landes nicht heiraten.« Dieses Verfahren komischer Enthüllung und Kennzeichnung ist vielleicht weniger schwierig als die, welche in Fords Sprachfiguren evident wird, aber dies alles ohne den geringsten Bruch in der Absicht durchzuführen ist höchste Kunst.

Dann sind da noch die herrlich komischen Begebenheiten – die kleine Mrs. Maidan, die tot in einem Koffer liegt und die Füße herausstreckt, als hätte ein Krokodil mit seinen riesigen Kiefern sie gepackt; oder das arme verrückte Mädchen, das zu dem Erzähler nach wochenlangem Schweigen plötzlich »Federbälle!« sagt. Da sind die zahlreichen Augenblicke, in denen der Autor seine Figuren Sprünge in die absurdeste Antiklimax tun läßt (wie zum Beispiel der am Ende des vierten Kapitels, wo Leonora in der Sucht, sich selber zu dramatisieren, fragt: »Wußten Sie denn nicht, daß ich eine irische Katholikin bin?«); und dann reißt Ford sein Œuvre mit herrlicher Gelassenheit aus dem Abgrund der Trivialität, in der seine Figuren versinken. Da herrscht ein unerschöpflicher Witz in Stil und Ausdruck, der nur noch witziger wird durch seine pathetische Verkleidung. Und am wichtigsten in diesem Katalog komischer Einfälle ist der alles überspannende Symbolismus der Krankheit: Figuren, die sich einbilden, am Herzen zu leiden, die an kranken Herzen nicht physiologisch, wie sie uns glauben machen wollen, sondern im moralischen Sinne leiden und über die von einer Person berichtet wird, die überhaupt kein Herz und deshalb auch keine Vernunft hat. »Ich war nie«, berichtet er uns mit seiner gewohnten komischen Feierlichkeit, »ich war nie Patient irgendwo.« Welcher Bemerkung wir hinzufügen könnten: nur stets im Irrenhaus der Welt.

Ist DIE ALLERTRAURIGSTE GESCHICHTE vielleicht der Roman eines Romanciers? Ford hielt ihn für sein bestes Werk, er urteilte immer unter dem Gesichtspunkt des Handwerks, jedenfalls kann uns das Buch mehr über das Wesen des Romans sagen als die meisten Romane und Bücher über Romane: vollkommene Beherrschung des Materials; dank dieser Beherrschung ein Maximum an Sinnzusammenhang; ein Stil, der diesen Sinnzusammenhang vollkommen zur Geltung bringt. Aber wenn der Roman eine Art Archetyp der schöpferischen Phantasie ist, wenn er, heißt das, den Künstler sein Handwerk lehren läßt, dann kann er uns allen auch eine Anleitung zum richtigen Lesen geben. Und ist es nicht so: Wenn wir erst einmal gelernt haben, richtig zu lesen, dann können wir uns, auch wenn wir deshalb nicht klüger leben, wenigstens klarwerden, warum wir das nicht tun. DIE ALLERTRAURIGSTE GESCHICHTE hat wie alle großen Werke die Gabe und die Kraft, an unser Gewissen zu rühren.

FORD MADOX FORD
DER MENSCH & DER SCHRIFTSTELLER

von Kenneth Young

I

Ford Hermann Hueffer – so lautet sein Geburtsschein – wurde am 17. Dezember 1873 in Merton, Grafschaft Surrey, geboren. Er war das älteste Kind Dr. Francis Hueffers, des ersten Musikkritikers der *Times* und gelehrten Autors von Büchern über Wagner und die Provence. Seine Mutter war Catherine, Tochter des präraffaelitischen Malers Ford Madox Brown. Dr. Hueffer, der sich in den sechziger Jahren des neunzehnten Jahrhunderts in England niedergelassen hatte, entstammte einer Bankiersfamilie aus Münster in Westfalen, deren Nebenlinien in Paris und New York ansässig waren. Ford besuchte eine »fortschrittliche« Schule in Folkestone, wo Knaben und Mädchen gemeinsam unterrichtet wurden, und danach die University College School in London.

Nach dem frühen Tode seines Vaters fand Ford ein Heim in London, Nr. 37 Fitzroy Square, wo sein Großvater malte und alle die »großen Wauwaus« der spätviktorianischen Künstlergesellschaft empfing: die Rossettis (die durch Heirat mit ihm verwandt waren), Holman Hunt, Tennyson, Carlyle, Morris und Swinburne, der Ford mit roten Brustbeeren fütterte. Dort malte Ford seinen kleinen Enkel als Walter Tell mit dem entzweigeschossenen Apfel in der Hand, und, wie Ford sich später in ANCIENT LIGHTS erinnerte: »Damals trug ich zum Zeichen meiner präraffaelitischen Herkunft langes goldenes Haar, einen Anzug aus grüngelbem Kordsamt mit goldenen Knöpfen und zweierlei Strümpfe, einen roten und einen grünen. Dieses Kostüm war der Fluch meines Lebens und das Gaudium aller Gassenjungen, die mich erblickten.«

Natürlich wurde ihm »die Treibhausatmosphäre des Präraffaelitismus« zuwider, und als er die Schule verließ, wollte er entweder in die indische Zivilverwaltung oder in die Armee eintreten und Offizier werden. Sein Großvater war darüber entsetzt; Ford war doch ein Genie – *alle* seine Nachkommen waren Genies. Das Genie lag in der Familie. Wie konnte der junge Fordie an so etwas wie Kolonialdienst denken, wenn er doch schon ein Märchen geschrieben hatte? Diese Geschichte, THE BROWN OWL, wurde einem Verleger in die Hand gedrückt. Ford bekam zehn Pfund für das Copyright; so begann schon, als er achtzehn war, das ewige finanzielle Mißgeschick seiner Bücher, denn von THE BROWN OWL wurden, wie Ford später sagte, »viele Tausende von Exemplaren mehr verkauft als von allen Büchern, die ich je geschrieben habe … und das Buch verkauft sich heute noch«.

So wurde Ford wider Willen in die Laufbahn bugsiert, die man für richtig befand. Um 1896 kursierten sechs Bücher unter seinem Namen, darunter Gedichte und eine Biographie seines Großvaters. Aber wenn er auch kein Grandseigneur war, er verstand es, den Grandseigneur zu spielen. Die gedehnte Sprechweise und die sorgfältig studierte Lässigkeit in der Kleidung, die er sich zulegte, und die Indolenz, die er zur Schau trug, wirkten so echt, daß selbst ein so erfahrener Beobachter wie Henry James sie beinah, wenn auch nicht ganz, für bare Münze nahm. Er zeichnete ihn als Morton Densher in THE WINGS OF THE DOVE:

»Er war ein ziemlich langer, ziemlich magerer und blonder junger Engländer und von gewissen Seiten nicht schwer zu klassifizieren – man sah, er war ein Gentleman, und zwar sehr ausgeprägt einer von der gebildeten, der im großen und ganzen gesunden und umgänglichen Art; doch wiewohl so wenig Außergewöhnliches und Abnormes an ihm war, machte er's einem Beobachter durchaus nicht leicht, ihn zu durchschauen. Für das House of Commons war er offensichtlich zu jung, für einen Soldaten zu ungezwungen. Für einen Mann der City, sagte man sich, war er zu verfeinert, und für einen Kirchenmann, ganz abgesehen von seiner Kleidung, allzu skeptisch. Wiederum schien er für einen Diplomaten, vielleicht sogar für einen Wissenschaftler zu leichtgläubig zu sein, zugleich aber gar zu nüchternen Verstandes für einen Dichter ... Das Schwierige an Densher war, daß er vage aussah und doch nicht schwach – müßig, aber nicht leer. Möglich, daß er nur so wirkte durch seine langen Beine, die er gern ausstreckte, so lang sie waren; durch seine borstigen Haare und den wohlgeformten Kopf, der nie glatt gestriegelt war und obendrein dazu neigte, sich plötzlich in den Nacken zu werfen und, von den erhobenen Armen und verschränkten Händen gestützt, ihn für geraume Zeit zu einem Zwiegespräch mit der Zimmerdecke, den Baumwipfeln, dem Himmel zu entrücken ...«

Später gefiel sich Ford in der Pose eines Landedelmanns (der preisgekrönte Schweine züchtet) oder eines in Staatsangelegenheiten Eingeweihten (er war mit einem Junior-Minister namens C. F. G. Masterman befreundet) oder des *cher maître* der *jeunes* (für einige unter ihnen wurde er wirklich *le maître*, doch das geschah erst in New York in den dreißiger Jahren). Im Gespräch ließ er gelegentlich einfließen, er sei in Malvern zur Schule gegangen oder in Westminster oder – darüber war er nicht mit sich einig – in Eton. Schon in jungen Jahren begann er auf seine Vergangenheit zurückzublicken und sie umzumodeln, ebenso natürlich auch andere Personen, die darin vorkamen.

War er ein Snob? War er ein Lügner? Jedenfalls nicht im eigentlichen Sinn. Für diejenigen, die ihn am besten kannten, blieb er ein herzgewinnender und bezaubernder Freund. Wie Stephen Crane einmal an einen amerikanischen Kollegen schrieb: »Sie dürfen sich durch Hueffers Art nicht verletzt fühlen; er begönnert Mr. James, er begönnert Mr. Conrad. Natürlich begönnert er auch mich, und ebenso wird er Gott den Allmächtigen begönnern, wenn sie sich begegnen; aber

Gott wird sich daran gewöhnen, denn Hueffer ist schon anständig.«

Überdies probierte Ford mit manchen seiner Posen in Wirklichkeit nur aus, wie man sich fühlt, wenn man z. B. Hauptmann Edward Ashburnham ist, der Soldat und Landedelmann in DIE ALLERTRAURIGSTE GESCHICHTE, und beobachtete, wie andere sich zu einem solchen Menschen verhielten. In seinen Memoiren und literarischen Studien wiederum ist Ford bestrebt, die Menschen, die Schriftsteller, von denen er spricht, in ihren wesentlichen Zügen darzustellen und seinen Eindruck von ihnen der Wahrheit entsprechend zu schildern. In der Widmung zu ANCIENT LIGHTS, seinem ersten, 1911 veröffentlichten Erinnerungsbuch, sagt er: »Kurzum, dieses Buch ist in den Fakten voller Ungenauigkeiten, aber die Eindrücke sind aufs genaueste wiedergegeben.«

Diese Methode hat sich oft glänzend bewährt. So sah er, wie er sagt, D. H. Lawrence in London ankommen wie einen Fuchs, der in die literarischen Hühnerställe einfallen will; er schildert Wells, wie er der Welt zuruft: »Die ganze Menschheit nach rechts ausrichten, und vorwärts! Nach rechts ausrichten in Viererreihen! Bildet Vie-rer-rei-hen!« Hilaire Belloc malt er in einem Café in Soho, wie er ruft: »Sussex, das Land, das mich gebar. Ruhmreiches, ruhmreiches Land!«, wobei er sein Haar in alle Winde zerzaust, um dann einen tiefen Zug Pinard aus der einzigen noch vorhandenen Blumenvase zu nehmen.

II

Conrad und Ford begegneten sich zum ersten Mal im Jahre 1897. Damals war Ford widerstrebend zur katholischen Kirche übergetreten, seinen reichen Verwandten in Paris zu Gefallen, und hatte eine

Katholikin geheiratet, Elsie Martindale, mit der er in Folkestone auf der Schule gewesen war. Sie lebten in Sussex im ländlichen William-Morris-Stil von einem Legat von dreitausend Pfund der reichen Hueffers; dort begegnete ihnen Joseph Conrad.

Conrad und Ford spürten sogleich einer im andern den ähnlichen Geist; und sie redeten und redeten darüber, wie man schreiben müsse. Zuweilen schrieben sie auch, doch ihre gemeinsam verfaßten Bücher sind nicht sonderlich bedeutend im Vergleich mit den Werken, die sie später jeder für sich allein schufen, wenn auch ROMANCE eine herrliche Abenteuergeschichte ist und THE INHERITORS ein interessanter politischer Schlüsselroman. Das Wichtige waren ihre Gespräche; und manches daraus hat Ford in JOSEPH CONRAD festgehalten, in THUS TO REVISIT, in MIGHTIER THAN THE SWORD und THE MARCH OF LITERATURE. Das Folgende ist diesen Büchern entnommen. In ihnen sehen wir zwei Männer – Ford etwas über zwanzig, Conrad beinahe fünfzig – in einem Bauernhaus in Sussex beieinandersitzen. Nachts zimmern sie eifrig, mit wachsender Heiterkeit an ihrem Roman; aber am Nachmittag zupft der eine an seinem Bart und der andere liegt kreuzunglücklich da. Warum das alles? Es geht einfach um die Frage, ob ihnen in ihrem gemeinsamen Werk die *charpente* (der Aufbau), die *progression d'effet*, der Tonfall, der Zeitwechsel gelungen ist und ob sie *le mot juste* getroffen haben. Sie waren sich darüber einig, »daß es für die Welt nichts Wichtigeres gab als Romane zu schreiben, und was dem Roman not tat, war die Neue Form«. Nach ihrer Ansicht war der klassische englische Roman unübertroffen, aber nur dank dem Glücksfall der Genies. Seine Grundform, starke Szenen, durch allerhand plattes Zeug verknüpft, hatte ihn nun zum Gespött gemacht. Doch in den Grundregeln und in der Praxis Stendhals, Flauberts, Maupassants, Turgenjews und Henry James' zeigten sich neue und lebenspendende Ideen und gaben Hoffnung, der Roman werde schließlich doch zu einer vollendeten Form gelangen.

Conrad hatte seinen ersten Roman auf den letzten freien Seiten eines Exemplars von MADAME BOVARY angefangen, und Ford war vollgesogen mit den französischen Erzählern des ausgehenden neunzehnten Jahrhunderts. Beide konnten lange Absätze aus FÉLICITÉ, SANKT JULIAN DER GASTFREIE, DIE NACHT und UNE VIE auswendig zitieren.

So bosselten Ford und Conrad, »tief in ländliches Grün vergraben«, nach diesen französischen Schriftstellern ein Kunstmodell heraus. Sie stimmten darin überein, im allgemeinen müsse ein Roman ebenso auf den Menschen wirken wie das Leben selbst. Das Leben prägt dem Geist eine Fülle von Bildern ein, aber die Eindrücke bilden keine geordnete Folge. Sie sind eine wirre Masse. Der Roman, der das Leben wahr widerspiegelt, soll also auch nicht eine fortlaufende und logisch sich entwickelnde Erzählung sein, sondern ein Gewebe von Impressionen. Doch der Romancier muß unter seinen Eindrücken wählen – »die ganze Kunst ist eine Sache der Wahl« –, und dabei soll sein Kriterium sein, ob eine Begebenheit oder selbst ein Wort die Geschichte vorwärtstreibt. Das war die *progression d'effet*; und wie die Geschichte fortschreitet, muß sie rascher und rascher weitergetrieben werden und mit immer größerer Intensität.

Sodann die *justification*. »Vor allem muß ein Roman das Gefühl des Unvermeidlichen einflößen; was in ihm geschieht, muß so wirken, als hätte es gar nicht anders kommen können… [Die Handlung der einzelnen Personen] muß sich notwendig ergeben aus ihrem Charakter, aus ihren Vorfahren, aus einer überstandenen Krankheit, aus dem Zusammenspiel der tausend kleinen Umstände, mit denen das unerforschliche und erhabene Schicksal uns in eine vorherbestimmte Bahn drängt.«

Der Autor soll seine Geschichte erzählen, indem er darstellt, nicht schildert. Ford gibt dafür ein einfaches Beispiel in THE ENGLISH NOVEL: »Wenn ich sage, Monsieur Chose war ein gewöhnlicher, grober, dickbäuchiger, dünkelhafter Kerl – das ist schildern. Sage ich aber, er war ein Herr mit rotem Backenbart, der immer schon ihm voraus zur Tür hereinkam, dann hat man ihn dargestellt, wie Maupassant ihn tatsächlich dargestellt hat.« Es versteht sich, daß der Autor selber nicht erscheinen darf. »Wir wollten, der Leser solle den Autor vergessen – vergessen, daß er nur etwas liest. Wir sagten uns, man müsse ihn so hypnotisieren, daß er zu erleben glaubt, was er liest –, oder ihn wenigstens in der Einbildung wiegen, er höre einen schlichten und durchaus nicht glänzenden Erzähler mündlich eine wahre Geschichte erzählen, und nicht eine geschriebene Geschichte.«

Dieses Verfahren hatte zwei weitere Vorteile. Wenn man die Handlung zerlegt »und sie in einzelnen kleinen, kontrastreichen Splittern bringt, muß etwas Farbigeres, Lebensähnlicheres, Bewegteres und Fesselnderes zustande kommen ... In diese lebendige Szene könnte man dann das Neue fallen lassen, das man mitteilen will, so bringt man das Kapitel um manche Phase weiter.« Aber die »kontrastreichen Splitter« würden auch ein umfassenderes Weltbild zur Erscheinung bringen, als wenn man sich darauf beschränkte, das Hauptthema geradezu zu erzählen.

Der andere Vorteil wäre dieser: »Das Nebeneinander zusammenhängender Einheiten der Darstellung zweier oder mehrerer nicht übertriebener Handlungen oder Situationen kann, ebenso wie die Gegenüberstellung von lebhafter Rede und Gegenrede, dazu dienen, eine Art Reibungsstrom von elektrischem Leben zu erzeugen, der das Kunstwerk mit Spannung erfüllt.« Aus dieser Begegnung, so fährt Ford in THE MARCH OF LITERATURE fort, ergibt sich ein Drittes, ein »unverdienter Zuwachs«. Er erklärt dies durch einen Vergleich mit zwei Männern, die zusammen auf einem Felde stehen. »Wenn jeder für sich allein ruft, kann man ihn nur eine Achtelmeile weit hören; wenn dagegen beide zugleich rufen, reicht ihre Hörweite um hundert und etliche Yards weiter. An diesem Punkt kann man gar nicht genug arbeiten, denn die ganze Technik der modernen Kunst hängt davon ab.«

Die Sprache sollte aus nicht abgedroschenen, aber gebräuchlichen Wörtern bestehen, worein man nur gelegentlich ein Wort flechten darf, das »in einer sehr begrenzten Umgangssprache ungewöhnlich« klingt. *Le mot*, jedenfalls, sollte *juste* sein, doch nicht allzu *juste*.

Diese Grundsätze sind freilich anfechtbar. Ford malt amüsant aus, wie ihm sein Freund Windham Lewis widersprechen würde: »Lebensähnlichkeit – das ist es, was ihr mit eurer ächzenden Schinderei erreichen werdet … Aber das wollen die Leute gar nicht. Sie wollen nicht lesen, was sie in ihrem Kirchspiel alle Tage erleben; sie wollen nicht gebildet werden. Sie wollen vergnügt unterhalten werden … Von so einem glänzenden Kerl wie ich, der ihnen ein blendendes Feuerwerk losläßt … Sich als Autor auslöschen? … Unsinn!« Doch um Ford gerecht zu werden, muß man sagen – und er hat es in seinem JOSEPH CONRAD zweimal gesagt und durch Kursivsatz hervorgehoben –: »Die beiden Schriftsteller waren sich wohl bewußt – *waren sich wohl bewußt* –, daß man einen Roman auch anders schreiben kann. Sie versteiften sich auch selber nicht auf ihre Methoden. Sie hatten durchaus ein Empfinden dafür, daß bei der Schaffung eines Kunstwerkes jederzeit Kompromisse notwendig sind.« Wenn jedoch ihre Grundsätze eine Verteidigung nötig haben, brauchen wir nur THE SECRET AGENT (deutsch: DER GEHEIMAGENT) oder DIE ALLERTRAURIGSTE GESCHICHTE, UNDER WESTERN EYES (deutsch: MIT DEN AUGEN DES WESTENS) oder PARADE'S END zu betrachten. In der Tat wurde vieles von dieser Technik lange vor Fords Tod schon vom englischen Roman übernommen; »auch der Zeitwechsel«, schrieb er 1938, »ist zwangsläufig von jedem Autor übernommen worden, der sich seither hingesetzt hat, einen Kriminalroman zusammenzubrauen.«

Ich habe zwar, von der Einführung dieser französischen Ideen in England sprechend, nur Ford und Conrad als Vermittler genannt, aber natürlich hatte Henry James längst vor ihnen aus derselben Quelle geschöpft. Das hat Ford in seinem Buch über den Meister freimütig anerkannt; doch der Einfluß James' war fast allein auf ihm nahestehende Freunde, wie Edith Wharton, beschränkt; er wurde wenig gelesen und noch weniger verstanden, in der Tat bis nach seinem Tode. Er dinierte öfter in Mayfair als in Bloomsbury.

Ford jedoch verbreitete sich ausgiebig in Gesprächen, und in den Jahren vor dem Ersten Weltkrieg unterhielt er sich besonders viel mit einem merkwürdigen jungen Mann in grünen Frieshosen und Sombrero – Ezra Pound. So wurde Pound mit dem Impressionismus vertraut; daher stammt in Wirklichkeit sein »Ideogramm«. Seine aufsehenerregend originelle Methode, Verse zu machen, war identisch mit Fords »Nebeneinander zusammenhängender Einheiten der Darstellung«, die dem Dichter die Möglichkeit gab, ein Thema zugleich von verschiedenen Punkten aus eindrucksvoll zu beleuchten. Und durch Pound hat diese Technik alle angloamerikanische Dichtung unseres Jahrhunderts beeinflußt und beeinflußt sie noch, so gut wie ein Meilenstein von der Art des ULYSSES.

Pound hat Fords Anteil daran stets anerkannt: »Die Revolution des Wortes«, schrieb er, »begann, soweit es die Männer meines Alters im London von 1908 betrifft, mit dem einsamen Gewinsel Fords ... Ford las Flaubert und Maupassant in einer Weise, wie es George Moore nicht getan hat. Der Impressionismus bedeutete für ihn etwas anderes als für Mr. Symons.«

Später sagte er: »Mir scheint, man hat Ford *bis heute* noch nicht Gerechtigkeit widerfahren lassen. Ich ging 1908 nach London, um von Yeats zu ›lernen‹ – und ich blieb, um von Yeats *und* Ford zu lernen. Von 1910 an haben Ford und ich einander angeknurrt. *Eins ist sicher*, trotz all seinem *spumare* (Schaumschlägerei) und seinen aufgeblähten *soufflés* – Gott allein weiß, wie lange ich gebraucht hätte, um – irgendwo – an die Gegenwart heranzukommen, wäre ich nicht fast täglich, wenn der Dicke zu Hause war, Campden Hill hinaufgekeucht.«

Ford schätzte Pound ebenso hoch, doch in THUS TO REVISIT sagt er von den jungen Dichtern: »Sie haben nicht nur die Illusion des Gegenstands abgeschafft, sondern auch den Gegenstand selbst.« Legt er nicht hier vielleicht den Finger auf den Hang zum Extremen, auf das Unvermögen zum Kompromiß in der Anwendung der neuen Technik, die dem neuen Gedicht den Vorwurf undurchdringlichen Dunkels zugezogen haben? Ford hat unermüdlich betont, der Leser müsse mit Achtung behandelt werden, und dies war der Punkt, in dem er von so manchen der »Jungen« abrückte. Man hat dies sogar als ein Versagen seinerseits angesehen. Hugh Kenner meint in seiner Studie über die Dichtung Pounds, Ford habe »der Avantgarde keinen revolutionierenden Anstoß zu geben vermocht«, da er in seinem eigenen Werk »seine Entdeckungen in präraffaelitische Eleganz hüllte ... in ein heiter-kapriziöses Spiel... Aber man brauchte nur die psychologische Verkleidung aus seinen Büchern abzuklopfen, um eine Folge starkfarbiger Szenen und Bilder in der Art der CANTOS zum Vorschein zu bringen. Diesen Schritt weiter hat Ford nie getan. Wahrscheinlich hätte das gegen seine Auffassung von guten Manieren verstoßen.« Ich glaube, dies bedeutet einfach, daß Ford wußte, wo er haltmachen mußte; weiterzugehen wäre ihm sicherlich als taktlos gegen den geladenen Gast, seinen Leser, erschienen.

Hier ist zu sagen, daß Ford selber sein Leben lang Gedichte geschrieben hat; er hat mehr als zehn Bücher mit Versen veröffentlicht, und seine COLLECTED POEMS umfassen 320 große Seiten. Zwei der längeren Gedichte – ON HEAVEN und ANTWERP – sind sowohl von dauerndem Wert wie auch biographisch interessant; viele haben einen bewegenden lyrischen Reiz. Er sagte: »Als Dichter halte ich mich nicht für bedeutend, wohl aber als ›Musterbeispiel‹ ...« In der Tat sind die Stile, in denen er schrieb, Beispiele für eine Entwicklungsgeschichte der englischen Dichtkunst zwischen 1900 und 1930. Man kann sich an seinen Versen erfreuen, doch das letzte Wort darüber hat er selber gesprochen: »Für mich ist das Versemachen keine bewußt geübte Kunst. Sie sind der Ausdruck meiner inneren Bewegung, und oft kann ich meine Bewegung gar nicht in Verse bringen.«

III

Die besondere Zusammenarbeit mit Conrad endete 1902, als Ford, der an »Neurasthenie« litt, in deutschen und belgischen Kurorten Heilung suchte; dies sollte den Hintergrund zu DIE ALLERTRAURIGSTE GESCHICHTE abgeben, doch erschien der Roman erst 1915. Bis dahin hatte er sieben oder acht Romane veröffentlicht, darunter die TUDOR-TRILOGIE, die Conrad als »einen noblen Wurf – den Schwanengesang des historischen Romans« begrüßte; zudem zwei beschreibende Bücher über London und über Landschaften und literarische Studien.

Gegen Ende 1908 begann er *The English Review* herauszugeben. Er redigierte sie nur etwas über ein Jahr, aber die Liste seiner Mitarbeiter war erstaunlich. Unter den namhaften Schriftstellern waren es Hardy, James, Wells, Tolstoj, Hudson, Conrad und Masefield; unter den »unbekannten«, die Ford, ganze Stapel von Manuskripten durchsiebend, entdeckte, waren Pound, Windham Lewis, H. M. Tomlinson, D. H. Lawrence und Norman Douglas, doch Douglas war eigentlich Conrads Entdeckung. *The English Review* von 1908/09 gilt als die glänzendste literarische Zeitschrift des Jahrhunderts; doch Ende 1909 kamen finanzielle Schwierigkeiten, und sie ging in andere Hände über.

Unter denen, die Geld für ihre Gründung aufgebracht hatten, befand sich Fords Freund Arthur Marwood, der jüngere Sohn eines Großgrundbesitzers in Yorkshire, der auf Busby in Cleveland saß. Marwood war in Cambridge ein hervorragender Mathematiker gewesen; außerdem wußte er, Ford zufolge, außerordentlich gut Bescheid über Wuchs und

Stammbaum von Rennpferden und besaß ein unfehlbares System, die Spielbank von Monaco zu sprengen. Er war ein Tory der vorindustriellen Epoche und huldigte der Ansicht, die herrschenden Klassen hätten eine gebieterische Verpflichtung gegenüber den weniger Begünstigten. In der ersten Nummer der *English Review* schrieb Marwood, was im Grunde ein sehr früher Entwurf des Wohlfahrtsstaates ist: »Ein vollständiges Versicherungssystem, das John Doe gegen alle Wechselfälle des Lebens sichert«. Christopher Tietjens in PARADE'S END ist mehr oder weniger genau nach seinem Bilde gezeichnet.

Während seiner Redakteurszeit vertiefte sich die Entfremdung zwischen Ford und seiner Frau, und der Ausweg der Ehescheidung war ihnen versagt, da sie Katholikin war. Um diese Zeit begegnete Ford Violet Hunt, einer Romanautorin. Sie wollte heiraten, und Ford wurde in lächerliche Heimlichkeiten verwickelt, die zu einer Scheinheirat in Frankreich führten. Die wirkliche Mrs. Ford strengte einen Prozeß gegen Violet Hunt an, die sich in einer gedruckten Schrift als Fords Frau geschildert hatte. Das verursachte einen Skandal, dessen Nachwehen Ford fast bis zum Ende seiner Tage verfolgten. Das Ergebnis war, daß Ford seine Kinder nie wiedersehen durfte, obwohl er weiter für ihre Erziehung aufkam; um das Unbehagen vollzumachen, begannen seine Gefühle für Miss Hunt zu erkalten. Die Spiegelung dieser quälenden Erlebnisse färbt seine besten Arbeiten. Es sei auch hinzugefügt, daß aus dieser Zeit die Feindseligkeit gewisser Kritiker gegen Fords Werk datiert, von denen einige, wie Douglas Goldring hervorhebt, Fords Ansprüchen für eine Aufnahme in *The English Review* nicht genügt hatten.

Als der Krieg kam, trat Ford, obwohl er schon vierzig war, in die Armee ein, und es ist kaum verwunderlich, daß er darauf an einen Freund schrieb: »Ich kann dir die Versicherung geben, mag sie wert sein, was sie will: Der Friede Gottes hat sich auf mich herabgesenkt.« Ford hätte sich leicht einen sicheren Posten verschaffen können, indem er Propagandaschriften für die Organisation schrieb, die sein Freund Masterman leitete, und in der Tat hat er zwei Kampfschriften für ihn verfaßt; aber er zog eine Bestallung in einem walisischen Regiment vor, was Dienst an der Front hieß und möglicherweise Granatangriffe und Gasvergiftung.

Als er nach dem Kriege heimkehrte, sah er sich vergessen. Angewidert von der Nachkriegsatmosphäre, zog er sich nach Sussex zurück und von dort in die Provence und nach Paris mit Stella Bowen, der australischen Malerin, die Mrs. Ford wurde. Sie bekamen ein Kind, Juliet, und Ford schrieb PARADE'S END. In Paris gab er eine neue literarische Zeitschrift heraus, die *Transatlantic Review*; und vom Ende der zwanziger Jahre bis zu seinem Tode lebte er hauptsächlich in Paris, mit Abstechern nach Amerika, die oft von langer Dauer waren; dort wohnte er im Olivet College, Michigan, wo er auf eine ganze Generation junger amerikanischer Schriftsteller seinen Einfluß ausübte. In Olivet verfaßte er die umfangreiche Übersicht über die Weltliteratur, THE MARCH OF LITERATURE, wofür ihm das College den Grad des Doctor of Letters zuerkannte.

In diesem letzten Lebensabschnitt schrieb er seine langen reizvollen Abhandlungen über das Leben, GREAT TRADE ROUTE und PROVENCE betitelt. In persönlicher und impressionistischer Form geben sie seiner Liebe zu Frankreich, zum einfachen Leben und den alten, stillen Tugenden Ausdruck, und seinen Befürchtungen für die Zukunft der Menschheit, die ein atemloses Ersatzdasein lebe, denaturierte Nahrungsmittel esse und in wachsendem Maße demagogischen Parolen aller Art verfalle. Er war weder ein religiöser noch ein politischer Mensch. »Man sehnt sich«, schrieb er in seinem halb autobiographischen Roman NO ENEMY, »irgendeine Formel zu entdecken, die uns selber für immer zu treuen Anhängern der einen oder anderen Idee macht... Oder vielleicht ist es einfach Ruhe, wonach uns verlangt.« Der Mensch war das einzige, woran er wirklich glaubte, und Menschen guten Willens waren in den dreißiger Jahren immer schwerer zu finden. Warum? Zum Teil, weil der Mensch, wie Goethe sagt, das ist, was er ißt, und »der Mensch nährte sich jetzt von Stoffen, die mit chemischem Dünger gezüchtet, gedörrt, gefroren, nicht mehr frisch waren; und zum Teil auch, weil »die Lehre von der Arbeit um ihrer selbst willen, von Versenkung und Heiterkeit, von Weltabgeschiedenheit und Selbsterforschung zu keinem fremden Zweck – weil alles dies als ein Fluch gilt, sowohl für die Rechte, der die Lehre von der Kunst um der Kunst willen, wie für die Linke, der die Lehre von der Arbeit um der Arbeit willen ein Greuel ist ...«

Was bleibt dann noch? Nur dies: »Wenn man eine Truppe zu befehligen hat, kann man dafür sorgen, daß sie tüchtig wird; hat man einen Garten, so kann man ihn bestellen, daß er schön üppig gedeiht und Kürbisse so groß wie ein Faß hervorbringt. Oder wenn man ein Gedicht schreibt, kann man es schön machen. Alles andere ist eitel.« Glücklich, wer ein Häuschen findet und ein Stück Land und davon lebt; und dies war Fords eigenster, sein Herzenswunsch. Doch da hastete er kreuz und quer durch Amerika und hielt Vorträge in Damenklubs oder spielte in New York den Lebemann im Zylinderhut, einen Stock mit goldenem Knauf schwingend. Ihm war es nicht vergönnt, auf dem Lande zu leben, am Ende seines Buches PROVENCE weiß er es. Er und Janice Biala, die Malerin, mit der er in seinen letzten Jahren zusammenlebte, stehen auf einer Rhonebrücke, und plötzlich reißt ihr ein Windstoß die Brieftasche, die all ihr Geld enthält, aus der Hand und weht sie in den Fluß.

»Hundert Meilen in der Stunde fließt er dahin ... Meine Dukaten ... Meine Tochter ... Zu Hause, jenseits des Mittelmeers, wartet sie, das arme Kind ... Auf Dukaten ... Ich kann nicht mehr ... Je ne peux plus ... Wer ist dieses steinerne Gesicht mit den blinden, gnadenlosen Augen? ... Es gibt und nimmt ... C'est le Destin ... Ein Fluch verfolgt uns ... *Diesen* Abhang werden wir nie wieder hinaufklimmen ...

Ich hatte mir vorgenommen, ein Jahr lang nichts zu schreiben. Zwei Jahre lang. Vielleicht überhaupt nichts mehr, wenn ich mein Geld in einer kleinen *bastide* mit einem Morgen Land ungefähr und einem guten, immer Wasser spendenden Schöpfrad anlegen könnte … Aber vielleicht will die unbarmherzige Schicksalsgöttin der Provence auf diese Weise die Welt weiter mit meinen Büchern plagen …«

Er starb in Deauville, von Schwestern der Barmherzigkeit gepflegt, am 26. Juni 1939, und dort, auf dem englischen Friedhof, liegt er begraben.

IV

Die erfolgreichsten Romane, die Ford im letzten Jahrzehnt seines Lebens geschrieben hat, sind THE RASH ACT (1933) und seine Fortsetzung HENRY FOR HUGH, der 1934 erschien. Sie handeln von Menschen, die mittels großen industriellen Reichtums Herren des Landes geworden sind, wo zuvor Landedelleute wie die Tietjens saßen, und an deren Erben schon die Schuld heimgesucht wird, die sie durch die korrupten Methoden, mit denen sie ihr Geld erworben, auf sich geladen haben; sie wissen nicht, wie sie sich verhalten, was sie mit der ungeheuren Macht, die sie ausüben können, anfangen sollen. »THE RASH ACT«, schrieb Ford später, »soll für die Nachkriegswelt und ihre Krisis sein, was die Tietjens-Tetralogie für den Krieg war … das Hauptmerkmal dieser Jahre ist Mangel an Mut – an physischem und moralischem Mut.« Die Tragödie der zentralen Figur in THE RASH ACT besteht darin, fügte Ford hinzu, »daß sie sich trotz all den schwächlichen Taten, auf die sie sich einläßt, hernach doch stets in ganz der gleichen Lage befindet wie vorher«. In HENRY FOR HUGH sehen wir den Protagonisten die Verantwortung, der er nicht ausweichen kann, auf sich nehmen; hier deutet Ford an, die neue herrschende Klasse könne allmählich auf die eine oder andere Weise die Sache der Allgemeinheit ebenso selbstlos zu ihrer eigenen machen wie vor ihr die Klasse der Tietjens.

Heute wird zuweilen die Ansicht geäußert, ein Roman solle nicht als Darstellung von Charakteren und nicht als *exposé* einer psychologischen oder moralischen Situation betrachtet werden, sondern einfach als Ausdruck der inneren Welt seines Verfassers. Ob dies allgemein gilt oder nicht, auf Ford trifft es in ganz besonderem Maße zu; denn nimmt man alles in allem, so ist es der Geist hinter dem Werk – subtil, gütig, nie moralisierend, nie predigend, nie tadelnd –, der uns überzeugt. Wie Ford selber sagte: »Wenn ich für die Welt irgend etwas wert bin, so ist es einfach der Wert meines unverfälschten Selbst – und ich glaube, darin allein liegt der Wert eines jeglichen Menschen in dieser Welt. Denn unsere Meinungen sind wohl allesamt nicht allzu viel wert ...«

INHALT

DIE ALLERTRAURIGSTE GESCHICHTE von Ford Madox Ford ist im Januar 2000 als einhunderteinundachtzigster Band der ANDEREN BIBLIOTHEK im Eichborn Verlag, Frankfurt am Main, erschienen.

Das englische Original wurde unter dem Titel The Good Soldier *1915 bei John Lane in London veröffentlicht. Ford Madox Ford selbst nannte seinen Roman jedoch* The Saddest Story.

Die deutsche Übersetzung stammt von Fritz Lorch und Helene Henze; sie erschien erstmals 1962 im Walter-Verlag, Olten und Freiburg im Breisgau.

Der Brief des Autors an Stella Ford sowie das Nachwort von Mark Schorer wurden der amerikanischen Ausgabe der Vintage Books bei Alfred Knopf entnommen. Der biographische Beitrag von Kenneth Young stammt aus einer Publikation des British Council über Ford Madox Ford, *verlegt bei Longmans in London 1956.*

Dieses Buch wurde in der Korpus Bulmer Antiqua von Wilfried Schmidberger in Nördlingen gesetzt. Die Ausstattung und Typographie besorgte Franz Greno.

, Tagesablauf 189 , 219ff, 230

Edward u. Leonora Ashburnham S. 170
236, 241, 261

John Dowell u. Florence 220, 239
S. 154

La Dolciquita 199 Mrs Basil 213ff Maisie Maidan 215ff

48 der dem Äskulap geschuldete Hahn

63 A war jahrelang Fs Liebhaber

+1 1895

Gegensätzliche Aussagen 76, 120, 149, 182, 190, 214
307

der 4. August 99, 152 der 4.8.1913: S. 126,

"wenn nicht zu der Meinen zu machen, so doch zu heiraten"
100

Fs Eheerwartungen 101f, 149
die Tanten raten ab 124f

Ds Unkenntnis 106, 110f, 115f, 118f, 144f, 155, 291
308! 291f

Herz 107

Nancy Rufford 120ff, 156ff, 278ff, 291

Florence u. Ashburnham 124f

" u. Jimmy u. Bagshawe 151

Florence † 129, 135 John: jetzt kann ich das Mädchen heiraten 134, 136! 137 Eigen-
152 155 149 Liebe

Leonoras Angebot an John 134

Über Romanschreiben 140

Sex-instinct 146

Carcassonne 154

Nancy Rufford schreibt John mit 16 J. einen Brief 157

a Dimorant 193 Carter, Neffe, wollte Erbe von John
über Charakterbilder 194

Witz 180! 190, 191, 202, 210ff, 216, 240, 310

Edward als Lohengrin 196, 277

Erzähltechnik 227f IV, 1, 272! 285

Gespräch mit dem Nov, Ermahnung 230

Kirche u. das Los der Frauen 231

Leonora, Rom u. die Quäker 236

Bagham - Leonora 241, 253, 283, 289 ∞ Leonora, 291, 293

ordentliche Leute 249

265 ↔ Wahlverwandtschaften

White 284

Wie es ausgehen würde 285

Provence 285

EA u. John D 289

Nicht einer von uns hat bekommen, was er eigentlich wollte S. 289f - "Zeit" - 306

Leonoras Strategie 294

Quäler 298

Katholiken 302

Federball 307f

Finaler Höhepunkt der Absurditäten 308f

Dowell der in s-n Leidenschaften neutralisierte 8f, 154

Impotent → poetologische Differenz